경성시가 지도

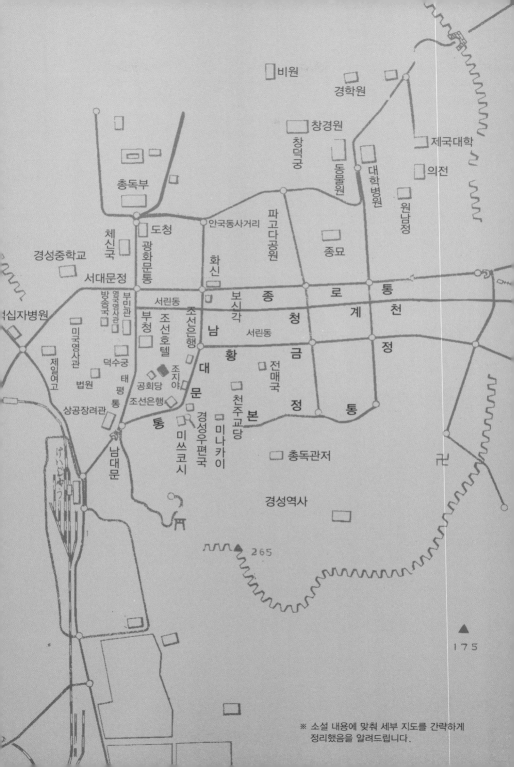

※ 소설 내용에 맞춰 세부 지도를 간략하게
정리했음을 알려드립니다.

밀림무정

密林無情

2

김탁환 장편소설

다산
책방

차례

압도적으로 강하거나 빠르지 않다면,
야생에서 흰 빛깔을 뿜으며 생존하기란 어렵다.
백색 포식자가 믿는 것은 오로지 자기 자신이다.

멈추면 죽음이다

수해樹海, 나무의 바다. 쌍해와 히데오는 해가 기울기 전에 밀림이란 말이 실감 나는 허항령에 닿았다. 땅은 온통 용암으로 덮였고, 하늘을 향해 치솟은 나무들의 평원은 장창을 빽빽하게 채워놓은 무기고 같았다. 뜨거운 순간은 짧고 기억은 검게 식어 오래 지속된다. 2,289미터 북포태산에서 1,403미터 허항령까지 계속 내리막이었기에 두 사람은 속도를 냈다. 눈도 내리지 않고 뒤바람이 싸늘하다. 청룡과 현무는 이상하리만큼 쉽게 흰머리의 배설물과 발자국과 오줌을 내갈긴 나무를 찾아냈다. 오줌이 묻은 곳이 쌍해의 콧잔등에 닿을 정도로 높았다. 표범의 오줌 자국은 쌍해의 허벅지 정도고, 조선 호랑이들의 오줌 자국도 허리와 가슴 사이에서 그쳤다. 흰머리는 다른 조선 호랑이보다 50센티미터 이상 더 높이 오줌을 뿌렸다. 허항령에서 백두산까지는 다시 오르막길이다. 히데오도 쌍해도 허항령쯤에서 흰머리를 잡고 추격을 끝내기를 바라는 마음이 간절했다. 가문비나무 아래 버려진 귀틀집에서 짐을 푼 두 사람은 흰머리의 발자국을 따라 숲을 헤맸다. 한 시간 넘게 가문비나무에서 종비나무로 종비나무에서 참나무로 참나무에서 자작나무로 옮겨 다닌 끝에 처음 가문비나무 아래로 돌아왔다.

— 헛고생만 했군.

히데오는 신발 바닥에 묻은 검은 흙을 털어냈다. 쌍해는 현무와 주작의 머리를 쓰다듬으며 웃어 보였다.

— 즐거운 일이라도 있나?

— 절호의 기회입니다. 흰머리가 당분간 이 숲에 머물 듯합니다.

히데오가 윈체스터를 어깨에 고쳐 멨다.

— 놈이 머문다?

— 숲에 혹시 다른 포식자라도 없나 둘러본 겁니다.

쌍해는 현무만 데리고 이명수폭포로 갈 준비를 했다. 몰이꾼 흥정을 하기 위해 삼지연의 포수들을 만나려는 것이다.

— 흰머리가 나타나도 뒤쫓지 마십시오.

— 사정거리에 들어오면 잡아야지.

— 함정일지도 모릅니다.

— 아직도 흰머리가 우릴 이곳까지 이끌었다고 믿는 건가?

— 솜씨 좋은 몰이꾼들입니다. 일당을 넉넉히 쳐주셔야…….

— 알겠어. 그저 돈 돈 돈밖에 모르는군.

— 목숨 걸고 하는 짓입니다. 돈이라도 없으면 나설 까닭이 없습니다. 그리고 산이 와도 붙잡아두십시오.

— 산만 과대망상인 줄 알았더니 너도 만만치 않군. 꼭 네가 있어야만 흰머릴 잡는다 이 소린가?

— 그렇습니다.

쌍해가 너무나도 쉽게 인정했기 때문에 히데오는 쓴웃음을 짓지 않을 수 없었다.

— 오늘 올까?

— 내일 밤까진 기다리는 게 낫겠습니다. 어차피 흰머리도 여기서 누군가를 기다리는 듯하니…….

— 누굴?

— 암호랑이일 수도 있고, 산일 수도 있고, 어쩌면 둘 다일지도 모릅니다.

— 꼭 흰머리의 마음을 아는 것처럼 지껄이는군.

— 모르셨습니까? 산이나 저 같은 개마고원 포수들은 들짐승들과 통한답니다.

— 흰머리도 쌍해, 네 마음을 읽겠군.

— 그, 그게 그렇게 됩니까?

쌍해가 뒷머리를 긁적였다.

— 해 지기 전까진 와.

산과 주홍은 남포태산을 돌아 허항령을 향해 길을 잡았다. 암호랑이의 발자국이 그 낮은 고개로 곧장 나 있었다. 삼지연은 드문드문 귀틀집들이 보이는 곳까지 내려왔지만, 소나 말이나 개와 같은 가축을 사냥하진 않았다. 약속 시간에 늦은 청춘들처럼 최단거리만을 택했다. 산이 앞장을 섰고 그미는 네댓 걸음 거리를 두고 따랐다. 그미는 산의 넓은 등을 쳐다보며 슬그머니 미소 지었다. 저 등을 손바닥으로 쓸며 잠든 지난밤과 온천수 속에서 격렬하게 몸과 몸을 부딪쳤던 오늘 새벽의 순간들이 스멀스멀 싹터 올랐다. 손을 잡고 다정하게 이야기 나누며 걸었다면 오히려 어색했으리라. 네댓 걸음 정도의 거리가 주는 편안함이 좋았다.

겨울 해가 빠르게 지기 시작하자, 주홍의 걸음이 눈에 띄게 느려졌다. 사랑의 기쁨도 추위와 배고픔을 이기진 못했다. 스무 걸음 이상 차이가 나자 산이 되돌아왔다.

— 조금만 힘을 내시오.

산은 허리를 숙이고 앉아서, 그미의 신을 돌돌 묶은 줄을 풀었다가 고쳐 맸다.

— 겨울에 도끼질해봤어요?

산이 손을 계속 놀리면서 고개만 들었다.

— 도끼질이라고 했소?

— 쥐 죽은 듯 고요한, 소리도 냄새도, 그러니까 삶의 기운이라 곤 없는 겨울 숲에서 도끼질을 하면, 갑자기 숲의 향기가 코를 찌른다던데, 사실인가요?

— 어찌 아오?

— 읽었어요. 요사 부손이란 시인의 하이쿠에서. 하이쿠 알죠,

열일곱 자 짧은 시. 아저씨, 그러니까 총독님이 특별히 하이쿠 암송을 즐기셨거든요. 가끔 짓기도 하시고요. '도끼질하다 / 향기에 놀랐다네 / 겨울나무 숲'

— 사실이오. 곧게 뻗은 나무밑동에 도끼날이 박히면, 퍼어억 하는 소리와 함께 숲의 향기가 도끼를 든 나무꾼의 콧속으로 가장 먼저 파고든다오.

— 그렇군요. 겉보기엔 죽음으로 덮인 땅 같지만, 곳곳에 생명의 기운이, 향기와 소리가 잠잠히 깔려 있군요.

— 자, 이제 갑시다. 힘들면 소리를 치시오. 기운을 열에 예닐곱만 쓰고 두셋 정도는 아끼도록 하오.

산은 그미가 바로 뒤따라올 정도로 속도를 떨어뜨렸다. 황철나무와 채양버들 아래로 버드나무와 딱총나무, 색쉬당나무가 들어찼다. 길도 점점 좁아지다가 끝내 사라졌다. 개 짖는 소리가 먼저 들려왔다. 한두 마리가 아니고 적어도 열 마리는 넘었다. 산이 가시까치밥나무에 붙은 가시들을 만지작대며 멈춰 섰다. 키가 거의 산과 비슷했다. 그 앞에 마술처럼 넓은 뜰과 함께 귀틀집 한 채가 나타났다. 스무 마리의 개들이 집을 에워싼 채 산과 주홍을 노려보았다. 풍산개는 아니었지만 하나같이 어깨가 넓고 귀가 쫑긋하여 늠름했다.

— 한 걸음이라도 더 들어가면 저놈들이 달려들 거요. 늑대랑 교미시켜 얻었단 소릴 들을 정도로 난폭한 놈들이오.

— 여긴 대체 어디에요?

산이 그미의 물음을 무시한 채, 허리춤에서 납작한 종을 하나 꺼냈다. 쇠로 만든, 한 손에 끼우고 흔들기에 적당한 크기였다. 산이 그 종을 내밀었다.

— 나보고 하라고요?

— 탁탁 끊어서 세 번만!

그미는 시키는 대로 손목을 흔들어 종을 세 번 울렸다. 종은 작았지만 소리는 크고 맑았다. 종소리가 울리자마자 귀틀집 문이 열리더니 노파가 지팡이에 의지하여 걸어 나왔다. 왼발을 절었지만 허리는 꼿꼿했고 나아오는 데 주저함이 없었다. 노파는 방금 그미가 흔든 것과 똑같은 종을 울렸고, 개들이 꼬리를 흔들며 일제히 노파의 뒤를 따랐다. 그미는 산의 굳은 얼굴에 웃음이 피어오르는 것을 보았다. 산은 두 팔을 벌린 채 천천히 걸어서 노파를 껴안았다. 노파의 지팡이가 땅에 떨어졌다. 노파는 쭈글쭈글 주름진 주먹으로 산의 등을 탁 탁 탁탁 쳐댔다. 그미와 노파의 시선이 마주쳤다. 그미는 어색한 미소와 함께 허리를 숙여 인사했다. 노파는 헤엑 헤엑 가쁜 숨을 몰아쉬면서 눈물을 흘렸다. 깊게 패인 볼을 타고 흐르는 눈물을 닦으며 산이 말했다.

— 울지 마. 협獈 고모!

호랑나비, 협이 김치가재미에서 동치미를 한 사발씩 내왔다. 추위를 추위로 쫓는 것이 개마고원 사람들의 오랜 관습이었다. 산은 단숨에 사발을 비웠지만 주홍은 이가 시리고 가슴이 싸늘하여 서너 모금 들이켠 후 내려놓다가 협과 눈이 마주쳤다. 그미는 다시 사발을 기울여 동치미를 끝까지 비웠다. 놀랍게도 아랫배까지 밀려 내려간 찬 기운이 곧 따스함으로 채워졌다. 몸 구석구석에 잠복한 더운 기운이 병사처럼 모여드는 느낌이었다.

— 아직도 허튼짓하고 돌아다니는 게냐?

지팡이로 당장 산의 어깨를 내리칠 기세였다. 산이 고분고분 답했다.

— 이번엔 꼭 끝을 볼 겁니다.

협의 시선이 그미에게 향했다.

— 이 망할 집안의 남자들이란…… 숨이 끊겨 개마고원에 드러누울 때까지 쉼 없이 꼼지락거릴 팔자지. 안 그래?

— ……네.

그미는 겨우 들릴락 말락 ……네, 라고 했다. 협이 지팡이를 들어 산을 가리키면서 다그쳤다.

— 알면 왜 저런 잡놈을 따라다니누?

— 따라다니는 게 아니고요.

— 이놈의 집안 사내들은 사냥에 미쳐 돌아가지. 여자? 모신나강보다도 대접받지 못해.

그미는 눈동자만 돌려 산을 쳐다보았다. 산은 빈 동치미 사발을 내려다보기만 했다.

— 수는?

— 만났습니다.

― 팔 한 짝 갖고도 호랑일 잡겠다고 날뛰지? 어렸을 때 붕어곰을 너무 많이 먹여 힘이 남아도는 게지. 붕어곰 알아? 오래오래 곤 붕어지. 왼팔도 떨어져봐야 그만두지. 아니 곰배팔이가 되어도 계속할 거다, 그놈은.

산은 수의 남은 왼팔마저도 흰머리에게 뜯겼다는 이야긴 하지 않았다.

― 처자는 나랑 있어. 호랑이를 잡든 백두산에서 뒈지든, 그깟 일은 사내들에게 맡기고.

― 전 생물학자예요.

― 생물학자? 그게 뭔데?

― 동물이나 식물을 연구하는 사람이죠. 전 포유류 그중에서도 특히 호랑이를 공부하고 있어요.

― 호랑이라고? 표범이나 삵만 와도 갱지미를 치며 난리법석을 떨어야 해. 개마고원은 여자가 나돌아 다니기엔 너무 험해.

― 시호테알린 산맥과 아무르 강 일대에서도 줄곧 호랑일 추격했어요. 걱정 마세요.

협이 산의 어깨를 지팡이로 내리쳤다.

― 호랑이 사냥으로도 부족해서 호랑이에 혼이 팔린 계집을 데려왔어? 고약한 놈!

산은 과장되게 아픈 시늉을 하며 장난스럽게 웃었다.

저녁상은 푸짐했고 이불과 요는 깨끗했다. 협이 종을 흔드니 개들이 짖지 않고 발소리까지 조심했다. 그미는 협이 산에 관해 이야기를 꺼내면 곧바로 답하려고 잔뜩 긴장한 채 기다렸다. 그러나 협은 돌아누운 주홍의 어깨를 내내 한없이 느린 박자로 토닥거렸다. 그미는 한 뼘 한 뼘 잠의 늪으로 빠져드는 기분이 들었다. 토닥임을 따라, 게으른 황소가 고개를 넘듯, 신고산타령이 얹혔다. 삼수갑산 머루 다래는 얼크러설크러졌는데 나는 언제 님을 만나 얼크러설크러지느냐. 어랑어랑 어야 어허디야 내 사랑아!

어스름이 걷히지 않은 새벽이었다. 밤새 어깨를 토닥이며 노래를 불러주던 협은 곁에 없었다. 주홍은 서둘러 마당으로 나왔다. 협은 무쇠솥에 끓인 죽을 바가지로 떠서 부엌문 앞에서 개들에게 나눠주느라 바빴다. 그미도 금 간 바가지를 들고 협을 거들었다. 개들은 나무통에 죽이 가득 차도 주둥이를 들이밀지 않고 기다렸다. 협이 종을 흔들자마자, 한 마리씩 나무통으로 나아와서 코를 박고 먹기 시작했다.
　— 개들이 많네요. 왜 혼자 사세요?
　— 내가 왜 혼자야? 내 새끼들 안 보여?
　— 개도 다정하긴 하지만…….
　— 사람이란 짐승과는 점점 더 많이 알수록 말도 섞기 싫어.
　— 결혼은?
　— 했었지. 애는 못 낳았어. 대신 산과 수를 내 손으로 직접 받았지. 내가 다 키웠어. 그랬더니 이놈들이 여자보다 모신나강을 더

싸고도네. 이 집안 핏줄은 못 속여. 처자는 어떤가? 그놈 떠돌이 기질 감당할 자신 있어?

— 아직…… 거기까진…….

그미가 주저하며 말끝을 흐렸다.

— 같이 살려면 처음부터 확 잡아. 아니면 깨끗하게 단념하고.

— 잡으라고요?

— 물 같고 바람 같고 무엇보다도 산 저놈은 호랑이 같지. 곁에 머물 땐 제 식구 확실히 챙기고 책임감도 강하지만 떠돌기 시작하면 정처 없어. 여자는 오로지 기다릴 뿐이야. 견딜 수 있겠어? 홀쩍 떠난 남자를 기다리며 1년 2년을 보내고, 어느 날 문득 돌아온 남자 앞에 마치 기다린 적이 없던 것처럼 저녁상을 내올 수 있겠느냐고. 사랑 따위 운운하지 말고 자신 없으면 그만둬. 혼자 다치기 십상이야. 심심산천에서 홀로 아프면…… 그보다 더 끔찍한 일은 없는 법이야.

— ……혼자 견디는 건 잘해요.

협이 콧김이 닿을 듯 가깝게 얼굴을 들이밀고 그미의 눈을 물끄러미 들여다보았다. 그미는 더 말을 잇지 못한 채 눈만 끔벅거렸다.

— 산, 그 고집불통도 잘 견디지.

— 좋은 사람이에요.

— 누가 그걸 몰라? 허나 내 딸이면 개마고원에서 청춘을 보내라고 권하진 않겠어. 보아하니, 공부도 많이 한 도시 처녀 같은데, 그걸 전부 포기해도 상관없어?

— 대신 개마고원을 얻는 거죠. 숲과 들짐승, 날짐승들이 있으니까요.

— 끼리끼리 만났군. 난 모르겠어. 이렇게까지 얘기했는데도 고집을 부리면 할 수 없지. 남이 대신 살아주는 것도 아니고.

마당 끝에 높이 솟은 종비나무 아래로 산이 숨을 헐떡이며 들어섰다.

— 챙기시오. 갑시다.

그미가 바가지 안을 들어 보였다.

— 잠깐만요. 마저 끝내고요.

— 당장 안 오면 그냥 가겠소.

협은 지팡이로 체중을 실은 채 죽이 묻은 바가지로 산을 가리키며 혀를 찼다.

— 쯧쯧, 저놈 성깔은 개도 안 물어가지.

그미는 서둘러 방으로 들어가서 배낭을 들고 나왔다. 협은 인사 대신 허리춤에서 종을 꺼내 손에 쥐여주었다. 그미는 종을 들어 가볍게 흔들었다. 맑은 소리가 울렸다.

— 빨리 오시오.

산이 다시 재촉했다. 협이 그미의 손에 든 종을 내려다보며 먼저 말했다.

— 고맙다. 다음에…… 같이 와.

산은 삼지연의 발자국을 따라 숲을 가로질렀다. 주홍은 배도 고프고 목도 말랐다. 급히 나오느라 물 한 모금 마시지 못했다. 그미는 일부러 걸음을 늦추며 두 번이나 멈췄지만, 산은 돌아보지 않고 더 빨리 걸었다. 10분 정도 지났을까. 작은 언덕을 넘어 얼어붙은 개천에 이르렀다. 산은 그미가 올 때까지 고개를 숙인 채 그 자리를 맴돌았다.

— 잘 보시오.

산은 자신이 계속 돌았던 땅을 손으로 가리켰다. 젖은 땅에 호랑이 발자국이 선명하게 찍혀 있었다. 산은 해가 뜨기 전에 벌써 이곳까지 삼지연의 발자국을 따라왔던 것이다. 발자국들을 살피는 그미의 눈이 점점 커졌다. 두 무릎을 꿇고 앉아서 발자국의 크기와 형태를 확인한 뒤 고개를 들었다. 삼지연의 발자국 옆에 흰머리의 크고 넓은 발자국이 나란했다.

— 여기서 만났군요, 드디어!

그미의 떨리는 목소리에 기쁨이 가득했다. 산은 바위 아래 무릎을 꿇고 뾰족한 돌덩이로 얼음을 깬 뒤 허리를 숙여 얼음과 얼음 사이에 얼굴을 넣었다. 그미도 손 움큼으로 물을 떠 마셨다. 머리가 울리며 명증한 풍광 하나가 떠올랐다. 바위 위에서 훌쩍 차례로 뛰어내린 뒤, 얼음에 비친 자신들의 모습을 보며 고개를 꺾는 두 마리의 호랑이. 삼지연과 흰머리처럼, 그미는 굽이굽이 압록강까지 흐르는 물을 날름날름 혀를 내밀어 삼키기 시작했다.

쌍해가 데려온 몰이꾼은 열 명이었다. 그들은 새벽부터 쌍해의 명령에 따라 덫을 놓고 쇠뇌를 설치하고 그물을 쳤다. 특히 지난 밤 묵은 귀틀집 근처에 집중적으로 그물을 뿌렸다. 쌍해는 아침도 먹지 않고 청룡과 현무와 함께 흰머리의 발자국을 따라 숲으로 사라졌다가 돌아왔다. 히데오가 짜증 섞인 표정으로 따지고 들었다.

— 숲도 아니고 앞뒤가 훤히 뚫린 곳을 고집하는 이유가 뭐야?

쌍해는 즉답 대신 들고 있던 쇠도리깨로 아라비아 숫자 8을 땅바닥에 그린 뒤 두 원이 만나는 가운데 지점을 짚었다.

— 대장님 서 계신 곳이 바로 여깁니다.

— 돌아올 거란 말인가?

쌍해가 자신 있게 답했다.

— 그렇습니다. 아래 원이 너무 커 끝까지 추격하진 못했지만, 놈은 위쪽 원을 두 바퀴나 돌았습니다. 아래쪽도 위쪽처럼 돌 가능성이 큽니다.

— 믿기 힘든 말이군. 우리가 이 집에 묵은 줄 알면서도 그리 한다? 무시하겠단 건가? 흰머리의 마음을 헤아린다니 어디 답해봐.

— 기분 나쁘시겠지만…… 그런 것 같습니다. 흰머리의 상대는…….

— 산이라고? 집어치워. 흰머리는 내가 잡겠어. 그러니 예상 지점을 확실히 찍어봐. 놈을 명중시키기 가장 좋은 곳이 어디지?

— 산을 기다리는 편이…….

— 그럼 그냥 손 놓고 놀지 덫은 왜 깔고 그물은 왜 쳐?

— 만약을 대비해서입니다. 제아무리 명사수라도, 호랑이 그것

도 왕대인 흰머리를 잡는 일은 호락호락하지 않습니다. 변수가 워낙 많으니까요.

— 실패해도 산의 목숨을 지키기 위한 방편이다?

— 그렇습니다.

— 그럼 저것들이 내 목숨도 지켜주겠군. 안 그런가?

— 위험합니다.

— 최적지를 꼽지 않으면 몰이꾼에게 품삯을 지불하지 않겠어. 다 돌려보내.

— 대장님!

— 그래, 내가 대장이야. 해수격멸대 대장이 호랑이를 잡는 게 순리지. 안 그래? 어서 찍어.

쇠도리깨가 두 개의 원을 따라 돌았다.

— 어딜 정하든 단발 승부입니다. 호랑이의 급소를 맞춰 치명상을 입히지 못하면 포수가 위태롭지요. 사냥개도 달려들고 그물도 던지고 쇠뇌도 쏘고 그러겠지만, 이미 호랑이의 앞발톱이 포수의 가슴을 찢고 송곳니가 포수의 목뼈를 부러뜨린 뒤가 대부분입니다. 그래도 하시겠습니까?

— 흰머리보다 너부터 죽여주마.

쌍해가 쇠도리깨를 어깨에 멘 채 앞장섰다. 히데오가 윈체스터를 들고 뒤따랐고, 청룡과 현무가 호위하듯 좌우로 벌려 걸었다. 쌍해는 자작나무 가지를 이어 늘인 대형 그물을 호위병처럼 거느린 바위가 나타나자 멈춰 섰다. 바위까지의 거리는 20미터 남짓이었다. 쌍해가 쇠도리깨를 총처럼 들고 왼무릎을 꿇은 채 앉았다. 히데오도 흉내를 내며 같은 자세를 취했다.

— 여기란 말인가?

쌍해가 왼눈을 감고 조준을 하면서 답했다.

— 완만한 내리막입죠. 호랑이는 도약해서 먹이의 목뼈를 한 방에 부러뜨립니다. 황소나 멧돼지처럼 큰 녀석인 경우에는 등에 올라탄 채 체중으로 누르며 목을 꺾기도 하지요. 바위 바로 아래에선 호랑이의 급습을 대비하기 어렵습니다. 하지만 이 정도 내리막이라면 바위에 올라선 호랑이의 움직임이 훤히 보일 뿐만 아니라 도약하여 달려든다 해도 총구를 지나치게 올리지 않고 급소인 가슴을 맞힐 수 있지요. 흰머리는 위쪽 원을 돌고는 이 바위 위에서 두 번 모두 쉬었습니다. 그때가 기회입지요. 그물을 내리쳐도 잡을 수 있지 않을까 합니다.

— 내가 명령하기 전엔 절대로 그물을 내리지 마. 이 총으로 잡겠어. 알아들어? 내 허락 없이 그물을 내렸다간 호랑이 아가리에 네놈 머리를 집어 넣어버릴 테다. 호랑이를 잡으면 네겐 품삯을 배로 주지.

산은 호랑이 발자국을 따라 뛰기 시작했다. 주홍도 뒤떨어지지 않기 위해 숨을 헐떡이며 재게 걸음을 놀렸다. 흰머리의 발자국 위로 삼지연의 발자국이 겹쳐 눌린 꽃잎처럼 박혔다. 그들은 희롱하며 어지럽게 뛰놀지 않고 먹이를 추격하듯 곧장 허항령으로 향했다. 까마귀 세 마리가 먼저 고개를 넘었다. 산은 쌍해와 히데오가 흰머리를 공격하지 않기만을 바랐다. 개마고원 호랑이의 영민함을 믿지 않는 히데오가 실수를 범해 사냥 자체를 엉망으로 만들지 않을까 걱정이었다. 산이 달리기를 멈추고 한쪽 무릎을 꿇었다. 그미가 헉헉헉헉 숨을 토하며 산의 곁에 와선 헛구역질까지 쏟았다. 그미는 손등으로 이마를 쓸어 올리며 호랑이들의 발자국을 찾았다.

— 흩어졌군요.

겹쳐 박혔던 흰머리와 삼지연의 발자국이 둘로 나뉜 것이다. 산이 고갯길을 가늠했다. 허항령, 쌍해와 만나기로 한 귀틀집이 언덕 바로 너머에 있었다. 산은 흰머리의 발자국이 찍힌 흙덩이를 집어 엄지와 검지로 비볐다. 딱딱하게 얼어 있었다. 서너 시간은 족히 지난 것이다. 서너 시간이면, 상황을 끝마치기에 충분한 시각이다. 그러나 다행스럽게도 총성이나 휘파람, 포효는 없었다.

— 둘 중 어느 쪽을…….

그미의 질문이 끝나기도 전에, 산은 흰머리의 발자국을 따라 천천히 걸음을 떼며 정조준했다. 지금부터는 무슨 일이든 일어날 수 있고, 당한 후에는 후회할 찰나도 허락되지 않는다.

언덕마루부터는 아예 아랫배를 차디찬 땅에 댄 채 기었다. 주홍도 뒤질세라 엎드려 가슴을 끌어당기며 나아가고 멈추고 살핀 후 나아갔다. 호랑이 발자국이 뒷걸음질 치며 횡으로 두 걸음 물러섰다가 나무등걸 뒤로 숨었다가 다시 전진했다. 사냥감을 눈앞에 둔 호랑이의 전형적인 움직임이다. 최대한 기척을 줄이고 엄폐물을 이용하여 가까이 접근하는 것이 사냥의 성공률을 높인다. 흰머리의 시야에 먹잇감이 포착된 것이다.

산은 고개를 돌려 주홍을 찾았다. 그미가 그에게서 불과 5미터 남짓 거리를 둔 채 낮은 포복으로 다가왔다. 산이 왼손으로 허공에 가위표를 그은 뒤 손등을 보이며 밀어내는 시늉을 했다. 따라오지 말고 물러나 기다리라는 뜻이다. 그미는 고개를 저었다. 산이 더욱 크게 손등을 앞뒤로 흔들었다. 그미의 고개가 두 번 좌우로 흔들렸다. 그때 산의 귀에 돌멩이 튀는 소리가 들렸다. 소리 나는 쪽으로 고개를 돌렸다. 어깨를 한껏 낮추고 천천히 접근하는 호랑이가 눈에 띄었다. 흰머리였다. 놈이 노리는 먹잇감은, 가문비나무에 가려 눈만 겨우 보였지만, 히데오였다. 해수격멸대장은 자신의 등 뒤로 접근하는 흰머리의 존재를 모른 채 정면만 주시했다. 산은 천천히 흰머리의 어깨 바로 아래를 겨눴다. 호랑이의 심장이었다. 산은 방아쇠에 검지를 갖다 댔다. 어흥, 호랑이가 울었다. 흰머리의 울음보다 작고 가는 암호랑이 울음이었다. 울음이 나는 쪽으로 눈동자를 돌렸던 산이 다시 흰머리를 찾았다. 산의 목표는 언제나 흰머리였고, 삼지연은 복수의 대미에 곁들일 장식품에 불과했다.
　― 안 돼.

산이 방아쇠를 당기기 직전, 그미가 산의 어깨를 밀쳤다. 흰머리가 달리며 어흐흥, 쩌렁쩌렁한 울음을 내질렀다. 삼지연이 바위 아래로 뛰어내리려다가 돌아섰다.

— 탕!

히데오가 삼지연을 향해 윈체스터를 발사했다. 흰머리의 포효에 놀란 탓인지 탄환은 삼지연의 등에서 2미터 위 자작나무에 박혔다. 히데오가 다시 장전하려는 순간, 흰머리가 히데오의 옆구리를 머리로 들이받았다. 저만치 나가떨어지면서 윈체스터를 놓친 히데오는 갈비뼈라도 부러진 듯 엎드려 끙끙 앓았다. 쌍해가 삼지연을 향해 그물을 떨어뜨린 것도 바로 그 순간이었다. 삼지연은 간발의 차이로 그물을 피해 그루터기로 펄쩍 올라섰다. 흰머리가 다시 울자, 삼지연은 토끼처럼 껑충껑충 뛰며 바람처럼 내닫기 시작했다.

— 이거 놓으시오.

산은 매달리는 그미의 손을 확 뿌리쳤다. 팔꿈치가 그미의 광대뼈를 쳤다. 삼지연이 무사히 달아난 것을 확인한 흰머리가 고개를 반대쪽으로 돌렸다. 히데오는 비명도 지르지 못한 채 오줌을 지렸다. 흰머리가 큰 입을 벌려 송곳니를 드러낸 순간, 청룡과 현무가 좌우에서 달려들었다. 청룡은 단번에 옆구리를 물었지만, 현무는 흰머리의 앞발에 걸어채여 쓰러졌다. 흰머리는 청룡을 옆구리에 단 채 현무의 얼굴을 앞발로 번갈아 후려쳤다. 현무의 얼굴도 흰머리의 앞발도 온통 피로 얼룩졌다.

— 탕!

산이 뒤늦게 모신나강을 쐈지만 흰머리의 어깨에 매달린 청룡 때문에 조준 사격이 어려웠다. 호랑이의 발 앞에 흙먼지가 일었다. 흰머리가 슬쩍 산을 노려보더니 삼지연이 사라진 숲으로 달아났다. 옆구리에 매달린 채 덜렁덜렁 끌려가던 청룡이 나무에 부딪혀 나뒹굴었다. 청룡은 곧 다시 일어서서 흰머리가 사라진 숲을 향해 맹렬하게 짖어댔다. 그미가 달려가서 현무를 끌어안았다. 흰머리의 발톱에 찢긴 현무의 얼굴은 눈코입귀를 가리기 어려울 만큼 붓고 뜯겨 참혹했다. 목이 부러지고 턱까지 으스러졌다. 벌어진 주둥이 사이로 늘어진 검붉은 혀가 가늘게 떨렸다.

— 현무…….

그미가 이름을 부르자 현무의 왼쪽 눈자위가 꿈지럭거렸다. 피떡이 앉은 눈꺼풀이 겨우겨우 올라갔고, 충혈된 눈동자에 겨우 그미가 맺혔다. 그러나 눈꺼풀은 곧 다시 아래로 떨어졌다. 현무는 두 번 다시 눈을 뜨지 않았다.

몰이꾼들이 히데오를 귀틀집으로 옮겼다. 주홍도 간호를 위해 따라 들어가다가 산 옆에 멈춰 섰다.

— ……얘기 좀 해요.

그미가 몸을 돌려 암호랑이가 버티고 섰던 바위 뒤로 걸어갔다. 산이 먼저 물었다.

— 얼굴은 괜찮소?

그미가 손바닥으로 시퍼렇게 부어오른 광대뼈를 문질렀다.

— 괜찮아요.

산은 다시 고개를 치켜들고 곧게 뻗은 자작나무 끝을 살폈다. 20미터 위로 맵고 빠른 바람이 나뭇가지를 흔들며 지나갔다. 그미가 잠깐 숨을 골랐다.

— 미안해요. 내가 원망스럽죠.

— ⋯⋯.

— 나 때문에 기회를 놓쳐서.

— ⋯⋯당신 때문이 아니오.

— ⋯⋯어리석다고 생각지 않나요.

— 다시는 내 총에 손을 대지 않는다고 약속하시오.

— 한 번만 다르게 생각해줄 수 없나요? 흰머리가 죽으면 개마고원을 지배하고 호령하는 왕대, 수호랑이는 한 마리도 남지 않게 돼요. 이 땅에서 호랑이가 멸종되길 바라진 않죠?

산이 그미를 노려보았다. 그미도 지지 않고 산의 깊고 검은 눈동자 속을 들여다보았다. 산은 언쟁에 익숙하지 않았다. 발견하고 쫓고 죽이는 과정엔 말과 말을 섞어 다툴 일이 없다. 팽팽한 평행선. 산은 말로 그미를, 이 어색한 평행선을 좁힐 자신이 없었다.

— 당신이 다치는 걸 원치 않소.

— 나도 그래요.

— 외나무다리라오, 흰머리와 나 외에 다른 이가 오를 수 없는. 이 싸움에 당신 자린 없소.

— 자리는 없어지기도 하고 생기기도 하죠. 격멸대에 처음 들어왔을 때, 당신 마음에 내 자리는 없었잖아요?

산은 단순한 승부를 원했다. 그미를 떠올릴 때마다 실타래가 얽혀들기 시작했다. 산이 먼저 돌아서서 나왔다. 세상에는 그가 다루지 못할 것들이 아직도 많았다.

— 서너 대는 나갔겠어.

쌍해가 곰방대를 물며 혀를 끌끌 차댔다.

— 덫은?

— 약은 놈들이야. 그물이나 쇠뇌를 숨겨둔 자리를 살짝살짝 비켜 갔어. 냄새를 없앴는데도 말이야.

— 왜 그랬습니까?

기다리지 않고, 란 말은 생략했다. 담배 연기를 내뿜으며 쌍해가 머쓱한 웃음을 지어 보였다.

— 하도 고집을 부려서…….

— 그래도 기다렸어야죠. 히데오가 죽기라도 하면 아저씨만 난처해집니다.

— 알아듣게 여러 번 설득했는데…… 사람이 원래 그렇잖아? 자기보다 더 뛰어난 자는 인정하기 싫고 어떻게든 누르고 싶지.

— 뒷수습 부탁합니다.

— 같이 가.

— 혼자 해보겠습니다. 원래 이건 저와 흰머리의 일이었어요.

— 그렇긴 하지. 하지만 너 혼자 호랑이 두 마리를 상대하긴 어려워.

산이 쓴웃음을 지으면서 쌍해의 어깨를 짚고 일어섰다. 쌍해가 고개를 든 채 물었다.

— 지금 가려고?

— 아무래도 또 퍼부을 것 같습니다. 발자국이 묻히기 전에 따라잡아야죠.

— 주 선생은?

산은 흘끔 귀틀집을 돌아보았다. 작별 인사 따위는 산에게 어울리지 않았다. 쌍해가 엉덩이를 털며 일어섰다.

— 알겠어. 먼저 가. 대충 정리를 해두고 곧 뒤따르겠네.

— 아저씨!

— 웅 형님이 그러셨어. 흰머리는 해마다 꼭 한 번 천지天池에 오른다고. 제 씨를 다 뿌린 뒤 천지 맑은 얼음에 늠름한 자신을 비춰 확인한다고.

— 사실일까요?

— 모르지. 감히 흰머리를 추격하는 포수는 네가 처음이니까.

— 백두산은 저도 처음입니다.

— 왕대에 관한 전설이 괜히 만들어졌을 리 없지. ……산아!

— 네.

— 아니다 싶으면 물러서라. 7년을 기다렸는데 한두 해 더 못 기다리겠냐? 여러모로 상황이 안 좋다. 호랑이 사냥은 첫 방에 끝내

야 하는 법이야. 지금처럼 이불 속까지 다 들킨 상황에선 사냥을 접는 게 순리지.

— 알겠습니다.

— 가슴에 묻는 건 웅 형님 하나로 충분하다. 너까지…….

시신을 수습하고 싶지 않다는 말을 쌍해는 뱉지 않았다. 말이 씨가 되는 법. 불행을 예감하는 이야기는 하지 않는 것이 개마고원 포수의 불문율이다. 이끼훅 이훅! 산이 박새 소리를 닮은 휘파람을 불었다. 청룡이 달려왔다.

삼지연에서부터 무거운 눈구름이 진군하는 기마병처럼 바람갈기를 세운 채 몰려왔다. 고원의 겨울바람은 언제나 거센 법이지만, 지금의 폭풍은 새끼 노루들을 허공에 띄울 만큼 강력했다. 산은 바람과 정면으로 맞서지 않았다. 꺾이고 휘돌고 쉬어가는 곳으로만 청룡을 앞세우고 달리다가 하늘과 바람을 살피고 또 건너뛰었다. 아직 눈은 내리지 않았다. 바람 소리에 귀를 쫑긋 세운 채, 청룡은 킁킁 자주 땅에 코를 박고 냄새를 맡았다. 강풍이 훑고 폭설이 내리면 호랑이 흔적을 찾기란 더더욱 어렵다. 천둥이 우르르릉 쳤고 고원은 더욱 고요했다.

발자국은 큰 국화꽃이 작은 국화꽃을 짓뭉개는 식으로 이어졌다. 허항령으로 접근할 때와는 반대로 삼지연이 앞장을 서고 흰머리가 암호랑이의 발자국을 짚으며 나아갔다. 산의 추격을 예상한 움직임이었다. 산은 바위나 고목처럼 호랑이가 도약하기 좋은 곳에서는 더욱 신중하게 비탈을 오르거나 아예 길을 돌아서 위험을 피했다. 예측대로 눈이 내리기 시작했다. 하늘은 호랑이 편이었다.

주홍은 내내 원망의 눈길을 거두지 않았지만, 쌍해는 묵묵히 현무를 양지바른 참나무 아래에 묻었다. 화를 내기는 히데오도 마찬가지였다. 해수격멸대장인 자신의 허락도 받지 않고 산 혼자 단독으로 흰머리를 추격하러 떠난 것이다. 부러진 갈비뼈가 울릴 정도로 쌍해를 향해 고함을 질러댔다.

— 멍청한 놈! 날 불렀어야지. 왜 그냥 보냈어?

그미도 이번만큼은 히데오와 같은 마음이었다.

— 산은 처음부터 격멸대에 속하지 않았습니다.

— 머저리 같은 놈! 단 한 푼도 주지 않겠어.

— 돈 필요 없습니다.

— 처음부터 이럴 생각이었지? 호랑이를 살려 보낼 작정이었어. 그래서 엉뚱한 곳으로 그물을 뿌린 거고……. 산과 네놈이 짠 거야. 네놈들은 날 죽이고 호랑이를 잡으려고 했어.

— 산이 오기 전에 사냥을 결정한 건 제가 아니라 대장님입니다.

— 이 새끼!

히데오가 주먹을 휘둘렀지만 쌍해가 한 걸음 물러나며 피했다. 히데오는 가슴이 아픈지 바람 빠진 공처럼 얼굴을 찡그리며 주저앉았다. 그미가 히데오의 옆구리를 부축했다.

— 쉬셔야 해요. 내일 삼지연으로 가서 치료해줄 의사부터 찾죠.

이제 막 떨어져 내리기 시작한 눈이 두 사람의 머리에도 앉고 쌍해의 쇠도리깨에도 앉고 현무의 작고 봉긋한 무덤에도 앉았다.

— 추격하자고요? 싫습니다. 나는 가지 않겠습니다.

쌍해가 장정들과 함께 그물을 챙겼다.

— 아저씨는 알잖아요? 산! 그 사람 혼자 두어선 안 돼요.

— 7년 동안 혼자 먹고 혼자 자고 혼자 호랑이를 쫓았습니다. 걱정 마십시오.

— 그 사람…….

그미가 말을 잇지 못하고 고개를 들었다. 젖은 눈을 보이기 싫어서였다.

— 미안하다고 전해달라더군요.

쌍해는 거짓말을 건넸다. 그미가 손등으로 눈물을 훔치며 웃었다.

— 그런 말 할 사람 아니란 거, 잘 아시잖아요? 그 사람…… 죽을지도 몰라요.

— 포수에게 가장 멋진 죽음이 뭔지 생각해보신 적 있습니까?

— 멋진 죽음?

그미가 즉답을 못 했다. 쌍해는 손등의 멧돼지 문신을 번갈아 감싸며 잠시 뜸을 들였다.

— 나보다 더 강한 상대에게 제압당해 목숨을 잃는 것. 개마고

원 포수들은 누구나 그 순간을 두려워하면서도 꿈꾸며 기다립니다. 우린 모두 그렇게 죽었습니다. 아버지도 아버지의 아버지도 그 아버지의 아버지도.

— 그 사람…… 죽으면 안 돼요. 아저씨. 어서 같이 가요. 가서…….

— 좋아하십니까?

— ……아니에요.

— 흰머리를 살리는 일에만 집중하시더니, 이젠 산을 구해야 한다고 하니 드리는 말씀입니다. 집착은 사랑입니다. 사람이든 짐승이든.

— 길을 가르쳐주세요. 그 사람이 간 길을 아저씨는 아시죠?

— 길 따윈 없습니다.

— 아저씨!

— 저 바람살을 보십시오. 천지 사방이 눈안개로 자욱합니다. 적어도 열흘 넘게 길이란 길은 모습을 감출 겁니다.

— 어떻게 흰머리를 추격하죠?

— 추격은 불가능합니다.

— 그럼?

— 의지의 문제죠.

— 의지라고요?

— 봄이 오기 전에 이 악연을 끝내겠다는 뜻을 흰머리도 산도 지녔다면, 둘은 만나겠지요.

— 산은 벌써 그 마음을 품었지만 흰머리도 그럴까요?

— 이제 곧 백두산이니까요. 흰머리는 백두산에서 열 배 아니 백 배는 더 강해진다고 합니다. 승부를 내야 한다면, 흰머리에게 그보다 더 유리한 곳은 없습니다.

— 그 말은 산, 그 사람에겐 가장 불리한 곳이란 뜻인가요?

— 그렇습니다.

— 불리하다면, 말리셨어야죠.

— 말린다고 들을 녀석이 아닙니다. 그 정도 불리함이야 흰머리와 맞서기 위해 감수할 조건이라 여길 테고요. 일단 삼지연까지 서둘러 내려가시죠. 더 지체했다간 허항령에서 영영 발이 묶일지도 모릅니다.

의지의 문제. 그미는 쌍해의 말을 다르게 받아들였다. 배낭을 챙기고, 산이 묶어준 발감개를 고쳐 돌려 맸다. 이대로 산을 보낼 순 없었다. 산이 떠나자 그미는 공허했다. 한 시간도 견디기 어려운데, 산이 돌아오기만을 기다리며 하루를, 열흘을, 어쩌면 한 달을 보낼 생각을 하니 끔찍했다. 돌풍과 폭설에 고생하더라도, 산을 찾아 나서기로, 쌍해가 '의지의 문제'라고 말한 순간 결심했다. 그미는 호랑이 연구를 위해 시호테알린으로 떠났던 첫 마음으로 돌아왔다. 이번에 그미가 택한 운명은 호랑이가 아니라 산이라는 개마고원 포수였다. 호랑이보다 더 호랑이 같은 사내이기에 그미로서는 이 운명이 낯설지 않았다. 산! 기다려요. 내가 곧 갈게요. 조심조심 문을 열고 나서는데, 검은 그림자가 불쑥 모습을 드러냈다. 휴식을 취하기 위해 다른 방으로 들어갔던 히데오가 피식 비웃음을 흘리며 서 있었다.

— 대장!

도둑질하다가 들킨 아이처럼 그미가 놀라 외쳤다.

— 긴말 않겠소. 들어가시오.

그미는 포기하지 않고 곧장 히데오 앞으로 걸어갔다. 히데오는 턱을 높이 치켜들어 먹구름 가득한 하늘을 우러렀다.

— 자살을 방조하고 싶진 않소.

— 자살이 아니에요. 나는 단지…….

— 자살이오. 눈과 바람이 어지러운 밀림으로 혼자 들어간 여자는 생환하기 어렵소.

— 못 본 척 보내줘요.

히데오의 시선이 천천히 아래로 내려와서 그미의 두 눈에 이르렀다. 히데오는 처음으로 속에 품은 말을 짧게 뱉었다.

— 무모함은 사랑도 뭣도 아니오. 주 선생이야말로 못 본 척 마시오.

— 못 본 척 말라고요? 내가 뭘 보고도 못 본 척한다는 거죠?

그미가 곧장 말꼬리를 잡아챘다.

— 방으로 돌아가서 스스로에게 물어 답을 찾으시오. 눈과 바람이 잦아지면 그때 하산하겠소. 이건 명령이오.

— 싫어요.

그미가 히데오 곁을 지나치기도 전에, 쌍해를 비롯한 장정들이 병풍처럼 둘러섰다. 빠져나갈 구멍은 없었다.

허항령에서 소백산까지 오르막이 이어졌다. 2,000미터를 오르내리는 능선. 북풍을 정면으로 맞으면, 얼굴을 천으로 감아 맸는데도, 칼바람이 코와 눈과 귀로 밀려들었다. 눈이 무릎까지 차올라 길과 길 아닌 곳의 경계마저 지웠다. 청룡이 껑충거리며 눈 먼 이를 인도하듯 앞장섰다. 한낮도 저물 무렵 같았고 저물 무렵에는 곧바로 밤이 시작되었다. 새 한 마리 날지 않았고 들짐승 한 마리 눈안개 밖으로 나타나지 않았다. 귀틀집의 굴뚝 연기 따윈 행복한 상상에 불과했다. 이 산에 숨이 붙어 움직이는 것이라곤 청룡과 산 자신뿐이라는 착각이 들 지경이었다. 소백산 자락에 이르자 눈에 얼음 알갱이까지 섞였다. 목덜미가 벌침을 맞은 듯 따끔거렸고, 옷은 젖자마자 얼기 시작했다. 눈꺼풀이 무겁고 가슴이 무겁고 무릎이 무거웠다. 뒷머리가 쭈뼛 서면서 화살 맞은 어깨가 떨어져 나갈 듯 아파올 때면, 걸음을 멈추고 나무를 두 손으로 잡은 채 허리를 숙여 거친 숨을 몰아쉬었다. 이 끔찍한 고통이 지나가기만을 기다리는 것 외엔 다른 방법이 없었다. 그렇게 땅을 쳐다보며 버티고 있으면 몸이 자꾸 가라앉았다. 산은 다시 허리를 펴고 목젖을 울리며 기합 아닌 기합 소리를 토하며 스스로에게 다짐했다. 움츠려들면 더욱 피로하고, 피로가 겹치면 졸리고, 졸려 비틀대다가 주저앉아버리면 영영 일어서지 못한다. 멈추면 죽음이다. 멈춤에 다가가려는 모든 조짐을 차단해야 한다. 손발을 놀리고, 소리를 지르고, 눈을 부릅떠라!

산은 허항령에서 소백산까지 가는 동안 흰머리가 할퀸 나무를 세 그루 찾아냈고 눈을 헤쳐 그 밑에 놓인 배설물을 두 번 집어 들었다. 오르막의 정점, 숨이 턱까지 차올라 무조건 앉아 쉬고 싶은 바위나 그루터기에 흰머리는 여지없이 흔적을 남겨놓았다. 삼지연의 흔적은 없었다. 흰머리는 눈의 양과 바람의 세기, 나무의 모양과 위치를 살펴 산이 발견하기 쉽도록 영역 표시를 해놓았다. 눈앞에서 산을 이끄는 짐승은 청룡이었지만, 보이지 않는 곳에서 더 강력하게 이끌어 당기는 짐승은 흰머리였다. 산은 밤에도 북진을 계속하기로 마음을 바꿨다. 흰머리의 속도가 떨어지는 것이 산을 유인하기 위한 술책만은 아닌 듯했다. 문제는 암호랑이 삼지연이다. 쌍해의 그물을 운 좋게 피했지만, 군데군데 쳐둔 덫과 쇠뇌를 피하면서 부상을 입은 것은 아닐까. 그래서 이 능선을 함께 타지도 못하고, 흰머리는 삼지연의 몸 상태를 고려해서 속도를 조절하는 것은 아닐까. 그렇다면 더더욱 흰머리를 바짝 쫓아 압박해야 한다. 허항령에서 소백산까지는 오르막 능선이 평탄하게 이어지는 반면, 소백산에서 간백산 사이의 능선은 굴곡도 많고 오르내림도 심했다. 청룡은 굽이를 돌고 경사가 바뀔 때마다 컹컹 짖으며 기다렸다. 오늘 산행은 여기서 마치고 근처에서 잠들 곳을 찾자고, 고집쟁이 산을 설득하는 소리인지도 몰랐다. 산은 잠시 멈춰 서서 청룡의 뒷머리를 쓰다듬었다. 청룡은 앞발을 들며 빙글빙글 껑충 껑충 산의 어깨까지 뛰어올랐다. 산은 가방에서 사각형으로 자른 불곰고기를 청룡의 입에 넣어주었다. 그로부터 둘은 한 시간을 더 질주했다.

눈은 바위와 나무와 흙과 바람을 만나, 순간순간 다른 소리를 만들어냈다. 이야기꾼이라면 도깨비짓으로 돌릴 만한, 풀쩍 뛰어 눈구름에 정수리를 부딪는 소리였고 푹 꺼져 아직도 끓고 있는 용암에 닿을 소리였다. 삶과 죽음을 넘나드는 소리. 꽁꽁 얼어붙은 중심에서 활활 타오르는 소리. 상상하는 모든 것의 바깥에서 들려오는 소리. 웅장하고 엄중하고 날카로운 소리. 듣는 이를 발가벗기는 소리. 고백하게 만드는 소리였다. 개마고원에 처음 온 이들은 이 소리만 듣고도 두려움에 눈물을 쏟았다. 개마고원의 포수는 어려서부터 소리를 소리로 받아들이는 연습을 했다. 소리를 만드는 사물이나 상황을 상상하지 않고 소리를 소리로만 품었다. 상상을 멈추면 소리에서 비롯되는 공포도 사라졌다.

간백산에 이르자 어둠이 걷히기 시작했다. 해가 뜨고도 남을 시간이었지만, 눈구름이 간백산 바위 봉우리를 삼킨 탓에 탁 트인 시야는 허락되지 않았다. 산은 간백산의 비탈을 돌았다. 다음 목적지인 대연봉에 이르는 길은 두 갈래였다. 곧장 북상해도 되고 북서쪽으로 틀어 압록강과 코를 댄 선오산을 타고 다시 북동진해도 된다.

전자가 조금 가깝지만 더 가파르다. 후자는 능선이 완만해지다가 밭농사까지 가능한 평평한 땅으로 이어지고 봉우리 하나만 넘으면 선오산까지 내리막 비탈이다. 산은 후자를 택했다. 두 시간 남짓 비탈을 돌다가 남쪽 비탈에서 서쪽으로 뻗은 능선에서 백두산 사슴 시체를 찾았다. 수사슴의 오른쪽 엉덩이와 배와 네 다리는 벌써 흰머리가 먹어 치운 뒤였다. 산은 장도를 꺼내 가슴을 찔러 살을 도려냈다. 사슴 피가 손가락을 타고 손목까지 흘렀다. 산은 가슴살을 청룡에게 먼저 던졌다. 하루 종일 굶은 청룡이 컹컹 짖으며 살점을 물고 사슴의 머리맡에 앉아서 씹기 시작했다. 산은 다시 장도로 엉덩이 가죽을 뜯고 살점을 떼어 입에 넣었다. 호랑이는 먹잇감을 사냥한 후 엉덩이부터 먹어 치운다. 네 다리를 잘라 먹을 정도라면, 왼쪽 엉덩이를 마저 먹을 여유가 충분했다는 소리다. 그런데도 흰머리는 가장 즐기는 엉덩잇살을 남겼다. 산을 위해 남긴 살점이었다. 굶주려 쓰러지지 말고 따라오라! 산은 꿀꺽 살점을 삼킨 뒤 목젖이 흔들릴 만큼 킬킬킬킬 웃기 시작했다. 고개를 박고 살점을 뜯던 청룡이 그 소리에 놀라 귀를 세우며 한 걸음 다가섰다. 산은 사슴 피 묻은 손으로 청룡의 옆구리를 장난처럼 쳤다. 청룡이 재빨리 물러났다. 산이 청룡과 눈을 맞추며 물었다.

— 어때, 청룡? 내가 호랑이랑 닮은 것 같아?

배가 부르니 졸음이 밀려들었다. 지난밤 바짝 긴장한 채 오르내린 능선과는 달리 황소의 등판처럼 완만한 땅이 펼쳐졌다. 어느새 눈도 잦아들었다. 산은 각진 돌로 개천의 얼음을 깨고 얼굴과 손발을 씻었다. 밤길에 찢기고 긁힌 자리마다 참고 지나친 시간을 원망하듯 벌겋게 부어올라 아우성쳤다. 발가락 사이사이 물기를 완전히 닦아낸 후 오랜 시간을 들여 다시 발감개를 했다. 모신나 강의 총열을 다시 한 번 손질했다. 총구 안의 작은 티끌이라도 탄환이 도착하는 지점을 한 치 이상 벗어나게 할 수 있다. 작은 차이가 성패를 가른다. 목과 어깨와 다리, 모든 관절을 일일이 돌리고 풀기 시작했다. 돌리고 돌리고 또 돌리며 몸의 작은 변화까지 살폈다. 어쨌든 아침이다. 지난밤을 꼬박 길에서 보냈다는 사실마저 잊고, 새로 시작하고픈 생生의 아침.

흰머리와 삼지연의 발자국을 찾았다. 둘은 만났다가 헤어지고 다시 만났다가 헤어졌다. 두 호랑이가 갈라선 발자국 앞에서 산은, 땅을 뚫고 튀어나오는 두더지라도 잡을 듯, 총구를 번갈아 겨눴다. 삼지연은 때때로 흰머리의 발자국을 디뎠지만, 흰머리는 삼지연의 발자국을 밟지 않았다. 가까이 붙고 빙빙 돌면서도, 조심스럽게, 발자국만 살펴 짐승의 크기와 체중과 몸 상태를 알아내려는 포수처럼.

선오산에 들어 서쪽 골짜기로 내려갔다. 오르막보다 내리막에서 발목과 무릎을 잘못 놀려 크고 작은 부상을 당하는 경우가 많았다. 한 걸음을 딛더라도 일정한 보폭과 힘을 유지해야 한다. 삐죽 솟은 바위들이 얼음을 깨고 물보라를 일으키며 으르렁거렸다. 걷다가 멈추고 걷다가 멈췄다. 흰머리의 발자국이 다시 사라진 것이다. 얼어붙은 바위에서 바위로만 오르고 내려 흔적을 감춘 듯했다. 청룡이 갑자기 강줄기 건너편을 향해 짧게 컹 짖었다. 사냥감을 찾았다는 뜻이다. 산이 모신나강을 들고 선바위 뒤 종비나무 숲을 노려보았다. 호랑이 특유의 얼룩무늬가 나무와 나무 사이로 지나쳤다. 삼지연이었다.

산은 계곡을 넘나들며 삼지연을 추격했다. 요술을 부리는 것처럼, 삼지연은 항상 산이 방금 지나온 쪽에서 모습을 드러냈다. 그때마다 기미를 알아차린 청룡이 강을 가로질렀고 산도 허겁지겁 따랐다. 산이 삼지연에게 그렇게 세 번 우롱당한 뒤, 청룡이 얼음강에 빠졌다. 두 군데 물줄기가 합류하여 회오리치는 바람에 얼음이 얇았던 것이다. 다행히 청룡은 물 밖으로 단숨에 뛰어 올라왔지만 머리부터 발끝까지 흠뻑 젖었다. 산은 청룡을 끌어안았다. 청룡이 긴 혀로 산의 턱과 볼을 핥았다. 산은 목과 얼굴을 감았던 천을 풀어 청룡의 젖은 몸을 닦아내기 시작했다. 털이 젖은 채로 얼면 감기는 물론 심할 경우 폐렴까지 걸렸다. 손길을 피하며 자꾸 고개를 들던 청룡이 킁킁 콧소리를 내다가 짧게 짖었다. 컹! 눈으로 덮인 반대편 밭에 서서 삼지연이 포수와 사냥개를 조롱하듯 쳐다보고 있었다. 아무리 추격해도 헛수고라는 비웃음이 도도한 얼굴에 가득했다.

산은 뛰지 않고 숨을 고르며 발자국을 따랐다. 삼지연은 백두산을 향해 압록강변을 걸었다. 산은 청룡의 입을 왼손바닥으로 꽉 잡았다가 폈다. 사냥감을 발견해도 짖지 말라는 명령이었다. 산은 크게 반원을 돌아서 삼지연을 앞질러 달렸다. 삼지연은 압록강을 건널 작정이었다. 얼어붙어 미끄러운 강 위에 노출되는 시간을 최소한으로 줄이기 위해, 강폭이 좁은 곳을 찾는 것이다. 삼지연은 백두산을 중심으로 만주와 개마고원을 오가며 흰머리와 어울렸으리라. 산은 북동쪽으로 휘면서 호리병처럼 잘록하게 들어간 곳을 찾아냈다. 사람 걸음으로 20보면 강을 건널 만큼 폭이 좁았다. 산은 너럭바위에 배를 깔고 엎드려 모신나강을 겨눴다. 삼지연과 흰머리가 저곳에서 함께 만나 강을 건너는 상상을 하며.

삼지연이 어슬렁어슬렁 다가왔고 청룡은 송곳니를 드러내며 두 눈을 번뜩였다. 산은 총구를 삼지연의 심장에 겨눴다가 천천히 북쪽으로 돌렸다. 흰머리가 나타나리라 점찍은 곳은 강을 따라 높이 솟은 가문비나무 숲이었다. 숲까지의 거리가 450미터 남짓, 모신나강의 유효사거리가 550미터 내외임을 고려하면 충분히 조준 사격이 가능하다. 숲 속에서 예상대로 흰머리가 나온다면, 놈이 삼지연과 이마를 비비기도 전에 방아쇠를 당길 작정이었다. 숨을 멈춘 채, 산은 마음으로 흰머리를 불렀다. 나와라! 여기가 네 무덤이다. 한 방에 끝내주마. 압록강 각진 얼음으로 네 심장을 씻으마. 삼지연이 흘끔 가문비나무 숲을 쳐다보았다. 그리고 제자리를 한 바퀴 돈 다음 천천히 압록강으로 올라섰다. 네 발이 얼음 위를 디뎠는데도 숲은 고요했다. 숲의 가장자리를 노리는 총구가 희미하게 떨렸다. 산은 느꼈다, 흰머리가 이 근처에 있음을. 그러나 흰머리는 자신의 새끼를 밴 암호랑이 앞에 끝내 모습을 드러내지 않았다. 산의 총구가 삼지연 쪽으로 도는 순간 등 뒤 언덕에서 포효가 들렸다. 산은 돌아서자마자 방아쇠를 당겼다. 그러나 흰머리 앞에는 목책 같은 참나무가 겹겹이었다. 그사이 삼지연은 무사히 압록강을 건넜다. 산은 청룡과 함께 급히 언덕으로 올라갔다. 거기, 둘째 발가락이 유난히 긴 호랑이 발자국이 있었다. 흰머리였다. 제법 오래 그곳에 머문 듯 배와 가슴에 눌린 땅이 눈을 녹여 축축했다. 산이 삼지연을 기다리며 잠복할 동안, 흰머리도 산의 동태를 살피면서 기다린 것이다. 산의 완패였다.

다시 추격이 시작되었다. 주춤하던 눈발이 굵어지면서 고추바람을 타고 산의 가슴을 후려쳤다. 거센 댑바람에도 땅에 내린 눈들은 날리거나 녹지 않았다. 길눈이 쌓일 조짐이었다. 산은 북동쪽에 솟은 소연지봉을 눈대중으로 찾았다. 그 봉우리를 꼭짓점으로 놓고 긴 이등변삼각형을 그렸다. 북쪽의 또 다른 꼭짓점이 바로 백두산에 닿기 전 마지막 고비인 대연지봉이다. 말라버린 협곡을 따라 대연지봉으로 향했다. 흰머리의 발자국이 부석 위에 드문드문 찍혀 있었다. 협곡에서 불어 올라오는 바람이 산의 오른쪽 옆구리를 계속 찔러댔다. 선오산에서 대연지봉까지는 10킬로미터 남짓이니 날씨만 좋다면 한달음에 달릴 수도 있었다. 그러나 눈과 바람에 휩싸인 산에게는 10미터가 1킬로미터 같고, 1킬로미터가 100킬로미터 같았다. 과욕을 부리다가 중심이 흔들려 나뒹굴기라도 하면 협곡으로 떨어져 개죽음을 당하리라. 회오리가 몰아치면 산은 호랑이처럼 두 손바닥과 무릎을 땅에 댄 채 허리를 수평으로 유지하며 버텼다. 저만치 앞서 걷는 흰머리도 이런 자세로 바람과 바람, 눈과 눈의 틈을 노릴 것이다. 봄, 여름, 가을, 겨울. 산은 네 계절 모두 결전의 풍광을 준비해두었다. 눈, 비, 바람, 안개. 어떤 날씨에도 싸워 이길 채비를 갖췄다. 그런데 자꾸 귀퉁이가 뭉개졌다. 그곳을 채우려 신경을 곤두세우면, 겨울인데 진달래가 붉고 여름인데 눈이 내렸다. 바람이 심한데 나무들은 흔들리지 않고 비가 듣는데도 새들이 하늘을 가득 메웠다. 생각과 현실은 일치하지 않는다. 그 틈을 누가 먼저 완벽하게 채우느냐가 승부의 핵이다. 포수인 산은 거듭 준비했지만 호랑이인 흰머리는 본능으로 알았다. 예상하기 어려운 곳에서 뜻밖의 동작으로 먹잇감을 덮치는 밀림의 지배자. 산은 예상 밖 상황까지도 예상해야만 했다.

장백산맥으로 이어지는 대연지봉에 이르니 해가 졌다. 여기서부터 백두산 장군봉까지는 심장을 시험하듯 계속 오르막이다. 눈은 이제 새끼손톱 끝마디만 한 얼음 알갱이를 뿌리며 쏟아졌다. 청룡이 긴 혀를 내민 채 헉헉거렸다. 2,359미터 민둥산 봉우리는 높고 춥고 외로웠다. 담배라도 한 대 피워 물고 싶었지만 이 눈과 바람 속에서는 사치였다. 산의 눈동자가 갑자기 작고 날카로워졌다. 살기! 모신나강을 든 채 황급히 돌아섰다. 종소리가 먼저 들려왔다. 산도 하나 지니고 있는, 협이 주홍에게 선물한 바로 그 종이었다. 산은 총을 겨눈 채 소리가 들려오는 어둠으로 다가갔다. 거기, 누군가가 두 발로 서 있었다.

— 아저씨!

산은 금방 그를 알아보았다. 쇠도리깨를 어깨에 걸치고 배낭까지 진 쌍해였다. 청룡도 반가운 듯 쌍해 주위를 맴돌며 꼬리를 흔들어댔다. 쌍해가 종을 들어 보였다.

— 주 선생이 가져가라더군. 자넬 찾는 데는 이보다 더 좋은 게 없다면서……. 혹시나 싶어 흔들었는데 자네가 나타난 거야. 둘이서 종에 주문이라도 걸었나?

쌍해의 뒤를 살펴 주홍이 따라오지 않았다는 사실을 확인한 산이 물었다.

— 뭘 그리 잔뜩 넣었습니까?

— 그물.

— 그물로 흰머리를 잡겠다고요?

쌍해는 동문서답을 하며 앞장섰다.

— 따르게. 여기 서서 잘 생각은 아니지?

산은 자주 눈을 비비며 쌍해를 따랐다. 3미터 정도만 거리가 벌어져도 감쪽같이 어둠에 잠겼다. 그때마다 컹컹 청룡이 짖어댔고 쌍해가 종을 흔들었다. 지금 흰머리가 어둠을 찢고 덮친다면 당할 수밖에 없었다. 그러나 산은 급습이 없으리라 확신했다. 기습을 감행할 기회는 개마고원을 세로로 질러오는 내내 많았다. 흰머리는 산을 쉽게 제압할 순간을 스스로 포기했다. 비겁하게 뒤통수나 치며 돈과 명예를 얻는 인간군상에 비해 얼마나 정정당당한가. 비탈을 따라 내려서자 자꾸 발목이 꺾였다. 냉기가 복숭아뼈에 부딪혀 무릎과 허벅지를 지나 사타구니까지 파고들었다. 발감개를 풀었다가 다시 조이고 싶었다. 눈을 크게 뜨고 쌍해의 흔들리는 쇠도리깨를 쳐다보았다. 고맙다, 라는 단어가 찾아들었다. 쌍해는 멍청한 듯 세속에 찌든 듯 웃고 떠들지만, 산이나 수에 대한 정성은 지극했다. 흰머리와 마지막 승부를 겨룰 때, 이 복수극의 증인이 필요하다면, 산은 항상 쌍해에게 그 일을 맡기겠다고 생각해왔다. 결국 둘만 남았다. 몰이꾼도 없고 해수격멸대도 없이, 주홍마저 두고, 사냥개 한 마리에 포수 둘만 마지막 밤을 보내기 위해 밤길을 걷는 중이다.

— 여기 어디쯤인데…….
앞서 걷던 쌍해가 걸음을 멈추고 장갑 낀 손으로 눈뭉치를 파냈다. 청룡도 곁에 와서 앞발을 번갈아 놀리며 거들었다. 산까지 합세하려는데 쌍해가 쇠도리깨를 집어 방아 찧듯 눈을 쳐댔다. 통통. 나무판 튕기는 소리가 들렸다. 쇠도리깨로 몇 번 눈을 흩은 뒤, 쌍해는 양손을 쑥 집어넣어 눈 속에 비스듬히 묻힌 나무판을 떼어냈다. 토굴이었다.

— 머리 조심하고.

산이 먼저 기어 들어갔다. 화산재인 부석만 가득한 비탈에 각목으로 옆과 위를 덧댄 토굴이 있으리라고는 상상도 못 했다. 청룡까지 들어간 뒤 쌍해가 굴 밖으로 몸을 내밀어 나무판을 집어 들고 입구를 막았다. 청룡이 보초라도 서듯 나무판에 옆구리를 대고 엎드렸다. 쌍해가 산 옆에 나란히 누웠다.

— 제법 아늑하지? 응 형님이랑 둘이서 판 거야.

— 아버지와 팠다고요?

— 표범 한 마리를 쫓았는데 오늘처럼 눈보라를 만났지. 하룻밤 꼬박 눈밭을 헤맨 뒤 다시는 이 고생 말자며 삼지연에서 삽과 괭이를 챙겨 다시 올라왔어. 15년도 지난 이야기다. 그때는 굴을 파면서도 내가 여길 또 찾을 일은 없을 거라 여겼는데.

쌍해가 팔을 뻗어 천장을 더듬으며 탄식조로 말했다.

— 형님! 산이랑 함께 왔습니다. 이런 날을 미리 살피신 게지요? 술 한 잔 올리고 싶은데, 보시다시피 술 권할 상황이 아닙니다. 이 아우, 무정타 너무 탓하지 마십시오.

산도 말없이 손바닥으로 천장을 만졌다. 각목을 직각으로 붙여 흙을 지탱하는, 삽으로 굴을 파는, 괭이로 얼어붙은 흙을 부수는, 지금처럼 손바닥으로 흙을 토닥여 천장을 평평하게 다듬는 사내가 떠올랐다.

산은 두 팔을 휘저으며 허리를 일으켜 세웠다. 쿵 소리가 날 정도로 천장에 이마를 부딪쳤다. 악몽이었다. 절벽에서 시퍼런 강으로 뛰어내렸고 붉은 피가 강물로 퍼졌고 숨이 막혔다. 두 발을 놀려 수면으로 올라오려 했지만 팔과 다리가 움직이지 않았다. 몸을 흔들수록, 발에 쇠공이라도 찬 듯 더 깊이 가라앉았다. 청룡이 와서 뺨을 핥았다.

— 왜?

— ……아니에요. 꿈을 꿨어요.

— 흰머리에게 잡아먹히기라도?

개마고원 포수들은 사냥감에게 물어뜯기는 것을 최고 길몽으로 쳤다.

— 아뇨. 강에 빠졌어요.

— 압록강?

— 처음 보는 강이었어요. 자꾸 가라앉았어요. 헤엄을 칠 수도 없었습니다.

쌍해가 산의 팔목을 더듬어 찾아 끌었다. 산이 다시 등을 바닥에 대고 누웠다.

— 가위 눌린 게야. 한숨 더 자.

— 깼습니다.

— 그래도 자. 그리고 하나만 약속해라.

— 뭘 말입니까?

— 날 따돌리지 않겠다고.

— 아저씨!

— 난 네 편이야. 네가 흰머리를 죽여 웅 형님의 복수를 하고 싶다면 그래야지. 하지만 혼자선 무리야. 같이 하자고.

— 혼자 하겠습니다.

— 안 돼. 웅 형님 영전에 약속했고 또 오늘 이 토굴에서 다시 맹세했어. 산과 수! 너희 둘을 끝까지 지키겠다고. 네가 죽을 일이 있으면 내 목을 대신 내어놓겠다. 넌 안 돼. 넌 내가 관에 들어가는 거 보고 죽어.

— 아저씨!

— 한마디만 더 하마. 7년 동안 벼르던 일을 끝마치면 주 선생한 테 가.

— 잘 아시잖습니까, 누가 저 같은 놈을…….

— 알지. 개마고원 포수 팔자야 내가 잘 알아. 하지만 한 번은 그 팔자를 고쳐서라도 얻고픈 여자가 있기 마련이야. 나도 그랬고 웅 형님도 그랬지. 내가 보기에 너한텐 주 선생이야. 힘들겠지만 주 선생을 잡아. 그래야 너도 좋고 수도 좋고 다 좋다.

— 흰머리를 죽이고 나면, 절 용서하지 않을 겁니다.

— 화를 내긴 하겠지. 하지만 마음을 나눈 남녀 사이에 용서 못할 일이 어디 있겠어?

— 아저씨!

— 자, 그만 눈 붙여. 또 악몽이 찾아들면 흰머리를 등장시켜. 으흥 으흐흥! 흉내라도 내라고. 알겠지?

으흐흥! 산은 모신나강을 쥐고 허리를 세웠다. 이번에는 천장에 부딪히지 않을 만큼, 45도만 일으켰다가 멈춘 뒤 귀를 기울였다. 으흥! 다시 호랑이의 포효 소리. 청룡이 귀를 쫑긋 세우고 입구를 가린 나무판을 향해 섰다. 어느새 새벽이었다. 산은 몸을 돌려 엎드린 뒤 청룡 옆으로 기어갔다. 총구 끝으로 나무판을 밀었다. 위이이잉 소리를 이끌고 눈보라가 들이쳤다. 겨우 30미터쯤 떨어졌을까. 어둑한 비탈에 들짐승 하나가 토굴을 노려보며 서 있다가, 나무판이 열리자마자 북쪽으로 사라졌다. 흰머리! 산은 그 짐승이 흰머리라고 확신하며 토굴을 나갔다. 사라진 짐승을 쫓았지만 보이지 않았다. 산은 걸음을 멈췄다. 시야가 확보되지 않는 상황에서 더 이상의 추격은 큰 불행을 낳을 수 있다. 청룡은 더 멀리 추격하고 싶은 듯 산의 발 앞으로 나섰다. 토굴 입구에 나와 선 쌍해는 산의 긴장을 풀어주려는 듯 농담을 건넸다.

— 흰머리가 마중이라도 왔던 게야? 기특하군.

백두산 장군봉까지는 6킬로미터 남짓이었지만, 눈이 발등을 지나 발목까지, 어떤 곳에선 무릎과 허리까지 덮었기 때문에, 전진이 더뎠다. 한 걸음 내디딜 때마다 공을 차듯 무릎과 발목에 힘이 실렸다.

— 이번 일 끝낸 뒤 꼭 한번 다시 오자고. 구름범의귀풀, 두메아편꽃, 산회향, 둥근바위솔, 두메겨이삭, 좀바늘사초. 그 풀꽃들을

백두산에서 자네도 봐야 하는데.

쌍해는 힘에 겨울 때마다 지금보다 더 나은 순간을 뇌까리는 버릇이 있었다. 바람도 차지 않고 눈도 그친 백두산 늦봄이여!

— 소주도 한잔하시죠.

산이 앞니를 때리는 눈을 퉤퉤 뱉으며 맞장구를 쳤다.

— 좋지. 하늘과 땅이 맞닿은 백두산에서 꽃도 보고 술도 먹고. 오르막이 좀 힘들긴 해도, 여기가 어디야? 세상의 지붕 아닌가? …… 어제 말 안 했는데…… 경성에서 연락이 왔어. 수술이 잘 끝났대. 곰배팔이로 살겠지만, 목숨을 건진 게 어디야. 호랑이에게 두 번이나 물리고도 살아남은 놈은 수 그 녀석뿐일 게야.

쌍해가 마지막을 또 웃음으로 끝냈다. 어제부터 이 소식을 전할 기회를 엿보았던 것이다.

— 병원은요?

— 아, 네가 입원했던 바로 그 제국대학 부속병원이래. 히데오 대장이 시건방지긴 해도 약속은 정확히 지키는군. 조선 제일의 의사들이 치료하고 있으니 걱정 말래.

— 히데오 대장도 상처가 깊던데, 경성으로 갔나요?

— 주 선생만큼이나 고집불통이야. 네 소식을 듣기 전엔 개마고원을 떠날 수 없다더군. 갈비뼈만 다치지 않았으면 따라왔을 거야.

산은 장군봉이 눈앞에 드러날 때까지 수를 생각했다. 팔 하나를 잘라냈을 때, 수는 폭음과 불면의 나날을 보냈다. 이제 팔 두 개를 모두 잃었으니, 얼마나 세상을 저주할까. 수의 성질을 다잡을 이는 산뿐이었다. 흰머리를 죽이고 수에게 돌아가기. 이 분명한 목표에 그미의 얼굴이 겹쳤다. 주홍에게도 돌아갈 수 있을까. 흰머리를 죽인 후라도 날 받아줄까.

얼지 않은 계곡물이 눈 내린 나무와 나무 사이로 흘러내렸다. 물 아래 돌들이 선명하게 비칠 만큼 맑았지만 물고기는 보이지 않았다.

— 조심해. 발끝이라도 닿으면 화상을 입으니까.

쌍해가 산의 팔뚝을 잡아끌었다.

— 화상이라고요?

— 달걀이라도 한 꾸러미 가져오지 않은 게 억울하군. 넣자마자 익을 텐데. 별민데 참.

쌍해가 입맛을 다셨다.

— 그렇게 뜨겁나요?

— 백두산은 잠시 쉬고 있는 거야. 겉보기엔 눈 내리고 나무들 무성하니 다시는 폭발 따위 없을 것 같지만, 아니지! 이 땅 밑은 부글부글 끓고 있어. 손가락도 넣기 힘들 만큼 뜨거운 물을 콸콸 콸 흘려보내고 있어. 언젠간 다시 한 번 백두산이 용암을 뿜을 거야. 그땐 지옥이지.

— 지옥? 설마 그 전설을 믿으시는 건 아니죠?

— 믿다마다. 백두산에 얽힌 이야기는 거짓이 없어.

— 천 년은 족히 넘은 옛날 일 아닙니까?

— 천 년이 별건가? 만 년 전이라 해도, 지울 수 없는 일이 있지. 용암이 솟구친 후 석 달하고도 열흘이나 암흑천지가 되었어. 여름인데도 추위가 지독했고, 흉년에 검은 우박이 시시때때로 내려 굶어 죽고 병들어 죽고, 도적 떼까지 날뛰는 바람에 맞아 죽었지. 백두산의 노여움을 달랠 방법은 없었어. 스스로 그치기를 기다릴 뿐.

— 흰머리 왕대를 해치면 백두산에게 노여움을 산다는 이야기도, 그럼 믿으십니까?

쌍해는 비로소 산의 불편한 마음을 읽어냈다. 한번 이야기에 빠지면 앞뒤 재지 않고 이어가는 쌍해의 습관은 말썽을 일으키곤 했다.

— 아니, 호랑이랑 화산을 연결시키는 건 이상하지. 흰머리를 죽인다고 용암이 터지진 않아. 암. 그렇고말고.

쌍해는 서둘러 이야기를 맺고 떡 벌어진 어깨를 흔들며 앞서 걸었다.

산은 뜨거운 물이 흐르는 계곡 가까이 다가갔다. 눈에 묻힌 돌멩이 하나를 집어 던졌다. 첨벙. 물이 튀었다. 산의 입술이 둥글게 오므라들었다.

— 주홍!

그미의 흰 나신이 떠올랐다. 샘에 이르러 옷을 벗던 그미는 바로 저 돌멩이처럼 경쾌했었다. 상식도 버리고 원칙도 지우고 오직 사랑을 나누고 싶다는 갈망을 따랐다. 산을 쳐다보는 그미의 두 눈에서 불꽃이 일었고 산의 어깨를 핥던 그미의 혀는 불덩어리였다. 그미와 함께 저 계곡물로 벌거벗은 채 뛰어드는 상상을 했다. 산의 입귀가 가만히 올라갔다. 사냥하기에 좋은 날은 사랑하기에 좋은 날이기도 했다.

누구는 열일곱 봉우리라고 했고 누구는 열여덟 봉우리라고 했다. 천지天池를 멀리 두른 봉우리까지 합치면 오십 개도 넘고 백 개도 넘겠지만, 천지에 비쳐 흘러가는 구름이나 꽁꽁 언 천지를 살필 만큼 가까운, 백두연봉이라 불리는 봉우리는 스무 개 미만이었다. 흰머리의 발자국은 장군봉과 비류봉 사이에서 발견되었다. 여전히 눈이 몰아쳤지만, 묘하게 쓸려 흩어져 쌓이지 않는 자리에 자랑이라도 하듯 발자국을 남긴 것이다. 산이 앞장을 서고 청룡과 쌍해가 좌우에서 한 걸음 정도 뒤쳐져 걸었다.

흰머리!

얼어붙은 천지엔 희고 희고 또 흰 숫눈들로 가득했다. 보이는 것 밟히는 것 모두 오로지 흰빛이었다. 눈구름이 감싼 백두연봉은 10미터 앞도 분간하기 어려웠다. 산은 허리를 좌우로 돌리면서 방아쇠에 검지를 걸었다. 무엇이든 튀어나오면 한 방에 심장을 뚫을 작정이었다. 여기가 끝이다. 이제 더 오를 곳도 없다. 여기서 끝장을 내야 한다. 천지를 덮은 구름은 의외로 늠름했다. 제 안에 든 것들을 모두 감춰 사라지게 만들었다. 한 발 한 발 조심조심 디뎌도 딱 한 뼘쯤 허공에 떠 있는 기분이 들었다. 구름 때문에 천지를 온전히 구경하지 못했다는 불만이 비로소 납득이 되었다. 산과 나무와 바위와 강, 안개와 비와 눈은 승부의 조건에 넣었지만 구름은 고려한 적이 없다. 구름이 호랑이와의 승부를 방해하리라고는 상상도 못 했다. 그런데 지금 구름은 산의 발바닥에서 머리까지 감싼 채 당당하다. 끝이 없는 구름. 산은 걸음을 멈추고 희뿌연 하늘을 우러렀다. 그리고 기다렸다. 작은 소리 하나도 작은 흐름 하나도 놓치지 않고, 구름이 스스로 이 승부를 허락할 때까지 낮밤 없이 버틸 각오를 다졌다. 왼어깨가 자꾸 아래로 처졌다. 구름이 화살이 꽂혔던 자리로 스며든 탓이다. 산은 속으로 흰머리에게 물었다. 구름까지 살펴두었느냐? 구름으로 날 가둔 채 최후의 일격을 가할 작정이더냐? 포수는 호랑이를 잡기 위해 덫과 올무와 그물을 쳤고, 호랑이는 포수를 잡기 위해 구름을 덮어씌웠다. 왼어깨를 드는 순간 급히 내달리는 발소리가 들렸다. 놈이다. 산은 왼쪽으로 빙글 돌며 조준했다. 여전히 구름에 갇혀 있었지만, 처음 걸음을 멈췄을 때보다는 천지의 형체가 더 멀리까지 보였다. 회오리바람이 구름을 흩었다. 모여들 때보다 훨씬 빨리, 퇴각을 서두르는 패잔병처럼, 구름이 걷히기 시작했다. 그리고 또 희끄무레한 들짐승이 천지에서 쌍무지개봉 쪽으로 달렸다. 산은 그 짐승의 뒷다리와 꼬리를 보았다. 그것만으로도 충분했다. 흰머리였다.

총을 쏘기엔 힘든 거리였다. 유효사거리인 550미터보다 두 배는 더 멀었다. 산은 흰머리를 쫓아서 달렸다. 바람이 언뜻 불자 자하봉 쪽에서 흰머리가 튀어나왔다. 산은 다시 자하봉을 바라보며 달렸다.

— 여기야! 옥설봉!

갑자기 쌍해의 고함이 뒤통수를 쳤다. 청룡의 울음이 급박했다. 옥설봉은 백암봉과 정반대인 남쪽에 솟은 봉우리였다. 산이 걸음을 멈추는 순간, 흰머리는 천지를 따라서 천문봉과 천활봉 쪽으로 달렸다. 산은 다시 천활봉을 향해 뛰기 시작했다. 숨이 차올랐지만 어깨에 고정시킨 총구를 흔들림 없이 유지시키면서 정면을 향했다. 흰머리가 분주하게 봉우리와 봉우리를 오가는 까닭은 산과 쌍해와 청룡을 떼어놓기 위함이었다. 놈은 쌍해가 그물에 능하다는 사실도, 청룡이 풍산개들의 우두머리란 사실도 알 것이다. 차일봉, 녹명봉, 백운봉, 청석봉, 제운봉, 와호봉 사이사이로 흰머리는 나타났다 사라졌고, 산은 뛰다가 멈춰 서서 조준하고 다시 뛰기를 반복했다. 옥설봉이 모습을 드러냈을 때, 산은 천지를 한 바퀴 도는 동안 쌍해와 만나지 못했음을 알아차렸다. 청룡의 컹컹 짖는 소리도 없었다. 길이 엇갈렸을까. 아니면 꽁무니를 쫓아오고 있는 걸까. 쌍해와 청룡이 곁에 없다는 사실이 오히려 마음을 편안하게 만들었다. 흰머리를 잡든지 내가 당하든지, 쌍해와 청룡은 무사해야 한다.

해발동 가까운 호숫가에서 흰머리가 포효했다. 눈보라가 많이 걷혀 고동색 줄무늬까지 구별할 정도였다. 흰머리는 고개를 든 채 산을 보고도 달아나지 않고 동상처럼 섰다. 산은 한 걸음 한 걸음

다가서며 조준점을 찾았다. 20미터만 더 붙으면 사정권이다. 세상의 모든 소리가 산과 흰머리의 두 눈으로 빨려들어 고요했다. 15미터, 10미터, 5미터 4, 3, 2미터. 갑자기 흰머리가 껑충 뛰어 네 총 따위는 두렵지 않다는 듯 꼬리로 제 등을 탁 쳤다. 산은 산대로 반걸음 물러서서 몸의 균형을 잡았다. 사정권까지는 겨우 2미터, 곧 방아쇠를 당겨야 했다. 포수는 호랑이 몰래 다가가야 하고 호랑이는 포수 몰래 달아나야 한다. 호랑이가 포수를 찾아냈다면, 시간을 끌수록 포수에게 불리한 법이다. 구름도 그쳤고 바람도 이 순간만큼은 잔잔했다. 흰머리는 산을 보고도 숨거나 달려들지 않고 그 자리를 지켰다. 결투장에서 상대가 자세를 잡기까지 기다리는 총잡이처럼. 총구가 다시 흰머리의 심장을 노리는 순간, 흰머리는 언덕 대신 빙판을 택해 뛰어내렸다. 총성은 경쾌했지만 탄환은 허공으로 날았고 흰머리는 빙판을 달렸다. 흰머리가 내딛는 발자국마다 비웃음이 쿡쿡 박혔다. 모습을 온전히 드러내도 넌 날 못 잡아!

산도 빙판을 달렸다. 눈바람이 무릎과 허리를 때렸지만 발바닥에 힘을 잔뜩 실어 균형을 잡았다. 비류봉 아래 도착한 흰머리가 고개를 돌려 산의 위치를 확인한 뒤, 왼편으로 꺾어 가파른 비탈로 들어갔다. 산은 걸음을 늦추면서 모신나강을 어깨 위로 들어 올렸다가 쇄골 밑에 붙였다. 턱을 들어 주위를 살피면서 빙판을 나왔다. 경사가 급한 비류봉엔 많은 눈이 금방 흘러내릴 듯 쌓였다. 산은 선명하게 찍힌 흰머리의 발자국을 따라 비탈을 올랐다. 쿠쿵 천지가 울었다. 산의 몸이 기우뚱 오른편으로 기울었다. 산은 무릎과 종아리에 힘을 주며 버텼다. 눈덩이들이 산의 발 앞에 떨어졌다. 백두산 용암들이 꿈틀거리기라도 했는가. 아니면 번개라도 갑자기 내리쳤는가. 산은 고개를 들어 비류봉을 비롯하여 천지를 둘러싼 여러 봉우리들을 바라보았다. 구름이 걷힌 하늘은 푸르렀고, 그 푸른 영원을 되받은 천지의 얼음은 옥빛으로 아름다웠다. 발바닥까지 울리던 진동이 곧 잦아들었다. 산의 시선은 다시 흰머리가 사라진 비탈로 모아졌다. 용암이 분출하더라도 흰머리를 쫓으리.

걸음을 내디딜 때마다 눈이 발등은 물론 발목까지 감쌌다. 손을 짚고 기어오를 만큼 미끄럽고 경사가 심했지만, 산은 엉덩이를 약간 빼고 허리를 꼿꼿이 세워 버텼다. 산은 알아차렸다. 흰머리가 이 자리를 점찍어 두었음을. 호랑이가 도약하여 사냥꾼을 공격하기에 이보다 더 좋은 지형은 없었다. 사냥꾼이 조준하려면 허리를 45도 가까이 젖혀야 하기 때문에, 방아쇠를 당기기도 전에 미끄러져 떨어질 가능성이 컸다. 추락하지 않는다고 해도, 달려드는 호랑이의 급소를 그토록 불편한 자세로 명중시키기는 어렵다. 산은 이 모든 불리함을 감수하면서 비탈을 오르는 중이었다. 최악의 상황에서도, 흰머리와 맞설 기회를 포기할 수 없었다. 나타나라. 썩 나서! 딛고 서려던 돌판이 순간 흔들렸다. 균형을 잃은 산이 왼손으로 바닥을 짚었다. 고개를 들어 정면을 응시했다. 혹처럼 튀어나온 눈더미 옆이 한두 사람 숨어들 만큼 움푹 패였다.

— 너냐?

형체는 보이지 않았지만 살기가 대단했다. 무릎을 펴고 다시 총신을 잡은 뒤 조준하는 일이 급했지만, 손바닥을 땅에서 떼지도 무릎을 펴지도 않고 정면을 계속 노려보았다. 놈이 정말 저 속에 숨었다면, 정자세로 방아쇠를 당기긴 틀렸다. 단 한 번 도약으로 산을 덮쳐 목을 물 만큼 가까운 거리인 것이다. 섣불리 움직이는 것보다 동작을 멈춘 채 놈을 응시하는 편이 낫다. 먼저 움직인다는 것은 패배를 인정하는 꼴이다.

— 너냐?

검은 눈동자에 힘이 실렸다. 숨어도 이미 다 알고 있다는 신호이기도 했다. 네가 날 찾아냈듯이 나도 네 은신처를 알아!

— 그르르릉!

울대를 긁어내는 소리. 역시 흰머리였다. 감쪽같이 숨어 일격을 가하려고 기다렸는데, 산의 응시에 기분이 상한 것이다. 은밀한 미행이 발각되면 스스로 사냥을 접고 돌아서는 호랑이도 적지 않았다. 그러나 지금은 달아날 곳이 없다. 불쾌한 마음까지 담아 산을 더욱 잔인하게 죽이는 일만 남았다. 흰머리의 눈동자가 불을 뿜듯 번뜩였다.

— 너구나. 넌 줄 알았다.

이제 산이 움직여야 했다. 멈춰 기다리는 것은, 흰머리가 두려워 옴짝달싹 못하고 죽음을 맞는 어린 노루나 새끼 멧돼지와 다를 바 없었다. 포수답게, 정조준은 어렵더라도, 방아쇠를 당긴 뒤 운명을 받아들이리라. 짧은 순간이었지만 산은 눈 덮인 비탈을 다시 한 번 훑었다. 운이 좋아서 탄환이 흰머리에게 치명상을 안기더라도, 허공에 날아오른 놈의 앞발은 산의 목뼈를 후려쳐 부러뜨리고 말 것이다. 아, 놈의 뒷발을 조금이라도 흔들 수만 있다면.

— 쿠쿵.

그 순간 다시 땅이 울었다. 비탈에 쌓인 눈들이 흰머리와 산 사이로 흘러내렸다. 산을 노려보던 눈동자가 순간 아래로 떨어졌다. 땅울음과 함께 흰머리가 숨은 자리까지 흔들린 것이다. 산은 이 짧은 변화를 놓치지 않고 움직였다. 왼손바닥을 떼 총신을 잡고 동시에 왼무릎을 세웠다. 바로 그때 산은 보았다. 도약을 위해 앞발을 떼는 흰머리를! 뒷발마저 허공에 띄워 산의 목을 물어뜯기 위해 달려드는 지옥의 맹수를! 크고 작은 눈덩이들이 폭탄 파편처럼 사방으로 흩어졌다.

산은 웅크렸던 허리를 젖히며 총구를 겨눴다. 달려오는 흰머리의 가슴이 눈에 들어왔다. 예상보다 흰머리가 더 높이 뛰어오르는 바람에 서서 허리를 젖히며 방아쇠를 당기는 것은 불가능했다. 산은 도끼로 찍힌 나무가 쓰러지듯 무릎을 접지도 않고 뒤로 넘어갔다. 뒤통수가 거의 땅에 닿는, 푸른 하늘 밑으로 흰머리의 몸이 쓰윽 끼어드는 바로 그 순간을 노렸다. 검지가 방아쇠를 당기는 것과 동시에 흰머리의 앞발이 총구를 후려쳤다. 그 순간 총성이 울렸다. 타앙! 탄환은 아슬아슬하게 흰머리의 어깨를 스치며 허공으로 날아갔고, 산은 달려드는 흰머리의 송곳니를 피해 오히려 놈의 가슴에 얼굴을 대고 비탈을 굴렀다. 산은 다시 탄환을 장착하기 위해 장전 손잡이를 당기지도 않았다. 장전 손잡이를 만지기도 전에, 흰머리의 앞발이 산의 가슴을 움켜쥘 것이고 발톱이 산의 살갗을 파고들 것이다. 산은 모신나강을 놓고 장도를 뽑아 쥐었다. 두 번 몸을 뒤챈 다음 불룩 튀어나온 바위에 걸려 산과 흰머리는 뒤엉킨 채 공처럼 튀어 올랐다. 흰머리의 배를 타고 앉은 모양새가 되는 순간을 노려 산은 장도로 놈의 왼쪽 어깨를 깊숙하게 찔렀다. 그리고 흰머리의 등이 먼저 바닥에 닿자마자, 산은 역방향으로 몸을 비틀어 놈과 떨어지려고 했다. 그러나 흰머리는 불의의 급습에 피를 쏟으면서도 쓰러지지 않고 오른쪽 앞발로 산의 등을 움켜쥐었다. 한 바퀴 더 비탈을 구른 뒤 이번에는 흰머리가 산의 상체를 올라탔다. 장도는 흰머리의 왼어깨에 깊숙이 박혀 있었다. 이제 산은 무기 하나 없는 빈손이었다. 승리를 확신한 흰머리가 오른쪽 앞발로 산의 가슴을 누르며 턱을 들고 포효했다. 산은 두 주먹으로 오른쪽 앞발을 때렸지만 흰머리는 꿈쩍도 하지 않았다. 흰머리가 입을 크게 벌린 채 산을 내려다보았다. 날카로운 송곳니에는 살기가, 성난 눈동자에는 승자의 미소가 어른거렸다. 그때 쿠르르르릉! 앞선 땅울음들을 전부 부수고도 남을, 정말 백두산이 무너지는 듯한 굉음이 밀려들었고, 흰머리의 송곳니가 산의 목덜미를 물어뜯기 직전에 거대한 눈더미가 흰머리와 산을 덮쳐 쓸어내렸다. 차디찬 어둠이 푸른 하늘과 흰 포식자를 순식간에 지웠다. 죽음 외엔 다른 단어가 떠오르지 않았다.

산은 눈에 묻혀 빙판까지 쓸려 내려갔다. 쩡쩡. 눈의 무게를 견디지 못 한 얼음이 날카롭고 맑은 소리를 내며 갈라졌다. 푸른 하늘을 보며 큰대자로 누운 산은 기절하지도 않았고 팔이나 다리가 부러지지도 않았다. 불행 중 다행이랄까. 꼬리뼈 근처가 울리고 오른무릎이 시큰거리고 왼쪽 옆구리에 타박상을 입은 것이 고작이었다. 크고 빠른 눈덩이에 정통으로 맞은 것은 흰머리였고 산은 그 밑에서 굴렀기 때문에 심각한 상처를 입지 않았다. 산은 천천히 허리를 일으킨 후 양손으로 무릎을 짚은 채 일어섰다. 머리가 무겁고 어지러웠다. 눈에 묻혀 산비탈을 굴렀으니 당연한 일이었다. 산은 곧장 눈사태가 일어난 곳으로 향하지 않고 잠시 빙판을 노려보았다. 작고 길고 검은 물체가 외따로 놓여 반짝였다. 오른다리를 끌며 그곳을 향해 걸었다. 빙판 위에 덩그러니 떨어진 모신나강이었다. 산은 제구실을 못 한 총을 들어 장전 손잡이를 당기고 약실을 살핀 뒤 개머리판부터 총구까지 손바닥으로 쓸었다. 그리고 정조준을 한 뒤 천지 사방을 한 바퀴 삥 돌았다. 조준점에 걸리는 짐승은 없었다. 눈이 침침했다. 손바닥으로 눈두덩을 비볐다. 모신나강을 어깨에 얹고 푸른 하늘을 우러렀다. 삶이 이미 끝났음에도 죽음이 시작되지 않은, 그래서 무엇인가를 하기도 무엇인가를 하지 않기도 어정쩡한 순간이었다. 산은 돌아서서 눈더미를 향해 걸었다. 흰머리는 죽었을까. 흰머리가 죽었다면?

쏟아져 쌓인 눈더미 주위로 금들이 어지러웠다. 천지의 얼음물이 그 틈으로 뿜어져 나와 눈을 적셨다. 산은 오른다리를 끌며 아직 금이 가지 않은 빙판을 돌았다. 한 바퀴를 거의 돌 즈음, 눈에 완전히 파묻힌, 머리만 밖으로 내놓은 흰머리를 발견했다. 충격으로 기절한 듯 미동이 없었다. 산은 잔뜩 굳은 얼굴로 다가가서 목덜미에 손을 댔다. 맥박이 잡혔다. 즉사하진 않은 것이다. 회오리바람이 흰머리를 감싸고 돌았다. 비로소 드러난 어깨에서 피가 흘렀다. 손바닥으로 놈의 어깨에 앉은 눈을 훑듯이 털어냈다. 눈사태에 휩싸이기 직전 산이 내리꽂은 장도의 손잡이가 살갗에 붙을 만큼 깊숙하게 박혀 있었다. 천천히 총구를 들어 올려 흰머리의 관자놀이를 겨눴다. 방아쇠에 검지를 걸고 깊은 숨을 내쉬었다. 방아쇠만 당기면, 탄환이 흰머리의 관자놀이를 뚫고 작디작은 뇌에 박히면, 끝이다. 모신나강의 총구가 미세하게 떨렸다. 어떤 경우에도 산의 총구는 흔들리지 않았다. 숨소리가 점점 거칠어졌다. 흰머리를 쫓아 눈보라를 헤치며 천지를 돌 때보다 더 격하게 숨을 토해냈다. 7년이다. 7년 동안 내가 원한 승부가 이것이었나. 아니다. 너는 도약하고 나는 방아쇠를 당기는 그 한 순간을 갈망했다. 그런데 너는 지금 기절한 채 초라한 몰골로 눈 속에 파묻혔다. 나는 너무나도 쉽게 네 목숨을 끊을 수 있다. 누구라도, 세 살 먹은 애라도 네 급소에 탄환을 박아 넣을 수 있다. 이렇게 네 목숨을 앗는 것은, 너를 추격한 7년 세월을 비웃는 짓이다. 넌 개마고원의 지배자답게 당당해야 하고 극복하기 어려울 만큼 빠르고 크고 강해야 한다. 약한 너를 죽이는 것은 내가 원하는 복수가 아니다. 이건 아니다. 난 널 쏘지 않겠다. 쏠 수 없다. 산이 천천히 방아쇠에서 검지를 뗐고 총구를 내렸다. 밀림무정. 개머리판에 새긴 글자 위로 피가 뚝뚝 떨어졌다. 산이 손등으로 코를 쓰윽 훔쳤다. 코피가 줄줄줄 비처럼 흘러내렸다. 어지러웠다. 산은 패배자처럼 털썩 무릎을 꿇었고 이마로 빙판을 찧으며 쓰러졌다. 해발봉 쪽에서 청룡의 울음이 환청처럼 들려왔다. 컹 컹컹컹!

눈을 떴다. 도끼로 머리를 쪼개듯 두통이 지독했다. 산은 오른손을 들어 코부터 더듬었다. 코가 막혀 숨쉬기가 불편했지만 얼굴은 핏덩이 하나 없이 말끔했다. 착각이라고 여겼지만, 발치에서는 따뜻한 기운까지 올라왔다. 담요처럼, 산의 외투 위로 두툼한 외투 하나가 더 덮여 있었다. 쌍해의 옷이다. 고개만 살짝 들어 발치를 살폈다. 작은 모닥불이 바람에 흔들리면서도 타오르고 있었다. 무덤처럼 움푹 팬 곳에 산을 눕히고 그 주위로 크고 작은 돌들을 둥글게 늘어놓았다. 쌍해의 솜씨였다.

— 컹!

청룡이 다가와서 산의 손등을 핥았다. 산은 손을 뻗어 놈의 뺨을 가볍게 쓸어주었다. 그리고 양손바닥으로 땅을 밀며 일어나 앉았다. 다시 코밑에 손가락을 대고 피가 흐르지 않는 것을 확인했다. 어지럼증은 여전했지만 일어서서 찬바람을 등지고 사방을 살폈다. 멀리 50미터쯤 거리를 두고 산사태로 쏟아진 눈더미가 보였다. 흰머리는? 산이 눈더미로 걸어가기 위해 첫걸음을 떼려는 순간, 청룡이 앞을 막고 컹커엉 짖으며 정강이를 등으로 밀었다. 모닥불가에서 더 휴식을 취하라는 뜻이다. 산은 담배를 꺼내 물고 모닥불로 가서 쭈그리고 앉아 불을 붙인 뒤 일어섰다. 성큼성큼 흰머리를 향해 곧장 걸었다. 눈더미에서 끌려나온 흰머리의 몰골은 산보다 더 초라했다. 엮어 묶인 네 다리, 사나운 사냥개를 다룰 때 쓰는 그물망으로 옭아매놓은 입, 얼키설키 그물로 칭칭 감긴 몸. 흰머리는 여전히 정신을 차리지 못한 듯 모로 쓰러진 채 꿈쩍도 하지 않았다. 산은 흰머리를 등지고 서서 담배 연기를 뿜었다. 연봉을 돌며 구름을 흩어놓던 바람이 천지로 모여들더니 거짓말처럼 푸른 하늘이 열렸다. 청룡은 흰머리 주위를 돌며 킁킁 냄새를 맡았다. 산은 담배 연기를 내뿜다가 말고 쓴웃음을 지었다. 주홍의 말이 갑자기 떠올랐던 것이다. 꼭 상대를 죽여야 복수가 끝나는 건 아니죠.

청룡이 다시 짖었고 산은 담배를 끄고 돌아섰다. 흰머리의 머리가 조금씩 흔들렸다. 겹으로 주둥이를 묶은 줄이 팽팽해졌다. 흰머리의 눈꺼풀이 힘겹게 밀려 올라갔다. 초점이 맞지 않는 푸른 눈동자에 산이 담겼다. 산은 흰머리의 앞발을 손으로 쥘 수 있을 만큼 가까이 다가가서 앉았다. 흰머리가 당장이라도 달려들 듯 고개를 휘휘 저어댔다. 그러나 줄로 묶고 그물로 감긴 몸을 놀릴 순 없었다.

— 힘을 아껴.

흰머리가 눈을 질끈 감았다가 떴다. 산은 마치 심하게 다투고 난 후 미적미적 화해하려는 친구처럼 말을 이었다.

— ……널 여기서 죽이진 않아…… 널…….

잠시 말을 끊고 흰머리와 눈을 맞추었다. 쩡. 얼음이 갈라지는 소리가 산과 흰머리의 귀를 울렸다. 둘 다 놀라지도 고개를 돌리지 않고 여전히 눈싸움에 집중했다. 산이 쓴웃음을 지었다.

— 이건 승부도 뭣도 아니니까.

그때 쌍해가 장정 여덟을 데리고 돌아왔다. 흰머리를 옮기기 위해 네 사람마다 3미터가 넘는 통나무를 하나씩 어깨에 짊어지고 있었다. 쌍해가 산의 안색을 살피며 물었다.

— 머리는 좀 어때?

— 제가 얼마나 정신을 잃은 거죠?

— 세 시간쯤. 코피는?

— 괜찮습니다.

— 지금쯤 삼지연에도 연락이 닿았을 게야.

— 뭐라 하셨습니까?

— 흰머리를 생포했다고. 비상 무전망이 여기까지 놓였더군. 전

쟁이란 참…… 어서 서두르자고.

쌍해가 눈을 찡긋한 후 돌아서서 장정들이 모인 곳으로 갔다. 그물을 통나무와 묶고 그 위에 흰머리를 얹은 다음 나무를 지고 두 줄로 늘어서서 산을 내려갈 예정이었다. 장정들은 멀찌감치 서서 눈만 슴벅슴벅했다. 흰머리가 힘을 내어 고개를 들자, 물러서다가 엉덩방아를 찧는 이까지 있었다. 무리 중 연장자인 듯한, 이마와 볼에 검버섯이 핀 중늙은이가 쌍해에게 손사래를 쳤다.

— 못 하겠소.

— 한다고 하지 않았소?

— 사냥을 끝냈다고 해서, 죽은 줄 알았소. 저렇게 두 눈 시퍼렇게 뜬 왕대에게 해를 끼치는 짓은 하지 않겠소. 눈사태가 왜 일어났나 했더니 산신님이 노하신 게지.

쌍해가 고개를 돌려 산을 쳐다보았다. 산이 어깨를 으쓱해 보였다. 개마고원에서 나고 자란 사내라면 왕대에 대한 경외심을 갖기 마련이다. 이미 절명한 시체를 만지는 것도 편치 않은 일인데, 도끼눈을 뜨고 장정들을 한 사람 한 사람 노려보는 왕대에겐 손을 대기 힘든 법이다.

— 품삯을 배로 쳐주겠소.

— 돈 때문이 아니란 건 잘 알지 않소? 우리까지 천벌받긴 싫소.

그 말엔 왕대를 저 모양으로 모욕한 산과 쌍해에게 천벌이 내릴 것이라는 확신이 깔려 있었다. 쌍해도 더 이상 흥정을 못 하고, 천지를 내려가는 장정들을 바라보기만 했다.

산은 어두워지는 하늘을 우러르며 '천벌'에 대해 잠시 생각했다. 과연 어떤 벌이 천벌일까. 7년 고행보다 더 끔찍한 벌이 또 있을까. 죽음조차도 천벌은 아니었다. 지금 산에게 가장 끔찍한 벌은, 대결다운 대결도 못 한 채 이대로 흰머리의 목숨이 달아나는 것이다. 정말 그다음 장면은 상상하기조차 힘들다.

— 에잇 망할 놈들! 그래, 난 천벌받을 거다. 네놈들은 얼마나 잘 사나 두고 보자.

쌍해가 두 손을 겨드랑이에 넣은 채 몸을 흔들며 말했다.

— 그나저나 아무리 영물이라도 저대로는 밤을 견뎌내기 어려울 거야. 몸이 얼어붙고 말지.

벌써 기온이 뚝뚝 떨어졌다. 산이 다가와서 쌍해의 허리춤에 꽂힌 장도를 쥐었다.

— 이건 왜?

쌍해가 산의 손목을 잡고 물었다.

— 풀어줘야겠습니다.

— 무, 무슨 소리야?

— 내가 잡은 게 아닙니다.

— 히데오 대장에게 이미 알렸어. 기다리기 지루했던지 어제 아침 일찍 삼지연을 떠나 이곳으로 오는 중이라더군. 거의 도착할 때가 되었어. 게다가 저주를 퍼붓고 간 저놈들이 우리가 흰머리를 잡은 걸 봤잖아. 지금 흰머리를 풀어주면 우린 정말 감옥행이야.

― 이건 아닙니다.

― 산아! 복수를 끝내고 싶은 거라면 차라리 지금 놈을 쏘자.

― 아저씨!

― 여긴 너와 나뿐이야. 놈이 줄을 끊고 덤벼들어 쏜 걸로 하자. 주 선생한테는 미안한 일이지만, 놈을 풀어주는 것보다는 백배 나아. 어깨에 장도까지 박혔으니, 우리가 풀어주더라도 흰머리는 살아남기 힘들어. 여기서 마무리를 짓자. 응?

산이 대답할 가치도 없다는 표정을 지으며 쌍해를 밀치고 나아갔다. 쌍해가 등 뒤에서 산을 꽉 끌어안았다.

― 이것 놓으세요.

― 못 놓는다.

― 아저씨랑 다투기 싫습니다.

― 고집을 버려.

쌍해가 들배지기를 하듯 허리를 젖히자 산의 두 발이 허공에 떴다. 쌍해는 그 자세로 빙글 돌아서 모닥불이 있는 곳으로 대여섯 걸음을 옮겼다. 씨름판에서 단 한 번도 진 적이 없는 개마고원 최고의 장사다웠다. 산은 팔꿈치로 쌍해의 옆구리를 찌른 뒤, 뒤통수로 쌍해의 입을 때렸다. 쌍해가 양손으로 얼굴을 가리며 뒤뚱뒤뚱 물러섰다. 그 순간 흰머리가 고개를 들고 이마로 빙판을 퍽퍽 쳐댔다. 산이 흰머리를 쳐다본 뒤, 입가의 피를 손바닥으로 훔치는 쌍해에게 말했다.

― 흰머리가 이대로 죽거나 끌려가면…… 저도 죽는 겁니다.

풀어주겠습니다. 방해 마세요.

쌍해가 혀로 윗입술과 아랫입술을 핥으며 미간을 찡그렸다.

— 좋다. 풀어줘. 대신 악연은 오늘로 완전히 끝내. 며칠 혹은 몇 달 있다가 또다시 추격하는 짓 따윈 하지 않겠다고 약속해. 벌써 7년이야. 흰머리만 쫓다가 꽃다운 청춘 다 보낼 거냐? 너도 이제 떠돌이 생활 끝내고 정착해야지. 결혼도 하고 아들딸도 낳고. 웅이 형님도 이 정도로 마무리하길 원하실 게다.

산이 흰머리에게 다가가자 청룡이 앞을 막고 짖어댔다. 산은 청룡의 옆구리를 걷어차는 시늉을 했다. 깜짝 놀란 청룡이 저만치 물러섰다. 흰머리는 머리를 들진 않았지만 자신에게 다가오는 산을 계속 노려보았다. 묶인 입 사이로 걸쭉한 침이 흘러내렸다. 산이 손을 들어 흰머리의 목을 손등으로 쓸었다. 그르르릉. 흰머리가 목을 끓는 소리를 냈다. 꺼져! 그렇게 외치고 있는 듯했다. 녹은 눈 때문에 뭉쳐 늘어진 털 속에서 꿈틀 맥박이 뛰었다. 산이 오른손을 들자 흰머리의 시선이 장도에 집중되었다. 신경질적으로 몸을 뒤챘다. 쩡. 얇게 금이 간 빙판이 소리를 내며 갈라질 정도였다. 산은 천천히 외투를 벗었다. 그리고 단숨에 흰머리의 얼굴을 덮어 시야를 가린 뒤 꼭 끌어안았다. 푸덕 푸더덕! 흰머리가 온몸을 흔들었지만 산은 힘으로 눌렀다. 입으로 바람 빠지는 소리를 낸 뒤 드문드문 말을 건넸다.

— 쉬이이! 곧 밀림으로 보내줄게.

— 날 믿어. 믿기 힘들겠지만.

산의 설득을 받아들이기라도 하듯 흰머리의 몸부림이 차츰 잦아들었다. 산이 천천히 포옹을 풀었다. 흰머리는 딱 한 번 머리를 들었다가 내려놓았다. 그릉 그르릉! 가래 끓는 소리만 이어갈 뿐 반항하지 않았다. 산은 흰머리의 가슴을 옭아맨 그물을 왼손으로 틀어쥐고 장도를 갖다 댔다. 그물을 몇 번이나 끊어야 할지는 산도 몰랐다. 어깨에 장도가 박혔다고 해도 놈은 개마고원의 지배자 왕대였다. 너무 많이 끊으면 손쓸 새도 없이 흰머리에게 급습을 당할 것이고, 너무 적게 끊으면 흰머리는 빙판 위에서 얼어 죽을 것이다. 지금으로선 흰머리의 움직임을 살피면서 하나하나 묶인 줄을 끊는 것이 최선이었다. 장도에 힘을 주며 줄을 당겨 끊으려는 순간 총성이 울렸다. 청룡이 늑대처럼 짖기 시작했다. 산은 줄을 쥔 채 고개를 돌렸다. 불길한 기운이 두 뺨을 후려쳤다.

빙판 위를 달려오는 발소리를, 산은 들었다. 흰머리를 옮길 해수격멸대 병사들이었다. 산은 그들을 등진 채 돌아앉았다. 흰머리의 왼쪽 가슴, 7년 동안 탄환을 명중시키고 싶었던 자리를 손바닥으로 눌렀다. 흰머리가 움찔 몸을 떨었다.

— 신경 쓰지 마. 네가 누군지 또 내가 누군지, 우리를 전혀 모르는 바보들이니까.

산이 장도로 그물을 뚝뚝 끊어나가기 시작했다. 청룡이 짖었고 군홧발 소리가 더 바빠졌고 산의 손놀림은 더더욱 현란해졌다. 청룡이 맹렬하게 짖기 시작했다. 산은 세상의 어떤 소리도 듣지 못하는 귀머거리처럼, 흰머리를 옭아맨 그물을 끊는 데만 집중했다. 오른쪽 앞발을 묶은 줄이 뚝뚝 먼저 잘려나가자, 흰머리가 자랑이라도 하듯 그 발을 높게 들어 깃발처럼 흔들었다. 산의 장도가 흰머리의 왼쪽 앞발로 향했다. 앞발들이 자유로워지면, 몸을 묶은 그물과 뒷발을 휜 줄들도 헐거워질 것이다. 왼어깨에 박힌 장도를 건드리지 않고 조심조심 첫 그물을 끊으려는 순간, 절박한 목소리가 날아들었다.

— 멈춰요!

주홍이었다. 갈비뼈가 부러진 히데오도 백두산 입구까지 함께 왔지만 정상을 오르는 것은 무리였다. 열 명의 병사들이 총을 겨누며 그미의 좌우로 벌려 섰다. 흰머리의 거대한 앞발에 잔뜩 겁을 먹은 표정이었다. 산은 고개를 돌리지도 않고, 잠깐 멈췄던 장도를 계속 놀려 그물을 끊어나갔다. 그미가 좌우로 눈길을 보내며 병사들에게 요구했다.

— 총부터 내려요. 어서요. 내가 부를 때까지 여기서 대기해요.

— 위험합니다. 주 선생을 지키라는 히데오 대장의 엄명을 받았습니다.

두 눈이 툭 튀어나온 오장(伍長) 마사오가 총구를 산에게 향한 채 말했다.

— 지금 이러는 게 나와 여러분 모두를 위험에 빠뜨리는 일이에

요. 내가 호랑이를 연구했던 건 알고 있죠? 겁먹을 것도 흥분할 것도 없어요. 내가 가서 호랑이의 상태를 볼게요.

— 저자가 산이라는 포수입니까? 호랑이보다도 더 위험하다는 명령을 받았습니다. 장도를 들고 바로 옆에는 총까지 있군요. 가지 마십시오. 방금 멈추란 명령도 듣지 않은 놈입니다.

— 저 사람은 내가 잘 알아요. 내가 알아서 해요. 알겠어요?

쌍해가 퉁퉁 부은 입을 손으로 가린 채 그미에게 걸어왔다.

— 눈사태를 만났습니다. 갑자기 쏟아져 내렸죠.

— 아저씨 솜씬가요?

— 여러 번 다른 방향으로 꽁꽁 묶어 줄을 끊기가 쉽지 않을 겁니다.

— 산 씨는 다쳤나요?

— 겉보기에는 말짱한데, 코피를 많이 쏟았습니다. 세 시간 남짓 정신을 잃었고요.

— 흰머리는요?

쌍해가 자신의 왼팔뚝을 오른손으로 잡아 쥐었다.

— 이쪽 왼어깨에 장도가 박혔습니다. 손잡이까지 살 속으로 파고들 정도로 깊이.

— 알겠어요.

쌍해가 목소리를 낮췄다.

— 가지 마십시오. 지금 산은 제정신이 아닙니다. 힘들게 잡은 흰머리를 돌려보내겠답니다. 정당한 승부가 아니었답니다.

그미가 검은 눈동자를 치뜨며 속삭였다.

— 먼저 이야기부터 해볼게요. 그래도 안 되면 아저씨가 도와주세요.

주홍이 곧장 산을 향해 걸었다. 30미터, 20미터, 15미터, 10미터. 둘의 거리가 가까워졌다. 3미터 앞까지 도착했을 때, 산이 장도를 그물에 댄 채 말했다.

— 멈추시오.

그미가 내밀던 오른발을 거둬들였다. 매서운 바람이 그미의 야윈 무릎을 흔들었다.

— 괜찮아요? 코피를 쏟고 정신을 놓았다면서요? 어지럽나요?

— 당신은, 여기 오지 말았어야 했소. 당신이 올 자리가 아니오. 돌아가시오.

— 아뇨. 이 지독한 승부의 끝을 목격해야 하는 사람이 있다면 바로 나예요. 내가 가장 아끼는 두 생명 중 하나가 사라지는 자리일 테니까.

그미의 시선이 산의 넓은 등을 지나 흰머리의 왼어깨에 박힌 장도로 향했다. 그물이 많이 잘려나갔지만, 흰머리는 왼발을 들어 올리거나 좌우로 밀지도 못했다.

— 풀어주겠다고요?

— 당신 소원 아니었소?

— 바보!

그 말에 산이 처음으로 고개를 살짝 돌려 그미의 얼굴을 살폈다. 나무통처럼 길고 둥근 털모자 아래에서 검은 눈동자가 반짝였다.

— 지금 풀어주면 흰머리는 이 산을 내려가기도 전에 쓰러져 죽을 거예요.

산이 고개를 돌려 흰머리의 왼어깨를 쳐다보았다.

— 이깟 상처 때문에 죽을 왕대가 아니오.

— 어깨 상처가 깊은 것도 문제지만, 안정을 취한 후 정밀하게 진료해야만 해요. 둘 다 정신을 잃었다면서요. 머리에 강한 충격을 받은 거예요. 흰머리를 죽이고 싶나요? 좋아요. 그럼 그냥 풀어주세요. 하지만 평생 이 순간을 후회하게 될지도 몰라요. 흰머리가 밀림에서 홀로 죽는다면 그 잘못은 바로 당신에게 있는 거니까요.

산이 장도를 든 채 일어선 뒤 천천히 몸을 돌렸다. 멀리서 산을 경계하던 병사들이 일제히 총구를 겨눴다. 산은 그 총 하나하나의 조준점을 살폈다. 자신의 머리를 노리는 이도 있었고 가슴과 명치를 겨눈 이도 있었다. 그미가 몸을 반만 돌려 왼팔을 흔들자 병사들이 총을 내렸다.

— 어찌하겠단 거요?

— 경성으로 옮겨야 해요.

— 경성?

— 함경도에는 흰머리를 마취시켜 장도를 뽑고 어깨 상처를 치료할 의사가 없어요. 상처가 덧나 썩기 전에 경성으로 가야 해요.

— 싫소. 의사를 불러오시오.

— 시간이 없어요. 해가 지면 급속하게 기온이 떨어질 거예요. 흰머리를 여기서 얼려 죽일 작정인가요? 무슨 걱정하는지 다 알아요. 동물원이나 실험실에 가둘까 걱정해서죠? 흰머리를 생포했다는 소식을 듣자마자 총독님과 통화를 했어요. 수술을 하고 안정을 취한 뒤엔 밀림으로 돌려보내도 좋다는 허락을 받았어요. 이번만 날 믿어줘요. 시간이 없어요.

그르릉! 흰머리가 숨넘어가는 소리를 냈다. 어깨에서 흐른 피가 적지 않았다. 배고픔도 놈을 시시각각 지치게 만들었다.

— 제발!

그미가 기도하듯 두 손을 모았다. 장도를 쥔 산의 오른손도 함께 떨렸다. 해가 기울고 있었다. 개마고원에서 가장 깊은 어둠이 빠르게 다가오는 중이었다. 산은 그미의 젖은 눈을 쳐다보았다.

— 여기서 끝낼 승부였소.

그미가 눈물을 손등으로 훔쳤다.

— 알아요. 하지만 오늘 모든 걸 마무리하긴 어렵다는 걸, 당신도 알죠? 개마고원 최고의 포수답게 냉정하게 판단해요. 날 믿어요.

산의 손에 들려 있던 장도가 발 옆으로 떨어졌다. 컹! 청룡이 짖었고, 쌍해와 병사들이 그미와 산을 지나 흰머리에게 달려들었다.

주홍이 한 걸음 산을 향해 다가왔다. 이젠 눈물을 닦지도 않았고 터져 나오는 울음을 삼키지도 않았다. 울음에 섞여, 그미가 다시 한 걸음을 더 내디뎠다.

— 고마워요.

그미는 산의 입술을 찾았다. 산의 입술은 생명의 온기가 빠져나
간 것처럼 차가웠다. 산은 흰머리와 승부를 마치지 못한 이 상황
이 못내 억울한지 입술을 굳게 닫고 그미의 더운 숨결을 받아들이
지 않았다. 그러나 그미는 물러서지 않았다. 다시 그미의 혀가 산
의 입술 사이로 파고들었고, 그미의 입김이 산의 생채기투성이 뺨
을 녹였다. 그리고 또 속삭였다.

— 다행이에요, 살아 있어서.

그미의 두 팔이 산의 등을 감쌌다. 산도 서서히 그미의 가쁜 호
흡을, 깊은 근심을, 반가운 소식을, 시간을 당긴 재회를 받아들였
다. 흰머리와의 승부에서 졌다면 영영 이별했을지도 모르는, 세상
에서 가장 소중한 정인情人이었다.

'당신은 이런 남자랍니다'라고 정의하는 순간,
산은 훌쩍 그 울타리를 넘어 더 큰 어둠을 보여준다.
이 남자는 숫눈이다.

모든 걸 잃을지라도

구름에 구름이 얹히고 그 구름에 또 다른 구름이 접혔다. 밤이 시작되기 전 구름은 충분히 무겁고 어둡고 깊었다. 배앓이를 하듯 몇 번 천둥을 뿜더니 기어이 눈이 쏟아지기 시작했다. 개마고원엔 노래가 많았고 이야기가 많았고 밀주가 많았다. 눈 때문이었다. 키보다 더 높은 눈이 내리면, 짧게는 하루 길게는 한 달 가까이 바로 옆 마을과도 연락이 끊겼다. 잠이 오지 않는 긴 밤, 제법 긴 노래와 이야기처럼 스스로를 위로하며 시간을 보낼 도구가 필요했다. 들짐승도 날짐승도 모두 저마다의 보금자리에서 가장 깊숙한 곳에 몸을 숨겼다. 창공을 향해 가지를 뻗던 나무들도 뿌리를 향해 겸손했다. 그 밤부터 다음 날 낮까지, 폭설을 온몸으로 맞으며 백두산을 내려온 이는 해수격멸대뿐이었다.

주홍은 하산길에 잠깐 걸음을 멈추고 검은 화산석 하나를 주웠다. 장갑을 벗고 함을 꺼내, 제주도를 떠나 도쿄로 갈 때 챙긴 한라산의 화산석 옆에 나란히 놓았다. 선두에서 대열을 이끌던 산이 바람을 맞으며 되돌아왔다. 발이라도 삐었을까 걱정스러운 표정이었다. 그미가 대답 대신 산에게 함을 내밀었다. 산은 무심하게 화산석을 쳐다보았다.

— 이쁘죠?

산은 그미의 물음에 답하지 않고 돌아섰다. 멀어져 가는 산의 등을 보며 그미가 혼잣말을 했다.

— 우리도 이렇게 만난 거예요. 힘겹게 정말 힘겹게!

밤보다 더 어두운 낮이었다. 대기 중인 트럭 두 대도 벌써 눈에 덮였다. 빨간 전조등을 깜빡이지 않았다면 코끼리바위라고 여기며 지나칠 만했다. 조수석에서 일행을 기다리던 히데오가 차문을 열고 내려섰다. 마사오 오장이 성큼 나아가서 경례부터 했다.

— 생포했습니다.

마사오의 목소리는 지쳤으면서도 들떠 있었다. 히데오가 짧게 명령했다.

— 1호차에 실어.

굵은 나무를 직사각형으로 얽고 그 사이에 그물을 친 다음 흰머리를 옮겨 묶은 채 산을 내려온 병사들이 젖 먹던 힘까지 쏟으며 앞 트럭까지 걸어갔다. 주홍이 히데오와 눈인사만 나눈 뒤 병사들을 따르며 외쳤다.

— 조심해요. 왼어깨가 트럭 난간에 부딪치면 큰일 나요. 자자, 왼쪽 더 높이 들고, 다 왔어요. 조금만 힘내요.

산을 부축하던 쌍해도 히데오의 눈치를 살피며 청룡과 함께 그미를 쫓았다. 산은 걸음을 멈추고 5미터쯤 앞에서 기다리는 히데오를 쳐다보았다. 눈보라가 산의 얼굴로 몰아치는 바람에 히데오의 표정을 살피기 어려웠다. 이번에는 히데오가 크게 네 걸음 걸어 나왔다. 부러진 갈비뼈를 고정시키느라 가슴에 둘둘 만 붕대탓에 상체가 유난히 두툼했다. 산은 실눈을 뜨고 히데오를 노려보며 침묵했다. 부하라면 당연히 경과보고를 해야 할 상황이었지만, 산은 처음부터 격멸대에 속하지 않겠다고 못을 박았었다. 히데오가 천천히 오른손을 내밀었다. 손바닥으로 눈송이가 다투어 내려앉아 녹았다. 산도 손을 뻗어 히데오의 손을 쥐었다.

— 수고했어.

— 상처가 깊소. 응급조처를 서둘러주시오.

— 걱정 마. 생포한 호랑이를 안전하게 옮기는 것 역시 해수격멸대의 임무 중 하나다.

해수격멸대의 임무! 산이 그 말을 곱씹었다. 흰머리에 대한 모든 권한이 히데오 자신에게 있다는 뜻이다.

— 2호차에 타라.

— 흰머리는?

— 내가 1호차와 함께 선두를 이끌겠다. 눈사태를 당했다는 이야기를 들었다. 삼지연까지 가는 동안 편히 쉬어도 좋다.

히데오가 손을 놓았다. 산은 1호차에 타겠다고 고집할 것인지 잠시 망설였다. 폭설엔 차량사고가 잦은 법이다. 최악의 경우 흰머리를 실은 트럭이 천 길 낭떠러지로 구를 수도 있다. 그러나 1호차를 고집한다고 순순히 승차를 허락할 히데오가 아니다. 자기 확신이 강한 장교는 한번 내린 명령을 번복하지 않는다. 하산을 서두르는 바람에 왼어깨도 아프고 어지럼증도 더했다. 삼지연까지 휴식을 취하기로 마음을 정했다. 돌아서서 2호차로 향해 네댓 걸음 걸어가던 산을 히데오가 다시 불렀다.

— 한 가지 궁금한 게 있다.

산이 걸음을 멈춘 채 몸을 반만 돌렸다. 눈보라 때문에 히데오의 얼굴이 보이지 않았다.

— 흰머리를 왜 죽이지 않았지? 7년 동안 놈을 죽이려고 추격한 게 아니었나?

산은 대답 대신 왼어깨에 걸친 모신나강의 개머리판을 검지로 쓸었다. 밀림무정. 흰머리를 향한 마음을 밤을 새워 설명하더라도 히데오가 이해할 것 같지 않았고, 이해시키고 싶지도 않았다.

히데오는 1호차 옆에 서서 떨어지는 눈을 고스란히 맞았다. 호랑이를 무사히 옮긴 병사들이 트럭에서 뛰어내리다가 히데오를 보고 도깨비 보듯 깜짝깜짝 놀랐다.

— 빨리 2호차로 가서 타라. 곧바로 출발한다.

병사들이 모두 내려온 뒤에도 주홍은 하차할 줄 몰랐다. 히데오가 트럭 뒤로 돌아갔다. 트럭은 호랑이만 누워 있기에도 좁고 춥고 어두웠다. 히데오는 난간을 잡고 트럭으로 올라서려다가 멈칫했다. 갈비뼈가 붙기 전에는 상체에 힘을 실어서는 안 된다.

— 내려오시오.

— 출발하세요. 전 여기 있겠어요.

— 당장 나오시오. 호랑이와 단둘이 둘 순 없소.

— 삼지연까지 가는 사이 흰머리에게 응급 상황이 벌어지면 어찌하겠어요? 혼자 남겨두면 숨이 끊겨도 알 수가 없어요.

— 병사들을 태우도록 하겠소.

— 내가 호랑이 전문가라는 걸 잊은 건 아니죠? 으르렁거리는 소리만 듣고도 호랑이가 무엇을 원하고 어디가 불편한지 알 수 있어요. 자, 어서 삼지연으로 출발하죠.

히데오는 오른손으로 난간을 잡고 트럭 짐칸으로 올라섰다. 허리가 뒤틀리면서 부러진 갈비뼈가 뜨끔거렸고 숨이 턱 막혔다.

— 괜찮아요? 편안하게 심호흡을 하세요.

어느새 다가앉은 그미가 고통을 줄이는 방법을 알려주었다.

— 별일 아니오.

히데오는 아랫입술을 깨물며 버텼다. 2호차가 불을 깜박였고, 그 틈으로 주홍의 야윈 얼굴이 드러났다가 사라졌다.

— 여긴 위험하오. 트럭이 심하게 흔들릴 테고 때론 야생마처럼 뛰어오를지도 모르오.

— 개마고원을 세로로 지르고 백두산까지 오른 일에 비하면 아

무엇도 아니죠.

— 그럼…… 조수석에 함께 탑시다. 한 시간에 한 번씩 트럭을 세우고 호랑이의 상태를 점검하는 건 약속하겠소. 이래도 부족하오?

— 너무 예민한 것 아닌가요? 들짐승이든 길짐승이든 단둘이서 새운 밤이 많고도 많아요. 백호와는 처음이긴 하지만.

— 주 선생에겐 호랑이가 중요한지 몰라도, 내겐 호랑이보다 주 선생이 더 중요하오.

히데오가 참지 못하고 속에 담아둔 말을 내뱉고야 말았다. 분위기 정갈한 카페나 레스토랑에서 감미로운 음악과 맛있는 음식을 곁들여 건네려던 고백이었다. 후회했지만 이미 늦었다. 잠시 답을 미룬 채 흰머리를 쳐다보던 그미가 어색한 분위기를 바꾸려는 듯 밝게 답했다.

— 알겠어요. 그럼 조수석으로 가요.

백두산에서 삼지연까지 가는 동안, 주홍은 내내 졸았고 히데오는 단 한순간도 잠들지 못했다. 그미의 흔들리는 머리를 어깨에 얹고 싶었지만, 딱 한 번 정수리를 당겨보기도 했지만, 그미가 곧 까만 눈을 뜨고 빤히 쳐다보는 바람에 더 이상 권하지 못했다. 삼지연에 도착할 무렵 짧은 대화가 오갔다.

— 흰머리도 생포했으니, 산과 쌍해를 경성까지 데려갈 필요는 없겠소.

졸린 눈을 비비던 그미가 깜짝 놀라며 고개를 돌렸다.

— 무슨 소리에요? 품삯도 지불해야 하고…….

— 그건 삼지연에서 줘도 되오. 나중에 따로 돈을 부쳐도 그만
이고.

— 안 돼요. 흰머리를 잡은 장본인이잖아요. 원하면 경성까지
데려가는 게 옳아요.

— 옳고 그름의 문제는 아니오. 경성행을 원하는지 아닌지도 아
직 묻지 않았고.

— 수술 후에 경과를 봐서 풀어주겠다고 총독님께 말씀드렸어
요. 총독님도 그러자 하셨고요.

— 그랬소? 총독님과 그런 얘기가 오간 줄 몰랐소. 허나 그 역시
산이 경성으로 가야 할 이유는 못 되오.

그미가 잠시 투항하듯 쏟아지는 눈을 쳐다보았다.

— ……산, 그 사람이 경성에 가지 않기를 바라는군요. 이유가
뭐죠?

히데오는 미리 고민한 듯 쉽게 답을 내놓았다.

— 해수격멸대는 명령에 따라 호랑이를 생포하거나 죽이는 조
직이오. 허나 산은 사사로운 복수를 위해 7년이나 호랑이를 쫓았
소. 공적인 일에 사사로움이 끼는 걸 원치 않소.

— 그 사사로움을 묵인하고 이용해서 흰머리를 사로잡은 것 아
닌가요?

그미의 말투가 날카로워졌다.

— 정당하게 품삯을 치르고 고용한 관계요.

— 강제로 산, 그 사람의 경성행을 막을 건가요?

— 주 선생은 그가 경성에 가야 한다고 보오?

— 물론이에요.

— 이유를 물어봐도 되겠소?

— ……약속했어요. 원한다면, 수술의 전 과정을 참관할 수 있게 하겠다고. 그때까진 흰머리를 곁에서 지켜도 좋다고. 내가 책임지겠어요. 경성까지 산, 그 사람이 원하는 대로 흰머리 곁에 머물게 해줘요. 배려해주세요.

트럭이 삼지연의 부대 앞에 멈춰 섰다. 히데오가 트럭에서 내리기 전 사족처럼 물었다.

— 단지 그것뿐이오?

그미가 벙어리처럼 입술을 닫고 고개만 끄덕였다.

갈비뼈가 부러져 요양이 필요했지만, 히데오는 해수격멸대장의 책무를 다른 장교에게 넘기지 않기 위해, 부상 사실을 총독부에 보고하지 않았다. 그에게 내려진 다음 명령은 흰머리의 신속하고도 안전한 경성 이송이었다. 흰머리의 어깨에 박힌 장도는 경성 도착 직후 수의사들의 집도로 제거될 예정이었다. 삼지연에 도착한 히데오는 강철로 제작한 특수 우리로 흰머리를 옮겼다. 군용 트럭의 폭에 딱 맞춘 우리는 덜컹거림이 심한 길에서도 튕겨 떨어질 염려가 없었다. 흰머리는 쌍해가 감아놓은 그물에 묶인 채 우리에 던져졌다. 청진발 경성행 기차 출발시각에 맞춰 역에 닿으려면, 밤을 꼬박 새워 트럭을 몰아야 했다. 간선철도를 이용하는 방법도 있지만, 개마고원에 쏟아진 폭설로 이미 세 군데나 철도가 끊겼다는 소식이 들렸다. 동해를 따라 뻗어내린, 청진에서 함흥을 거쳐 경성으로 들어가는 노선이 그나마 안전했다. 히데오는 마사오 오장을 불러 삼지연에서 청진까지 최단시간으로 주파할 지름길을 확인했다.

— 한 시간에 한 번씩만 멈춰 호랑이를 살핀 뒤 다시 출발한다. 그 외엔 어떤 일이 있어도 트럭을 세워선 안 돼.

— 명심하겠습니다.

마사오가 부동자세로 답했다.

— 조는 것도 허락 못 해. 밀림에선, 특히 눈 내리는 겨울 밀림에선 상상을 뛰어넘는 일들이 벌어진다. 그때는 즉각 하차하여 무력을 행사해야 돼. 실탄 장전하고 두 눈 또릿또릿 뜨고. 알겠나?

— 예.

— 질문 있나?

마사오가 눈치를 살피며 물었다.

— 그자들은 어찌합니까? 산과 쌍해.

— 우리와 함께 간다. 청진까지 이동 수칙을 알려주고, 어길 때는 즉각 내게 보고해.

— 보고만…… 합니까?

마사오가 큰 눈을 끔뻑이며 군사지도로 시선을 피했다.

— 무슨 소린가?

— 산의 총 솜씨는 백발백중이라고 들었습니다. 쌍해 역시 덩치에 맞게 힘이 장사고요. 만약을 대비해서 무기를 빼앗고 묶어두기라도 할까요?

히데오는 주홍의 얼굴을 떠올렸다. 배려해달라는 말도 함께.

— 아니, 긴급 상황이 아니면 무력을 쓰진 마.

마사오는 경례를 붙인 뒤 머뭇거렸다.

— 할 말이 더 남았나?

— ……이 말씀 드려야 할지 모르겠습니다만…….

마사오의 머뭇거림이 마음에 들지 않는 듯 히데오가 재촉했다.

— 뭔가? 해수격멸대와 관련된 일인가?

— 주 선생님도 격멸대원이시니, 관련된 일이긴 합니다.

주홍의 일이라면 더더욱 알아야 한다. 히데오는 일부러 더욱 딱딱한 눈빛을 띠며 마사오를 노려보았다.

— 천지에서, 그러니까 우리가 바삐 흰머리를 묶고 있을 때, 주 선생님은 산, 그자와 끌어안고 입맞춤을…….

— 알았다. 쓸데없는 소문 돌지 않게 입단속 잘해. 주 선생은 군인이 아니고, 스스로 모든 걸 판단할 수 있는 성인이다. 오장이나 내가 상관할 일이 아니다. 앞으로 이 얘기가 내 귀에 다시 들리면, 그땐 오장이 퍼뜨린 것으로 간주하고 엄벌하겠다. 알겠나?

— 알겠습니다.

마사오가 나가자 히데오는 다시 군사지도로 시선을 돌렸다. 청진에서부터 경성까지 뻗어 내린 철도를 지휘봉으로 훑다가 갑자기 멈칫했다. 가슴이 송곳으로 찌르는 듯 아팠다. 히데오는 무릎을 꿇고 엎드려 바닥에 이마를 대고 거친 숨을 몰아쉬었다. 거친 산길을 달려 백두산까지 다녀온 것이 무리였다. 특히 백두산에서 삼지연으로 오는 내내 옆자리에 앉은 주홍 때문에 긴장을 풀지 못하고 허리를 꼿꼿하게 세운 것이 상처를 악화시킨 듯했다. 히데오는 위생병을 부르지도 않고 엎드린 채 혼잣말을 했다. 아프구나. 가슴이, 정말 아파.

삼지연을 출발하기 직전 산이 주홍의 임시 숙소로 찾아왔다. 소지품을 말끔히 배낭에 챙겨 넣어, 빈방이 더욱 을씨년스러웠다. 산이 말을 꺼내기 전에 그미가 넘겨짚었다.

— 어깨 상처가 생각보다 깊어요. 당신도 봤겠지만 특수 우리로 옮겨 넣을 때 왼쪽 앞발에 전혀 힘을 주지 못했어요. 아무리 흰머리라도 앞발을 절뚝거리는 호랑이가 개마고원에서 겨울을 버틸 수 있겠어요? 사냥을 못 하는 맹수는 그 아래 포식자들에게 공격을 당하는 게 자연의 이치잖아요. 강할 땐 아무도 덤비지 못하지만, 조금만 다치거나 아파도 금방 목숨을 빼앗으려 드니까.

그미의 말대로라면 흰머리는 굶주린 늑대나 표범과 싸워도 이기기 힘들다. 산은 내내 고민했던 대안 하나를 꺼냈다.

— 경성까지 가지 않고, 당신이 장도를 뽑아줄 순 없겠소?

— 못 해요. 그러다 영영 절름발이가 되면 그땐 어떻게 해요? 난

생물학자지 수의사가 아니에요. 괜한 짓 말아요. 알죠, 내 말? 흰머리를 경성까지 빠르게 옮기는 게, 지금으로선 당신에게도 좋고 내게도 좋고 무엇보다도 흰머리에게 좋은 일이에요. 딴 방법은 없어요. 왜 그런 눈으로 날 봐요? 내가 거짓말하는 것 같아요?

산이 그미를 뚫어지게 바라보고 있었다.

— 아니오. 당신은 언제나 진실만을 말하오.

— 그런데요?

— 당신은 총독을 믿소?

산의 질문이 뜻밖이었는지, 그미는 약간의 콧바람을 섞어 대답했다.

— 아버지 같은 분이세요.

— 나는 지금부터 단둘만 믿을 것이오. 먼저 모신나강을 믿소. 그리고 주홍 당신이지. 나는 총독을 믿지 않소. 개마고원을 벗어난 곳, 특히 경성의 모든 것들을 의심하고 있소. 흰머리의 목숨을 구하는 일이 급하니 당신 뜻에 따르긴 하겠지만, 수술을 마치고 흰머리의 상태가 나아지면, 난 놈을 꼭 개마고원 밀림으로 돌려보낼 거요.

— 당신이 나서지 않더라도 내가 먼저 움직이겠어요. 당신이 영영 흰머리를 찾지 못할 밀림에 풀어놓을 거예요. 이제 그 못 다한 승부 타령은 그만둬요. 사람이랑 호랑이는 처음부터 대결 상대가 아니니까.

산은 그즈음에서 이야기를 마쳤다. 백두산 호랑이와 경성은 어울리지 않았다. 어울리지 않는 것들이 만나면 불행한 일이 벌어지는 법이다. 산은 그 경험들을 하나하나 발뒤꿈치로 누르며 걸었다. 쌍해와 함께 쓰는 숙소 앞에 엎드려 있던 청룡이 꼬리를 흔들며 일어나 반겼다.

트럭에는 운전병 외에 두 사람이 더 탈 수 있었다. 주홍은 고집을 부려 산과 함께 그 자리를 차지했다. 쌍해와 청룡은 선두에서 호위하는 트럭에 올랐고, 병사들을 태운 트럭이 그 뒤를 따랐으며, 갈비뼈의 통증이 악화되어 침대에 누워 이동할 수밖에 없는 히데오의 트럭이 후미를 맡았다. 트럭에 오르자마자 그미는 산의 손을 꼭 쥐었다. 산이 앳된 운전병을 보며 손을 빼려 했지만, 그미는 산의 다섯 손가락 사이사이에 제 손가락을 끼우고 더욱 힘껏 잡았다. 트럭이 청진에 닿을 때까지 계속 그 손을 놓지 않을 기세였다.

트럭 넉 대가 나란히 눈 덮인 산길을 달렸다. 트럭이 불규칙하게 좌우상하로 흔들릴 때마다 절커덩절커덩 쇠 부딪히는 소리가 났다. 바퀴 중 때론 하나가 때론 둘이 때론 셋 혹은 넷이 동시에 튕겨 오르기도 하고 꺼지기도 했다. 탑승자들의 엉덩이도 얼마쯤은 허공에 떴다가 다시 떨어졌다. 흔들리는 불빛은 밤의 나무밑동을 쓸고 들짐승들을 더 먼 어둠으로 쫓았다. 호기심 많은 노루들은 껑충껑충 빛의 가장자리로 돌며 나무 뒤에 숨어 낯선 침입자를 훔쳐보았다. 선두 트럭은 속도를 높였다가 브레이크를 밟고 또 속도 높이기를 반복했다. 눈이 수북이 쌓이기도 했고 썩은 나무가 길을 가로질러 누워 있기도 했다. 트럭에 탑승한 병사들은 총 대신 삽이나 괭이나 톱을 들고 하차하여 운행을 가로막는 방해꾼들을 신속하게 치웠다.

운전병은 병장 스스무였다. 뿔테 안경이 어울리는 스물두 살 청년의 고향은 나고야였고, 충칭에서 2년을 보냈으며, 삼지연 근무는 행운이지만, 겨울은 정말 지독하게 춥다는 이야기를 한꺼번에 뱉는 떠벌이였다. 그러고도 성이 안 차는지 사족처럼 물었다.

— 정말 백호를 혼자 잡았습니까?

산은 아예 일본어를 모르는 사람처럼 굴었고, 가운데 낀 주홍도 통역을 하지 않았다. 침묵이 맴돌았다. 보통 운전병이라면 그만 입을 닫고 운전에만 집중하련만, 스스무는 오히려 말수를 늘려갔다.

— 본토에서는 호랑이를 볼 수 없어요. 처음에 백호를 산 채로 잡았다고 했을 때 설마설마 했습니다. 한데 청진까지 백호를 이송할 트럭의 책임 운전병으로 뽑힐 줄이야. 게다가 그 백호를 사로잡은 사냥꾼과 나란히 앉게 되다니, 정말 영광도 이런 영광이 없습니다.

산이 그미에게 조선말로 몇 마디 귀띔했다. 그미가 눈가에 미소를 지으며 고개를 끄덕였다.

— 조선에서는 호랑이를 산신으로 받든다는 건 알죠?

— 물론입니다. 근처 사찰에 갔는데, 군데군데 호랑이 그림이
있었습니다. 긴 수염의 늙은이 옆에……

— 백호는 더 신령하답니다. 귀도 무척 밝아서 한 번 들은 목소
리, 특히 사람의 목소리는 잊지 않죠. 흰머리는, 아, 흰머리가 저
백호의 이름이에요. 우리 둘의 목소리는 이미 기억하고 있지만, 자
꾸 떠들면 스스무의 목소리까지 새겨들을 거예요. 삼지연에 근무
했으니 그 전설은 들었겠죠?

스스무의 두 눈이 호기심과 두려움으로 커졌다.

— 무슨?

— 목소리를 기억하고 찾아온 호랑이 얘기 말예요. 친구 넷이
주막에 모여서 술을 마셨대요. 노름빚 때문에 언쟁이 붙었는데, 범
만큼 멍청한 놈일세, 라고 한 친구가 지나가는 말로 뱉었대요. 한
데 하필 그때 주막 뒷마당을 지나가던 호랑이가 그 말을 듣고 이
틀 동안 따라가서 결국 그 친구를 덮쳐 잡아먹었다는 이야기. 호
랑이는 끈질긴 동물이에요. 보름 넘게 먹잇감을 따라다니는 경우
도 흔하죠. 또 먹잇감이 외따로 떨어져 있는 순간을 놀랍게 알아
차려요. 깜깜한 밤, 홀로 잠든 순간에 흰 호랑이의 방문을 받길 원
하나요?

— 아, 아닙니다.

스스무는 숨조차 아껴 쉬었다.

산은 주홍의 어깨에 머리를 기댄 채 잠이 들었다. 차가 심하게

덜컹거렸지만, 수면제에 취한 환자처럼, 눈을 뜨지도 고개를 들지도 않았다. 천지에서 삶을 마칠 각오를 한 산이었다. 그미에 대한 그리움도 던져버린 산이었다. 백두산에서 탄환이 빗나갔을 때, 산은 이제 죽음밖에 남은 것이 없다고 여겼다. 구질구질 끌지 않고 단숨에 영원으로 사라지기를 바랐다. 눈사태 덕분에 죽음에서 빠져나온 뒤, 정신을 놓았다가 되찾은 후부터 산은 잠들지 못했다. 피로가 온몸을 짓눌렀지만 정신은 오히려 또렷했다. 이대로 경성까지 깨어 있을 것 같았다. 그러나 그미의 손을 잡고 체온을 느끼며 어깨에 머리를 댄 순간, 죽음보다 깊은 잠이 밀려들었다. 안개에 휩싸인 평원에 누운 듯 평화로운 속수무책이었다.

주홍은 손으로 산의 얼굴과 머리를 고쳐 어깨에 얹었다. 묵직했다. 산의 까슬까슬한 뺨에 손바닥을 댔다. 눈바람이 살갗을 꽁꽁 얼려놓았다. 검붉은 피딱지가 뺨에 네 개, 이마에 두 개, 덥수룩한 수염 속 턱에서도 세 개나 잡혔다. 살짝 피딱지를 누르자, 산이 으응! 헛소리를 내며 턱을 돌렸다. 그미는 산의 뺨에서 손을 뗀 뒤에도 뚫어져라 얼굴을 쳐다보았다.

— 끼이익!

트럭이 급브레이크를 밟았고 그미는 앞유리에 귀를 부딪쳤다. 산이 황급히 그미를 당겨 안으며 물었다.

— 괜찮소?

그미가 귓불을 손바닥으로 비비며 웃어 보였다. 산의 시선이 스스무에게 향했다. 스스무는 코끝에 걸린 안경을 고쳐 쓰지도 않고 핸들을 쥔 양손을 떨며 말을 더듬었다.

— ……그, 그게…… 갑자기 뛰어드는 바람에…….

노루였다. 자작나무 숲에서 눈 속에 코를 박고 먹이를 찾던 녀석이 트럭으로 뛰어든 것이다. 앞선 두 트럭의 불빛을 쐬고도 어둠으로 숨지 않았다.

— 나오지 마시오.

산이 주홍과 스스무와 눈을 맞춘 뒤 트럭에서 내렸다. 모신나강을 어깨에 붙이고 노루가 뛰어나온 자작나무 숲을 노려보았다. 불빛이 끝나고 어둠이 시작되는 나무 뒤에서 안광眼光이 번뜩였다. 포식자 특유의 살기가 단숨에 산의 두 눈을 파고들었다. 산은 길을 벗어나서 무릎 바로 아래까지 푹푹 빠지는 눈 덮인 숲으로 들어갔다. 20미터가 채 넘지 않는 거리였다. 불덩이처럼 빛나는 두 눈이 땅으로 내려왔다가 나무 위로 휙 뛰어올랐다. 산은 총구를 내렸다가 들며 조준점을 찾았다. 표범이었다. 노루의 뒤를 밟던 굶주린 표범이 트럭 때문에 역습 기회를 놓친 것이다. 산은 총구를 머리 위로 올려 방아쇠를 당겼다.

— 탕!

총성이 울리자 표범은 나무에서 껑충 뛰어내려 숲으로 사라졌다. 병사들이 뒤늦게 달려왔지만 표범이 앉았던 나뭇가지에서 눈가루만 흩날렸다.

스스무가 트럭을 후진시켰다. 왼쪽 앞바퀴에 노루의 엉덩이가 납작하게 눌렸다. 노루를 삥 둘러싼 병사들은 피와 엉켜 불그스름한 눈덩이를 발로 밟아댔다. 대열이 갑자기 좌우로 갈라졌다. 침대에 누워 이동하던 히데오가 상황을 파악하러 나온 것이다. 팔짱을 긴 채 군용 방한 점퍼를 걸쳤다. 운전병 스스무가 과장스럽게 거수경례를 붙였다.

— 뭔가?

히데오가 스스무와 노루를 번갈아 보았다.

— 노, 노룹니다.

— 누가 노룬 줄 몰라?

— 갑자기 달려들어서…….

— 오장!

마사오 오장이 스스무 옆으로 튀어나와 섰다. 히데오가 군홧발로 마사오의 정강이를 걷어찼다. 움찔 뒷걸음질 쳤던 마사오가 제자리로 와서 부동자세로 섰다.

— 삼지연을 떠날 때 내가 뭐라 그랬지?

— 한 시간에 한 번 정차하는 것 외엔, 무슨 일이 있어도 멈추면 안 된다고 하셨습니다.

— 오장이 긴급 정차명령을 내렸나?

— 아닙니다.

스스무가 울먹거렸다.

— 제 잘못입니다. 용서해주십시오. 노루가 달려들어서…….

히데오는 스스무를 무시하고 마사오를 노려보며 질문을 이었다.

— 노루가 아니라 사람이라고 해도 멈추지 말라고 했지?

마사오가 답했다.

— 제 책임입니다. 병사들에게 명령을 제대로 숙지시키지 못했습니다. 벌을 주십시오.

마사오가 차디찬 눈밭에 무릎을 꿇었다.

— 아닙니다. 제 잘못입니다.

스스무도 따라서 무릎을 꿇고 웅크렸다.

— 저희도 함께 벌을 받겠습니다.

나머지 병사들도 마사오와 스스무를 따라 징벌을 청했다. 히데오는, 아름다운 풍광을 감상하듯, 무릎 꿇은 병사들을 천천히 살폈다. 이 정도면 병사들은 청진에 닿을 때까지 고드름처럼 차고 날카롭게 긴장을 유지할 것이다. 등 뒤에서 헛기침 소리가 들렸다. 답답함과 궁금증을 이기지 못하고, 주홍이 트럭 밖으로 나온 것이다. 그미는 히데오에게 눈으로 인사한 뒤 왼쪽 앞바퀴 쪽으로 종종걸음을 쳤다.

— 아! 어떻게 해!

그미가 걸음을 멈추었다. 히데오가 천천히 그미 뒤로 가서 섰다. 왼무릎을 꿇고 앉은 그미가 노루의 머리를 쓰다듬고 주둥이에 손바닥을 댔다. 피를 많이 흘린 노루는 크고 맑은 눈만 느리게 깜빡였다. 꾸우욱! 노루가 마지막 삶을 향한 안간힘을 쓰는지 길게 울음을 토했다. 그미가 노루의 두 눈을 오른손으로 가리고 왼손으로 목덜미를 쓸었다.

— 이제 그만 가렴. 편히!

노루의 숨소리가 차츰 잦아들다가 멎었다. 노루의 숨이 멎은 후에도 그미는 한동안 자세를 고치지 않고 그 곁에 머물렀다.

산이 어두운 숲에서 되돌아온 것은 바로 그 순간이었다. 총성을 조사하러 갔던 1개 분대가 산을 따라서 모습을 드러냈다. 히데오의 얼굴이 일그러졌다.

— 뭐였나?

— 표범이었소, 노루를 쫓던.

— 어디 있나, 그 표범은?

— 놓쳤소.

— 놓쳤다고? 개마고원 최고 포수가 눈앞에 있는 표범을 놓쳐?

산은 답을 하는 대신 그미 곁에 앉았다. 그리고 장도를 꺼내 노루의 앞다리를 쓱쓱 자르기 시작했다.

— 무, 무슨 짓이에요?

그미가 산의 손목을 양손으로 쥐고 소리를 질렀다.

— 차 안에 꼼짝 말고 있으라 하지 않았소? 들어가시오.

— 지금 뭣하는 짓이냐니까요?

— 어차피 숲에 버리고 갈 수밖에 없소.

— 그래서요?

— 주린 배는 채워야 하오.

산은 그미의 팔을 뿌리치고 솜씨 좋게 노루의 다리 한 짝을 떼어냈다. 그미는 그 광경을 지켜보기 힘든 듯 얼굴을 돌렸다. 노루 피가 산의 어깨와 가슴까지 더럽혔지만 칼질은 계속됐다.

산은 잘라낸 노루의 앞발을 들고 트럭 뒤로 돌아갔다. 히데오와 병사들이 우르르 뒤따랐지만 산은 신경도 쓰지 않았다. 그미는 앞발이 잘린 노루를 흘끔 살핀 뒤 마지막으로 그 자리를 떴다.

— 먹음직스럽겠는걸. 청룡 줄 건 없나?

쌍해가 어느새 곁에 섰다. 청룡이 꼬리를 흔들며 산의 무릎에 머리를 비볐다. 산이 말없이 피가 뚝뚝 떨어지는 앞다리와 모신나강을 건넸다. 그리고 우리를 덮어씌운 천을 뜯었다. 네 번째 트럭의 헤드라이트에 우리 속 흰머리가 모습을 드러냈다. 온몸이 그물에 칭칭 감긴 채 바닥에 머리를 박고 눈을 감은 초라한 몰골이었다. 산이 철창 안으로 손을 쑥 집어넣고 흰머리의 입을 동여맨 줄을 잡아당겼다. 그 순간 흰머리가 눈을 번쩍 떴다. 단지 눈을 떴을 뿐인데도, 구경하던 병사들 서넛은 엉덩이를 빼거나 한두 걸음 물러섰다. 다가선 이는 그미뿐이었다.

— 안정을 취해야 해요.

산은 돌아보지도 않고 장도를 꺼냈다. 쌍해가 그미에게 산을 대신하여 설명했다.

— 안정도 중요하지만 허기는 면해야 합니다. 이대로 청진에 닿으면 탈진하고 말 겁니다. 다행히 먹을거리가 생겼으니 넣어줘

야죠.

— 입을 동여맨 줄을 풀면 우리를 부수려고 철창을 물어뜯을지도 몰라요. 하루 이틀 굶는다고 당장 어찌 되는 건 아니에요. 먹이야 청진역에 닿으면 그때 넣어줘도 되고요. 꼭 이 밤에 눈길 위에서 손에 피를 묻혀가며 이 짓을 해야 하나요?

그미의 시선이 쌍해를 지나 히데오에게 머물렀다. 히데오는 나서서 간섭하거나 명령하지 않고 병사들 속에 머물렀다. 산이 왼손으로 줄을 쥐고 오른손에 든 장도를 흰머리의 입 가까이 가져갔다. 그르르릉. 흰머리가 가래 끓는 소리를 내며 목에 잔뜩 힘을 실으면서 버텼다. 산이 잠시 흰머리를 노려보며 줄을 잡은 왼손으로 목덜미를 쓸었다. 그래도 흰머리가 목에 힘을 풀지 않자 산은 결단을 내렸다.

— 아저씨!

쌍해가 노루 다리를 철창 사이로 밀어 넣었다. 흰머리의 코가 벌렁거렸다. 피비린내를 맡은 것이다. 산이 다시 줄을 쥐고 천천히 당겼다. 여전히 힘을 풀지 않았지만, 산이 더 강하게 당기자 서서히 딸려왔다. 산은 장도로 재빨리 흰머리의 입을 묶은 줄을 끊기 시작했다. 툭. 하나가 풀리자 줄이 헐거워졌고, 흰머리는 고개를 흔들어대며 입을 벌리려 했다. 산은 왼손으로 다리를 들어 흰머리의 입에 가까이 붙였다. 흰머리가 단숨에 노루의 앞발을 물었다. 산은 손을 놓고 철창 우리에서 서너 걸음 물러섰다. 쌍해가 걷어뒀던 천을 재빨리 씌웠다.

트럭이 다시 출발했다. 산은 노루 피가 잔뜩 묻은 장도를 걸레로 깨끗이 닦은 뒤 허리춤에 꽂았다. 병사들은 노루 시체를 버리지 않고 모포로 대충 말아서 트럭에 실었다. 청진역에 도착한 뒤 노루고기 파티를 벌이기라도 할 모양이었다. 트럭이 언덕을 넘자마자, 산은 아무 일도 없었다는 듯 주홍의 어깨에 기댄 채 다시 코를 골기 시작했다.

주홍은 산에게 어깨를 내어준 채, 방금 이 사내가 노루의 다리를 잘라내고, 두려움 없이 철창 안으로 양손을 집어넣고, 흰머리의 입에 고기를 쑤셔 넣는 장면을 되살렸다. 너무나도 가깝다고, 이제 거의 한마음이 되었다고 느끼는 순간 벌어진 일이었다. 그리고 또 아무 일도 없다는 듯이, 다만 꿈이었다는 듯이, 그미에게 모든 것을 맡기고 잠든 것이다. 산의 손을 꽉 쥐어보았다. 이 남자, 잠시만 방심해도 사라질 것 같다. 샴쌍둥이처럼 딱 붙어서 떨어지지 말아야지. 그러나 산은 신출귀몰한 사냥꾼이기에, 마음만 먹는다면, 삼지연에서 홀로 떠나듯, 언제든 그미를 따돌릴 수 있었다. 헤드라이트가 비추는 한 줌 밤 풍경을 쳐다보며 그미는 생각했다. 개마고원보다도 더 넓은 산이라는 이 남자를, 저 불빛만큼도 모르고 있는 게 아닐까. 당신은 이런 남자랍니다, 라고 정의하는 순간, 산은 훌쩍 울타리를 넘어 더 큰 어둠을 보여준다. 이 숨바꼭질은 언제 끝날까. 과연 나는 술래에서 벗어날 수 있을까. 이 남자는 숫눈이다. 처녀림이다. 흰머리와 시선을 처음 맞추던 순간처럼, 여전

히 오리무중이고 답답하고 그래서 신비롭다. 불현듯 졸음이 밀려
왔다.

— ……주 선생님, 선생님!

주홍이 깜빡 잠에서 깼다. 거의 동시에 산도 눈을 떴다. 핸들을
양손으로 꽉 잡은 채 스스무가 덜덜덜 떨며 물었다.

— 왜, 왜 그래요?

— 자꾸 제 이름을 부릅니다.

— 누가요? 누가 이름을?

그미가 산을 돌아보았다. 산은 고개를 한 번 저었다.

— 우린 둘 다 안 불렀어요.

— 압니다.

— 안다고요?

— 흰 호랑이가 절 불렀습니다. 스스무!라고.

그미가 웃음을 감추며 친근하게 말했다.

— 호랑이가 스스무 이름을 부를 순 없어요. 호랑이는 호랑이니
까.

— 하지만 저 호랑인 다르다면서요?

스스무가 고개를 살짝 돌려 뒤 칸의 흰머리를 가리켰다.

— 다르다뇨?

— 소문을 들었습니다. 해수격멸대 한 부대를 죽음으로 몰아넣
었다고.

— 사고였어요. 흰머리 잘못이 아니에요.

— 그들이 모두 죽은 까닭이 뭡니까?

— 그야 두려움 때문에…….

— 모욕하지 마십시오. 그들은 정예병이었습니다. 두려움 때문에 전우를 향해 총질을 하진 않습니다.

— 하지만…… 사실이에요.

— 저도 긴가민가했습니다. 하지만 확실히 알았습니다.

— 알다뇨?

— 두려움 때문이 아니란 걸요.

— 그럼?

— 저 호랑이에게 악령이 씐 겁니다. 지옥으로 사람을 유혹하는 악한 령이죠.

다시 스스무의 얼굴이 하얗게 질렸고, 미친 듯이 고개를 좌우로 흔들기 시작했다.

— 아, 저 소리! 내 이름 부르는 소리, 안 들립니까?

그미가 귀를 기울였지만 흰머리의 울음은 들리지 않았다. 트럭의 속도가 갑자기 빨라졌다. 얼어붙은 눈길에 바퀴가 미끄러지는 듯, 트럭이 좌우로 끼익 끼익 소리를 내며 요동쳤다.

— 닥쳐! 그만, 그만하라고!

스스무는 손바닥으로 핸들을 내리치면서 앉은 자리에서 엉덩이를 쿵쿵 찧었다. 산이 그미를 당겨 안고 비스듬히 누우면서 발을 뻗어 브레이크를 밟았다. 트럭은 곧바로 멈추지 않고 눈길에

밀리다가 길 옆 소나무를 들이받은 뒤에야 섰다. 탄환처럼 튀어나
간 스스무의 앞이마가 유리창을 들이받았다. 창을 뚫고 머리가 빠
져나갔지만 곧이어 어깨에서 걸렸다. 미리 머리를 숙였던 산과 그
미는 창 아래턱에 어깨를 부딪쳤다. 그미가 고개를 들어 운전석을
쳐다보았다. 스스무가 앞유리에 어깨를 끼인 채 매달려 있었다.

　― 스스무!

　그미가 스스무의 발이라도 잡으려고 손을 뻗는 순간, 뒤이어 따
라오던 트럭이 후미를 들이받았다. 산은 그미를 더 꼭 껴안았다.
스스무는 깨진 유리 날에 가슴과 배를 베이며 트럭 앞으로 떨어졌
다. 끔찍한 비명이 터져 나왔다. 산이 그미의 머리를 누르며 속삭
였다.

　― 가만있으시오.

　― 스스무가…….

　― 내가 살피겠소. 부르기 전엔 나오지 않겠다고 약속하오.

　산은 단숨에 문을 열고 트럭 앞으로 달려갔다. 노루가 끼었던
바로 그 바퀴에 스스무의 오른발이 짓눌려 있었다. 얼굴과 양손은
물론 군복까지 온통 찢겨 피투성이였다. 정신을 잃지 않고 무엇인
가를 중얼거렸다. 팔을 들지도 허리를 돌리지도 고개를 까닥이지
도 못했다. 유리를 부수고 땅에 떨어질 때 목뼈를 꺾인 것이다. 산
이 왼무릎을 꿇고 허리를 숙였다.

　― 호랑이가, 호랑이가…… 뛰어들었습…….

그것이 스스무가 내뱉은 마지막 말이었다. 위생병이 응급처치를 했지만 쇼크와 출혈과다, 목뼈 복합골절을 당한 스스무를 소생시키기엔 역부족이었다. 즐겁게 노루고기를 트럭에 실었던 병사들은 스스무의 시신을 침울한 표정으로 옮겼다.

— 설명을 듣고 싶은데…….

히데오가 흘끔 트럭 안을 살핀 뒤 앞서 걸었다. 주홍은 아직도 스스무의 죽음이 믿기지 않는 듯 양손으로 얼굴을 가린 채 어깨를 떨었다. 산은 당장 그 어깨를 감싸고 위로의 말을 건네고 싶었다. 청룡이 달려와서 산의 발밑을 맴돌았다. 산은 손을 들어 열린 차문을 가리켰고, 청룡이 재빨리 차로 뛰어올랐다. 삼지연에서 청진까지 호랑이 한 마리를 나르는 간단한 일에 사상자가 발생한 것이다. 산은 히데오의 시선을 피하지 않았다.

— 스스무는 최고의 운전병이야. 2년 동안 전쟁터를 누볐지만 단 한 번도 사고를 낸 적이 없지. 기관총 세례를 받고도 스스무의 트럭만 멀쩡했어. 행운이 깃든다고 다투어 스스무가 모는 차를 타려고 했지. 한데 스스무가 죽었어. 멀쩡한 길에서 급브레이크를 밟고는 유리창을 머리로 와장창 깨고서 말이야. 차에는 너랑 주 선생 그리고 흰 호랑이가 타고 있었으니, 설명해봐. 병장 스스무가 왜 저런 몰골로 세상을 떠야 하는지.

— 두려움 때문이오.

— 망할, 또 그 소리야? 스스무가 그랬어? 두려워서 차를 멈추

겠다고?

— 그건 아니오.

— 뭐라 그랬는데?

— 호랑이가 제 이름을 부른다고 했소.

— 이름을?

— 우리는 못 들었소. 스스무만 환청을 듣고 두려움에 떨다가 호랑이가 트럭으로 달려드는 환영까지…….

— 개소리! 난 분명히 스스무에게 명령했어. 무슨 일이 생겨도 브레이크를 밟지 말라고. 환청이든 환영이든 그깟 건 난 몰라. 내가 아는 건 스스무는 적어도 내 명령을 어길 군인이 아니라는 거지.

산은 침을 튀기며 주장을 펴는 히데오를 무표정하게 쳐다보기만 했다. 무반응이 더욱 히데오의 화를 돋우었다.

— 잘 들어. 난 꼭 네놈이 한 짓을 낱낱이 밝히겠어. 넌 지금까지 운이 좋았을 뿐이야. 그 운도 내게는 안 통해. 알아?

— 스스무에게 유리한 쪽으로 처리해주시오.

— 끝까지 잘난 척인가?

— 마음대로 생각하시오.

흰머리를 첫 번째 트럭으로 옮겨야 했다. 강철 우리와 흰머리의 무게가 만만치 않았지만, 바닥에 통나무를 깔고 병사들이 모두 달려들면 큰 문제는 없을 듯했다. 히데오가 자랑하는 정예병들은 선뜻 우리 가까이 다가가지 못했다. 스스무의 시신을 앞에 놓고 쌍해가 꺼낸 창귀 이야기가 두려움을 심어준 것이다. 조선말을 알아듣는 통역병이 또박또박 쌍해의 너스레를 옮겼다. 만물에 신들이 깃든다고 믿는 젊은 병사들은 스스무 역시 창귀가 되었다고 여기는 눈치였다. 산이 왜 그랬냐고 트럭 아래에 통나무를 깔면서 쌍해에게 물었다. 쌍해는 멀찍이 선 병사들을 보며 뒷머리를 긁적거렸다. 쇠도리깨로 통나무의 옹이진 부분을 툭툭 쳐서 쉽게 구르도록 다듬었다.

— 미칠 노릇이군! 슬퍼하는 꼴이 보기 싫어서, 그렇다고 입 닫고 가면 또 울 것 같아 얘기한 건데, 저렇듯 겁을 잔뜩 집어먹을 줄 몰랐어. 범도 보기 전에 똥부터 싼다더니.

— 탕!

히데오가 공포를 허공에 쏜 뒤에야 병사들이 슬슬슬슬 트럭으로 붙었다.

— 물러나는 놈은 명령 불복종으로 다스리겠어. 불명예를 안고 평생 살고 싶지 않으면 알아서들 해.

그 순간 흰머리가 고개를 들고 포효했다. 노루의 앞다리를 뜯은 덕분일까. 목소리가 한결 크고 힘찼다. 흰머리의 머리 쪽에 섰던 병사들이 감전된 아이처럼 떨며 동시에 물러났다가, 히데오의 눈치를 살피며 천으로 덮어씌운 철창에 손가락만 겨우 댔다. 우리에 바짝 붙어 받쳐도 들릴까 말깐데, 겁을 먹고 엉덩이를 빼니 힘이 실리지 않았다. 스스무를 죽음으로 이끈 괴물이 바로 그 속에 있었다. 그들은 히데오의 총구를 보고도 철창을 쥐는 시늉만 했다.

산은 장도를 들고 트럭을 돌며 천을 걷어냈다. 병사들은 우리에 간힌, 그물로 돌돌 말린 채 머리만 겨우 든 하얀 호랑이를 쳐다보았다. 보통 호랑이보다 훨씬 컸지만 상상 속의 괴물은 아니었다. 꽁꽁 묶인 채 모로 누운 모습이 애처롭기까지 했다. 병사들이 다시 하나둘 우리로 다가섰다. 균형을 맞춰 트럭에서 천천히 내린 우리를 통나무에 얹어 밀고 갔다. 다시 첫 번째 트럭에 올릴 때는 무게중심부터 잡았다. 10분 휴식 뒤, 스스무가 몰던 트럭은 길가에 버려졌다. 세 대의 트럭만이 서둘러 밤길을 떠났다.

　호위 트럭이 선두에 섰고, 흰머리를 실은 트럭이 가운데, 히데오를 실은 트럭이 최후방을 맡았다. 스스무와 같은 날 입대한 운전병 히로시 병장은 긴장한 기색이 역력했다. 산이 천을 걷고 우리 안의 흰머리를 보여줬음에도, 히로시는 두려움을 떨치지 못한 듯 식은땀을 쏟았다.

　― 내가…… 운전하겠소.

　산이 일본어로 또박또박 말했다.

　― 운전할 줄 알아요?

　그미가 조선어로 물었다.

　― 용정 근처에서, 대웅전을 증축하는 일을 잠시 도왔던 적이 있소. 탱화를 그려주기로 하고 간 거였는데, 일손이 딸리니 기와도 나르고 목재도 옮겼소. 그러다가 자재를 실어 나르던 트럭 운전수가 지독한 감기가 들어 몸져눕는 바람에, 그때 며칠 배워 몰았다오.

— 안 됩니다.

히로시가 자리를 비키지 않고 버티며 주홍에게 도움을 청하는 눈길을 보냈다. 그미가 산의 깊은 눈을 들여다보며 조선어로 속삭였다.

— 운전병에게 맡겨요.

— 두려움이 가득하오. 곧 사고를 낼 거요.

— 조심조심 가면 되요.

— 난 괜찮지만, 당신 다치는 건 못 봐.

— ……알겠어요.

그미가 일본어로 히로시를 설득했다.

— 자리만 살짝 바꾸면 되는 일이에요. 우리 셋이 입 다물면 아무도 몰라요. 가슴에 손을 얹고 스스로에게 물어봐요. 스스무처럼 당하지 않을까 정말 두렵지 않나요?

— ……부대 운전병 중 솜씨로 따지자면 스스무가 최고였습니다.

— 이건 비겁한 일이 아니에요. 산! 이이는 흰머리를 잡은 개마고원 최고의 사냥꾼이죠. 흰머리의 악령이 범접하지 못할 만큼 기가 센 사람이거든요.

— ……약속하시는 거죠? 히데오 대장에게 들키면 전 곧바로 영창 갑니다.

— 알았어요. 내 이름을 걸게요.

산, 주홍, 히로시의 순서로 다시 자리를 잡았다. 히로시는 이내

창 쪽으로 고개를 젖힌 채 잠이 들었다.

— 정말 악령을 믿는 건 아니죠?

그미가 히로시의 숨소리를 확인한 뒤 입을 뗐다. 덜컹. 나뭇가지를 넘어가느라 트럭이 요동쳤다. 산은 앞 트럭의 꽁무니를 쳐다보며 침묵했다.

— 운전까지 할 필요는 없잖아요? 피곤할 텐데…….

— 약속 잊지 마시오.

— 무슨?

— 수술과 치료만 끝내면 저 녀석을 밀림으로 돌려보내겠다는 약속 말이오.

— 그럼요. 이미 다 말씀드렸어요.

— 흰머리를 특별히 더 위하는 이유가 있소?

— 백호는 대부분 열성이거든요. 자연 상태에서 장성한 백호를 만나는 일도 어려운데, 더더군다나 흰머리는 개마고원 일대를 지배하는 왕대니까요. 여러모로 탐구할 게 많죠.

— 그것 아시오? 호랑이 이야기만 꺼내면 당신이 하늬바람처럼 신바람을 낸다는 거.

— 내가…… 그랬나요?

— 그랬소.

— 직업이니까요.

— 직업이라! 호랑이를 연구해서 뭣에 쓰려고 그러오? 개나 고양이 혹은 소나 말이라면 모를까. 호랑인 호랑이일 뿐이오.

— 노아의 방주 이야기 알아요?

— 노아? 모르오.

— 성경에 나오는 이야긴데요. 하나님이 노아에게 그러셨대요. 물로 세상을 멸망할 테니 동물들을 한 쌍씩 방주에 싣도록 해라. 호랑이, 사자, 말, 소, 개 등등 모든 동물들이 배에 탄 후 비가 퍼붓기 시작한 거죠. 전 가끔 지구가 하나의 방주란 생각이 들어요. 그 누구도 이 방주에 탄 동물을 방주 밖으로 떨어뜨릴 권리는 없어요. 한데 각 동물마다 살아가는 방식이 다르단 게 문제죠. 다르니까 불편하고, 불편하니까 죽여 없앤다는 그런 생각을 품는 동물은 인간밖에 없잖아요. 인간만 살생을 즐기기 않으면, 동물들은 영원히 지구라는 방주에서 거주할 수 있어요. 초식동물이든 육식동물이든…… 전 그 방법을 찾고 싶어요.

— 서양 전설이군.

— 맞아요. 전설!

그미는 산과 대화하는 것 자체가 즐거웠다.

— 그럼 다시 시호테알린 산맥으로 갈 작정이오?

— 벌목과 맹수 사냥이 많은 곳이니까요. 조선 호랑이의 서식지가 점점 줄어들고 있으니까. 카플라노프 선생님도 언제든 돌아오라 하셨어요.

침묵이 감돌았다. 산도 그미도 말머리를 돌리고 싶었다. 호랑이 이야기나 하기엔 너무 아까운 시간이었다.

— ……이제 뭘 할 건가요?

그미도 산의 미래가 궁금하긴 마찬가지였다.

— 난 탈 만한 방주도 없고…….

산이 살짝 농담을 얹었다. 평소 웃음기라곤 전혀 없는 산이었다. 그미는 따라 웃는 대신 놀란 표정을 짓고 말았다.

— 설마 내가 흰머리를 밀림에 풀어놓자마자 죽이려고 추격할 건 아니죠?

— 잠깐 그 생각을 하긴 했소.

산은 솔직하게 답했다.

— 복수는 끝난 거 아닌가요?

— 그렇게 보이오?

— 흰머리를 잡았으니까요.

— 내가 잡은 게 아니오. 눈사태 때문이지.

— 이유야 어쨌든 흰머리를 생포한 이는 산, 바로 당신이에요. 포상금도 당신이 받을 거고요.

— 난 돈 받을 생각 없소.

— 죽이지 못해 아쉬운가요?

— ……이렇게 끝낼 순 없소.

— 결국 아쉬운 거군요. 흰머리를 죽이고 싶단 거네요.

그미의 목소리에 안타까움과 분노가 뒤섞였다. 산은 이번에도 침묵을 택했고, 그미는 그 침묵에 더 목소리를 높였다.

— 잔인해요. 이 정도 모욕이면 충분하지 않나요? 죽음보다 더한 모욕이라고요.

— 흰머리도 이대로 끝나길 원치 않을 거요.

— 변명하지 말아요. 호랑이는 호랑이일 뿐이에요. 당신이 멈추면 호랑이도 멈춰요. 당신이 멈췄는데 호랑이가 따라오진 않는다고요.

— 흰머리와 나의 일이오.

— 끼어들지 말란 소린가요? 어떻게 내게 그런 소리를 하죠? 내가 누구에요? 내가 누구냐고요? 당신과 보낸 시간들은 모두 거짓이었나요?

질문이 엉뚱한 방향으로 이어졌다.

— 이것과 그건 다른 문제요.

— 다르지 않아요. 날 사랑한다면 이럴 순 없죠. 말해봐요. 날 사랑하긴 하나요?

— …….

산은 즉답하지 않았다. 산이 계속 답을 않자, 그미는 산의 무릎에 줄곧 올려놓았던 손을 거뒀다. 한마음 한뜻으로 사랑을 나누기에 둘은 너무 달랐다. 간단한 대화로는 메워지지 않는 삶의 주름이었다.

눈발이 날렸지만 둔중한 세 대의 트럭을 막을 정도는 아니었다. 새벽까지 졸음을 쫓던 주홍도 히로시처럼 고개를 젖힌 채 잠이 들었다. 산은 그미의 턱을 당겨 제 어깨에 기대도록 했다. 그미가 갑자기 눈을 뜨더니 얼굴을 찌푸리며 오히려 히로시 쪽으로 몸을 기댔다. 날 사랑하긴 하나요? 산은 끝내 답하지 않았다. 죽이지 못해 아쉬운가요? 그미는 또 이렇게 물었다. 아쉬움이란 뭘까. 흰머리를 잡고 나서도 끝난 게 없다는 느낌? 수와 함께 새로 시작하기엔 부족한 게 남았다는 기분? 이 새벽이 한 번뿐이듯 복수의 시절도 한철이지 않을까. 눈송이가 굵어졌지만 산은 속도를 늦추지 않았다. 단 한 번도 이런 길을 예상한 적이 없었다. 흰머리를 죽이든지 흰머리에게 죽든지 둘 중 하나였다. 둘 다 죽지 않고, 같은 트럭에 실려 낯선 도시로 향하는 것은 동화에나 나올 법한 이야기다. 게다가 주홍은 주인공들이 모두 행복하게 살았다는 결말을 바랐고 충분히 가능하다고 믿었다. 산은 천지에서 눈사태가 난 그 순간부터, 스스로 삶을 끌고 가지 못하고 오히려 끌려간다는 생각에 사로잡혔다. 손과 눈과 마음이 자꾸 그미에게 쏠렸다. 그것이 문제였다. 끝이라니? 이것은 결코 끝이 아니다. 그러나 이 소용돌이에서 벗어나기엔 너무 늦었다. 청진, 경성 또 어느 낯선 도시의 불길함이 나를 엄습하여 무릎 꿇리려 들까. 모를 일이다. 두려운 일이다.

흙과 쇠, 물과 불, 침묵과 기적汽笛! 청진역이 가까워오자 풍광이 순식간에 바뀌었다. 수십 년 혹은 수백 년 전부터 그 자리를 지켰던 나무와 바위 대신 인간의 노동으로 만든 철도와 건물과 도로가 주인 행세를 시작했다. 행인들은 멀리서 트럭 소리만 듣고도, 지난밤 개마고원을 가로질러온 고통의 순간들을 피해 도로 밖 골목으로 저만치 물러섰다. 역 앞에는 함흥 혹은 경성 혹은 그보다 더 아래 도시로 떠나는 승객들과 그들의 호주머니에서 잔돈푼이라도 꺼내려는 장사꾼들로 벅적댔다. 떠난다는 것은 어느 정도는 황망하고 어느 정도는 쓸쓸하고 어느 정도는 설레는 일이었다. 도착할 역이 같다는 이유만으로 벌써 이웃처럼 말을 붙이는 아낙이 적지 않았고, 아이들은 깨끗하게 챙겨 입은 옷이 더러워지는 것도 잊은 채 걷고 뛰고 뒹굴며 까불었다. 오늘따라 승객이 붐비는 것은 지난 밤 내린 눈 때문이었다. 폭설과 비바람에 나무 몇 그루만 쓰러져도 여행은 지체된다. 먼저 역에 나온다고 철도가 제 시각에 들어오는 것도 아니지만, 승객들은 삼삼오오 모여 기억에 남는 기차 여행을 이야기하는 것만으로 벌써 여행을 시작한 듯 즐거워했다.

12시 20분 전, 트럭 세 대가 나란히 역 앞에 멈춰 섰다. 승객들이 호기심 가득한 눈으로 슬금슬금 다가왔다. 호위 트럭에서 내린 병사들이 일렬횡대로 서서 구경꾼들을 막았다. 트럭 뒷자리에서 덜컹대며 졸다가 깨다가 졸기를 반복한 병사들의 어깨엔 어느새 총이 들려 있었지만 두 눈은 충혈되어 실핏줄이 터질 지경이었다. 히데오가 트럭에서 내리자, 병사들은 무릎 안쪽을 딱 붙이고 엉덩이를 올려 부동자세를 취했다. 그 순간 기적과 함께 기차가 역으로 들어왔다. 승객들은 서둘러 짐을 챙겨 들고 플랫폼으로 몰렸고, 세 대의 트럭은 순식간에 외로운 섬으로 남았다. 히데오가 목청 높여 명령했다.

― 백호를 옮겨라!

트럭에서 내린 산과 주홍은 히데오와 나란히 역으로 들어섰다. 지난밤 내내 잠만 잔 히로시는 운전대를 잡은 채 꾸벅 두 사람의 등을 보며 인사했다.

― 따로 좌석을 잡아뒀소.

― 싫어요. 전 흰머리랑 같은 화물칸에 있을래요.

― 총독부에서 명령이 내려왔소. 주 선생을 최고로 대우하라. 난 이 명령을 지켜야 하오. 협조해주시오.

그미가 따지려 했지만 산이 먼저 끼어들었다.

― 화물칸은 숙녀가 지낼 곳이 아니오.

― 그래도…….

그미는 미련이 남기도 했고, 산이 히데오 편을 드는 것이 서운하기도 했다. 그미는 가슴에 숭숭 구멍이라도 뚫린 듯한 기분이었다. 뒤따라오던 쌍해가 거들었다.

― 흰머리는 제가 잘 돌볼 테니, 주 선생은 걱정 붙들어 매십시오.

청룡도 덩달아 컹컹 컹컹컹 짖었다.

― 알겠어요.

그미는 화물칸을 들여다보며 흰머리와 눈을 맞췄다. 바닥에는 버석버석 마른 짚이 깔렸고, 짚 냄새가 이곳을 거쳐간 곡식과 가축과 무기들의 냄새와 뒤섞였다. 그미는 청룡의 머리를 쓰다듬으며 산이 듣게끔 목소리를 높였다.

― 잘 지켜. 흰머리가 우리한테 얼마나 소중한지 알지?

그미가 미련을 잘라내려는 듯 바삐 옆 칸으로 옮겨갔다. 히데오가 산의 곁을 지나며 그미의 말을 반복했다.

― 잘 지켜.

흰머리를 넣고 나니 화물칸엔 겨우 두어 명 앉을 공간밖에 없었다. 기적이 세 번 연달아 울었다. 5분 후 출발이었다. 히로시가 두 다리를 엮어 굴비처럼 묶은 닭 세 마리를 가져와서 내밀었다. 쌍해가 닭을 받아들며 슬쩍 흰머리를 살피고는 실없이 웃었다.

― 이걸 누구 코에 붙이누?

히로시가 슬쩍 좌우를 살피다가 수통 하나를 내밀었다.

― 뭔가 이게?

쌍해가 냉큼 받아서 슬슬 흔들며 조선어로 물었다. 히로시가 쌍해의 어깨 너머로 산을 보며 해맑게 웃었다.

― 덕분에 편히 왔습니다. 창귀에 들지도 않고, 감사해서. 은혜를 모르면 사람도 아니죠. 마침 역 앞에 아는 술집이 있어서…… 막걸리입니다. 경성까진 먼 길이니, 한잔 드시고 편히 가십시오.

쌍해가 우악스럽게 히로시의 어깨를 잡고 흔들며 호탕하게 웃었다.

― 고맙군. 긴 여행 심심해서 어쩌나 했는데, 영 죽으란 법은 없군.

조선어를 모르는 히로시가 억지웃음을 지었다.

주홍을 먼저 1등석에 태운 뒤, 히데오는 마사오를 플랫폼으로 불렀다. 병사들은 흰머리를 실은 화물칸 바로 뒤 칸에서 대기 중이었다.

— 준비는?

— 마쳤습니다.

— 백호와 산과 쌍해, 사냥개까지 모두 경성역에 차질 없이 도착해야 한다. 백두산 천지에선 어쩔 수 없이 백호를 우리에게 넘겼지만, 그놈은 본래 명령이나 상식 따위는 무시하고 움직여. 헛된 망상에 사로잡힌 위험한 놈이니까, 감쪽같이, 알겠나?

— 맡겨주십시오.

— 경성에 도착하는 즉시 무장해제시켜. 문제가 생기면 즉시 보고하고. 두 번 실수는 용납하지 않겠어. 명심해.

— 알겠습니다.

마사오가 경례를 붙이고 화물칸을 지나 기차에 올랐다.

화물칸과 이어진 1등석 승객은 히데오와 주홍이 전부였다. 기차가 천천히 움직이자, 그미가 창밖을 살피며 물었다.

— 다른 승객들은요?

— 알려드렸지 않았소? 특별명령을 받았다고.

— 1등석을 단 한 사람도 끊지 않은 건 아니죠?

— 주 선생을 위해 이 정도 배려는 지시할 수 있소.

— 옆 칸에선 승객들이 이고 지고 **빽빽**하게 선 채 가는데, 이 넓

은 칸을 텅텅 비운 채 간다고요? 당장 딴 승객들을 받도록 해요.

— 주 선생!

히데오의 목소리가 송곳처럼 뾰족했다.

— 하나만 충고하리다. 주 선생의 언행 하나하나가 곧 총독님의
체면과 관련이 있음을 유념해주시오. 해수격멸대장인 나 히데오
는 주 선생을 안전하게 경성까지 호위하며 가야 하오.

— 대장의 호위 방식은 철저한 격리로군요.

— 격리?

— 한 칸에 하나씩. 흰머리는 화물칸에 주홍은 1등칸에! 호랑이
든 사람이든, 격리되면 처음에는 심심하고 나중에는 외롭죠.

주홍은 웃는 것도 아니고 찡그린 것도 아닌 모양새로 입꼬리를
묘하게 올리며 가방에서 공책을 꺼내 폈다. 그리고 흰머리에 관한
자신의 기록들을 웅얼웅얼 소리 내어 읽어가면서 별 표시를 더하
기도 하고 밑줄을 긋기도 했다. 히데오는 대화를 나누고 싶었지만
공책에 몰입한 그미를 방해할 수 없었다. 열중할 때 특별히 빛나
는 사람, 그이가 바로 주홍이었다.

— 뭘 그렇게 보세요?

밑줄 긋던 주홍이 고개를 들어 물었다. 넋을 놓고 그미를 보고
있던 히데오가 재빨리 시선을 돌리며 등받이에서 등을 뗐다.

— 글씨가 참 곱소. 자주 뭔가를 쓰던데, 습관인가 보오.

― 습관이기도 하고 취미이기도 하죠.

그미가 공책을 덮었다. 가죽 공책 뒷면에 박힌 포효하는 호랑이를 손바닥으로 쓸며 물었다.

― 취미가 뭔가요? 작전지도 보기, 병법서 보기, 윈체스터 정비 말고 진짜 취미.

― 취미도 없는 사람처럼 보입니까?

히데오가 가볍게 받아쳤다.

― 철두철미 일밖에 모르시는 분이니까.

― 퍼즐이오.

― 퍼즐?

― 그렇소. 어렸을 때부터 온갖 종류의 퍼즐을 즐겼소.

― 왜 하필 퍼즐인가요? 이상하게 생각하는 건 아니고, 군인이라면 축구나 야구 혹은 수영처럼 몸으로 하는 운동을 좋아하지 않을까 생각해서요.

― 전투는 힘센 쪽이 승리하는 게 아니오. 전략 전술을 체계적으로 짜서 집중하는 쪽이 이기는 법이지. 퍼즐 조각 하나하나는 겉보기엔 사소하고 아무런 의미도 없는 것 같지만, 그것들을 소중히 다뤄 제자리에 끼워 모서리를 채우고 변을 메우고 중앙을 막으면 완벽한 하나의 그림이나 사진이 되오.

― 단순하지 않군요.

― 맞소. 무척 복잡하지. 어느 조각을 먼저 놓느냐에 따라 그림을 완성하는 방식과 순서도 달라진다오.

— 한 번도 해본 적이 없어요.

— 어렵진 않소, 조각 수가 적은 것부터 차근차근 하면. 배워보겠소?

— 좋아요. 기회가 되면 가르쳐줘요.

그미가 선선히 응낙했다. 히데오가 용기를 냈다.

— 주 선생은 취미가 뭐요? 호랑이 사진 찍기, 수렵사나 동물기 읽기 말고.

— 별다른 건 없어요. 동물이 주인공으로 나오는 소설들도 읽고, 그 외에는 하이쿠 외우는 걸 좋아해요.

— 하이쿠!

— 정확히 말씀드리자면, 총독님 취미죠. 같이 살다보니 저도 외우게 되었고요. 하이쿠 외우는 거 있으세요?

— 어렸을 때 학교에서 배운 게 하나 있긴 하오.

고요한 연못
개구리 뛰어드는
물소리 '퐁당'

그미도 '퐁당'을 함께 읊은 후 말했다.

— 마츠오 바쇼는 경쾌한 듯 쓸쓸해요.

— 주 선생이 즐기는 하이쿠 하나 들려주시오.

— 대장께 추천드릴 만한 걸로 그럼 어디 하나 외워볼까요?

그미는 눈을 꼭 감고 낭랑하게 바쇼의 또 다른 하이쿠를 외웠다.

여름 잡초여
무사들의 꿈이
사라진 흔적

산은 담배를 피기 위해 화물칸을 열고 통로로 나왔다. 주홍이 있는 1등석 옆 칸 통로에 병사 하나가 서 있었다. 겨울바람이 곧바로 얼굴을 때렸지만, 병사는 부동자세로 산을 노려보기만 했다. 누구든 옆 칸으로 이동하려 하면 제지하라는 명을 히데오에게 받은 것이 분명했다.

산은 계단에 걸터앉아서 담배를 피워 물었다. 길주를 지나서 함흥까지 뻗은 철도의 양쪽 풍경은 극과 극이었다. 오른편으로는 산등성이가 이어졌고 왼편으로는 섬 하나 없는 동해 바다가 펼쳐졌다. 개마고원의 호랑이들은 가끔 밀림을 벗어나서 바닷가로 나가기도 한다. 바다에 풍덩 뛰어들지는 않지만, 파도가 밀려왔다가 쓸려 내려가는 해안을 뛰거나 걷기도 하고, 떠오르는 해를 바라보며 사냥한 먹이를 먹어 치우기도 한다. 흰머리도 그랬을까. 내가 바라보는 저 겨울 바다를 우러르며, 이 지독한 승부를 생각했을까. 패배를 모르는 밀림의 왕이여! 해안으로 뻗은 철도 위를 우리에 갇힌 채 끌려갈 줄 짐작이나 했겠는가.

그미는 그 후로도 바쇼의 하이쿠를 다섯 편이나 더 읊었다.

— 어떻게 하이쿠를 그리 잘 외우는 거요?

— 누군가를 만나면 그 사람에게 어울리는 하이쿠는 뭘까 생각해요.

— 그럼 산과 어울리는 하이쿠도 있소?

히데오의 물음에 주홍의 검은 눈동자가 맑고 동그랗게 커졌다.

방랑에 병들어

꿈은 마른 들판을

헤매고 돈다

음울한 기운이 텅 빈 객실에 깔렸다. 히데오는 그미의 눈을 훔쳐보며 잠시 망설였다. 기차가 경성에 닿기 전에 교제하고 싶은 뜻을 정식으로 알릴 작정이었다. 그래서 경호를 핑계로 1등칸을 비웠고 그미와 제법 긴 대화를 나눈 것이다. 미룰까. 경성에 가서 이야기를 꺼낼까. 경성에선 지금처럼 단둘만의 시간이 허락되지 않을 수도 있었다. 히데오는 개마고원을 종주하며 내내 마음에 품었던 이야기를, 산보다도 먼저 당신을 마음에 품었노라, 고백하기로 했던 결심을 다시 굳혔다. 군인답게 신사답게!

— 주 선생! 할 말이 있소.

그미가 고개를 돌려 히데오와 눈을 맞췄다. 빨려들 것만 같은, 젖어 떨리는 검은 눈동자.

― 해수를 격멸하기 전까진 숨겨왔소만, 더더군다나 개마고원 그 혹독한 추위 속에서는 어울리지 않았기 때문에 미뤄왔소만, 경성에 가면, 진지하게 주 선생과 만나고 싶소.

그미는 놀라지도 화를 내지도 시선을 피하지도 않았다.

― 물론 나는 곧 최전방 배치를 자원할 거요. 석 달, 한 달, 아니 그보다 더 빨리 경성을 떠날지도 모르오. 기간은 넉넉하지 않지만 최선을 다해…….

― 그것 때문인가요?

그미의 눈매가 냉정해졌다.

― 무슨 소리요? 그것 때문이라니?

― 아시잖아요?

― 모르겠소.

― 산, 그 사람과 날 떼어놓았잖아요.

― 아니오!

히데오는 단호하게 잘라 답했다.

― 나는 명령에 살고 명령에 죽는 군인이오. 공과 사는 엄격히 구분해왔고, 앞으로도 그럴 것이오.

원칙에 근거하여 답하면서도 히데오의 표정은 그믐밤처럼 어두웠다. 교제하자는 청에 대해선 가타부타 말도 없이, 그미는 히데오의 고백을 화물칸 탑승을 막은 일과 연결 지은 것이다.

― 총독부에서 나는 1등칸에 산과 쌍해와 흰머리와 청룡은 화물칸에 태우라 시시콜콜 명령하던가요?

— 그 같은 세부사항은 내 재량이오.

— 명령이 직접 내려온 건 아니란 거군요.

— 경성은 개마고원과 다르오. 사람이 차고 넘치는 대도시다 이 말이오. 벽에도 눈과 귀가 있으니 미리 조심해서 나쁠 건 없소.

— ……알겠어요.

그미는 더 이상 따지지 않고 고개를 숙인 채 공책을 폈다. 히데오가 이야기를 건네도 듣지 않고 답하지 않겠다는 철옹성의 자세였다. 히데오는 실망한 표정을 애써 감추고 복도를 지나 문을 열고 나왔다. 등 뒤로 문을 닫은 후 돌아서서 앞이마로 문을 쿵쿵 쳐댔다. 엉망이었다. 이따위 고백은 하지 않느니만 못했다. 모두에게 친절한 그미이건만 왜 나를 대할 때만은 호의를 의심하고 매사를 삐딱하게 보고 생채기라도 내려는 듯 삐쭉삐쭉 날 선 문장과 단어를 던져대는가. 왜 나만, 왜 나만! 차디찬 겨울바람이 히데오가 쏟아내는 눅진한 한숨을 더 아프게 만들었다.

산이 다시 화물칸으로 돌아왔을 때, 쌍해는 목을 비틀어 죽인 닭을 우리 안에 넣고 살피는 중이었다. 고개를 들고 입으로 뜯을 만큼 가까운 거리였지만, 흰머리는 눈조차 뜨지 않았다. 청룡이 컹컹 짖을 만큼 피비린내가 짙었다.

— 먹어! 경성은 먼 길이야. 이거라도 먹고 버텨야지. 어여 먹어.

쌍해는 쇠도리깨로 화물칸 바닥을 쿵쿵 쳐댔다. 흰머리는 아예 머리를 반대쪽으로 돌린 채 시체처럼 꼼짝도 하지 않았다. 산이 갑자기 쇠도리깨를 빼앗아 들고 호리병 모양 강철 자물쇠를 내리치기 시작했다.

— 산아! 미쳤어? 왜 그래?

쌍해가 등 뒤에서 어깨를 잡으며 막으려 했다. 산이 쇠도리깨를 높이 든 채 고개를 돌렸다.

— 알았어. 맘대로 해. 그 성질머리 어디 가겠어? 하지만 조심해. 사지가 묶인 채 그물로 감겨 있지만, 어디라도 한 군데 물리는 날엔 목숨 보전하기 어려워.

깡 깡. 두 번 더 내리쳤더니, 자물쇠가 떨어져 청룡의 발아래까지 굴러갔다. 청룡이 컹 짖으며 자물쇠를 물고 쌍해를 쳐다보았다. 쌍해는 어깨를 으쓱하며 청룡의 머리만 쓰다듬었다. 산은 구석에 매달려 있던 닭 두 마리의 목을 마저 비틀었다. 그러고는 무릎을 바닥에 대고 높은 포복자세를 취한 채 우리로 들어갔다. 흰머리가 움찔하며 고개를 들고 노려보았다. 우리 안으로 디딘 첫 무릎이 하필이면 흰머리의 꼬리를 밟은 것이다. 시선이 마주쳤다.

— 산아!

쌍해가 불렀다. 산은 조용히 하란 뜻으로 왼손을 들었다가 내렸다. 산은 우리 밖에 있던 왼무릎마저 안으로 당겨 넣었다. 그리고 천천히 닭 두 마리를 거꾸로 들어올렸다. 비틀린 목이 힘없이 흔들렸다. 흰머리의 눈동자가 산에서 닭으로 움직였다가 산에게로 돌아왔다. 그리고 다시 바닥에 머리를 대고 누워버렸다. 산이 무릎걸음을 할 때마다 흰머리의 등과 그 등을 감싼 그물이 쓸렸다. 예닐곱 걸음에 불과했지만 걸음걸음을 디딜 때마다 산은 흰머리가 고개를 들고 큰 입을 벌리기만을 기다렸다. 그러나 산의 무릎이 흰머리의 어깨에 닿을 때까지 흰머리는 고요했다.

— 산아!

참지 못하고 쌍해가 산을 불렀다.

— 어찌하려고?

산은 대답 대신 바닥에 떨어진 닭을 주워 오른손에 마저 들었다. 비틀린 세 개의 목이 바람에 쏠리는 나뭇잎처럼, 나뭇가지에 매단 그네처럼, 한쪽으로 기울었다가 다시 반대쪽으로 쏠렸다. 산은 닭들을 우리 구석에 내려놓은 뒤 양손으로 흰머리의 목을 죄듯이 잡았다. 그리고 단숨에 놈의 턱을 벌리며 고개를 반대편으로 돌리려 했다. 바닥에 닿았던 귀가 보였다.

— 으헝!

흰머리가 놀란 듯 머리를 흔들어댔다. 눈을 치뜨며 자신의 목을 쥐고 흔든 산을 노려보았다. 아무리 용감한 사냥꾼도 호랑이의 목을 잡고 턱을 벌리는 짓은 하지 않는다. 산이 이 틈을 놓치지 않고 닭 한 마리를 들어 흰머리의 코에 갖다 댔다. 흰머리는 눈을 감고 다시 고개를 돌리려고 했다. 산은 아예 흰머리의 턱을 덥석 잡았다. 산의 이마가 흰머리의 귀에 닿을 정도로 가까웠다. 흰머리가 귀찮다는 듯 눈을 찡그리며 고개를 틀었고 그 바람에 산의 오른팔이 호랑이의 머리 아래 끼었다. 그래도 산은 손을 빼지 않고 오히려 등 뒤에서 끌어안듯이 흰머리에게 달라붙었다.

— 벌려! 벌리라고! 겨우 닭 세 마리야. 지금 먹지 않으면 널 여기서 당장 죽여버리겠어. 입 벌려, 벌리라고!

흰머리는 끝내 입을 벌리지 않았고 눈을 뜨지 않았고 산을 공격하지 않았다. 곁에 누워 거친 숨을 몰아쉬는 산만큼은 아니지만, 흰머리의 배도 눈에 띄게 부풀었다가 꺼지고 또 부풀었다.

— 이제 그만하고 나와.

쌍해가 닭들부터 꺼낸 뒤 우리로 손을 넣어 땀에 전 산의 어깨를 쥐었다가 놓았다. 산은 허리를 세워 앉았다. 호랑이와의 한판 씨름은 강골인 산으로서도 감당하기 벅찼다. 손과 발과 어깨와 허리가 동시에 쑤시고 당기고 아렸다. 엉금엉금 기어 우리 밖으로 겨우 나왔다. 쌍해가 거친 천으로 산의 이마와 목덜미의 땀을 닦아냈다.

— 어리석은 놈! 어리석은 놈! 강제로 먹인다고 호랑이가 먹어?

산이 쌍해의 손목을 잡아 쥐었다.

— 굶어 죽으려는 건 아니겠죠?

— 저도 불안한 게지. 기차란 놈을 멀리서 보긴 했지만 타본 건 처음일 테니까. 사람도 더러 멀미를 하는데 저는 오죽할까. 입에 우겨 넣더라도 곧 토하고 말 거야. 괜히 헛힘 쓰지 말고 경성에 도착할 때까지는 내버려두는 편이 낫겠어. 눈이라도 잠시 붙여. 이러다간 너부터 쓰러지겠다. 아까 운전병이 주고 간 막걸리라도 한잔씩 하자. 수통을 어디다 뒀더라. 아, 여기 있다.

쌍해가 청룡의 옆구리에서 수통을 찾아 뚜껑을 열고 두어 모금 먼저 마신 후 산에게 건넸다. 흰머리와 씨름하느라 지친 산도 시큼털털한 막걸리를 쉬지 않고 들이켰다.

산의 잠은 깊었다. 대낮인데도 화물칸은 벽에 걸린 작은 등잔이 전부였다. 봄부터는 냄새도 뺄 겸 아예 조금씩 열어둔 채 다니지만 겨울엔 추위보다는 어둠이 나았다. 쌍해는 허리춤에 차고 있던 줄로 우리의 문을 잡아매느라 낑낑거렸다. 겨우 줄을 묶은 뒤 수통에서 막걸리를 마저 비운 후 산의 옆에서 곯아떨어졌다. 청룡도 흰머리를 쳐다보며 엎드려 눈을 감았다. 산은 꿈을 꾸었다. 흰머리가 새끼 멧돼지를 먹고, 어미 멧돼지를 먹고, 수멧돼지까지 먹어치운 뒤, 다시 백두산사슴의 엉덩이를 물어뜯었다. 상처가 완전히 아문 것이다. 산의 가슴에 기쁨이 차올라왔다. 이제 다시 한판 제대로 붙을 수 있겠는걸!

흰머리의 건강 상태는 양호해 보이나 낯선 환경에 대한 불안감을 최소화시켜야 함. 좁은 우리에 가두는 것은 금물.

주홍은 여기까지 쓴 후 공책을 덮었다. 건조하게 적는 현장 일지지만 딱딱한 정보만 담지는 않았다. 종이에 묻은 얼룩은 산과 보낸 거칠고 아름다운 시간을 되새기게 했다. 흙부스러기는 동굴에서 함께 보낸 밤을 기억나게 했고, 종이에 둥글게 눌린 자국은

협 고모와의 즐거운 만남을 품고 있었다.

히데오의 고백에 답을 주지 않고 엉뚱한 방향으로 화제를 돌린 것은 진작부터 자신을 연모하는 그 마음을 눈치챘기 때문이다. 감정이 배제된 군대 용어를 쓰고 무표정으로 일관해도, 그미는 이 깔끔한 장교의 가슴속에 타오르기 시작한 불꽃의 어른거림을 놓치지 않았다. 산과 뜨거운 사이란 걸 짐작했을 텐데, 동침까지는 몰라도 천지에서의 입맞춤은 보고 받고도 남음이 있을 텐데도, 히데오는 진지하게 사귀고 싶다는 이야기를 꺼냈다. 예의를 갖추어 여자를 대하는 것이 몸에 배어서일까. 산과의 일을 무시할 만큼 그 사랑이 열렬해서일까. 혹은 둘 다일까. 그미는 이런 상황이 지극히 불편했다. 성미대로라면, 이미 산이란 남자를 깊이 사랑하고 있으니 헛꿈 꾸지 말라고 따끔하게 쏘아붙였으리라. 그러나 그미는 한 호흡 두 호흡 물러나고 참았다. 흰머리를 무사히 경성까지 이송하고 또 수술과 치료를 마치려면 히데오의 협조가 필요했다. 항상 침착하고 자기 말대로 공과 사의 구별이 확실한 히데오지만, 실연은 멀쩡한 사람도 미치게 하고 병들게 하고 죽게 하지 않는가.

공책을 덮는 그미의 얼굴에 눈물이 고였다. 히데오가 이런 고백을 못 하도록 곁에 산이 없는 것이 못내 아쉬웠다. 그리고 그 빈자리만큼이나 자신이 산을 얼마나 사랑하는지, 산과 보낸 순간들이 얼마나 아름다운지, 산이 없는 삶이 얼마나 무의미한지를 새삼 확인했다. 기쁘고 슬프고 벅차고 안타깝고 우울하고 답답하면서도 내일이 기대되는 복잡한 감정이 그미의 가슴속에서 소용돌이쳤다. 산은 여전히 흰머리와의 대결을 이어가려 하고, 그 때문에 그미와의 평범한 미래를 상상하는 것조차 어려워하지만, 총독을 비롯한 경성의 지인들이 산을 얼마나 무시하고 하찮게 볼 줄 짐작하지만, 그럴수록 그미는 산이 소중하고 고맙고 사랑스러웠다.

그래 차근차근.

솔직하게 직선적으로 밀어붙이는 급한 성격, 그것이 그미의 매력이었다. 그러나 정면으로 맞붙으면 상대방은 정면으로 치받거나 꽁무니를 빼고 달아날 수밖에 없다.

그미는 다시 공책을 펴고, 천천히, 라고 또박또박 썼다. 침묵은 불편하지만 산이 먼저 이야기를 꺼낼 때까지 기다리자는 다짐도 했고, 산과 흰머리의 7년 원한을 여유를 갖고 풀자는 계획도 세웠다. 둥글게, 느긋하게, 더욱 사랑스럽게 산에게 다가가겠다고 마음을 고쳐먹고 나니, 산이 더욱 그리웠다. 딱 한 번만 천천히 다가가는 것에 예외를 두기로 했다. 자신의 결심을 경성에 닿기 전에, 아니 당장 다음 역에서 전하고 싶었다. 다음 머물 곳은 함흥역이었고 차량 정비를 위해 30분 동안 정차할 예정이었다. 30분이면 충분했다.

— 이게 왜 안 열리지? 끙!

쌍해가 화물칸의 미닫이문에 붙어 힘을 쓰는 소리에 산은 잠을 깼다. 기차의 속도가 점점 느려졌다. 함흥역 플랫폼으로 들어서기 시작한 것이다. 산은 일어나서 앉으며 물었다.

— 무슨 일입니까?

쌍해가 사타구니를 양손으로 포개어 잡고 발을 동동 굴렀다.

— 소피가 급한데…… 옆 칸으로 가려 해도 문이 잠겼고, 이것 도 꿈쩍하지 않아.

산은 일어나서 옆 칸과 이어진 미닫이문 손잡이를 당겼다. 쌍해 의 말처럼 열리지 않았다. 잠들기 전에, 그 문을 열고 나가서 담배 도 피고 바람도 쐬었다. 두 사람이 잠든 사이 밖에서 문을 잠근 것 이다. 산은 지끈거리는 머리를 오른손으로 감싸 쥐며 자책했다. 막 걸리! 운전병 히로시가 수통에 수면제를 넣은 것이 분명했다. 기 차가 멎고 승객들이 나고 드는 소리가 시끄러웠다. 쌍해가 문을 쾅쾅 두드리며 소리쳤다.

— 밖에 아무도 없소? 이것 좀 여시오. 열어! 열란 말이야!

무응답이었다. 웅성거림도 차츰 희미하게 멀어졌다.

— 히데오 짓입니다.

— 히데오?

— 히로시를 시켜 막걸리에 약을 탔을 겁니다. 우리가 정신을 잃은 사이에 밖에서 걸어 잠갔고요.

— 히로시? 그 쥐새끼가 그랬다고? 한데 히데오가 왜 이딴 짓을 해?

산이 턱짓으로 흰머리를 가리켰다.

— 흰머리?

― 우리가 혹시 저 녀석을 풀어주지 않을까 걱정했나봅니다. 속도를 조금만 늦춘다면, 달리는 기차에서 호랑이가 뛰어내릴 법도 하니까요.

― 그렇다고 사람을 가둬. 이 망할 놈들!

― 열지 않을 겁니다. 경성역에 닿을 때까진.

― 그럼 어쩌지?

― 적당히 해결하십시오. 저는 한숨 더 자겠습니다.

쌍해는 몸을 비비 틀다가 참지 못하고 우리 옆의 모서리에 서서 바지를 내렸다. 참았던 오줌이 촬촬촬 벽을 타고 흘러 마른 짚을 적셨다. 지린내가 밀폐된 칸 구석구석 퍼졌다. 오줌 줄기를 내려다보며 쌍해는 계속 욕을 해댔다.

― 때려죽일 놈들! 완전히 개돼지 취급이군. 두고 보자, 이놈들!

주홍은 기차가 멎자마자 플랫폼으로 내려섰다. 마음은 벌써 산의 품을 파고드는 중이었다. 산의 깊고 무뚝뚝한 눈을 보면서 오는 내내 생각해뒀던 이야기를 쏟아낼 작정이었다. 그러나 플랫폼에 내려 두세 걸음 떼기도 전에 히데오가 막아섰다. 격식을 갖춰 짧게 물었다.

― 어딜 가시오?

― 30분 쉰다면서요.

― 필요한 게 있으면 내가 가져다드리겠소. 여긴 사람들이 너무 많소. 소매치기를 비롯한 잡범들도 들끓고. 필요한 게 뭐요? 들어

가서 잠시만 기다리면 즉시 가져오리다.

— 흰머리를 봐야겠어요.

그미는 흰머리 핑계를 댔다.

— 잘 있소.

— 기차 여행은 야생동물에겐 큰 부담이에요. 겉만 봐선 모르죠. 내가 가서…….

그미가 말을 멈추고 손을 들어 옆 화물칸을 가리켰다. 화물칸 앞에, 마사오 오장을 중심으로 어깨총을 한 병사들이 부동자세로 서 있었다.

— 왜 저러는 거죠?

— 내겐 백호를 경성까지 무사히 호송할 책임이 있소.

— 쌍해 아저씨는? 산, 그는요?

— 잘 있소.

— 만나야겠어요.

— 허락할 수 없소.

— 뭐라고요? 혹시 지금 저 칸을 잠근 건가요? 쌍해 아저씨와 그 사람이 나오지 못하게 막은 건가요? 그들이 무슨 죄를 졌다고. 그들이 흰머리를 생포했어요. 공을 세운 사람들이라고요!

그미의 목소리가 분노로 떨렸다.

— 흥분을 가라앉히고 내 말 잘 새겨들으시오. 산은 함흥역에 닿기 전에 기차에서 뛰어내린 적이 있소.

— 그거야…… 흰머리의 흔적을 찾으려고 한 짓이죠.

— 찬찬히 해수격멸대 활동을 돌이켜보시오. 산은 개마고원에서 단 한 번도 내 명령을 따른 적이 없소. 호랑이처럼, 맞소, 산은 호랑이처럼 제멋대로 이탈하고 총을 쏘고 돌아왔다가 다시 사라졌소. 그를 믿느니 차라리 사냥견을 믿는 편이 낫소. 두 마리 호랑이, 흰머리와 산을 함께 가두는 것이 나로선 최선이오.

— 처음부터 이럴 작정이었군요. 그래서 흰머리를 실은 화물칸에 산, 그 사람을 태웠어요. 화물칸 자체를 거대한 우리로 쓰려는 속셈이었어요.

— 전술적 판단이오.

— 차라리 나도 저 안에 가둬줘요.

히데오가 놀란 듯 되짚었다.

— 화물칸으로 가겠다고?

— 처음부터 내가 머물 곳은 흰머리 곁이었어요.

— 허락할 수 없소.

— 대장!

— 지금 돌아가지 않으면, 강제로 끌어낼 수밖에 없소.

— 손발이라도 묶으시려고요? 어디 해보시죠?

— 명령은 이미 내려왔소. 백호를 무사히 경성으로 이송하고, 주홍 당신을 호위하는 것. 이 두 가지를 위해 나는 목숨을 바칠 각오가 되어 있소.

그미로서는 히데오와 병사들을 뚫고 산을 만날 방법이 없었다. 개마고원의 낮과 밤이 그리웠다. 그곳에선 어디든 가고 머물고 이야기하고 돌아올 수 있었다. 그러나 역이 있는 도시에서는, 더더군 다나 경성에서는 많은 제약이 그미를 기다리고 있었다. 함흥역에 서의 안타까움은 시작에 불과했다.

기차가 함흥역을 출발할 즈음 산은 팔베개를 풀고 일어나 앉았 다. 가방에서 스케치북과 연필을 꺼냈다. 쌍해는 큰대자로 누워 코를 골았고, 청룡은 앞발에 턱을 괸 채 산이 하는 모양을 지켜보 기만 했다. 산은 장도를 꺼내 연필을 깎기 시작했다. 연필에 비해 칼이 지나치게 컸지만, 여러 차례 깎아본 듯, 산의 손놀림은 빠르 고 정확했다.

산을 지켜보는 눈길이 하나 더 있었다. 어느새 고개를 돌린 흰 머리였다. 산은 연필을 쥐고 손목을 좌우로 빙글빙글 두 번 흔들 었다. 그리고 쓱쓱 흰머리를 가둔 철창부터 그리기 시작했다. 상 상이 아니라 실물을 앞에 두고 연필을 놀리기는 이번이 처음이었 다. 지금까진 호랑이를 그리다가 막히면 눈을 꼭 감고 찰나의 마 주침을 되새기기 위해 미간을 찡그리면서 애를 썼다. 그러나 오 늘은 무릎걸음으로 바싹 당겨 앉아 눈을 크게 떴다. 사냥에 성공 한 뒤 흰머리의 시체를 담는 것이 마지막 그림이 되리라 여겼다. 탄환이 파고든 급소를 중심으로 구도를 잡을 예정이었다. 흰머리 는 차가운 화물칸 바닥에 뺨을 대고 온몸을 꽁꽁 묶인 채 산을 쳐 다보았다. 산은 흰머리의 숨소리가 들릴 만큼 가까운 거리에서 이 초라한 순간을 연필로 옮겼다. 예측하지 못한 방향으로 전개되는 것이 삶의 또 다른 재미라고 했던가. 흰머리는 우리에 갇혔고 산은 화물칸에 갇혔다. 갇혀 사는 것을 죽기보다 끔찍하게 여기는 호랑이와 포수가 함께 낭패를 당한 것이다. 답답함 때문인지 연필심이 자주 부러졌다. 손에 힘을 싣지 않았는데도. 특히 흰머리의 얼굴을 그릴 때는 세 번이나 연필을 깎아야 했다. 원산역을 지나 경성역이 가까울 때까지, 산은 흰머리를 그렸고 끝내 완성하지 못했다.

깜빡 잠. 산은 앉은 채 꿈을 꾸었다. 한 장면 한 장면 스케치북에 옮길 만큼 선명했다. 기차는 이미 경성역에 닿아 있었다. 승객들이 플랫폼으로 쏟아져 나왔지만 화물칸은 열리지 않았다. 병사들이 승객들을 독촉하여 플랫폼을 비운 뒤 화물칸 앞을 에워쌌다. 가장 늦게 화물칸이 열렸다. 히데오가 총을 든 병사들을 병풍처럼 거느린 채 서 있었다. 산은 플랫폼으로 내려서지 않고, 눈부신 햇살을 가리기 위해 양손을 둥글게 펴서 이마 위에 붙였다. 쌍해의 손에 쇠도리깨가 들려 있었다. 히데오는 가방 밖으로 삐죽 나온 모신나강 개머리판에서 쌍해의 쇠도리깨로 시선을 비스듬히 내렸다.

— 모신나강부터 줘. 그것도.

— 꼭 이래야 하오?

산이 히데오의 부풀어 오른 볼을 노려보았다.

— 여긴 경성이다. 네놈들이 무기를 들고 함부로 설칠 곳이 아니야. 내놓지 않으면 강제로 뺏겠다.

— 빼앗은 다음엔?

— 다신 내 앞에 나타나지 마라. 그땐 용서치 않겠다.

쌍해가 끼어들었다.

— 흰머리와 같이 가는 거 아닙니까?

히데오가 돈주머니 하나를 던졌다.

— 약속한 네 삯이다.

산이 모신나강을 꺼내 양손에 들었다.

— 이건 내 아버지의 유품이오.

— 돌려주겠다는 약속을 하란 말이면, 웃기지 마! 난 지금 범죄를 저지를 가능성이 농후한 사내에게서 무기를 압수하는 거다. 압수품은 돌려주는 법이 없어.

병사 둘이 나아와서 모신나강과 쇠도리깨를 받았다.

— 한 가지만 더. 흰머리는 해수격멸대가 포획한 거다. 괜히 헛소리를 나불거렸다간 곧장 감옥행이야. 명심해라.

청룡이 컹 짖으며 화물칸을 뛰어내려 플랫폼을 가로지른 뒤 역사로 달려간 것은 바로 그 순간이었다. 청룡은 먼저 역사로 들어서던 주홍의 품에 안겼다. 그미가 청룡의 목을 쓰다듬은 뒤 호위하던 병사들 틈으로 산을 향해 손을 흔들었다. 쌍해는 힘껏 손을 흔들며 화답했지만 산은 슬쩍 눈길만 보낸 뒤 플랫폼으로 내려섰다.

— 멈춰!

히데오가 짧게 명령했다. 그미가 청룡을 데리고 역사로 사라질 때까지, 대기하던 자동차를 타고 경성역을 완전히 벗어날 때까지,

산은 총을 든 병사들에게 둘러싸인 채 플랫폼에 서서 기다려야만 했다. 산은 경성의 공기를 깊이 들이마신 뒤 화물칸에서 내내 참았던 가래침을 플랫폼에 뱉었다. 꿈은 여기까지였다. 산은 뚫어져라 흰머리를 노려보았다. 그리고 스케치북을 챙겨 가방에 넣고 일어섰다.

산은 화물칸 미닫이문에 귀를 대고 거미처럼 붙었다. 기차 바퀴와 함께 다가닥 틱틱 다가닥 틱틱 소리가 반복해서 들렸다. 밖에서 문을 잠그기 위해 홈에 맞춰 세로로 끼워놓은 걸쇠 소리였다. 산은 귀를 댄 채 손바닥으로 나무문을 퉁퉁 치며 걸쇠의 정확한 위치를 찾았다. 청룡은 꼬리를 흔들며 산의 발목을 핥았고 쌍해는 여전히 코를 골았다. 산이 턱짓을 하자 청룡은 쌍해의 머리맡으로 가서 웅크렸다. 산은 다시 귀를 대고 퉁퉁퉁 소리를 찾아다녔다. 모신나강을 꺼내 어깨에 붙이고 겨눴다. 기차가 마침 굽잇길로 접어들었기 때문에 산은 총구를 천장으로 향한 채 균형을 잡았다. 다시 기차가 직선 철로로 접어들자 조준점을 확인한 뒤 방아쇠를 당겼다. 탕! 소리가 제법 컸지만 이내 소음에 묻혔다. 쌍해가 놀라서 일어나 앉았을 땐, 한 사람이 겨우 빠져나갈 만큼 미닫이문이 열린 후였다.

— 산아! 이, 이게 무슨…….

쌍해가 달려들기도 전에 산은 기차에서 뛰어내렸다. 컹컹, 청룡이 짖었다. 쌍해가 미닫이문 밖으로 고개를 내밀고 지나온 풍광을 살폈다. 둔덕 때문에 산은 보이지 않았고 모신나강의 총구만 희미하게 빛나는 듯했다. 쌍해는 급히 문을 닫고 깊은 숨을 몰아쉬다가 손바닥으로 제 뺨을 후려쳤다. 꿈이 아닌 생시였다.

산은 기차가 사라지기를 기다렸다가 철길을 벗어나서 숲으로 스며들었다. '경성 5킬로미터'라는 안내 팻말을 읽었다. 밤이 찾아들 때까지 경성으로 들어가지 않을 작정이었다. 낮보다 밤, 도시보다 숲이 호랑이의 혼을 지닌 산에게 어울렸다. 개마고원의 나무들처럼 한없이 높고 아득하진 않았지만 숲은 언제나 집처럼 익숙했다. 삵과 노루가 벌써 쉬어간 토굴을 찾았다. 허리를 숙여 두어 걸음 파고들자 겨울바람이 사라졌다. 산은 곰이 웅크렸던 자리에 등을 대고 누워 겨울잠 흉내를 내어보기로 했다. 튀어나온 옹이에 가방이 부딪치자 종이 울렸다. 산이 종을 꺼내들고 가볍게 흔들자 까치와 참새와 꿩이 화답하듯 번갈아 울었다. 산의 입술이 주홍이란 두 글자를 만들었다가 지웠다. 산은 종을 다시 가방에 넣은 뒤, 꿈에서 히데오에게 빼앗겼던 모신나강을 꺼내 조립했다. 웅의 목소리가 귓전을 때렸다. 포수에겐 총이 생명이다. 총을 빼앗기면 모든 걸 잃는 게야.

주홍은 원산역에서도 한 차례 더 흰머리를 보여달라고 요청했지만 플랫폼에 내리는 것조차 허락되지 않았다. 눈발이 흩날려 플랫폼이 미끄럽다는 이유 같지 않은 이유가 따라왔다. 그미는 침묵으로 불만을 표시했다. 히데오가 간단한 빵과 우유를 가져왔지만 고개를 창밖 풍광에 고정시킨 채 거들떠보지도 않았다. 경성에 내리면 흰머리부터 창경원에 마련된 특별수술실로 옮겨 수술을 진행하고, 그다음에 바로 총독부로 가서 총독 부부에게 개마고원에서의 일을 상세히 설명하고, 흰머리와 산과 쌍해를 다시 만나리라 결심했다. 총독 부부는 지금까지 단 한 차례도 그미의 뜻을 꺾은 적이 없었다. 호랑이를 연구하기 위해 시호테알린으로 가겠다고 했을 때도 걱정은 했지만 두꺼운 옷과 등산화, 두둑한 경비를 챙겨주었다. 기차가 경성역으로 접어들었다. 남산 신궁 아래, 르네상스와 바로크를 절충하여 만들었다는, 경성역의 상징인 둥근 돔이 눈에 들어왔다.

─ 고생이 많았소.

히데오가 미소를 지어 보였다. 개마고원에서는 찾아보기 힘들었던 승자의 미소였다. 경성이라는 대도시가 자신의 편이라고 굳게 믿는 눈치였다.

─ 총독님께서 나오실 예정이었지만, 급무가 생겨 사모님이 역사에서 기다리신다고 하오. 승객이 전부 빠져나간 후에 편히 상면하도록 조처하겠소.

─ 기다릴 여유 없어요. 1초라도 빨리 흰머리의 어깨에서 장도를 뽑아야 해요.

그미는 공책을 가슴에 품고 급히 자리에서 일어섰다. 플랫폼을 바삐 뛰어다니는 짐꾼들이 눈에 띄었다. 포식자를 피해 달아나는 백두산사슴처럼 보였다. 세차게 고개를 흔들어 개마고원을 머릿속에서 지웠다. 여긴 경성이었다.

자발적이고 이타적인 슬픔이었다.
달리고 부딪치며 살기를 내뿜는 호랑이의 광폭함을 보지 않았는가.
그러고도 쏟아지는 이 슬픔은 어디서부터 비롯되는가.

호랑이의 혼으로

주홍은 계단에 서서 종을 흔들었다. 긴 여행의 피로를 이고 진 채 플랫폼을 빠져나가던 승객들이 고개를 돌리거나 잠시 걸음을 멈춘 채 종소리를 들었다. 호기심 많은 소년은 가던 길을 되돌아 와서 그미가 선 계단 앞까지 기웃거렸다. 기적과 반가운 인사와 웃음 속에서도 사람들의 시간을 붙잡을 만큼, 그들의 입가에 미소를 띠우게 할 만큼, 개마고원 계곡물만큼 종소리는 충분히 맑았다. 히데오가 산과의 만남을 막는다면, 종소리로라도 사랑하는 이의 귀를 끌고 싶었다. 산이 화물칸 안에서 종소리로 화답해준다면, 함께 나란히 경성역을 나서지 못하는 아쉬움을 달랠 수 있으리라. 그미는 손목을 어깨까지 올려 소리가 더 멀리 퍼지도록 종을 흔들며 우중충한 경성의 하늘을 우러렀다. 엷은 구름 아래로 먹구름이 빠르게 남산자락을 넘더니 북악산에 못 미쳐 뭉치기 시작했다. 그미는 총독부 하늘 위 구름이 흰 호랑이의 얼굴을 닮았다고 생각했다. 구름을 보고 호랑이를 떠올린 것은 그때가 처음이었다. 마지막 계단을 내려서는데, 어흥! 호랑이 울음이 들려왔다. 흰머리였다.

주홍과 함께 내린 히데오에게 병사 하나가 바삐 달려와서 거수경례를 했다. 예닐곱 명의 병사가 옆 화물칸을 쳐다보며 웅성거렸다.

— 뭔가?

히데오가 도끼눈을 떴다.

— 걸쇠가 떨어져나갔습니다.

— 무슨 소리야 그게? 걸쇠가 저절로 뽑히기라도 했단 말인가?

— 원산역에서도 두 번이나 확인했습니다. 밖에서 밀어 올리지 않고는 뽑히지 않도록 단단히 고정시켰습니다.

히데오가 앞장서서 화물칸으로 향했고, 그미도 세 걸음쯤 뒤에서 바삐 걸었다. 병사들은 좌우로 물러서면서 부동자세로 섰다. 히데오는 걸쇠가 걸렸던 나무 홈에 손가락을 댔다. 홈 자체가 탄환에 맞아 떨어지며 걸쇠까지 딸려나간 것이다. 히데오는 곁에 선 병사의 총을 빼앗아 화물칸을 겨누며 명령했다.

— 문을 열어!

총을 빼앗긴 병사가 미닫이문을 잡고 천천히 당겼다. 육중한 문이 드르륵 소리를 내며 열렸다. 쇠도리깨를 든 쌍해와 청룡이 나란히 서 있었다. 히데오의 총구가 쌍해의 심장을 향했다. 컹 소리와 함께 기차에서 뛰어내린 청룡을 따라 히데오의 총구가 재빨리 반원을 그리며 돌았다. 청룡이 곧장 그미의 품에 안기는 바람에 그미의 가슴으로 총구가 향했다. 히데오와 그미의 눈길이 마주쳤다. 히데오가 황급히 총구를 돌려 쌍해의 이마를 겨눴다.

— 산은?

— 없습니다.

— 언제 뛰어내렸어?

— 모릅니다. 전…… 그냥 잤습니다.

— 총을 쐈는데도 잤다고? 너 귀머거리야?

— 소리가 나긴 했는데, 깨어나보니 벌써 사라지고 없었습니다. 히로시인가 하는 그 운전병이 건넨 막걸리가 워낙 독해서…….

쌍해가 과장되게 머리를 흔들었다. 히데오가 병사들에게 명령했다.

— 들어가서 찾아봐.

병사들이 화물칸으로 오르려다 말고 쌍해의 쇠도리깨를 보며 주춤거렸다. 히데오가 목소리를 높였다.

— 당장 안 올라가는 놈은 엉덩이에 총구멍을 내겠다.

쌍해가 허리를 숙여 손을 내밀었지만 병사들은 슬슬 눈치를 살피며 피하다가 입구 끄트머리로 올라갔다.

— 산은?

— 없습니다, 정말!

병사가 큰 소리로 답했다.

— 백호는?

— 얌전히 엎드려 있습니다.

흰머리가 함께 사라지지 않은 것은 불행 중 다행이었다. 흰머리까지 기차에서 뛰어내렸다면 히데오는 불명예제대를 각오해야만 했을 것이다.

— 아, 이거…….

병사들이 열린 문으로 뒷걸음질을 쳤다.

— 뭐야? 왜 그래?

— 청진에서 기차에 실을 때 자물쇠로 단단히 우리 문을 채웠습니다. 한데 자물쇠가 떨어져나가고 그냥 줄로 둘둘 말아서 묶여 있습니다.

— 전부 내려와. 너도!

쌍해가 먼저 뛰어내렸고, 뒤따른 병사들이 쌍해를 둘러쌌다. 히데오의 질문이 송곳처럼 날아들었다.

— 산이 사라진 즉시 내게 알렸어야지?

쌍해가 꺼어억 트림을 한 후 답했다.

— 옆 칸 통로문을 계속 두드리긴 했습죠. 하지만 아무런 답이 없었습니다.

히데오가 무슨 일이 있어도 그 문을 열지 말라고 병사에게 신신당부해놓았던 것이다.

— 미리 짠 거지?

히데오가 한 걸음 다가섰다. 총구는 여전히 쌍해의 머리를 향해 있었고, 둘 사이의 거리는 2미터도 채 떨어지지 않았다.

— 짜다니요?

─ 탈출 계획 말이다.

─ 산은 누구와 함께 계획을 짜는 인물이 아닙니다.

─ 넌 산과 수의 아버지 노릇을 자처했잖아.

쌍해가 쓸쓸하게 웃었다.

─ 왜 웃지?

웃음을 그친 쌍해가 말을 잘랐다.

─ 산은 호랑이의 혼을 지녔습니다.

─ 호랑이의 혼? 그게 뭐?

─ 장성한 호랑이는 그 누구와도 의논 따윈 하지 않습죠. 아버지나 어머니 혹은 형제자매라 해도, 오로지 혼자 생각하고 혼자 결정하고 혼자 행하는 짐승. 그게 바로 호랑이입니다. 안 그렇습니까, 주 선생님!

쌍해의 시선이 히데오의 뒤에 선 그미에게로 향했다.

─ 맞아요. 호랑이는 단독자죠.

─ 웃기는 소리 마. 산과 넌 백호를 탈출시키려 한 거야. 그래서 자물쇠를 부쳤던 거고.

쌍해가 어깨에 걸친 쇠도리깨를 슬쩍 내려다보았다.

─ 이놈으로 내리치긴 했습니다만 탈출시키려고 한 짓은 아닙니다.

─ 탈출이 아니면 무엇 때문에 우리를 열었지?

─ 그게…… 흰머리에게 닭을 먹이려고. 아무리 넣어줘도 먹질 않으니까, 산이 들어가서 먹이려고 한 겁니다.

— 지금 그걸 나보고 믿으라는 거야? 닭을 먹이겠다고 스스로 자물쇠를 부수고 호랑이 우리로 들어갔다고?

— 사실입니다.

— 쇠도리깨를 내놔. 압수다.

— 대장님!

— 여긴 경성이야. 불한당이 무기를 함부로 가지고 활보할 수 있는 곳이 아니지.

— 전 불한당이 아닙니다.

— 뭐해? 당장 빼앗지 않고.

히데오가 병사들에게 눈을 부라렸다. 마사오 오장과 상등병 하나가 좌우에서 천천히 다가섰다. 쌍해는 쇠도리깨를 내주지 않고 버텼다. 마사오가 개머리판으로 쌍해의 어깨를 내리찍었다. 윽! 쌍해가 비명을 삼키며 무릎을 꿇자마자 마사오의 발이 쌍해의 턱을 걷어찼다. 히데오는 총구를 거둔 채 마사오의 발길질을 내버려 두었다.

— 컹!

마사오에게 달려들려는 청룡의 목을 그미가 가까스로 감싸 막았다. 엉덩방아를 찧은 쌍해도 피를 뱉으며 청룡과 눈을 맞췄다.

— 오지 마.

개마고원에서 내내 고분고분 명령을 따르며 비위를 맞추던 쌍해가 처음으로 히죽 비웃음을 흘렸다.

— 산이 왜 기차에서 뛰어내렸는지 알겠군.

마사오가 쌍해의 멱살을 틀어쥐고 물었다.

― 뭐라고?

― 빼앗기기 싫었던 게지. 경성에 도착하자마자 이딴 식으로 쇠
도리깨든 모신나강이든 빼앗길 걸 알았던…….

마사오의 주먹이 쌍해의 입술에 정통으로 박혔고 발길질이 이
어졌다. 쌍해는 눈두덩이가 찢어지고 코가 뭉개지고 귀에서 피가
흘러도 히죽거림을 멈추지 않았다. 킬킬킬 킬킬킬킬.

― 웃지 마. 죽여버리겠어.

때려도 때려도 쌍해의 웃음은 멈출 줄 몰랐다. 주먹을 휘두르
고 개머리판으로 내리찍고 발길질을 퍼붓는 마사오가 오히려 지
쳐갔다.

― 대, 대장!

병사 하나가 손을 들어 역사를 가리켰다. 히데오의 시선이 그
손을 따라갔다. 그곳에, 역사를 막 나와 플랫폼으로 들어서고 있는
총독 부인이 보였다.

― 그만!

히데오가 짧게 명령하자, 마사오가 씩씩대며 쌍해의 멱살을 풀
고 피 묻은 주먹을 흔들며 물러났다. 꽃무늬 손수건이 불쑥 피범
벅이 된 쌍해의 얼굴을 훔쳤다. 그미였다. 당황한 마사오가 벌겋게
달아오른 얼굴로 히데오를 쳐다보았다. 그미가 히데오를 노려보
며 말했다.

― 쌍해 아저씨를 괴롭히면 가만두지 않겠어요. 당장 병원으로

옮겨 응급처치해요.

히데오가 마사오를 향해 고개를 끄덕였다. 마사오가 병사 넷과 함께 쌍해를 끌고 먼저 플랫폼을 떠났다. 실신한 거구를 옮기느라 병사들은 한겨울에도 비지땀을 쏟았다. 남은 병사들도 슬슬 물러나서 흰머리를 실은 화물칸 옆에 붙어 섰다.

— 꼭 그래야 했어요?

그미의 높고 가는 물음이 히데오의 가슴을 찔렀다. 그러나 히데오는 바위처럼 차고 담담했다.

— 내가 말하지 않았소? 산은 항상 규율 밖으로, 상식 밖으로 뛰쳐나가는 자라고. 주 선생! 화물칸에 가두었기 때문에 산이 달리는 기차에서 뛰어내렸다고 생각하진 마시오. 내가 가두든 말든 뛰어내릴 자는 뛰어내리는 법이오. 함흥으로 올 때, 주 선생이 보는 앞에서 뛰어내린 사내를 기억하고 있잖소. 오히려 나는 그런 위험한 짓을 못 하도록 막고 싶었소. 그게 산을 위해서도 또 우리를 위해서도 낫다고…….

히데오는 상황을 더 설명하고 싶었지만, 그미가 버드나무 가지처럼 갑자기 휘청거렸기 때문에 말을 멈추고 팔을 잡아 부축하려 했다. 그러나 그미가 차갑게 그 손을 뿌리치고 서너 걸음 물러섰다. 침묵이 그들 사이의 거리를 더욱 멀게 만들었다. 그미는 윗입술로 아랫입술을 깨물며 감정을 안으로 안으로 삭히고 있었다. 히데오는 다가가서 그미를 위로하고 싶었지만 차마 두 발이 떨어지지 않았다. 그미가 고개를 돌려 산이 뛰어내린, 흰머리가 갇힌 화물칸을 쳐다보았다. 그리고 지금 당장 급한 일이 무엇인지 깨달은 듯 히데오에게 물었다.

— 흰머리를 운반할 트럭은 왔나요? 시간이 없어요. 서둘러요.

히데오는 즉답 대신 플랫폼 입구에 선 총독 부인을 쳐다보았다.

— 인사부터 드리시오. 기다리신 지 한참 되었소.

— 나중에 할게요. 지금은 흰머리부터…….

히데오가 말허리를 잘랐다.

— 이렇게 합시다. 우선 함께 플랫폼을 나갑시다. 그리고 주 선생은 부인과 인사를 나누시오. 나는 다시 이곳으로 돌아와서 책임지고 흰머리를 창경원까지 안전하게 옮기겠소. 주 선생은 부인의 관용차를 타고 창경원으로 가서 기다리시오. 어떻소?

— 꼭 그래야 할 필요가 있나요? 아줌마는 다 이해하실 거예요. 나중에 따로 말씀드려도 되고요.

— 여긴 경성이오. 개마고원에서처럼 주 선생 마음대로 움직여선 안 되오. 자, 갑시다. 내가 호위하겠소.

그미가 고집을 꺾지 않았다.

— 흰머리의 수술과 치료의 전 과정을 지켜보고 기록해야 해요. 이것도 연구의 한 부분입니다.

— 충고 하나만 해도 되겠소? 주 선생의 연구는 충분히 존중하오. 하지만 원하는 걸 얻기 위해선 물러나기도 하고 주위를 둘러보기도 해야 하는 법이오. 우리는 지금 해수격멸대란 공공 조직의 일원으로 해수인 호랑이를 생포하여 경성에 도착한 거요. 우리끼

리 은밀히 벌인 일이 아니란 말이오. 지금부터 무슨 일이 생기든지, 화부터 내지 말고, 일의 전후를 잘 살펴 신중하게 처신해주었으면 하오.

주홍와 히데오는 플랫폼을 걷는 내내 아무런 대화도 나누지 않았다. 청룡이 반보 뒤에서 보조를 맞췄다. 총독 부인이 양팔을 벌리며 웃었다. 그미도 굳은 표정을 밝게 고치고 그 품에 안겼다.

— 미츠코! 반갑구나. 아픈 데는 없고?

부인이 그미의 위아래를 살폈다. 그미가 어깨를 으쓱했다.

— 튼튼해요.

부인의 시선이 그미의 뒤에 선 히데오에게 향했다. 히데오가 거수경례를 하는 순간, 갑자기 플래시 터지는 소리가 요란하게 들렸다. 그미가 고개를 돌려 역사 안을 살폈다. 경찰과 역무원의 제지를 받으면서도, 기자들이 사진기를 들고 셔터를 눌러대느라 바빴다. 히데오가 인사도 없이 황급히 돌아서서 플랫폼으로 바삐 되돌아갔다. 그미는 놀란 눈으로 총독 부인에게 물었다.

— 저 사람들 다 뭐예요? 왜 나를 찍는 거죠?

총독 부인이 답했다.

— 미츠코는 해수격멸의 영웅이니까.

기자들의 질문이 쏟아졌지만, 주홍은 한마디 답도 없이 총독 부인과 나란히 뒷좌석에 올랐다. 앞좌석은 청룡이 차지했다.

— 해수격멸의 영웅이라뇨? 무슨 말씀이세요?

부인은 대답 대신 발아래 놓여 있던 신문을 집어 내밀었다. 그미는 첫 장을 넘겼다.

— 해수격멸대, 식인 백호 '흰머리'를 백두산에서 생포!

머리기사를 보자마자 신문을 쥔 손이 바르르 떨렸다.

— 식인? 흰머리는 식인 호랑이가 아니에요. 누가 이런 엉터리 기사를…….

화가 나서 말을 맺지도 못한 채, 그미는 이어지는 기사를 빠르게 소리 내어 읽었다.

— 해수격멸대장 히데오 군과 생물학자 미츠코 양의 힘을 합친 쾌거?

산과 쌍해에 관한 기사는 단 한 줄도 없었다. 히데오와 주홍이 처음부터 끝까지 사냥을 주도한 것으로 나왔고, 개마고원 포수들이 몰이꾼으로 잠시 등장하는 정도였다. 놀랍게도 수동계곡에서 죽인 암호랑이 역시 명사수 히데오 혼자 이룩한 공적이었다.

— 무사히 돌아왔으니, 됐다.

총독 부인은 그미의 분노를 자기 식대로 간단히 받아넘겼다.

— 관저로 갈 거지?

— 아뇨. 창경원으로 가주세요.

그미가 흰머리 관련 기사가 실린 면만 접어 배낭에 챙겨 넣었다. 히데오를 만나면 단단히 따질 일이다.

— 꼭 그래야겠니?

총독 부인은 그미가 관저로 직행하기를 원했다. 차는 남대문통을 따라 혼마찌를 오른편에 두고 광교 쪽으로 올라가는 중이었다.

— 호랑이를 수술해야 해요. 끝나는 대로 아저씨 뵈러 갈게요. 아, 그리고 관저에서는 오늘 밤만 묵을 거예요.

— 무슨 소리니? 계속 지내는 게 아니고?

— 전 창경원이 편해요.

— 그래도 거긴 다 큰 처녀가 머무르기에…….

— 걱정 마세요. 대학교 실험실보다 훨씬 넓고 아늑하거든요. 사육사들도 친절하고.

— 저 개는 사납지 않으냐? 애완견치곤 너무 크구나.

총독 부인이 앞자리를 차지한 청룡을 흘끔 살폈다.

— 풍산개예요. 똑똑하고 충직하죠.

— 관저에 올 땐 데려오지 마라. 총독님이 개 싫어하시는 건 알지?

— 개뿐인가요. 고양이나 토끼도 못 기르게 하셨죠. 말 외엔 모든 동물을 싫어하시잖아요.

— 잘 아는구나. 한데 넌 호랑이를 연구하고 있으니, 세상일이란 게 참 모를 일이다. 총독님과 난 네가 뛰어난 여의사가 되리라 믿었다.

— 의사는 아무나 하나요. 전 지금이 좋아요.

— 치요코라고 그랬니?

— 맞아요.

치요코는 졸업하자마자 창경원에 취직한 그미의 대학 동기였다. 그미가 호랑이에 빠진 만큼 치요코는 원숭이를 남자 친구보다 더 아꼈다. 창경원에 근무 중인 여덟 명의 사육사 중 유일한 여자였다.

— 여전히 창경원에 있고?

— 그럼요. 치요코가 창경원을 떠나면 창경원 원숭이들이 단식 투쟁이라도 벌일걸요.

— 큰일이다. 동물에 빠져 남자 만날 생각도 않고. 처녀 귀신으로 늙어 죽을 거니?

— 걱정 마세요.

그미의 말꼬리를 총독 부인이 잡아챘다.

— 누구…… 있는 거니?

— 나중에요.

— 있구나. 볼까지 빨개졌네.

— 나중에 말씀드릴게요.

차는 광교를 지나 우회전하여 종로 도로를 달렸다. 총독 부인이 우아한 목소리로 그미에게 일렀다.

— 창경원 앞에 내려주마. 저녁은 7시다. 6시까지 창경원 정문으로 차를 보내마. 늦지 말고.

경성! 한반도의 으뜸 도시 경성이었다. 총독부가 있고 제국대학이 있고 백화점이 있고 동물원이 있고 전차가 있고 카페가 있고 재즈가 있고 맥주가 있는 곳. 오늘 주흥은 차창 너머 펼쳐진 근대도시 경성에 전혀 관심을 쏟지 않았다. 그미는 좌석에 비스듬히 기댄 채, 총독 부인이 '누구'라고 물었던, 말도 없이 사라진 사랑하는 사내의 이름을 떠올렸다. 떠올리는 것만으로도 시간이 더디 흘렀다. 그미는 서울의 딱딱하고 찬 풍경 곳곳에서 더운 사내의 크고 느릿느릿한 숨소리를 들었다. 관용차가 멈추고 자전거가 멈추고 재잘대는 아이들의 발걸음이 멈췄다. 숨소리가 그미를 덮칠 듯 더욱 크게 다가왔다. 위기가 닥칠 때마다 산이 나타났었다. 산은 도로에도 있었고 전차에도 있었고 안내판에도 있었고 유리창에도 있었고 전봇대에도 있었고 가로등에도 있었고 전선에도 있었다. 그미가 세차게 고개를 저은 후 다시 창밖을 노려보며 들릴 듯 말 듯 뇌까렸다. 어디로 가버린 거예요? 나타나요. 제발!

치요코는 창경원 정문에서 서성였다. 총독부에서 미리 연락을 받은 것이다. 주홍을 만나자마자 양손을 마주 잡고 소녀처럼, 새끼 호랑이처럼, 원숭이처럼, 소리 내어 웃으면서 팔짝팔짝 뛰었다. 청룡이 두 사람 주위를 신나게 맴돌았다. 주홍이 들뜬 치요코를 가까스로 진정시켰다.

— 호랑이는?

— 아직!

— 준비는 했고?

— 걱정 붙들어 매. 박물표본실博物標本室 방 하나를 치우느라 종일 고생했다고. 경성 제일의 수의사도 대기 중이고.

— 고마워.

— 호랑이가 다쳤으니 시무룩할 만도 하지만, 그래도 호랑이가 창경원에 도착하기까지 나랑 대화할 여유는 있겠지, 아가씨?

치요코는 하나도 변한 게 없었다. 산과 흰머리 걱정에 마음이 무거웠지만, 그미는 모처럼 만난 친구를 위해 기분을 돌려보기로 했다.

주홍과 치요코는 손을 꼭 잡고 홍화문과 명정문을 차례로 지나 명정전을 오른편에 끼고, 기와지붕을 얹은 4층짜리 박물표본실까지 가는 내내 쉼 없이 재잘거렸다. 그미는 개마고원에서 사로잡은 흰머리 이야기부터 꺼냈다. 동물과 평생을 함께 지낼 각오를 한 두 사람으로선 그보다 더 재미나고 급한 이야깃거리는 없었다.

— 정말, 그렇게 커?

— 가장 큰 놈이야. 사진에 실린 어떤 호랑이보다도!

— 대단하다 너! 야생 조선 백호는 학계에 제대로 보고된 적도 없어.

— 그렇지.

— 부럽다. 나도 빨리 가야 하는데…….

— 아프리카?

— 응.

— 준비는?

— 거의 다 했어. 내년 가을이면 경비도 다 모이고.

— 구두쇠 노릇 단단히 했구나.

— 누가 할 소리! 치료 기간은 얼마나 잡았니?

— 최대한 빨리. 너무 길면 야생으로 돌아가기가 힘들어지니까.

— 어머! 돌려보낸다고? 백호를 다시?

— 당연하지. 흰머리는, 그게 녀석의 이름인데, 하여튼 놈은 왕 대야. 백두산을 중심으로 함경도와 평안도, 만주 지역을 호령하는 왕 중의 왕이라고. 녀석이 돌아가야 밀림의 평화가 찾아들지.

— 너…… 벌써 흰머리와 사랑에 빠졌구나.

— 티 나니?

— 그럼. 어서 가서 러브 스토리부터 듣자.

— 흰머리는?

— 도착하면 연락이 올 거야. 내가 누구니? 이 치요코 없인 창경 원에 어떤 동물도 함부로 들고 날 수 없다고.

— 그러십니까? 대단하십니다. 청룡도 당분간 부탁할게. 백호를 사로잡는 데 큰 공을 세운 녀석이야. 똑똑하고 용맹하고 착해.

— 똑똑하고 용맹하고 착한…… 남자 어디 없나?

— 얘는!

— 현장 일지부터 보여줘. 여전히 빽빽하게 쓰고 있지?

— 물론.

산은 걸었다. 겨울 숲의 정기를 온몸에 쐰 덕분인지 걸음이 가 벼웠다. 경성 하늘을 뒤덮은 먹구름을 찢으며 번개가 번뜩였고,

1초도 지나지 않아서 쿠르릉 천둥이 쳤고, 나뭇잎은 겁에 질린 아이처럼 떨었고, 늦게 둥지로 찾아드는 새들의 날갯짓은 바빠졌다. 산은 두 팔을 등 뒤에서 맞잡고 어깨까지 밀어 올렸다가 내리기를 반복했다. 기차에서 뛰어내릴 때 등부터 떨어진 것이다. 재빨리 고개를 든 탓에 머리를 다치진 않았지만, 충격이 고스란히 등에 실려 걸을 때마다 목덜미가 찌릿찌릿 쑤셨다.

히데오에게 모신나강을 압수당하더라도 주홍과 함께 경성역에 내리고, 얌전히 흰머리가 수술을 받고 치료를 통해 완쾌되는 과정을 지켜본 후, 함께 개마고원으로 돌아가는 과정을 아주 짧게 그려보긴 했다. 그러나 산은 곧 고개를 흔들었다. 세상의 선의善意에 힘입어 일이 계획대로 순조롭게 진행된다고 해도, 산은 그림자처럼 풍경처럼 지낼 수 없는 사람이었다. 산은 개마고원의 포수였고, 개마고원의 포수는 먼저 움직이는 족속이었다.

수술실은 박물표본실 1층에 마련되었다. 수술을 집도할 수의사와 간호사 세 명이 마지막 점검을 하느라 분주했다. 치요코가 수의사에게 주홍을 소개했다. 쉰 살 이쪽저쪽의 사내는 뿔테 안경에 배가 튀어나온 뚱보였다.

— 최 선생님! 호랑이에 미친 주홍이란 여자에 관해선 제가 얘기했었죠?

— 홍아! 최모중 선생님이셔. 오늘 수술을 집도할, 경성 제일의

솜씨를 자랑하는. 경성제대 예과의 동물학교실에서 다년간 호랑이를 비롯한 고양이과 포유류들을 연구하고 계시기도 해.

— 칼잡이라오. 사람은 단 한 번도 째본 적 없소, 미리 궁금해할까봐 말씀드리오만.

그가 안경을 올리며 사람 좋게 웃었다.

— 한데 이 정도나 되오? 보고받은 대로 수술대를 셋이나 붙이긴 했지만……. 이 정도면 머리에서 꼬리 끝까지 길이가 450센티미터는 훌쩍 넘는다는 소린데. 조선 호랑이가 아무리 커도 380센티미터 이쪽저쪽이라오.

그미가 흰 천이 깔린 수술대를 한 바퀴 돌며 길이와 넓이를 가늠했다.

— 조금 빡빡하겠는데요.

— 모자라다고? 정말이오?

최모중과 치요코가 동시에 그미를 쳐다보았다. 그 순간 문을 열고 히데오가 들어섰다. 흰머리가 도착한 것이다.

주홍은 최모중, 치요코와 함께 히데오를 따랐다. 최모중의 손에는 맹수 마취용 블로우건blow gun이 들려 있었다. 트럭 세 대가 하마우리 옆 공터에 나란히 주차했다. 청룡이 컹컹 짖으며 달려갔다. 강강수월래를 하듯 둥글게 선 병사들 안에서 터져 나온 포효가 창경원 전체를 쩌렁쩌렁 울렸다. 최모중이 입맛을 다시며 놀라운 표정을 지었다.

— 대단한데요. 정말!

히데오가 흘끔 고개를 돌려 최모중의 블로우건을 살폈다.

— 기다란 막대로 무얼 하겠다는 겁니까? 조준이나 제대로 하겠습니까?

최모중이 장난감을 빼앗기기 싫은 아이처럼 블로우건을 품에 안고 버텼다.

— 생명 앗으려고 쏘는 당신네들 총이랑 생명 구하려고 내 입김을 불어넣어 쏘는 이 블로우건이랑 같은 줄 압니까? 보기보단 꽤 강력하니 걱정 마시오.

그리고 치요코 쪽으로 시선을 돌렸다.

— 놈의 시선을 어지럽혀줄 수 있겠소, 예전처럼?

치요코가 활짝 웃었다.

— 물론이에요. 준비를 끝내고 기다린 지 오래예요.

건장한 사육사 두 사람이 U자 모양으로 끝이 갈라진 철봉을 밀어 넣었다. 흰머리는 고개를 들어 좌우로 흔들며 철봉을 물어뜯으려 했다. 쌍해가 백두산에서 사용한 그물이 여전히 흰머리의 몸을 칭칭 감고 있었다. 청룡이 우리 밖을 따라 걸으며 흰머리를 노려보았다. 주홍과 치요코와 최모중이 흰머리의 머리 쪽에 자리를 잡았다. 최모중이 블로우건을 입에 물기 직전 말했다.

— ……정말 커도 너무너무 크군.

그미가 걱정스러운 표정으로 말했다.

― 치요코! 두 사람으론 무리야. 저 정도 철봉쯤은 장난감도 안돼.

치요코가 긴장된 목소리로 대꾸했다.

― 너도 우릴 못 믿는 거야? 곰이든 표범이든 저 철봉 아래에선 꼼짝 못했어. 이왕 시작한 거 끝까지 가보지 뭐. 준비되었죠?

치요코가 철봉을 든 사육사들과 눈빛을 교환했다. 그들은 잔뜩 긴장한 채 고개를 끄덕였다.

― 자, 시작합시다.

두 사육사가 동시에 철봉을 흔들었다. 으헝! 흰머리가 고개를 흔들며 포효했다. 흰머리가 철봉을 쳐내는 데 신경을 쓰는 동안 최모중이 블로우건을 들고 겨누었다. 갑자기 방향을 꺾은 흰머리가 최모중을 노려보며 천천히 다가왔다. 왼어깨에 꽂힌 장도가 번뜩였다. 마취 효과를 높이기 위해서는 오른쪽 어깨를 노리고 블로우건을 쏘는 게 최선이었다.

― 빨리!

치요코가 닦달했지만 최모중은 블로우건을 불지 못했다. 일직선으로 다가오는 흰머리의 덩치와 눈빛에 압도당한 것이다.

― 탕!

그 순간 직각 방향으로 곁에 섰던 히데오가 허공을 향해 총을 쏘았다. 흰머리가 방향을 꺾어 총성이 울린 쪽으로 뛰었다가 납작 엎드렸다. 그 순간 최모중이 엉덩이를 노리며 블로우건을 쐈다. 흰머리는 곧 방향을 180도 틀어 달려들려고 했다. 최모중은 블로우건을 내린 채 흰머리의 엉덩이 부위를 살폈다. 마취용 주사기^{Dart}가 박혀 있었다.

— 됐어. 이제 기다리자고.

흰머리가 배를 바닥에 깔고 천천히 앉았다. 흰머리는 고개를 여전히 뻣뻣하게 든 채 최모중과 치요코와 그미를 노려보았다. 오른쪽 앞발로 자꾸 얼굴을 세수하듯 쓸어내렸다. 그미가 눈물을 글썽였다.

— 조금만 참아. 수술 마치고 나면 편히 쉬게 해줄게. 먹이도 듬뿍 주고. 조금만, 그래 조금만!

흰머리는 오른쪽 앞발에 이마를 대고 꿈쩍도 하지 않았다. 최모중이 철봉으로 흰머리의 입술과 콧수염과 귀를 차례대로 건드린 후 말했다.

— 이제 들어가도 좋소.

히데오가 건넨 열쇠로 치요코가 우리를 열었다. 철봉 대신 가위를 든 사육사 둘이 치요코의 뒤에 섰다. 쌍해가 묶어놓은 그물부터 잘라낸 후 흰머리를 수술실로 옮기려는 것이다. 치요코가 왼발을 우리 안으로 넣는 순간 주홍이 소리쳤다.

— 잠깐!

치요코가 엉거주춤하게 섰다.

— 왜 그래?

— 한 번만 더 살펴보려고.

최모중이 번들거리는 이마에 잔뜩 주름을 잡았지만, 그미는 못 본 체 철봉을 들고 흰머리의 왼어깨 부근을 건드렸다. 다른 곳에 비해 통증이 백배는 더 할 것이다. 사람들의 시선이 일제히 철봉 끝으로 모였다. 흰머리는 여전히 꿈쩍도 하지 않았다.

― 마취가 된 게 확실하오. 서두릅시다.

― 그래도 만약을 대비해주세요.

치요코는 그미를 향해 어깨를 들어 보였다. 이제 들어가도 되겠느냐는 물음이었다. 그미가 불편한 미소를 지으며 승낙하려는 순간, 갑자기 그미의 곁을 맴돌던 청룡이 짖어대기 시작했다. 최모중이 블로우건에 마취용 주사기를 급히 넣고 입에 물었다.

― 치요코, 나와!

그미는 반사적으로 소리쳤고, 흰머리가 눈을 번쩍 떴다. 치요코는 오른발을 마저 우리로 넣으려다가 뒷걸음질을 쳤다. 치요코의 엉덩이가 우리 밖 바닥에 닿기도 전에 흰머리의 송곳니가 철창에 박혔다. 히데오가 재빨리 자물쇠를 걸어 우리를 잠갔고 최모중이 블로우건을 쐈다. 송곳니를 철창에 끼운 채, 흰머리의 몸이 천천히 아래로 쳐졌다. 최모중은 자신의 성급한 판단을 지우려는 듯 뇌까렸다.

― 저건 호랑이가 아니라…… 괴물이야, 괴물!

그미가 황급히 뛰어와 치요코를 부축해 안았다.

― 괜찮니?

치요코가 깊은 숨을 몰아쉬며 웃었다.

— 엄청나. 네가 반할 만해.

산은 걸었다. 겨울비가 기어이 쏟아져 머리와 어깨를 때렸다.
햇비로 끝날 것 같지 않았다. 경성역 앞을 지나고 남대문통을 올
라와 종로 거리를 계속 걷기만 했다. 된비가 내린 탓에 종로 야시
장은 한산했지만, 사이사이 노랫가락이 흘러나왔고, 맛난 고기와
술 냄새가 굶주린 이의 코끝을 건드렸다. 우산을 들고 엉덩이를
실룩이며 지나치는 맵시 고운 신여성도 언뜻 나타났다가 또 언
뜻 사라졌다. 잠시 주홍을 떠올렸다. 흰머리의 수술을 시작했을
까. 산은 서두르지 않았다. 마음만 먹으면 얼마든지 그미의 동선
을 파악할 수 있었다. 산은 먹잇감을 발견한 호랑이처럼, 백두산
능선을 타듯 빠르게 야시장을 지나쳤다. 약도를 펴지도 않았고
행인에게 경성제국대학 부속병원의 위치를 묻지도 않았다. 경성
시민이라면 전차를 타고 종묘 앞에서 내려 경성제국대학 부속병
원으로 가는 창경원 선으로 갈아탔을 것이다. 그러나 산은 수에
게 연락을 받고 병원을 떠나 경성역으로 갈 때도 이 포도 위를 걸
어갔다. 그 기억을 되돌려 처음 출발한 병원으로 지금 돌아가려
는 것이다. 개마고원을 찾는 일본인 사냥꾼들은 회중시계와 함께
나침반을 항상 지니고 다녔다. 골짜기나 능선을 만나면 일일이
수첩을 꺼내 지형을 그리고 감상을 끼적였다. 개마고원에서 나고
자란 포수들에겐 나침반도 수첩도 필요 없었다. 아무리 작고 복
잡한 길이라도, 한 번 지나간 길은 한 달 아니 1년이 지난 뒤에도

기억해냈다. 나무, 바위, 물소리, 먼 산을 한꺼번에 머리에 집어넣었다. 산은 이 도시의 건물과 광고판들, 도로에 난 전차선이 만나고 엇갈리는 모양, 길의 너비와 형태—특히 4차선—를 통해 기억을 되살렸다. 산의 걸음이 빨라졌다. 길 건너 전등 빛이 훤한 건물이 바로 병원이었다. 수! 두 팔을 모두 잃은 동생. 마음이 급했다. 드넓은 개마고원을 질주하듯 차도를 가로질러 달렸다. 자동차들이 급브레이크를 밟고 경적을 울려댔지만 산은 벌써 병원 정문으로 들어간 뒤였다.

마취에서 갑자기 깰 것을 대비하여, 히데오는 흰머리의 네 발을 각각 수술대에 쇠줄로 묶은 뒤 주홍과 눈을 맞췄다. 그미가 엷은 미소를 지어 보였다.

— 자, 이제 나가세요.

— 나도 입회하고 싶소만…….

— 안 됩니다. 이것도 엄연한 수술이에요.

수술 집도를 맡은 최모중이 강력히 반대했다.

— 밖에서 기다리겠소. 일이 생기면 소리치시오. 곧 달려오겠소.

히데오가 나가자마자 최모중이 불쾌한 듯 혼잣말을 했다.

— 일이라니? 무슨 일이라도 생겼으면 좋겠나보지?

주홍이 달랬다.

— 원래 꼼꼼하게 다 챙기는 성격이라 그래요. 선생님! 신경 쓰지 마시고 시작하시죠.

수술실 사람들이 모두 달려들어 흰머리의 크기와 몸무게를 쟀다. 그미는 줄자와 체중계의 숫자를 거듭 확인했다. 몸길이 487센티미터, 어깨높이 140센티미터, 몸무게 463킬로그램! 지금까지 보고된 호랑이 중 가장 크고 무거운 호랑이였다. 최모중이 수술 부위를 더 잘 확인하기 위해, 흰머리의 어깨 털을 수술용 가위로 잘라내는 동안, 주홍은 수술대를 돌며 흰머리의 등과 옆구리와 뒷다리와 엉덩이를 쓸었다. 희고 긴 털 밑에 크고 작은 고통의 흔적들이 가득했다. 등줄기를 따라 길게 팬 흉터는 목숨을 위협했을 듯했고, 옆구리엔 움푹 찍힌 곳이 다섯 군데가 넘었으며, 넓적다리와 종아리에도 거듭 상처를 입어 새살이 돋고 또 돋은 자리가 무수했다. 개마고원의 지배자 흰머리도 처음부터 왕대는 아니었다. 눈에 잘 띄는 백호인 탓에 새끼 호랑이일 때는 더 자주 공격받고 더 많이 다쳤으리라. 그 많은 고비에서 홀로 신음한 흔적들을 처음으로 그미에게 보인 것이다. 흉터들을 하나하나 찾고 어루만질 때마다 그미의 손끝이 떨리고 두 눈이 점점 젖어들었다. 울음을 쏟지는 않았다. 어깨에 박힌 장도를 뽑는 것을 마지막으로 흰머리가 다치는 것을 더 이상 허락하지 않겠다고 거듭 다짐했다.

수술이 시작되었다. 수술대 옆에는 언제라도 사용할 수 있도록 비상용 에테르 흡입마취기가 놓였다. 최모중은 장도가 박힌 흰머리의 왼어깨 털을 깨끗이 잘랐고, 간호사들이 번갈아 알코올로 네댓 번 세밀하게 소독했다. 상처에서 고름 섞인 진물이 흘러내렸다.

주홍은 장도가 꽂힌 수술 부위만 드러나도록 가운데 구멍이 뚫린 흰 천으로 흰머리의 왼어깨를 덮었다. 최모중이 메스로 장도와 살 갗 사이를 조금씩 벌려 틈을 냈다. 그미는 고개를 돌려 흰머리를 살폈다. 수염이 흔들리거나 감은 눈이 씰룩이기라도 하면 바로 마취를 다시 해야 하는 것이다. 다행히 개마고원의 지배자는 깊은 잠에 빠진 아기처럼 꿈쩍도 하지 않았다. 최모중이 메스를 내려놓고 양손으로 장도를 쥐었다.

— 피가 꽤 날 거요. 내가 뽑자마자 뭉친 붕대로 힘껏 누르도록 하시오.

— 알겠어요.

그미가 붕대를 챙겨 든 후 고개를 끄덕이자, 최모중이 힘껏 장도를 뽑았다. 곧바로 그미가 흘러내리는 붉은 피 위로 붕대를 덮고 힘껏 누른 채 버텼다. 피가 붕대를 붉게 적시면 재빨리 다른 붕대로 바꿔 압박을 이어갔다. 그렇게 붕대를 세 뭉치나 바꾼 뒤에야 겨우 피가 잦아들었다. 최모중은 주홍을 한 걸음 물러나게 한 다음 메스를 들었다. 그리고 장도가 박혔던 자리를 수직으로 절개했다. 그미가 놀라서 물었다.

— 바로 봉합하지 않고, 왜 상처를 더 만드시는 건가요?

— 감염이 얼마나 됐는지 안을 더 깊이 살피고 혈관이 터졌으면 찾아 묶기 위함이오. 다행히 중요한 신경조직이나 큰 혈관은 건드리지 않은 듯하오.

최모중은 피가 많이 나는 부분을 닦아내며 완전히 지혈한 다음,

예리한 수술가위로 감염된 부위를 섬세하게 절제했다. 그리고 수술 부위를 깨끗이 세척하고는 날렵한 솜씨로 상처 부위를 단단하게 봉합하기 시작했다. 고양이과 동물 특유의 꺼칠꺼칠한 혓바닥을 염두에 둔 듯 최모중은 상처 부위를 두 겹 세 겹 단단하게 봉하고 또 봉하였다. 그미가 마른 수건으로 최모중의 이마에 송골송골 맺힌 땀을 닦으며 말했다.

— 수고하셨어요.

최모중이 고개를 들고 빙긋 웃어 보였다.

— 이제 백두산을 한달음에 올라도 끄떡없을 거요.

— 오늘 오후 4시에 퇴원했어요.

젊은 숙직의사는 바짓단과 소맷자락에서 빗물을 뚝뚝 떨어뜨리며 서 있는, 수염부리 산을 똑바로 쳐다보지도 못한 채 사무적으로 대답했다.

— 4시…….

산의 꽉 쥔 주먹이 떨렸다. 겨우 두 시간 전이다. 이미 돈을 챙겨 병원을 나간 것이다. 의사는 산이 진료실로 들어오는 것조차 몰랐다. 진료 일지를 정리하던 중 뚝뚝 떨어지는 물소리를 듣고 고개를 드니 산이 서 있었다. 산은 의사를 힘으로 제압하지도 세 치 혀로 협박하지도 않았다. 자신이 누군지도 밝히지 않았고 다만 '수'란 이름만 언급했다. 퇴원했다는 답을 들은 뒤에도 산의 얼굴은 여전히 무표정했다.

─ 의수를 급히 달긴 했습니다. 환자는 호랑이 앞다리뼈로 의수를 만들어달라 했지만 그것까지 맞춰드리지는 못했습니다. 호랑이뼈는 구하기도 어렵고 설령 구한다 해도 굉장히 비싸니까요. 보름은 더 입원 치료가 필요했습니다만, 환자가 하도 퇴원하겠다고 고집을 펴서…… 밀린 병원비도 오후에 일괄 지급되었고, 병원으로서는 환자의 뜻을 존중하여…….

─ 병원비를 지급한 자가 누구요?

─ 군인이었습니다. 소좌!

─ 소좌!

─ 환자가 그 소좌를 '대장님!'이라고 부르더군요.

히데오가 분명했다. 히데오가 와서 병원비를 냈고 수에게 품삯을 건넨 것이다. 한발 늦었다. 수는 벌써 그 돈을 들고 향락으로 가득 찬 경성이란 대도시의 품으로 사라진 것이다.

─ 산 씨죠?

─ 날 아시오?

─ 그 환자가 종일 형님 자랑을 했습니다. 자신의 팔을 이렇게 만든 호랑이를 반드시 잡을 거라고. 그 공으로 포상금을 두둑하게 받아서 부자가 될 거라고. 이 병원에 부임하고 제가 맡은 첫 환자였거든요. 호랑이는 잡으셨습니까?

의사 역시 수만큼 말이 많았다. 수에게 미리 이야기를 들었기 때문에 산의 갑작스러운 출현에도 비명을 지르거나 살려달라고 빌지 않고 꼬박꼬박 답을 했던 것이다.

— 그 환자는 퇴원했지만, 다른 환자는 아직 치료 중입니다.

산이 이번에도 말꼬리를 잡아챘다.

— 다른 환자? 많이 다쳤소?

— 뼈는 괜찮은데…… 이마와 뺨, 목덜미가 세 군데나 찢어졌습니다. 멍도 여기저기 들고. 붓기가 빠져 사람 꼴을 갖추려면 사나흘은 걸릴 겁니다.

— 어디요, 병실이?

— 따라오시지요. 한층 위입니다. 2인실인데 마침 맞은편 침대가 비어서 지금은 혼잡니다. 그 덩치로는 2인실도 좁지요.

산은 의사를 따라 복도를 지나 계단을 올라갔다. 병실은 계단 바로 곁에 붙어 있었다.

— 저기 끝에 잠시만 서 있으시오.

산은 의사를 병실 한쪽 창가에 머무르도록 했다. 전화로 경찰이라도 부르면 일이 복잡해진다. 의자를 당겨 앉은 뒤 붕대로 얼굴을 칭칭 감은 쌍해의 손을 꼭 쥐었다.

— 아저씨!

쌍해가 천천히 고개를 돌렸다. 눈두덩이가 부어올라 검은 동자가 반도 보이지 않는 눈으로 웃어 보였다.

— 네가…… 올 줄 알았다.

— 히데오 짓입니까?

쌍해가 손을 뻗어 산의 가방을 만졌다. 개머리판이 잡혔다.

— 잘…… 했어, 이 꼴 당하기 전에 달아나길…….

— 아저씨는 알죠?

— ……뭘?

— 수가 경성에서 판을 벌리는 곳 말입니다.

— 천……변.

— 천변?

— 광교 근처…… 삼경에 시작하지. 지난번에 한 번 찾으러 왔던 적이 있다.

— 만났어요, 수는?

— 그 자리에…… 앉아 있다 갔다.

산은 자리에서 일어나기 위해 엉덩이를 뗐다. 쌍해가 그의 손을 잡았다.

— ……나도 같이…….

— 오늘은 여기서 쉬십시오. 수는 제가 찾겠습니다.

— 그래도…….

— 내일 밤도 이렇게 엄살 부리면 그때는 용서 않겠습니다.

쌍해가 컬컬컬 이상한 소리를 내며 웃었다. 창가에 선 의사도 따라 웃었다. 산이 손을 빼려 했지만 쌍해가 놓지 않고 사족처럼 한마디 더 얹었다.

— 창……경원!

— 확실합니까?

— 포효하는 소리가 예까지 들렸어. 지금쯤 수술이…… 끝났을 거야.

창경원! 산이 세 글자를 혀끝에 올려놓았다가 삼켰다. 산은 빗길로 나왔다. 이제 겨울비는 작은 눈 알갱이가 섞여 쌀랑쌀랑 싸락눈으로 바뀌고 있었다. 산은 달리기 시작했다.

창경원. 1909년 11월 1일, 세계에서 서른여섯 번째 아시아에서 일곱 번째로 개원한 근대 동물원. 치타는 달리지 못하고 원숭이는 이 나무에서 저 나무로 건너다니지 못하고 두더지는 땅속으로 파고들지 못하고 새는 하늘로 날지 못하는 곳. 낮잠에 취한 야행성 동물들을 대낮부터 깨워대는 곳. 산이 가장 증오하는 곳.

— 어서 가. 차가 정문에서 기다린다잖니?
치요코가 등을 떠밀었지만 주홍은 발이 떨어지지 않는 듯 자꾸 뒤를 돌아보았다. 수술을 무사히 마친 흰머리는 어깨에 붕대를 둘둘 감은 채 수술실 옆방 회복실로 옮겨졌다. 히데오가 만든 특수 우리에 흰머리를 다시 넣었을 때 정문에서 연락이 왔다. 총독 부인이 보낸 관용차가 도착한 것이다. 최모중이 뿔테 안경을 고쳐 쓰며 치요코를 거들었다.
— 흰머리는 걱정 마시오. 치요코와 내가 번갈아 살피겠소.
— 마취가 깨어날 때까지만이라도…….
그미는 조금이라도 시간을 벌고 싶었다. 최모중이 바위처럼 꿈쩍도 않는 우리 안의 흰머리를 쳐다보며 말허리를 잘랐다.
— 깨어나지 않을까 걱정이라도 하는 겁니까? 어깨만 다쳤을 뿐,

놈의 심장은 튼튼합니다.

— 히데오 대장도 약속이 있다고 먼저 갔어. 격멸대원들을 2교대로 박물표본실 밖에 배치시킨 뒤. 자, 최 선생님의 탁월한 솜씨 덕분에 수술도 성공적으로 끝났으니 이제부터는 각자 흩어져 사람 노릇 좀 하자고. 선생님도 잠시 시내에 가서서 저녁 드시고 오세요. 제가 먼저 흰머리와 함께 있을게요. 아, 홍이 네가 나갈 때 선생님을 모셔다드리면 되겠네. 선생님! 저녁은 어디서 드실 건가요?

— 화신 쪽으로 나가볼 생각입니다. 아무래도 그 근처 레스토랑이 괜찮다고 하니. 오늘은 왠지 프랑스 요리가 먹고 싶군요.

그미는 방을 나서기 전, 청룡의 머리를 쓰다듬으며 마지막으로 당부했다.

— 잘 지켜! 내일 새벽에 곧바로 올게.

산은 쉽게 창경원 담을 넘었다. 해가 지고 비까지 내린 탓에 동물들은 모두 내실로 들여보내진 상태였다. 관람객과 동물들이 사라진 겨울 창경원은 을씨년스러웠다. 텅 빈 우리 안에는 배설물과 나무로 만든 간단한 장난감만 덩그러니 놓여 있었다. 동물들을 내실로 넣은 뒤 그때그때 우리를 청소하지만, 겨울비 내리는 밤에는 누구나 게으름을 부렸다. 산은 텅 빈 우리를 하나하나 확인했다. 사슴, 얼룩말, 공작새, 구렁이. 산은 배설물만 보고도 그 우리의 주인을 알아맞혔다. 흰머리는 보이지 않았다. 산이 갑자기 땅에 왼쪽 귀를 대고 엎드렸다. 빗방울이 산의 오른쪽 뺨에 후드득 떨어졌다.

산이 일어나서 허리를 숙인 채 내달리기 시작했다. 기미를 알아차린 움직임이었다.

주홍은 약속 시간보다 30분 늦게 총독 관저에 도착했다. 총독 부인은 자동차에서 내리는 그미를 포옹하며 가볍게 나무랐다.

— 벌써 한 시간이나 기다리고 계신다.

— 죄송해요.

— 옷부터 갈아입으렴. 이 털은 다 뭐냐?

— 아니에요, 아무것도.

수술실에서 묻은 흰머리의 털이었다. 그미는 더운물로 샤워부터 했다. 턱을 들고 샤워기에서 떨어지는 물줄기를 맞았다. 개마고원에서는 손발을 씻기도 힘들었다. 아직 겨울이 지나가지 않았지만, 그곳에 비해 경성은 봄빛에 사로잡힌 듯했다. 손으로 목덜미와 어깨를 닦고 가슴으로 내려가다가 멈췄다. 문득 산의 거친 손길이 떠올랐다. 그 두꺼운 손은 가슴을 쥔 후 배꼽을 훑고 더 아래로 내려갔었다. 무사할까? 다치기라도 했다면? 경성으로 왔을까? 왔다면 지금 어디에? 물음이 꼬리에 꼬리를 물었다. 자신만큼이나 흰머리에 집착하는 산이니 틀림없이 경성으로 왔을 것이다. 산의 입술에 입 맞추고 싶고, 산의 가슴에 머리를 묻고 싶고, 산의 팔에 기대 잠들고 싶었다. 둘은 아직 함께 한 일보다 하지 않은 일이 백배 천배는 더 많았다. 그미는 이 모두를 산과 두루 해보는 상상을 하며 머리를 찰랑찰랑 흔들어댔다.

— 미츠코, 드디어 왔구나.

카이저수염이 멋진 총독은 환한 웃음으로 주홍을 맞이했다. 그미의 시선이 총독 곁에 선 정복 차림의 히데오에게 향했다. 웬일이세요? 눈으로 물었지만 히데오는 가벼운 목례만 건넸다. 약속 때문에 먼저 나갔다더니 이곳에 올 예정이었던 것이다. 총독 부인이 둘의 눈치를 살피며 끼어들었다.

— 내가 초대했다. 개마고원에서 내내 널 지켜준 신세도 갚을 겸.

— 지키긴 누굴 지켜요?

그미가 톡 쏘았지만 총독 부부는 웃음으로 넘겼다.

— 드레스가 참 아름답습니다.

총독 부인은 늘 그미에게 정장을 입히려 했다. 오늘 밤엔 자주색 이브닝 드레스였다. 그미는 진주목걸이까지 둘렀다. 방한 점퍼와 바지 차림으로 골짜기와 능선을 구르고 뛰던 선머슴의 모습은 온데간데없었다.

— 놀리지 마세요.

총독 부부가 나란히 앉고 그미가 총독과 마주 보는 자리에 앉았다. 총독 부인이 히데오를 보며 물었다.

— 엄청나게 크다면서요?

히데오가 웃으며 답했다.

— 백두산 호랑이가 크다는 이야기는 많이 들었지만 믿지 않았습니다. 하지만 정말 크더군요.

― 그걸 산 채로 잡으셨으니 대단하세요.

― 저 혼자 잡은 건 아닙니다. 미츠코 선생 공도 컸고…….

히데오가 슬쩍 그미의 눈치를 살폈다. 그미가 말허리를 자르고 끼어들었다.

― 개마고원에 사는 포수들이 앞장을 섰어요. 사냥개도 여러 마리 죽었고.

총독이 손끝으로 수염을 쓸며 나섰다.

― 나도 히데오 대장에게서 보고받았다. 맹수 사냥에는 몰이꾼과 사냥개의 희생이 따르는 법이지. 암호랑이 한 마리를 죽였고, 백호 수컷을 사로잡았으니, 당연히 해수격멸대장의 공이 가장 크다.

― 과찬이십니다.

― 과찬이 아니야. 저 천방지축을 보호하느라 자네가 얼마나 고생했을지 미루어 짐작하고 있네.

― 아저씨!

그미는 들고 있던 숟가락을 내려놓으며 화를 냈다. 총독은 또다시 너털웃음을 터뜨렸다. 그미가 무슨 짓을 하더라도 총독은 심각하게 대하지 않고 웃기만 했다.

― 관저에서 지내기 싫다고 했다지?

― 치요코 곁이 편해요. 흰머리를 치료하면서 살피려면 가까이 있어야 하고요.

총독이 그미의 시선을 피한 채 히데오와 눈을 맞췄다. 그미가 도착하기 전에 밀담이 오간 느낌이었다. 히데오가 입을 열었다.

— 변경사항이 있습니다.

— 변경? 뭐가 달라졌단 거죠?

총독이 이어받았다.

— 모레 밤, 호랑이를 경성에서 부산으로 옮기기로 했다. 거기서 배편을 이용할 거고.

그미의 얼굴이 벌겋게 상기되었다.

— 자, 잠깐만요. 옮기다뇨? 호랑이를 경성에서 치료한 뒤 돌려보내도 좋다고 하셨잖아요?

— 도쿄에서 직접 내려온 명령이다.

— 약속하셨잖아요?

— 내일 일반인에게 공개하고, 모레 귀빈 행사를 마친 뒤 특별기차편을 이용할 예정이다. 조간에 공개 안내가 나갈 거야.

— 공개라고요? 안 돼요. 흰머리는 어깨를 크게 다쳤고 방금 수술을 마쳤어요. 편히 쉬며 회복할 시간이 필요하다고요. 일반 공개는 흰머리에게 치명적일 수 있어요. 바꿔주세요.

— 이 역시 명령사항이다.

— 해수구제에 언제부터 도쿄에서 그리 신경을 썼죠?

— 예외는 없어.

잠시 침묵이 흘렀다. 신중한 총독은 두 번 세 번 고려한 뒤에 결정을 내렸고, 결정사항을 밝힌 뒤엔 정정하는 법이 없었다. 그미는 요구사항을 바꿨다.

— 저도 따라가겠어요.

— 안 된다.

— 왜죠?

— 경성에서 부산을 거쳐 도쿄까지, 히데오를 비롯한 해수격멸대가 책임을 진다.

— 저도 격멸대원이에요.

— 지금부터는 아니다. 민간인 대원은 없어.

— 하나만 더 여쭐게요.

— 뭐든지.

— 마지막 약속은 유효한가요? 도쿄로 옮긴 뒤, 치료를 마치면…….

흰머리를 밀림에 풀어주겠다던 약속이 유효한가 묻는 것이다. 총독은 나이프를 가볍게 쥔 채 답했다.

— 그 약속도 취소다. 창경원에서 숙식을 해결하는 것도 안 될 일이야. 고작 이틀이니 연구를 하고 말 것도 없지. 낮에 잠깐 백호를 보러 가는 것까지 막진 않겠지만, 해가 지기 전에는 관저로 돌아오거라. 알겠느냐?

흰머리는, 치요코가 넣어준 피비린내 나는 돼지와 토끼고기 쪽으로는 눈 한 번 돌리지 않고, 창밖 어둠만 노려보았다. 거기, 버드나무 위에 산이 서 있었다. 경비병들의 눈을 피해 나무에 오를 때부터 흰머리는 그가 왔음을 알아차렸다. 총을 어깨에 멘 경비병들은 지친 듯 표본실 출입문을 가운데 두고 좌우에 쭈그리고 앉았다. 산이 박쥐처럼 나무 위에서 날아내려, 두 발로 경비병들의 턱을 동시에 후려쳤다.

— 주홍이니? 새벽에 온다더니…….

치요코가 문을 열고 고개만 삐죽 내밀었다. 산이 가볍게 목 뒤의 혈을 눌러 치요코를 기절시켰다. 뒤따라 나온 청룡이 짖으려다가 산과 눈이 마주치자 꼬리를 흔들며 멈춰 섰다. 산은 청룡의 머리를 쓰다듬은 뒤 곧장 흰머리를 향해 걸어갔다. 철창에 닿을 만큼 산이 얼굴을 가까이 댔다. 둘 사이의 거리는 30센티미터도 채 떨어지지 않았다. 흰머리는 목을 쑥 내민 채 눈을 부라리며 콧김을 품품 내뿜었다. 호랑이 특유의 냄새가 산의 얼굴을 덮었다. 산은 장도가 꽂혔던 흰머리의 왼어깨를 살폈다. 붕대로 압박한 탓인지 부어오르지는 않은 듯했다. 흰머리는 당장이라도 앞발을 휘두르며 달려들 것처럼 온몸에 살기가 등등했다. 그러나 결코 포효하지는 않았다. 울음을 크게 울면 경비병이나 사육사가 몰려올 테고, 그러면 산은 또 어둠 속으로 사라진다는 것을 아는 것이다. 산은 입도 대지 않은 돼지고기를 쳐다보며 목소리를 낮췄다.

— 먹어. 기운을 차려야지. 그래, 날 죽이고 싶을 거야. 그러니 견뎌. 알겠어?

산의 말을 알아들기라도 한 듯, 흰머리가 오른쪽 앞발로 돼지고기를 끌어당겨 뜯기 시작했다. 산도 갑자기 배가 고팠다. 기차에서 뛰어내린 뒤로 줄곧 배를 곯았던 것이다.

스테이크에 와인을 곁들인 성찬이었지만, 주홍은 거의 음식에 입을 대지 않았다. 그미를 친딸처럼 아끼는 총독이 약속을 깰 정도면 본국의 명령이 엄정한 것이다.

— 나랑 얘기 좀 해요.

식사가 끝날 즈음 히데오에게 속삭였다. 총독 부부도 히데오가 그미의 방에서 커피 한잔 나누고 가는 것을 막지 않았다. 총독 부인은 신문기사까지 인용해가며 히데오의 용맹함을 거듭 칭찬했고 최고급 커피를 장미 잔에 따라 내왔다. 둥근 탁자에 커피를 놓고 마주 앉은 히데오가 미소부터 띄웠다.

— 소식 없나요?

히데오의 얼굴에서 웃음이 사라졌다.

— 없소.

— 혹시 철길 주변에 부상당했거나…….

— 죽은 자가 있는지 찾아봤느냐고 묻고 싶은 거요? 원산에서 경성까지만 해도 까마득히 먼 길이오. 부상자나 사망자가 발견되었다면 보고가 올라왔을 거요. 하지만 없소. 하늘로 솟았는지 땅으로 꺼졌는지 아니면 개마고원으로 돌아가버렸는지, 흔적도 없소.

침묵이 흘렀다. 히데오는 커피를 세 모금이나 연거푸 마셨다. 그의 입술이 잔에서 떨어지기를 기다렸다가 다시 그미가 쏘아붙였다.

— 언제부터 알았나요?

— 그건 중요한 게 아니오.

— 내겐 중요해요. 청진을 출발하기 전부터 결정된 일이었나요?

— 총독님 전화를 받았소.

— 한데 왜 내게 곧바로 알려주지 않았죠?

— 알린다고 달라지는 건 없소. 마음만 복잡해졌겠지.

— 내가 흰머리를 탈출시킬까봐 그랬군요. 그래서 화물칸도 밖에서 걸어 잠근 것이고. 흰머리를 생포한 공을 모두 가지려고 신문사에 연락하고.

— 우리 둘이 흰머리를 잡았다는 기사는…… 총독님께서 하신 일이오. 나는 몰랐소. 정말이오, 믿어주시오.

— 아저씨가 왜 그런 짓을 해요?

— 내가 해수격멸대장이니까. 딴소리가 나는 걸 원치 않으셨나 보오.

— 딴소리라고요?

— 흰머리를 잡은 이는 산이라고 삼지연에서 보고드렸소. 그리고 방금 당신이 오기 전에 분명히 다시 말씀드렸소. 총독님은 알겠다고만 하셨소.

— 정정기사를 내시겠다던가요?

— 아니오. 충분히 사례하였느냐고 물으셨소. 수를 만나 산의 몫까지 다 주고 왔다고 말씀드렸소.

그미의 눈이 커졌다.

— 수에게 품삯을 다 줬다고요?

— 산은 돈을 받지 않겠다고 했소. 격멸대장으로서 나는 그 돈

을 지급해야만 했고. 수는 친동생이고 해수격멸대원이었으니, 그에게 지급하는 게 타당하오.

— 두 팔을 모두 잃었는데, 이제 다리도 한 짝 잘라내고 싶으신가 보죠?

— 무슨 소리요?

— 수가 그 돈으로 무얼 할 것 같은가요? 두 팔이 없는데…….

— 도박이라도 할 것 같소?

— 도박에 미치면 의수를 달고서라도 한다더군요.

— 그건 내 책임이 아니오.

— 냉정하군요. 한 인간의 몰락이 눈앞에 보이는데, 내 알 바 아니라고요? 그렇군요. 그게 해수격멸대장의 입장이군요.

— 주 선생!

히데오가 커피 잔을 받침대에 쨍 소리가 날 만큼 거칠게 내려놓으며 목소리를 높였다. 그미가 마른침을 삼키며 그를 쳐다보았다.

— 주 선생은 왜 산과 수 그 형제들 걱정만 하는 거요?

— 내가 언제…….

— 흰머리를 사로잡은 이가 나 히데오가 아닌 것은 맞소. 그러나 해수격멸대장으로서, 나는 수동계곡에서부터 백두산까지 백호를 추격하여 사살 혹은 생포하란 임무에 최선을 다했소. 적지 않은 병사를 잃었지만, 작전이 끝날 때까지는 잘잘못을 따지지 않고 묻어두었소. 사소한 실수보다는 해수를 격멸하는 일이 더 중요하다 여겼기 때문이오. 또 주 선생을 보호하는 것 역시 나의 임무였

184

소. 총독님은 계속 주 선생을 작전에서 빼라고 독촉하셨지만, 나는 호랑이 연구가인 주 선생을 최대한 배려했소.

히데오가 그동안 쌓인 이야기를 쏟아내는 동안, 그미는 찻잔에 입술을 댄 채 눈을 감고 들었다. 그미는 알고 있었다, 틈을 보여 희망을 지니게 만들지 말아야 한다는 것을.

— ……흰머리를 백두산 근처로 돌려보내지 못한다는 사실을 알리지 않은 것도, 배려인가요?

히데오가 정색을 하고 답했다.

— 흰머리에 관한 문제는 일단락되었소. 이틀 뒤면 흰머리는 도쿄로 떠나오. 이송을 마치고 돌아온 후에는, 마치지 못한 만남을 잇고 싶소.

— 마치지 못한 만남이라뇨?

— 경성에서, 주 선생과 단둘이 하고픈 일이 참 많소.

히데오는 빈 퍼즐판을 바라보며 퍼즐의 첫 조각을 집어든 아이처럼 흥미진진한 표정으로 웃어 보였다. 그러나 그미는 히데오를 따라 웃을 수 없었다.

산은 종로 네거리에서 남대문 쪽으로 내려오다가 광교를 건너자마자 청계천 남쪽 길을 따라 오른편으로 꺾었다. 공애당 약방을 지나서 50미터쯤 걷자 한 사내가 담배를 피우며 우산을 받쳐 든 채 서 있었다. 빗줄기가 얇아졌다. 부슬비였다. 산은 다시 50미터쯤 갔다가 되돌아왔다. 사내는 여전히 담배를 피고 있었다. 광교에 오른발만 올렸다가 다시 돌아온 산은 사내에게 다짜고짜 다가갔다.

— 오늘 판은 어떻소?

사내는 미심쩍은 듯 산을 위아래로 훑어보았다. 산은 답을 기다리지도 않고 사내의 오른팔을 꺾어 담벼락에 얼굴과 가슴을 밀어붙였다. 사내의 뺨이 거친 담벼락에 갈렸다.

— 잘 들어. 기회는 한 번뿐이야. 허튼소리 하면 영원히 이 팔을 못 놀리게 부러뜨려주지. 의수를 낀 사내, 봤지?

— 의수?

사내가 말꼬리를 잡자, 산은 꺾은 팔을 어깨까지 잡아당겼다.

— 바, 봤소.

— 판엔 몇 명이나 끼어 있나?

— 모두 넷이오. 시중드는 아이까지 다섯!

— 안내해.

사내는 골목을 돌고 돌고 또 돌았다. 천변에서 보면 길이 하나뿐인 듯했지만 미로처럼 복잡한 골목이 얽히고설켰다. 벽과 벽 사이, 집과 집 사이, 길이라고 부르기 어려운 틈으로도 사내는 몸을 구겨 넣었다. 그리고 쪽문 앞에 섰다.

— 보내주시오. 내가 여기까지 데려온 걸 알면 날 죽이려 들 거요.

산이 사내의 입을 등 뒤에서 막고 팔을 끝까지 꺾어 올렸다. 우드득 소리와 함께 사내가 까무러쳤다. 산은 사내를 쪽문 옆 담벼락에 앉혀놓고 담을 넘었다. 쪽문과 지하 도박장으로 통하는, 겨우

나무 서너 그루만 자라는 작은 정원에도 사내 하나가 망을 보고
있었다. 산은 사내의 뒷목을 쳐 단숨에 쓰러뜨렸다. 발소리를 죽이
며 계단을 내려갔다. 빛이 전혀 새어나오지 않았다. 계단이 끝나는
자리에 문이 하나 더 있었다. 손바닥을 대자 싸늘한 쇠의 기운이
팔 전체에 퍼졌다. 산은 그 차가운 쇠문에 귀를 붙였다.

— 사기야, 이건 다 사기라고!

수의 고함 소리가 작지만 또렷하게 들려왔다.

— 한판 재미나게 놀았으면 얌전히 돌아가.

— 내 돈 내놔. 내 돈!

— 이 병신 새끼가 어디서 행패야?

— 뭐, 병신?

— 그래, 팔 두 짝 없는 놈이 병신이지, 누가 병신이야?

그리고 주먹질과 발길질이 오가는 소리가 들렸다. 처음에는 수
의 욕설이 이어졌지만 곧 비명으로 바뀌다가 그마저도 잠잠해졌
다. 퍽퍽. 고깃덩이를 패는 소리만 들려왔다.

— 됐어. 너무 많이 패진 마. 죽으면 우리만 곤란해. 저래뵈도 호
랑이 잡는 해수격멸대원이셨다잖아?

사내들의 비웃음이 동시에 흘러나왔다.

— 오늘 판은 이걸로 접지.

— 이 녀석은?

— 청계천에 던져두자고, 아직 정신은 있으니. 이름도 수ж! 청계
천과 딱 어울리는 이름이지. 자, 대충들 챙겨 나가세.

둔중한 철문이 천천히 열렸다. 산은 문을 열고 선 시중드는 아이의 가슴부터 밀며 도박장으로 뛰어들었다. 수를 부축한 두 사내의 무릎을 동시에 걷어찬 뒤, 돌려차기로 남은 두 사내의 턱을 차례대로 후려갈겼다. 쓰러진 사내들은 반격도 못 한 채 끙끙 앓는 소리를 내며 방바닥을 뒹굴었다. 목숨이 달아날 정도는 아니지만 적어도 한 달은 누워 지낼 정도로 급소를 골라 때린 것이다. 산은 쓰러진 사내들을 눈으로 훑은 뒤 수를 들쳐 업으려고 했다.

— 내 팔!

수가 소리쳤다. 얻어맞는 통에 의수 두 개가 모두 뜯겨나간 것이다. 산은 부서진 의수를 챙겼다. 수가 산이 마지막으로 돌려찬 사내를 턱짓으로 가리켰다.

— 저 새끼 허리에 찬 돈가방 뺏어. 다 내 돈이야.

산이 수에게 무엇인가를 말하려다가 사내 쪽으로 가서 허리춤을 잡았다. 사내는 양손으로 산의 팔목을 잡고 밀어냈다. 턱뼈가 부서졌는지 말을 하지 못했다. 산은 자신이 발로 찼던 턱을 다시 주먹으로 내리쳤다. 사내의 몸이 새우처럼 접혔다가 축 늘어지자, 사내의 허리춤에서 작고 검은 돈가방을 풀어 제 허리에 찼다. 그리고 의수를 들고서는 수를 들쳐 업었다. 계단을 오르는데 갑자기 수가 어깨를 깨물었다. 산이 고개를 돌렸다.

— 고마워할 줄 알았지? 이게 다 형 때문이야. 형 때문이라고.

산은 답을 하지 않고 쪽문을 나섰다. 길을 안내했던 사내는 벽에 기댄 채 앉아 있었다. 기억을 더듬어 골목 아닌 골목과 골목인 골목들을 지나서 청계천 남쪽 길로 나갔다. 공애당 약방을 지날 때 수의 뺨이 산의 등에 닿았다. 긴장이 풀리면서 졸음이 쏟아진 것이다. 광교에 이르자 수는 말끝을 흐리며 곯아떨어졌다.

— 오늘은 재수가 나빴어. 다 딸 수 있었는데, 전부 다…….

산은 다시 걸었다. 오늘만 해도 벌써 같은 도로를 세 번째 밟는 중이다. 가고 왔다가 다시 가는 길. 종로 야시장도 서양 음악이 흘러나오던 까페도 장사를 마쳤다. 경성은 온통 깜깜했다. 산은 큰 도로를 피한 채, 대로에서 한 블록 들어간 골목에서 골목으로 걸음을 옮겼다. 비 맞은 개들이 시궁창에 코를 박고 있다가 고개를 들고 쳐다보았지만 짖지는 않았다. 산은 손끝으로 의수를 만지작거렸다. 수의 새로운 팔은 퇴원하고 하루도 지나지 않아서 박살이 났다. 짓뭉개져 떨어진 꽃잎처럼. 수의 남은 생처럼.

침대에 뉘자 수가 눈을 번쩍 떴다. 드잡이라도 하려는 듯 어깨를 움찔거렸지만 수에게는 팔이 없었다.

— 킬킬…… 제대로 얻어터졌군.

걸걸한 쌍해의 목소리가 병실 안을 울렸다. 산의 뒤에 섰던 당직의사가 수의 재입원에 인사 아닌 인사를 건넸다. 그의 손에는 산이 건넨 부서진 의수가 들려 있었다.

— 아끼고 아끼고 또 아끼라고 하지 않았습니까? 하루도 지나기 전에 의수를 이 지경으로 만든 이는 당신이 처음입니다. 대체

어디서…….

수가 노려보자 의사는 말머리를 돌렸다.

— 새벽에 사람을 보내 똑같은 놈으로 한 짝을 더 갖다드리겠습니다. 멍들고 찢긴 상처는…… 치료해야겠죠?

산이 허리춤에서 가죽 돈가방을 꺼내 열었다.

— 손대지 마! 그건 내 거야!

수가 소리치며 벌떡 일어나 앉았다. 산이 왼손으로 수의 가슴을 밀어 다시 눕히고 오른손으로 가방을 벌려 의사에게 보이며 말했다.

— 의수 값과 치료비를 내겠소.

— 죽을래? 이 도둑놈! 안 돼. 내 거야!

산이 수를 노려보며 차갑게 한마디 했다.

— 닥쳐!

수는 물불 가리지 않는 산의 눈빛을 알아차리고 침묵했다. 흰머리를 잡겠다고 집을 나갈 때도 바로 그런 눈빛이었다. 수가 몸부림을 멈추자 의사는 돈가방에서 치료비를 뽑아갔다. 잠시 자리를 비웠다가 다시 돌아온 의사는 도박꾼들에게 얻어맞은 수의 얼굴과 목과 가슴과 등의 상처에 약을 바르기 시작했다. 소독약이 닿을 때마다 수는 된 소금 맞은 지렁이처럼 몸을 꼬았다.

산은 수가 돈가방을 달라고 징징대다가 잠든 뒤에도 깨어 있었다. 쌍해의 코 고는 소리를 들으면서, 창경원 쪽 창가에 서서 어둠을 바라보았다. 산은 허리춤의 돈가방을 손등으로 쳤다. 이 가방을 수에게 줄 수는 없었다. 내일을 고민하기조차 싫어하는 수! 개마고원의 들꽃을 좋아하던 소년은 영원히 사라진 것일까. 팔 하나를 더 잃은 충격이 수를 더욱 돈에 집착하는 인간으로 내몬 것이다. 돈이라도 없으면 영영 사람 취급 못 받는다는 강박이 가득했다. 역설적이게도 돈 많은 이를 가장 우대하는 곳이 도박판이었고, 단번에 일확천금을 벌 수 있다는 환상에 젖는 곳 또한 도박판이었다. 돈을 쥐여주면 수는 당장 도박판으로 달려갈 것이다. 개마고원으로 돌아간 뒤에, 곰배팔이로서의 삶에 적응한 뒤에 돈을 줘도 늦지 않다. 산은 병원을 나와서 창경원 담을 넘었다. 겨울비가 멎어 있었다. 창경원에서 흰머리와 함께 있던 여직원이 기절하기 전에 혼잣말을 했었다. 주홍이 새벽에 온다고. 산은 미리 흰머리를 가둔 우리 근처로 가서 기다릴 작정이었다. 그미라면 창경원에 도착하자마자 흰머리부터 보러올 것이다. 인적이 드문 새벽은 뜻밖의 재회와 썩 잘 어울린다. 산은 박물표본실까지 가지도 않고 근처 벤치 뒤에 모습을 감췄다. 흰머리는 벌써 낌새를 알아차린 듯, 비겁하게 숨지 말고 나오라는 듯 송곳니를 드러내며 으르렁거렸다. 산은 가방을 열고 스케치북을 꺼내 들었다. 어둠에 잠긴 창경원 풍광과 그 속에서 첫 밤을 보낸 흰머리를 송곳니부터 그리기 시작했다.

주홍을 태운 자동차는 새벽 6시 15분 창경원 정문에 도착했다.

차에서 내린 그미는 고개를 들어 첫새벽 하늘을 우러렀다. 어둠이 옅어지자 하늘은 검은 속을 뒤집어 푸른빛을 뿜었다. 해가 떴다고 한순간에 모든 사물이 분명한 자리로 돌아가는 것은 아니다. 어둠에 취했던 하늘에게도 밝음을 받아들일 시간이 필요한 것이다. 어디서부터 밤이고 어디서부터 낮인지 구별하기 어렵도록, 새벽하늘은 느리게, 그 자신도 알아차리지 못할 만큼 어둠의 눈코입귀를 지워나갔다. 청룡이 마중 나와 꼬리를 흔들어댔다. 그미는 미리 연락을 받은 수위가 열어놓은 문을 향해 뛰어들어 청룡과 함께 시합하듯 달렸다. 내일 밤이면 이별이니 매 순간이 소중했다. 원숭이 우리를 지날 때부터 흰머리의 울음이 들려왔다. 개마고원의 모든 짐승들을 두려움에 떨게 만들던 그 포효였다. 더욱 발을 재게 놀려 비탈길을 올랐다. 꿩 한 마리가 둥지를 떠나 창경원을 가로질러 경성제국대학 부속병원으로 날아갔다. 경비병들은 총을 겨눴다가 그미인 줄 알고 다시 부동자세를 취했다. 최모중 선생은 6시 정각까지 우리를 지키다가 돌아갔다고 했다.

— 미, 미안…… 헉 허억.

박물표본실에 도착하자마자 숨도 고르지 않고 사과부터 했다. 흰머리는 불만에 가득 찬 표정으로 계속 머리를 휘돌리며 울부짖었다.

— 많이 추웠지? 놀랐고? 걱정 마. 이제 내가 왔으니, 곧 따듯하게 해줄게.

그 순간, 청룡이 커엉엉 콧소리를 내며 꼬리를 흔들었고, 단단하고 넓은 팔 두 개가 등 뒤에서 그미를 안았다. 그미의 시선이 연필을 쥔 오른손에 머물렀다. 거칠지만 긴 손가락 그리고 연필! 그미는 돌아보지 않고도 이 힘센 팔뚝의 주인을 알아차렸다. 어깨가 떨리고 무릎이 떨리고 심장이 떨렸다. 흰머리는 계속 살기를 뿜어댔지만 그미의 귀엔 그 소리마저도 희미했다. 그가 왔다. 기차에서 뛰어내린 내 사랑, 산! 그미가 돌아서며 산의 품에 안겼다. 동시에 눈물이 뺨을 타고 흘러내렸다. 산은 그미의 등을 도닥이며 침묵했다. 미안하다. 보고 싶었다. 그리웠다. 아픈 곳은 없느냐. 던질 말이 많았지만, 그미를 안고 나니 머릿속이 하얗게 변하면서 단어가 떠오르지 않았다. 대신 그미를 꼭 안아주는 것만이 전부임을 깨달았다. 포옹보다 더 나은 재회의 인사말은 없었다.

— 치요코!

주홍의 목소리였다. 치요코는 지난밤 괴한의 습격을 받고 잠시 정신을 잃었다가 깨어났지만 다행히 다친 곳은 없었다. 경비병들 역시 턱과 볼이 부어올랐을 뿐이다. 치요코는 최모중 선생과 교대를 한 후 사무소 숙소로 돌아와선 곧바로 곯아떨어졌다. 꿈도 없는, 그냥 두면 정오까지 이어질 깊은 잠이었다. 내 친구지만 너무한다 너무해! 하며 잠을 깬 치요코가 문을 벌컥 열었다. 치요코는 그 방에서 우유를 먹여야 하는 원숭이 새끼 두 마리와 동거 중이었다. 그미가 합류하면 작은 방에 식구가 넷인 것이다.

— 내가 너무 일찍 왔지?

그미가 미안한 표정으로 웃었다.

— 그걸 아는 애가 단잠을 깨워?

— 흰머리 보고 오는 길이야. 별일 없었지?

— 별일? 그게…….

밤도깨비처럼 찾아든 괴한에 관한 이야기를 꺼내려는 순간, 그미가 말허리를 잘랐다.

— 별일 아니면 나중에 의논하고, 하나만 더 미안하면 안 될까?

— 하나만 더? 흰머리를 데려와서 같이 지내자는 것만 아니라면.

그미가 검지로 방 안을 가리켰다.

— 이 방, 내가 한 시간만 쓸게.

— 방을?

치요코의 시선이 그미의 등 뒤로 보이는 건물 벽 모서리에 머물렀다. 그미가 손을 흔들자 산이 모습을 드러냈다. 산은 치요코를 알아보았지만 치요코는 산이 어젯밤 자신을 기절시킨 괴한이라고는 상상도 못 했다.

— 남, 자?

— 산 씨라고, 해수격멸대를 도와주신 분이야. 개마고원에서 가장 솜씨 좋은 포수고, 흰머리를…….

— 언제까지 설명할 거니? 사육사들 출근할 때까지?

치요코가 말허리를 잘랐다.

— 하나와 두찌 깨우지 마.

치요코가 신발을 신으며 당부했다.

— 하나와 두찌?

— 들어가보면 알아. 딱 한 시간이다. 사육사들 눈도 있으니.

— 알겠어. 고마워.

— 주홍아!

— 왜?

— 멋지다, 너!

입맞춤부터 활활, 기차에서 뛰어내리며 멍든 등과 허벅지를 손바닥으로 꾸욱 누르며 활활, 풋 개마고원에서의 일들을 떠올리며 혼자 웃다가 활활, 서로의 겉옷을 벗겨내며 활활, 잠 깬 새끼 원숭이들의 칭얼거림을 들으며 활활, 이 넓은 가슴도 내 것 이 깊은 눈동자도 내 것 이 거친 수염도 내 것 이 못난 배꼽도 내 것 이 굵은 종아리 근육도 내 것 내 것 내 것 내 것을 남발하며 활활, 살갗에 코를 묻고 단숨에 냄새를 빨아들이며 활활, 주홍이 몸을 떠는 자리로 두 번 세 번 되돌아가며 활활, 손가락과 발가락 모양과 크기를 눈을 감고도 그릴 만큼 자세히 노려보며 활활, 어루만지며 활활, 핥으며 활활, 포옹하며 활활, 숨결에 숨결을 맞대며 활활, 들면 나고 나면 들고 활활 활활활.

산과 주홍은 벌거벗은 채 천장을 바라보고 나란히 누웠다. 그미는 '시간이 느리게 흐르는 소리를 듣는다'는 구절을 떠올렸다. 지금이 그랬다. 의논할 일도 많고 생각도 복잡했지만 말을 꺼내는 순간을 최대한 미룬 채 산의 팔베개를 베고 누워, 잉걸불로 타오르던 순간을 되짚는 숯처럼 덩그러니 머물고 싶었다. 갑자기 눈물이 주르륵 볼을 타고 흘러내렸다. 산이 엄지로 눈가를 가만히 닦아주었다. 왜 우느냐고 묻지도 않았고 울지 말라고 위로하지도 않았다. 산은 그런 사내였다. 늘 곁에 머물며 안팎을 전부 보듬어주는. 그미는 모로 누우며 산을 꼭 끌어안았다.

— 돌개바람이었소.

모처럼 산이 먼저 입을 뗐다.

— 돌개바람?

— 회오리치는 바람은 여럿 만났지만 그중에서 가장 크고 강력했지. 개마고원 모든 숲들을 흔드는 바람, 천년설을 휘몰아 날리는 바람, 귀틀집 틈틈으로 불어닥쳐 단 한 구석도 숨을 곳을 허락하지 않는 바람. 처음으로 피하기 힘들단 생각을 했소. 당신이란 여자.

— 그래도 피하려 했잖아요? 잘도 피했고요.

— 아니오. 난 번번이 실패했소. 언제나 당신에게 되돌아왔지. 멀리 가버리려고 발을 떼면 돌개바람이 불어 시야를 가렸다오.

— 아직도 돌개바람인가요?

그미가 산의 수염을 손등으로 쓸었다.

— 명지바람이오, 처음 맡아보는.

미리 상상하는 봄날의 정취에 마냥 젖을 수는 없었다. 어둠과 밝음이 뒤섞인 창경원의 어둑새벽은 동물들의 울음과 함께 활기

를 띄기 시작했다. 오늘은 사육사들의 출근시간도 30분씩 앞당겨
졌다.

— 흰머리는?

— 수술은 잘되었어요. 수술을 집도한 최모중 선생에 따르면,
근육이 약간 찢기긴 했지만 뼈나 힘줄은 괜찮대요. 통증이 있겠지
만 지금이라도 힘을 실을 순 있고, 보름 남짓 안정을 취하고 집중
적인 치료를 받으면 정상적인 움직임을 보일 거래요.

— 그럼 보름 뒤엔 경성을 뜰 수 있는 거요?

산의 질문이 비수처럼 그미의 가슴을 찔러댔다. 보름 뒤엔 흰머
리와 밀림에서 겨뤄도 되는 거요? 이렇게 들렸다. 더 이상 감추기
는 어려웠다. 주홍은 흰머리의 바뀐 미래를 한 문장으로 요약했다.

— 내일 밤 부산으로 출발한대요.

— 부산?

— 배편으로 바다를 건너고요.

산이 몸을 일으켰다. 그미도 따라 허리를 세웠다. 무슨 소리냐
고 따질 상황이었지만 산은 분노를 눌렀다.

— 수술 후에 경성에서 치료한다는 계획은?

— 취소되었어요.

— 백두산에 놓아주는 일도?

그미는 산의 짧은 물음에서 들끓는 분노를 느꼈다.

— 믿어줘요. 나도 어젯밤 처음 알았어요.

— 다신 개마고원으로 돌아갈 수 없다 이 말이오? 총독의 허락

을 받았다고 하지 않았소?

— 본국에서 내려온 명령이래요. 아저씨도 어찌할 수 없는.

— 어찌할 수 없다?

산이 그미의 어깨를 쥐고 바싹 당겼다.

— 잘 들으시오. 흰머리가 바다를 건너는 일은 없소. 부산에 가도록 두지도 않겠소.

— 그 말은……? 안 돼요. 위험해요. 여긴 경성이에요. 무장한 경찰과 군인들로 가득 찬 경성. 개마고원과는 달라요. 다르다고요.

— 당신은 이 일에서 손 떼시오. 모른 척하고 있으면 돼. 내가 다 알아서 하겠소.

산은 옷을 챙겨 입으려 했다. 그미가 손목을 쥐곤 따졌다.

— 또 혼자 사라져 일을 벌이겠단 거군요. 삼지연에서 내가 얼마나 마음 졸였는지 알아요? 혼자선 안 돼요. 내가 도울게요.

— …….

산은 가만히 그미를 당겨 끌어안았다. 산의 불길한 예감이 들어맞았다. 세상은 그미가 그린 대로 흘러가지 않았다. 인간들의 삶도 동물들의 먹이사슬과 다르지 않았다. 그미는 총독을 믿었지만, 총독 역시 그보다 더 강력한 누군가에게 복종해야 자신의 지위를 유지할 수 있는 입장이었다. 총독이 태도를 바꾸자, 모든 것이 더 암울해졌다. 백두산에서 경성을 거쳐 부산을 지나 도쿄로 흰머리를 옮기는 데 산과 그미가 협조한 꼴이다. 단 한 명의 악의惡意가 만 명의 선의善意를 지울 때도 있다.

산은 수에게서 빼앗은 돈가방을 주홍에게 맡기고, 문밖에서 웅크리고 앉아 있던 청룡의 머리를 쓰다듬은 다음, 꽁꽁 언 춘당지를 지나 인적이 드문 식물원 뒷길로 족제비처럼 빠져나갔다. 산의 주머니에 지폐 한 다발이 들어 있었다. 그미가 돈가방에서 빼 찔러준 돈이었다. 필요 없다고 하자, 그미가 한심하다는 표정을 지어 보였다.

— 개마고원 포수 산이 경성에 구경왔다고 소문낼 일 있어요? 흰머리를 구하겠다면서요? 그럼 오늘내일 바삐 움직여야 할 텐데, 그 꼴로 돌아다니다간 금방 히데오 대장 귀에 들어갈 거예요. 옷도둑질까지 하진 말고 종로통에 가서 적당히 사 입어요. 이왕이면 프랑스 파리를 그리워하는 화가 느낌, 양복에 롱 코트로! 돈은 충분할 거예요. 아셨죠?

창경원 정문 앞은 백호를 보겠다고 아침부터 모여들기 시작한 사람들로 북적였다. 산은 수와 쌍해의 병실이 올려다보이는 담벼락에 기대어 담배를 피워 물었다. 또 턱이 말썽이었다. 흰머리가 경성이 아니라 바다를 건너 도쿄로 간다? 그 소식이 고스란히 턱과 잇몸을 흔들었다. 호랑이는 바다를 건너지 못한다. 바다를 건너간 호랑이가 다시 돌아올 리 없다. 막아야 한다. 평생 흰머리가 동물원 철창에 갇혀 놀림감이 되도록 만들 수는 없다. 그것은 7년 동안 흰머리를 쫓은 산에 대한 모멸이기도 했다. 호랑이는 광활한 밀림에 살아야 한다. 대도시의 소음 속에 전깃불 아래에 탁한 공기 속에 좁은 철창에 호랑이를 가두는 것은 죄악이다. 용서할 수 없다. 산은 아픈 이로 담배를 힘껏 물었다.

히데오는 9시 정각에 소대 병력을 이끌고 창경원에 도착했다. 창경원장 이하 간부회의가 소집된 것이다. 히데오가 회의 전에 손수 따뜻한 녹차와 함께 인사를 건넸다.

— 새벽 바람이 차오.

주홍은 억지미소를 지으며 답했다.

— 개마고원만 하려고요.

히데오가 더 말을 붙이려는데, 치요코가 끼어들었다.

— 병사들은 괜찮아요?

그미가 질문을 먼저 쥐었다.

— 괜찮다니? 어젯밤에 무슨 일이라도 있었니?

히데오가 대신 말을 이었다.

— 누군가 흰머리가 있는 방을 급습했다는군요. 경비병 둘과 치요코 선생까지 잠시 기절을…….

— 대체 누가 그딴 짓을 한 거죠?

그미가 자신의 말을 자르고 들어오자, 히데오는 잠시 답을 미룬 채 그미와 눈을 맞췄다. 그 괴한이 누구인지 짐작가지 않소? 라고 눈으로 묻는 듯했다. 그미가 침착하게 다시 물었다.

— 잡았나요?

— 아니오. 창경원을 수색했지만 별다른 흔적은 없었소. 하지만

잡을 거요. 반드시! 주 선생도 혹시 짐작 가는 사람 있으면 알려주시오.

— 알겠어요.

히데오가 자리를 비키자, 치요코가 다가와서 속삭였다.

— 삼각관계?

— 얘는! 그런 거 아냐.

— 아니긴. 주 선생, 당신을 사랑합니다, 얼굴에 딱 써 있구만. 자고로 군인들은 마음 감추는 일에 서툴러. 아침부터 히데오 대장이 건넨 녹차를 마시고 싶지 않을 듯해서 잠시 끼어든 거야. 괜찮았어?

— 뭐가?

— 뭐긴 뭐야. 창경원에서의 뜨거운 사랑이지.

— 너, 자꾸 놀릴래?

치요코는 그미의 팔뚝을 꼬집으며 비실비실 웃었고, 그미는 현장 일지를 넘기며 흠흠 헛기침을 해댔다. 회의 결과, 흰머리의 관람시간은 오전 11시에서 12시까지 한 시간으로 제한되었다. 그미는 수술을 마친 흰머리가 철창에 갇힌 채 관람객들을 맞는 것이 큰 고통이라며 공개 자체를 반대했다. 히데오는 이미 신문에 흰머리의 생포 및 경성 이송 기사가 실렸고 오늘 조간에 대중 공개 안내문이 나갔기 때문에 전면 취소는 어렵다는 입장이었다. 공개는 하되, 하루 공개에서 오전 공개로 다시 한 시간 공개로 축소되었다. 만일을 대비해서 5미터 전방에 안전대를 설치하고 히데오 휘하 해수격멸대 병사들이 우리 좌우에 지켜 서기로 했다. 회의가 끝난 뒤 치요코는 비밀 이야기를 계속 나누고 싶은 눈치였지만, 그미는 히데오에게 면담을 청했다.

— 내일 몇 시 출발인가요?

— 창경원에서 자정에 떠나오. 경성 시민들 눈을 피해 조용할 때 빠져나가야 하오. 특별 수송열차가 12시 30분에 출발할 예정이오. 중간에 정차하는 역 없이 곧바로 부산까지 직행하오. 어제 총독님도 말씀하셨듯이…….

— 알고 있어요. 나는 기차에 못 탄다는 거죠.

— 아쉽지만 그렇소.

— 그럼 기차역까진 괜찮겠네요.

— 무슨?

— 창경원에서 경성역까지 수송 책임자도 대장님 아닌가요?

— 맞소.

— 수송 트럭에 태워주세요. 흰머리가 기차에 무사히 타는 것까진 봐야겠거든요.

히데오는 잠시 즉답을 미룬 채 시선을 떨어뜨렸다. 그미의 지적대로, 창경원에서 경성역까지는 통제 구간이 아니다. 총독과 따로 의논하고 답할 문제였지만, 당장 그미를 실망시키고 싶지 않았다.

— 긍정적인 쪽으로 검토하겠소.

— 도쿄에선 어느 연구소에 머물게 되나요?

— ……일단 검역부터 철저히 한 연후에…….

— 아무래도 모교겠죠? 호랑이 연구로는 명성이 높으니까.

— 그럴 거요.

— 알겠어요. 곧 만나겠네요.

— 도쿄로 갈 예정이오?

— 흰머리가 떠나고 나면, 어디든 가야지요. 처음엔 카플라노프 선생님께 돌아갈 작정이었는데, 도쿄에 잠시 들러 교수님도 뵙고 또 흰머리의 도쿄 생활도 살피고 싶네요.

— 최전방을 자원했소.

짧은 침묵이 흘렀다. 히데오는 답을 기다렸고 그미는 생각을 최대한 감출 단어를 골랐다.

— 대장님답군요. 그럼.

— 잠깐만.

돌아서는 그미를 불러 세웠다. 그미는 고양이눈을 뜬 채 히데오의 손을 쳐다보았다. 그 손이 빳빳한 군복 바지주머니로 들어갔다가 아이보리색 보석 상자를 들고 나왔다.

— 선물이오.

그미가 천천히 보석 상자를 집어 뚜껑을 열었다. 담청색 사파이어 목걸이였다. 그미는 뚜껑을 닫고 다시 히데오의 눈을 들여다보았다.

— 해수격멸대를 위해 많은 수고를 했는데 변변한 보답조차 못해서…….

그미가 보석 상자를 히데오의 가슴께로 밀었다. 역시 거절인가.

히데오의 얼굴이 벌겋게 상기되었다. 그러나 다음 순간 상자를 다시 당겼다. 뚜껑을 열어 목걸이가 보이도록 상자를 돌렸다.

— 걸어주실래요, 직접?

그미가 뒤돌아섰다. 히데오는 목걸이를 빼내 들었다. 머리카락을 모아 올리니 매끈하고 고운 선의 목덜미가 드러났다. 히데오는 사파이어를 손등 위에 얹은 채 한 걸음 다가섰다. 목걸이 줄 양쪽 끝을 잡고 목에 건 뒤 고리를 채웠다. 그미가 고개만 살짝 돌렸다.

— 고마워요.

천사의 미소였다.

그미 역시 총독의 약속 파기에 큰 충격을 받았다. 아버지처럼 믿고 따르던 분이었기에, 산을 설득해서 흰머리를 경성까지 옮긴 것이다. 그러나 지금은 총독도 손을 쓰지 못하는 상황이었다. 산은 흰머리를 부산으로 보내지 않겠다고 했다. 그 말은 경성역에서 기차가 출발하기 전에 흰머리를 탈출시키겠다는 뜻이다. 그미는 산의 결심을 바꿀 수도, 산의 행동을 막을 수도 없음을 잘 알고 있었다. 그리고 산의 결심을 듣는 순간, 이상한 기쁨이 가슴 저 밑바닥에서 더운 온천수처럼 차올라왔다. 말을 뱉지는 않았지만, 그미 역시 할 수만 있다면 흰머리를 부산까지 보내지 않을 법을 찾았을지도 모른다. 그미의 마음은 아직 두 갈래였다. 산처럼 아예 경성에서 일을 해치우든가 아니면 한 번 더 참고, 히데오에게 말했듯이 도쿄로 가서 흰머리를 돌보든가. 어느 쪽이든 그미에겐 히데오의 도움이 필요했다. 흰머리 수송 책임자가 가지고 있는 고급 정보를 빼내 산에게 알려야 했기 때문이다. 산과 흰머리의 장래가 걸린 일이었다. 미안하긴 하지만, 히데오가 품은 호의를 잠시 이용하기로 했다. 1센티미터만 기우는 척해도 히데오는 그미에게 빠져들리라. 단 하나의 실수도 용납하지 않는 군인이지만 그만큼 사랑에는 허점 많은 사내였다.

산은 종묘를 지나서 종로통으로 접어들었다. 승객이 들어찬 전차 옆을 자전거들이 날렵하게 따랐다. 탑골공원을 돌아서 뒷길을 따라 서진하여 화신백화점 근처 옷가게로 들어섰다. 속옷과 양말은 물론 와이셔츠와 중절모와 검은 구두와 양복 한 벌과 지팡이까지 샀다. 가게를 나와서 대로를 지나 종각까지 느릿느릿 걸었다. 왼편으로 방향을 틀어 낙원회관까지 사람 구경 건물 구경을 즐겼다. 11시, 흰머리 관람을 허용하기까지 아직 두 시간하고도 30분이나 남았다. 그때까지는 신문물로 가득 찬 경성의 풍광을 보고 듣고 만지고 읽을 예정이었다. 이것이 주홍이란 여자를 아는 지름길이리라. 산은 개마고원과 백두산과 만주의 몇몇 작은 고을을 아는 것이 전부였지만, 그미는 시호테알린의 천연 밀림을 경험했을 뿐 아니라 경성 나아가 도쿄의 분위기에도 익숙했다. 그미의 말투와 손길에서 비치는 곱고 세련된 느낌은 도쿄와 경성 같은 큰 도시에서 비롯되었으리라. 경성은 산이 모르는 그미의 절반이었다.

종로통 구경을 마친 뒤, 천변 북로 깊숙한 골목 끝집에 방을 하나 얻었다. 집 전체가 돌림병 때문에 비어 있었다. 천변 남로에 사는 집주인은 이틀 치 돈을 받고는 골목까지만 안내하고 돌아섰다. 낮인데도 어두컴컴한 냉방에 들어선 산은 천장을 표시나지 않게 뜯고 그 안에 모신나강을 올려둔 뒤 깔끔하게 붙였다. 해수격멸대와 군인과 경찰이 지키는 창경원으로 모신나강을 숨겨 들어가는 것은 위험천만한 일이다. 산은 창경원 상황을 면밀히 살피기로 했다. 해수격멸대의 병력과 수술 받은 흰머리의 상태를 눈으로 직접 확인하려는 것이다. 흰머리가 부산을 거쳐 도쿄로 가버리면 승부는 영영 겨룰 수 없다. 아니, 승부는 나중 문제고 지금은 흰머리를 밀림으로 돌려보내는 일이 급했다. 갑자기 헛웃음이 나왔다. 7년이나 흰머리를 죽이려고 북풍한설을 견뎠는데, 이유야 어떻든 지금은 흰머리를 무사히 밀림으로 돌려보낼 궁리를 하고 있는 것이다. 산은 스케치북과 연필만 든 가방을 메고 천변으로 나섰다. 화가 행세를 제대로 할 작정이었다.

　— 말이 된다고 생각해요?
　수는 새로 단 오른쪽 의수보다 움직임이 자연스러운 왼쪽 의수를 흔들어댔다. 쌍해는 양팔을 휘휘 저으며 짜증을 냈다. 겨우 하룻밤 지났을 뿐인데, 붓기도 가라앉고 멍도 엷어졌다.
　— 불난 집에 부채질이라도 하는 거야, 뭐야? 품삯 한 푼 못 받고 쇠도리깨도 빼앗기고 얻어터져 입원한 사람한테.

침대에 나란히 앉은 수가 손을 내린 뒤 다가앉았다.

— 아저씨! 나한테만 살짝 말해보세요. 조금은 챙겼죠? 히데오 대장이 차갑긴 해도 계산 하나는 확실한 사람입니다.

— 산이 기차에서 뛰어내리지만 않았어도 받았겠지. 난 너희 형제 때문에 되는 일이 없어. 아이고 허리야!

엄살을 떨며 침대에 눕는 쌍해를 내려다보며 수는 어린아이처럼 울상을 지었다.

— 그럼 난 어떻게 해요?

— 뭘?

— 오늘 정말 큰판이 벌어진단 말입니다.

— 이놈이 정말 도박하다 옥에 갇혀봐야 정신을 차리겠어?

쌍해가 꿀밤을 먹이려고 하자, 수가 물 찬 제비처럼 창가로 피했다.

— 형은 어디 있습니까?

— 몰라. 깨어보니 없었어.

— 또 거짓말! 동생인 나한테 숨기는 일도 아저씨에겐 전부 말하지 않습니까? 어디 있습니까? 아저씨가 알려줬다고 얘기 안 할 테니…….

— 모른대도. 너 나 몰라? 한번 잠들면 호랑이가 업어가도 모르는 게 바로 개마고원 쌍해야. 깨우지 마. 또 귀찮게 굴면 두 팔 확 뽑아버릴 테다.

쌍해가 벽 쪽으로 돌아누웠고, 수는 창밖으로 머리를 내밀어 병원 앞 도로를 내려다보았다. 꽃이 만개한 언덕으로 몰려드는 벌처럼 사람들이 가득했다. 동물원과 식물원 구경으로 관람객이 끊이지 않는 창경원이었지만, 휴일도 아닌 평일에 이토록 많은 인파가 몰리는 것은 드문 일이다. 도로 좌우에 경찰들이 서 있기까지 했다. 수는 고개를 들고 구름 한 점 없는 푸른 하늘을 우러르며 오늘이 며칠인지 먼저 생각하고 또 자신이 알고 있는 몇몇 기념일과 견주며 고개를 살랑살랑 저었다. 흐르는 구름이 남자주색 민쑥부쟁이꽃처럼 원을 그리며 길게 길게 흩어졌다가 다시 동전 모양으로 뭉쳤다. 수에게는 그 무엇도 기념하지 않는, 천변에서 큰판이 벌어지는 줄 알고도 노름 밑천이 없어 우울한 화요일에 불과했다.

포대기를 넉넉하게 묶어 업고 안고 양손에 쥐고도 아이 하나가 남았다. 업고 안은 아기끼리 쌍둥이, 양손에 쥔 네댓 살 아이끼리도 쌍둥이인 듯 얼굴부터 옷과 신발, 모자까지 똑같았다. 엄마에게 자신을 붙잡을 손이 남아 있지 않고, 뒤따라오기도 힘들다는 것을 아는, 쌍둥이들의 형으로 보이는 예닐곱 먹은 소년은 막대기를 들고 지나가는 제 또래 여자 아이들을 찌르고 웃고 달아나는 장난을 반복했다. 나들이옷에 흙물이 튄 여자 아이들은 너나없이 울음을 터뜨렸고, 그때마다 소년의 엄마는 허리 숙여 사과하느라 바빴다. 개구쟁이는 멀리 피하지도 않고 엄마로부터 겨우 열 걸음 정도 거리를 유지한 채 돼먹지도 않은 노래를 부르며 자유를 즐겼다. 엄마는 미간을 찡그리며, 당장 오라고 소리를 질러댔지만, 소년은 춤을 추듯 빙글빙글 돌다가 먹잇감이 나타나면 또 다가가서 막대기로 어깨나 가슴을 찔렀다. 소년을 따라다니며 고함을 지르느라 지친 엄마의 슬픔을 아는지, 그녀 몸에 아기 원숭이처럼 붙어 있던 쌍둥이 두 쌍이 동시에 울음을 터뜨렸다. 엄마는 창경원으로 들어가지도 나가지도 못한 채 정문 바로 앞에 서서, 겨우 팔만 들어 까딱까딱 아이를 불렀다. 네 아이의 울음이 백호 관람으로 들뜬 창경원 관람객들의 발길을 붙들었지만, 경성 신사로 탈바꿈한 산이 소년을 발견하기 전까지는, 소년을 쫓아가서 막대기를 빼앗은 뒤 엄마에게 데려가는 수고를 감당하는 이는 없었다. 흥미로운 사실은 다람쥐처럼 잘도 피하던 소년이 자신을 향해 뚜벅뚜벅 걸어오는 산을 보고도 줄행랑을 치지 않았다는 점이다. 호랑이의 눈빛에 삶의 의지가 꺾인 멧토끼나 노루처럼, 산이 옆구리에 두 손을 끼워 안아 올릴 때까지, 소년은 막대기를 스르르 땅에 떨어뜨린 것 외엔 석고상처럼 꼼짝도 하지 않았다. 산은 돌아서서 소년의 엄마와 눈인사를 나눈 뒤 성큼성큼 창경원으로 들어섰다. 쌍둥이들의 울음에 귀를 막고 얼굴을 찌푸렸던, 정문을 지키던 경찰들의 표정도 밝아졌다. 매표소 줄은 벽을 따라 통화문을 지나서까지 길게 이어졌다. 어른 10전, 어린이 5전인 입장료를 두 배 아니 세 배로 올렸더라도 시민들이 기꺼이 참여했을 만큼, 백호의 인기가 높았다.

치요코는 오른손에 종, 왼손에는 사파이어 목걸이를 들고 있었다. 주홍은 엄지발가락으로 땅을 차며 기다렸다. 아침에 히데오와 둘이 나눈 대화를 치요코가 복도에서 몰래 엿들은 것이다. 그미는 다음에 자세히 말하겠다며 우물우물 넘어가려 했지만, 치요코는 흰머리를 공개하기 전에 양다리를 걸치게 된 사연부터 밝히라며 팔목을 잡고 숙소로 끌고 들어왔다. 그미는 함흥행 기차에서 산과 처음 만난 순간부터 오늘 아침에 해후하기까지의 일들을 간단히 요약했고, 못 믿겠어, 어쩜 어쩜! 감탄사를 연발하는 치요코의 입을 막기 위해 종과 사파이어 목걸이를 꺼내 손바닥에 올려주었다.

— 개마고원 포수와 사랑에 빠졌단 말씀인데, 하면 이 목걸이는 왜 받은 건데?

— 싫다는데도…… 주잖아.

— 직접 걸어달라고 돌아앉은 게 누군데?

— 봤어?

— 어쨌든 양다리는 아니네.

— 아니지.

— 그럼 목걸이는 왜 받은 거야?

치요코가 왼손을 들어 올렸다. 그미의 시선도 왼손바닥에 놓인 사파이어에 꽂혔다.

— 청혼받은 것도 아니고 단지 선물이야.

— 단지 선물? 주홍 너 못 본 동안 많이 달라졌다.

— 치요코 넌 선물 싫어?

— 점점.

— 자, 그만 나가자. 얼추 시간 다 되었지?

그미가 치요코의 손바닥에 놓인 종과 사파이어를 가방에 넣으려 하자 치요코가 허리를 돌리며 피했다.

— 잠깐! 너 약속 잊었어?

— 무슨 약속?

— 언제 정식으로 인사시켜줄 거야?

— 누구?

— 자꾸 모른 척이네. 치요코와 주홍, 누구든 먼저 애인이 생기면 제일 먼저 소개해주기로 했잖아? 약속 벌써 잊었니? 손가락도 걸었잖아?

— 그랬었나?

— 그랬지.

— 알겠어. 하지만 금방은 어려울 것 같아.

— 그럼 언제?

— 흰머리 일 마무리 짓고.

— 약속했다. 이 약속 어기면 넌 내 친구도 아냐.

— 알았어. 알았다니까.

— 근데 누굴 데리고 나올 거야? 거친 호랑이 포수 아니면 단정하고 세련된 소좌?

— 히데오 소좌는 상관없다고 했잖아.

— 그럼 나한테 소개시켜줘.

— 뭐라고?

— 상관없다며?

― 농담 그만하고 어서 가자!

그미가 종과 목걸이를 치요코에게서 빼앗아 배낭에 챙겨 넣었다. 두 사람은 숙소 문을 잠근 뒤 서둘러 뛰기 시작했다. 길을 꺾으려는데 사환 하나가 튀어나왔다. 그미의 두 눈이 커졌고 치요코는 깜짝 놀라 비명까지 질렀다. 놀라기는 열 살 이쪽저쪽의 사환도 마찬가지였다.

― 도쿄 교환수에게서 연락이 왔습니다. 지금이라도 통화 연결 시킬 수 있답니다.

― 도쿄?

치요코는 고개를 갸웃거리며 그미를 쳐다보았고, 그미는 손목시계를 들여다보며 시간을 확인했다. 10시 40분! 흰머리 공개까지 20분도 채 남지 않았다.

― 12시에 내가 걸겠다고 말씀드려라.

― 알겠습니다.

사환이 꾸벅 인사한 후 뒤돌아 사라졌다.

― 도쿄는 왜?

― 나중에!

― 넌 참 비밀도 많다.

― 그런가?

그미가 웃으며 빠른 걸음을 내디뎠고 치요코도 보폭을 크게 하며 나란히 넓은 길을 내려갔다. 구경꾼들이 벌써 흰머리의 우리 앞을 꽉 메우고 있었다.

— 흥행 한번 제대로 되겠는걸.

치요코의 목소리가 들떠 있었다.

호랑이사는 명정문 바로 왼편에 마련되어 있었다. 사자사와 늑대사가 세로로 길게 늘어섰고, 아래쪽은 물개사가 자리를 잡았으며 호랑이사는 물개사와 마주 보는 위쪽에 위치했다. 호랑이사와 물개사 사이에는 잔디밭이 제법 넓었다. 이 호랑이사에 실제로 조선 호랑이가 산 적은 두 번에 불과했다. 1909년 개장 초기에 한 마리를 키운 기록이 있고, 1930년 평안도에서 잡은 새끼 호랑이를 창경원에서 양도 받은 적이 있었다. 새끼 호랑이는 4년 넘게 창경원의 특별 관리를 받았지만, 안타깝게도 1935년 2월 죽고 말았다. 그 후로 6년 가까이 호랑이사의 주인은 남방에서 들여온 작은 호랑이 한 쌍이었다. 호랑이사를 찾은 시민들은 작고 호리호리한 호랑이 앞에서 크게 실망했다. 개마고원과 만주를 호령하는 백두산 호랑이를 만나고 싶었던 것이다. 그런데 오늘 바로 그 백두산을 호령하는 왕대, 백호 흰머리가 선을 뵌다니 사람들이 몰려들 수밖에 없었다.

사육사들은 남방계 호랑이들을 동물 온실에 가둔 다음, 흰머리를 호랑이사의 대형 우리로 옮겼다. 천에 덮인 우리는 더 크고 넓어 보였다. 우리 앞 5미터쯤 떨어진 곳에 대나무를 이어 만든 어른 허리 높이만 한 안전대가 세워졌다. 관람객은 발 디딜 틈 없이 모여들었고, 우리 좌우로 늘어선 해수격멸대원들은 오른손에 총을 잡고 부동자세로 서서 정면을 노려보았다. 주홍과 치요코는 안전 대와 우리 사이로 들어와 관람객을 등지고 섰다. 갈색 코트를 유 니폼처럼 걸쳤지만 흰 블라우스에 검은 치마가 깔끔하고 고왔다. 치요코가 정문 방향에 도열한 격멸대원 쪽으로 허리를 숙여 인사 했다. 그미가 고개를 돌리다가 대원들 앞에 선 히데오와 눈이 마 주쳤다. 그미는 두 눈이 감길 만큼 눈웃음을 지어 보였다. 기가 막 힌 듯 치요코가 콧방귀를 꼈다.

산도 주홍의 미소를 멀리서 지켜보았다. 눈은 그미를 향한 채 손으로는 개구쟁이 소년의 머리를 쓰다듬었다.

— 또 엄마 힘들게 하면 아저씨가 나타날 거다!

— 아저씨는 누구세요?

— 백두산 호랑이!

산이 두 팔을 벌려 소년을 덮칠 시늉을 하자, 소년은 쪼르르 엄 마를 향해 달려가 매미처럼 매달렸다. 산과 쌍둥이 엄마의 눈이 잠깐 마주쳤고, 산은 중절모 챙을 잡으며 고개를 살짝 숙였다. 산 은 관람객 틈으로 비집고 들어섰다. 안전대 안에서 낯익은 여인의 등이 보였다.

— 커엉!

그미 곁에 선 청룡이 산을 알아보고 낮게 짖으며 꼬리를 흔들었 다. 산이 고개를 젓자 청룡은 곧 머리를 숙인 채 먼 산을 보듯 돌아앉았다. 주홍! 산은 새벽에 저 작고 따스한 목덜미에 등줄기에 허리에 입을 맞췄다. 가까이 다가가서 헛기침을 뱉어 그미를 놀라게 하고 싶었다. 그러나 산보다 먼저 두 팔을 좌우로 휘저으며 그미에게 나아가는 사내가 있었다. 팔이 유난히 길고 움직임이 어색했다. 의수였다. 관람객들은 차가운 의수가 살갗에 닿을 때마다 고드름을 뺨에 댄 듯 놀라며 물러섰다. 수가 이 시간에 창경원에 나타날 줄은 몰랐다. 그러나 돈 없는 개마고원 출신 촌놈, 곰배팔이가 의지할 데라곤 히데오밖에 없으니, 창경원으로 들어왔다고 해도 이상한 일은 아니었다. 산은 수를 멀찍이 뒤따랐다. 그리고 수가 그미에게 말을 건네기 직전, 키 큰 선남선녀 옆으로 비스듬히 몸을 틀며 숨었다. 그미와 수의 대화가 생생히 들릴 만큼 가까운 거리였다.

— 주 선생님!

주홍이 고개만 살짝 돌렸다가 수를 알아보고 돌아섰다.

— 아! 반가워요. 팔은…… 어때요? 안 그래도 오늘 흰머리 공개만 끝나면 병문안 가려고 했어요.

수가 허리를 과장스럽게 숙이며 인사했다. 입과 눈에 따뜻한 미소가 떠나지 않았다.

— 병문안을 오시겠다니 감사합니다. 식물원 온실에서는 겨울에도 꽃을 피운다지요? 그중 한두 송이만 가여운 병신을 위해 가져다주실 수 없겠습니까? 아직 봄이 오려면 멀었고, 또 개마고원에 돌아갈 날도 기약하기 어려워 염치불구하고 부탁드립니다.

— 알겠어요. 한데 병원에 계셔야 하지 않나요? 나들이하셔도 되는지요?

수가 히죽거리며 콧김을 내뿜으면서 의수 둘을 동시에 들어올렸다.

— 멋지죠? 걱정해주신 덕분에 싹 장만했습니다. 오늘 아침에 새로 단 놈들입니다. 그간 사정은 형한테 들으셨죠?

그미의 표정이 딱딱하게 굳었다. 새벽에 산과 만나 사랑을 나눈 일을 수가 아는 걸까 아니면 그냥 넘겨짚는 걸까. 산에 관한 이야기를 하기에 관람객이 가득한 이 자리는 적당하지 않았다.

— 산 씨가 기차에서 뛰어내렸단 얘기 듣지 못했나요?

— 형, 어디 있습니까?

작지만 날카로운 목소리였다.

— 몰라요. 그걸 왜 나한테 묻죠?

— 모른다? 날 바보로 아십니까? 두 팔에 의수를 달았다고 사람 무시하는 겁니까, 뭡니까?

그미가 수를 노려보며 되물었다.

— 형은 왜 찾는 거죠?

수가 오른쪽 의수를 들어 천으로 가린 우리를 가리켰다.

— 몰라서 묻습니까? 저 흰머리를 잡고 받은 내 품삯을 빼돌렸습니다. 훔쳤다고요.

— 형은 그런 짓 할 사람이 아니에요. 잘 아시잖아요?

— 아뇨. 형이 가져갔습니다.

— 나중에 얘기해요. 지금은…….

수가 잔잔한 미소를 걷어치우고 굶주린 늑대처럼 표독스럽게
외쳤다.

— 당장 내놔!

의수로 그미의 얼굴을 후려칠 기세였다. 그미는 눈을 움찔 감
았지만 물러서거나 비명을 지르진 않았다. 오히려 다시 눈을 크게
뜬 후 수를 노려보았다. 그미가 의외로 강하게 맞서자 수의 입술
이 일그러지며 욕이 튀어나왔다.

— 개 썅! 정말 뒈지고 싶어?

산은 수를 발견한 순간부터 창경원 밖으로 끌어내고 싶었다. 수
가 주흥에게 시비를 걸기 시작했을 때, 만약 그때 히데오와 해수
격멸대가 도열하지 않았다면, 등 뒤에서 입이라도 막았을 것이다.
산은 돈가방을 그미에게 맡긴 것을 후회했다. 수가 그미를 직접
찾아오리라고는 예상하지 않았다. 한 마디도 지지 않고 침착하게
받아쳤지만, 그미는 거짓말에 익숙한 영혼이 아니었다. 산을 만난
적이 없다고 말할 때, 눈동자가 떨렸고 숨소리도 고르지 않았다.
개마고원 포수들은 작은 기미 하나도 놓치는 법이 없다. 수는 점
점 포위망을 좁혔고 그미는 퇴로를 찾지 못한 한 마리 불쌍한 사
슴일 뿐이었다. 수가, 당장 내놔! 반말로 고함을 지르는 순간, 산은
주먹을 쥐고 한 걸음 다가섰다. 이제 수와의 거리는 다섯 걸음도
채 떨어지지 않았다. 뒈지고 싶어? 라고 수가 외쳤다. 그러나 산보

다 먼저 그미를 구하기 위해 나선 이는 히데오였다.

히데오는 안전대를 넘어와서 수의 뒷덜미를 쥔 채 속삭였다.
— 조용히 따라와.
수가 썩은 웃음과 함께 모두가 듣도록 목소리를 높였다.
— 나도 해수격멸대원입니다. 이름은 수! 이 두 손도 여러분이
곧 구경하실 저 우리 안의 백호, 흰머리에게 뜯긴 겁니다.
— 개망신당하고 싶어?
히데오가 부드러운 표정을 흐트러뜨리지 않은 채 그미를 비롯
한 주위 구경꾼들과 눈을 맞췄다. 뒤늦게 수가 의수를 들어 이마
에 갖다 댔다. 거수경례였지만 손날이 수평으로 서지도 않았고 손
가락들이 달라붙지도 않았다.
— 옛! 알겠습니다. 가죠. 간다고요. 저도 대장님께 보고드릴 게
많습니다.
히데오는 수를 앞세우고 병사들이 도열한 곳으로 갔다. 수는 행
진하는 병사처럼 무릎을 들어 올리고 의수를 힘껏 휘저었다. 수
때문에 물러섰던 사람들이 앞자리를 차지하기 위해 썰물처럼 몰
려들었다. 히데오는 고개를 돌려 그미와 눈을 맞췄다. 그미가 가볍
게 고개를 끄덕이며 오른손을 들어 고마움을 표시했다. 수가 병사
들이 종대로 늘어선 줄에 닿았다.
— 멈춰!
히데오가 짧게 명령했다. 수는 재빨리 돌아서며 비굴한 웃음부

터 흘렀다.

— 대장님! 제가 여기 온 것은…….

— 닥쳐!

히데오가 말허리를 잘랐다.

— 어제 내가 뭐라 그랬지? 산의 몫까지 돈을 받으면서, 네가 약
속한 걸 읊어봐.

— 대장님! 지금 그게 중요한 게 아닙…….

— 읊어보라고!

히데오의 손이 허리춤의 권총에 닿았기 때문에 수는 곧 말머리
를 바꿨다.

— 다시는 대장 앞에 나타나지 않는다. 흰머리 근처에도 얼씬대
지 않고, 개마고원에서 벌어진 일들도 발설하지 않는다. 기자에게
연락이 와도 만나지 않는다.

— ……정말 죽고 싶어?

수가 재빨리 약속을 이었다.

— 아, 그리고 마지막으로 주 선생을 찾아가지 않는다. 이 약속
을 어길 때는 품삯을 반납한다.

— 돈은 챙겨 왔겠지? 나를 만났고 흰머리가 바로 저 우리 안에
있고, 또 주 선생 근처를 얼쩡거렸으니까.

— 대장님!

수가 이마에 주름을 잔뜩 잡으며 의수를 뻗어 히데오의 손목을
잡으려 했다. 히데오가 눈을 부라렸다.

― 넌 지금부터 바위야. 움직이지도 말고 말하지도 마.

― 정말 드릴 말씀이…….

히데오가 말허리를 자르며 쏘아붙였다.

― 네가 뭐라고?

― 바위!

바위처럼 얼어붙은 채, 수는 히데오의 성난 얼굴과 흥분된 말투를 곱씹었다. 보석세공사처럼 언제나 침착하고 감정을 드러내지 않는 차가운 사내가 바로 히데오였다. 그러나 오늘은 달랐다. 수가 돈을 받으면서 맺은 약속을 어긴 것은 사실이지만, 평소의 히데오라면 수의 이야기를 끝까지 듣고 다음 명령을 이어갔을 것이다. 돌이켜 짚어보니, 주홍이 끼어 있을 때마다 히데오는 조금씩 흔들렸었다. 혹시? 수는 꽃받침 모양만 보고도 들꽃의 종류와 나이를 짐작하던 솜씨로, 그미를 향한 히데오의 마음을 추측하며, 의수를 들어 제 목을 툭툭 쳤다. 재미나군. 주 선생은 개마고원에서 줄곧 산 형만 바라봤는데, 주 선생 뒤통수를 히데오 대장이 바라보고 있었다니!

수와 히데오가 빠지자 관람객들이 그 자리를 메우기 위해 모여들었다. 주홍이 안전대를 손으로 짚고 한 걸음씩만 물러서라고 말하려는 순간 산과 시선이 마주쳤다. 중절모를 눌러 썼지만 그미는 단숨에 산을 알아보았다. 그미는 다시 히데오 쪽으로 눈길을 돌린 뒤 고개를 끄덕이면서 오른팔까지 들어 히데오를 안심시켰다. 다시 산을 쳐다보는 그미의 눈에 놀람과 걱정이 가득 담겼다. 두 사람 사이에는 갓 쓴 늙은이와 질질 흐르는 코를 손등으로 훔치는 소년이 끼어 있었다. 그미는 산의 경솔한 출현을 눈빛으로 나무랐다. 히데오에게 잡히면 어쩌려고 여길 왔어요? 어서 가요! 위험해요! 산은 슬렁슬렁 고개를 저은 뒤 어깨와 가슴을 가볍게 털었다. 새 옷을 사 입고 화가로 위장했으니 안심하라는 신호였다.

창경원장의 간단한 인사말은 취소되었다. 어차피 내일 귀빈 초청 공식행사가 따로 열릴 예정이었다. 그만큼 백호는 귀한 존재였다. 11시 1분 전, 사육사 네 사람이 천을 걷어내기 위해 우리 가까이에 섰다. 천과 연결된 줄을 쥔 뒤 치요코를 쳐다보았다.
— 한 걸음씩만 물러나주세요. 어머님들은 아이들이 놀랄 수도 있으니 꼭 붙드시고요. 자, 이제 백호 관람을 시작하겠습니다.
치요코가 오른손을 높이 들었다. 관람객의 시선이 한꺼번에 그녀의 손끝으로 몰렸다. 치요코와 주홍의 눈이 마주쳤다. 그미가 고개를 끄덕였다. 산도 수도 히데오도 치요코의 손이 내려오는 것을 쳐다보았다. 사육사들이 힘껏 줄을 잡아당기자, 우리의 천장에서부터 순식간에 천이 벗겨졌다.
— 쾅!
형체보다 소리가 먼저 창경원을 흔들었다. 천이 걷히기만을 기다렸던 희고 거대한 짐승이 철창을 향해 전속력으로 달려들어 부딪친 것이다. 새벽부터 모여든 경성 시민들은 기세에 눌려 허리를 젖히고 엉덩이를 빼며 두세 걸음씩 물러났다. 철창은 철심이 굵고 간격이 좁았다. 제아무리 개마고원을 호령하던 왕대, 흰머리라고 해도 그것을 부수거나 으그러뜨릴 수는 없었다. 관람객 역시 그 사실을 충분히 알면서도 쾅! 쾅! 굉음이 울릴 때마다 뒷걸음질 쳤다. 흰머리의 필사적인 몸놀림을 정면에서 보고 듣는 것만으로도 살육의 기운에 휘감기는 느낌이었다. 왼어깨에 붕대를 두른 흰머리는 철창에 이마를 찧으면서도 물러났다 달려들고 다시 물러났다 달려들었다. 철창에 살갗이 찢겨 붉은 피가 하얀 이마에서 뺨까지 흘러내렸다. 등을 보이며 달아나는 아이도 있었다.

— 안 돼!

그미가 외쳤지만, 쾅! 흰머리는 비웃기라도 하듯 더 빨리 달려와서 이마를 찧었고, 붉은 피가 그미의 어깨와 가슴에까지 흩뿌려졌다. 쿠르르릉 천둥과 함께 마른하늘에 날벼락이 쳤다. 아기들이 울음을 터뜨렸고 비가 쏟아지기 시작했다. 그미는 제 가슴을 쓸어 손바닥에 묻은 붉은 피를 쳐다보고 고개를 들어 흰머리와 눈을 맞췄다. 그리고 흰머리를 향해 똑바로 나아갔다.

— 주홍아!

치요코가 불러도 걸음을 멈추지 않았다. 흰머리가 달려들기를 멈춘 채 그미를 노려보았다.

— 제발!

흰머리가 고개를 흔들어 콧잔등으로 흘러내리는 피를 털어냈다. 그미는 양손으로 철창을 잡고 차분히 설득했다.

— 제발 그러지 마. 다 잘될 거야. 진정해. 널 아껴.

흰머리가 고개를 숙여 제 앞발을 핥기 시작했다.

— 그래. 저 사람들은 널 만나러 온 거야. 잘 봐. 포수들은 없어. 모두 착한 사람들이야.

흰머리가 히데오와 해수격멸대가 도열한 왼편으로 고개를 돌렸다.

— 저들은 널 지켜주려는 거야. 믿어줘. 널 쏠 총이 아니야.

흰머리가 엉덩이를 낮춰 앉았다. 그미는 아랫입술을 살짝 물면서도 웃음을 잃지 않았다.

— 그래, 바로 그거야. 고마워, 정말 고마워.

산은 바로 곁에서 통곡 소리를 들었다. 큰 갓에 학창의를 입은 늙은이가 털썩 무릎을 꿇고 긴 울음을 토하기 시작한 것이다.

— 산주山主님! 산주님!

그를 따라 관람객 십여 명이 무릎을 꿇었다. 갑자기 쏟아진 비로 바닥이 젖었지만, 무릎뿐만 아니라 손바닥과 팔꿈치까지 땅에 대고 구슬피 울었다. 산은 늙은이를 부축해서 일으켜 세우려고 했다. 늙은이는 연체동물처럼 배를 바닥에 대고 엎드려 글글글글 끓는 울음을 토했다. 깊은 주름을 타고 흐른 빗물이 늙은이의 입술을 적신 탓일까. 그 소리가 더 곡진했다. 빗물 한 방울이 작은 시내를 만들고 큰 바다를 이루듯이, 늙은이의 울음이 순식간에 관람객 대부분을 슬픔에 빠뜨렸다. 200여 명이 넘는 사람들이 볏단 넘어가듯 차례차례 엎드렸고, 태어나서 지금까지 지은 표정 중 가장 고통스러운 표정으로 울음을 터뜨렸다. 창경원은 순식간에 공동묘지의 기운을 뿜어냈다. 눈도 코도 입도 귀도 피부도, 슬픔 외에는 그 어떤 감정도 품지 않았다.

산은 울음소리에 놀라 돌아선 주홍과 눈이 마주쳤다. 이 울음은 불길했다. 경성에서는 총독부의 허가를 받지 않은 집단행동은 불법이었다. 특히 대동아공영권이 공표된 지난여름부터, 경성 시민은 같이 뛰지도, 같이 토론하지도, 같이 웃지도, 같이 기도하지도, 같이 노래 부르지도 못했다. 지금처럼 사람이 아닌 짐승, 호랑이 한 마리 때문에 경성 시민 200여 명이 눈물을 쏟은 적은 없었다.

산이 왼무릎을 꿇고 늙은이에게 작지만 단호하게 말했다.
— 그만 일어나십시오. 이러시면 여러모로 안 좋습니다.
— 내버려두오.
짧게 답한 뒤 곡을 끊지 않았다. 산이 강제로라도 일으키려고 팔뚝을 잡는 순간, 뒤에서 함께 울음을 토하던 이들이 산의 다리와 어깨와 팔을 붙들고 늘어졌다. 산은 울음에 포위당했다. 늙은이가 곡을 이어가며 천천히 고개를 돌려 산과 눈을 맞췄다. 빗물과 눈물이 뒤섞여 축축한 늙은이의 야윈 얼굴은 흐릿한 절망 그 자체였다. 곡기를 끊고 죽음과 살을 비비며 지내온 흔적이 역력했다.

— 같이 울어주겠나?

오히려 늙은이가 산을 설득했다. 산은 마음으로 답했다. 제가 저 백호를 잡았습니다. 산의 무릎을 잡은 소년이 늙은이의 말을 반복했다.

— 같이 울어주시겠어요? 불쌍해요, 너무!

자발적이고 이타적인 슬픔이었다. 산은 7년 동안 흰머리를 쫓으면서 흰머리에 관해 이야기하는 이들을 적지 않게 만났다. 그들이 흰머리에게 품은 감정은 두려움이었다. 광활한 벌판과 까마득한 고산高山의 지배자! 사냥으로 삶을 이어가는 포식자 중의 포식자! 산이 개마고원에서 주홍과 어울렸을 때, 그미가 흰머리를 아끼고 걱정하는 것조차 낯설었다. 왕대를 제집 강아지처럼 위한다는 것이 가능한가. 한데 지금 이 많은 사람들이 흰머리를 위해 울고 있다. 경성 시민들이 가장 즐기는 야유처野遊處인 창경원이 비탄의 장소로 탈바꿈한 것이다. 산은 흰머리가 공개되면 관람객들이 비명부터 지르리라 예상했었다. 무릎을 꿇고 우는 모습은 상상한 적이 없다. 달리고 부딪치며 살기를 내뿜는 호랑이의 광폭함을 두 눈으로 보지 않았는가. 그러고도 쏟아지는 이 슬픔은 대체 어디서부터 비롯되는가. 이상한 사실은 산 자신도 가슴 저 깊은 곳이 뭉클거리며 뜨거워졌다는 것이다. 눈에는 눈, 이에는 이, 살기에는 살기로만 맞서온 산으로서는 낯선 기분이 아닐 수 없었다. 스스로에게 물었다. 이 출렁임은 도대체 무엇인가?

― 뭐하는 짓들이야?

히데오는 눈앞에 펼쳐진 장면을 받아들이기 힘든 듯 짜증을 냈다. 바위처럼 섰던 수가 눈치를 살피며 거들었다.

― 보고도 모르시겠습니까? 산주께 인사 여쭙는 거지요.

― 산주?

― 이 땅에서는 오래전부터 호랑이를 산신령으로 받들었습니다. 제가 개마고원에서 서너 번 설명해드렸습니다.

― 산신령? 어리석은 것들!

히데오가 오른손으로 허리춤에 찬 권총을 뽑아 든 뒤 뒤돌아서서 짧게 명령했다.

― 어깨총!

바닥에 총을 세웠던 병사들이 절도 있게 총을 어깨에 멨다.

― 따르라!

주홍이 그들을 막아섰다.

― 이쪽으로는 나오지 않겠다고 했잖아요? 돌아가세요. 관람객을 위협할 참이에요?

― 범법행위가 없을 경우에 개입하지 않겠다고 한 거요.

― 뭐가 범법행위란 거죠?

― 집단행동!

그미가 고개 돌려 흐느끼는 이들을 쳐다본 뒤 다시 히데오를 향해 물었다.

― 농담이시죠?

히데오는 심각했다.

— 비키시오.

— 저들은 울고 있을 뿐이에요.

— 혼자 우는 건 가능하지만 200명이 넘는 이들이 함께 울면 불법이오.

— 왜 불법이죠?

— 불순한 의도를 드러냈기 때문이오.

— 불순한 의도라뇨? 호랑이를 위해 울어주는 것이 왜 불순하죠? 호랑이를 위해 우는 게 불법이라면 동시에 웃거나 동시에 즐거워하는 것도 불법인가요?

— 말장난할 시간 없소. 저들을 해산시켜야 하오.

— 안 돼요. 동물을 향해 웃든 울든 그건 관람객들 자유예요.

— 범법행위를 단속하는 건 군인인 나의 의무요. 뭣들 하는 거야? 모조리 일으켜 세워! 울음을 그치지 않는 이들은 따로 격리시켜서 원숭이 우리 앞에 모은다. 알겠나?

— 예!

— 가자!

그미가 한 걸음도 물러서지 않고 양손바닥을 히데오의 가슴에 대고 밀어냈다.

— 주 선생!

히데오가 제 가슴에 닿은 두 손과 그미의 얼굴을 연이어 쳐다보았다. 그미가 성난 눈으로 항의했다.

— 꼭 이래야 해요? 법까지 들먹일 필요 없잖아요? 그냥 잠시 슬퍼하겠다는 건데…… 흰머리를 대신해서, 이제 다신 개마고원으로, 백두산으로 돌아갈 수 없을지도 모르는데…… 30분만 아니 10분만 지나면 울음을 그칠 텐데…… 꼭 저들을 범죄자 취급해야 임무를 다하는 건가요?

— 여긴 개마고원이 아니라 경성이오.

— 총독님께는 제가 잘 말씀드릴게요, 저들이 우는 건 당신 잘못이 아니라고. 대장! 차라리 내 핑계를 대세요. 주홍이 억지를 부렸다고. 제발!

— 미안하오.

히데오가 그미를 돌아 나아갔고 병사들이 뒤따랐다. 그미는 털썩 무릎을 꿇었다. 울분이 가슴 밑바닥에서부터 가래 끓듯 밀려올라왔다. 채찍비가 그미의 등을 세차게 때렸다.

산은 무릎을 펴고 게걸음으로 비켜났다. 히데오에게 들키기 전에 자리를 떠야 하는 것이다. 200여 명의 통곡하는 이들을, 그보다 서너 배는 많은 이들이 시무룩한 표정으로 동조하며 둘러쌌다. 산은, 같이 울어주겠나, 질문한 늙은이를 다시 쳐다보았다. 갓 끝에서 주르륵 빗물이 흘렀다. 히데오가 인솔하는 10여 명의 병사들이 다가왔지만 늙은이는 고개를 들지도 않았고 곡소리를 멈추지도 않았다. 끊어질 듯 끊어질 듯 이어지는 곡은 창경원 땅바닥에 낮게 깔리는 새벽안개처럼 모든 이들의 발목부터 차례차례 적셔왔다. 히데오가 늙은이 앞에 섰다. 빗소리에 곡소리, 병사들의 진

입을 걱정하는 목소리까지 겹쳐, 두 사람의 대화가 산에게까지 닿지는 않았다. 그러나 히데오가 무슨 명령을 내릴 것이고 늙은이가 어떤 식으로 대응할 것인가는 살필 필요도 없었다. 히데오가 늙은이의 멱살을 틀어쥐고 끌어당기자, 늙은이는 갓이 벗겨질 만큼 허리를 젖히며 버텼다. 다른 이들은 병사들이 오기 전에 땅에 눕거나 병사들의 발목을 붙잡고 늘어지거나 병사들의 무릎을 감싸안고 더 큰 소리로 울었다. 히데오가 고개를 들고 푸우우 긴 한숨을 내쉬었다. 짜증과 분노가 치밀어 올라왔던 것이다. 멱살을 쥔 손을 풀자, 어이쿠! 늙은이가 소리치며 엉덩방아를 찧었다. 바로 그때 펑 빛이 번쩍이며 사진기를 든 기자들이 셔터를 누르기 시작했다. 백호의 위용을 찍기 위해 모여든 기자들로서는 뜻밖의 특종이었다.

— 사진기 뺏어!

히데오가 소리치자 병사들이 뛰어들었다. 달아나는 기자도 있었고 기자증을 내밀며 정당한 취재라고 항의하는 기자도 있었고 사진기를 품에 숨기고 기자가 아닌 척 구는 기자도 있었다. 히데오가 참지 못하고 권총을 들어 허공을 향해 방아쇠를 당겼다.

— 탕!

산의 시선은 히데오를 지나 우리 안으로 향했다. 장님 불구경하듯 앉아 있던 흰머리의 엉덩이가 총성과 함께 들렸다. 그리고 두어 발 물러서는가 싶더니 철창을 향해 질주했다.

— 쾅!

굉음과 동시에 늙은이가 히데오를 향해 달려들어 총을 빼앗으려고 했고, 함께 울던 이들도 병사들에게 주먹질과 발길질을 시작했다. 총을 든 병사에게 두려움을 갖기 마련이건만, 뭉글대는 슬픔이 지독했던 탓인지, 그들은 총구를 향해 기꺼이 몸을 날렸다. 급습을 당한 해수격멸대는 방아쇠를 당길 겨를도 없이 슬픔에 젖은 땅으로 나뒹굴었다. 총을 끌어안고 옥신각신 다툼이 벌어졌다. 병사 하나에 우는 이들이 네댓 명씩 진드기처럼 들러붙었다. 달아나고 숨었던 기자들이 다시 사진을 찍어댔다.

— 탕!

총성이 울렸다. 뒤엉킨 이들이 동시에 돌아봤다. 히데오에게 들러붙었던 늙은이가 허벅지를 감싸 쥐며 엉덩방아를 찧었다. 병사들도 그들과 얽힌 관람객들도 실랑이를 멈추고 쓰러진 늙은이를 쳐다보았다. 늙은이의 다리에서 피가 흘러내렸다. 흰 바지가 온통 붉디붉었다. 으으으! 늙은이는 신음을 뱉으면서도, 아이이이이고! 곡을 이어가려고 했다. 땅으로 향했던 히데오의 총구가 서서히 들렸다. 히데오가 조선말로 위협했다.

— 닥쳐!

곡은 해일처럼 높고 커졌다. 히데오가 발로 늙은이의 가슴을 걷어찼다. 이번에는 일본말이었다.

— 벌레 같은 새끼!

총구가 늙은이의 머리까지 올라왔다. 히데오는 최악의 경우 즉결처분하라는 총독부의 행동 지침까지 받았다. 그러나 정말 권총을 뽑아 들고 방아쇠를 당길 일이 닥치리라고는 예상하지 않았다. 기껏해야 백호를 시민들에게 구경시키는 일이 전부라고 여겼다. 너무 많이 왔다. 지금 멈추면 슬픔에 빠진 관람객들이 순식간에 분노하여 해수격멸대를 공격할지도 모른다. 총으로 무장했지만 관람객과의 거리가 너무 가깝다. 쾅! 히데오가 고개를 돌려 우리를 바라보았다. 흰머리가 다시 철창에 이마를 찧는 것도 총을 쏜 히데오를 향한 도전이자 야유처럼 느껴졌다. 히데오에겐 확실한 매듭이 필요했고, 집단행동을 주도한 늙은이보다 더 좋은 희생물은 없었다. 히데오가 방아쇠에 검지를 얹었다. 바로 그 순간 중절모를 쓴 남자가 히데오의 오른어깨 쪽 사각에서 달려들었다. 히데오가 방아쇠를 당기는 것과 동시에 남자의 돌려찬 발등이 총신에 닿았다. 탄환은 늙은이의 귓불을 찢으며 비껴 날아갔고, 히데오는 고개를 돌리기도 전에 관자놀이를 주먹으로 난타당하고 벼락맞은 고목나무처럼 쓰러졌다. 남자는 권총을 빼앗아 들고 군중을 헤치며 식물원 쪽으로 달렸다. 청룡이 짖으며 그 뒤를 쫓았다. 기자들이 뒤늦게 사진기를 꺼냈지만 달리는 자의 뒷모습만 멀리서 겨우 흐릿하게 담았을 뿐이다.

흰머리도 남자의 돌려차기를 보았던 것일까. 남자가 히데오를 쓰러뜨리고 달아나자마자, 울음을 그쳤고 철창을 향해 달려들지도 않았다. 주홍은 기절한 히데오를 무릎 위에 올려놓고 되풀이해서 물었다.

— 내 목소리 들려요? 대장! 대장!

히데오의 눈꺼풀이 떨렸다. 빗방울이 그의 이마와 뺨을 후드득 두드렸다. 겨우 실눈을 뜬 채, 정신을 잃지 않으려는 듯 주먹 쥔 오른손을 들어 산이 사라진 쪽을 가리켰다. 그미의 시선도 히데오의 손을 따라 도주로를 훑었다.

— 놈은……? 놈을 잡아야…….

히데오는 말을 맺지 못하고 팔을 떨어뜨렸다. 뒤에 섰던 수가 어울리지도 않은 농담을 지껄였다.

— 아이고 대장님, 완전히 가셨네요. 내가 대장을 말렸어야 하는데 보시다시피 팔이 영 부실해서 말입니다. 저렇게 손과 발을 동시에 날아 치는 사내를 저도 꼭 한 사람 알고 있습죠. 주 선생님도 아는 분인데…….

그미가 눈을 흘기며 말허리를 잘랐다.

— 흰소리 말고 빨리 병원으로 옮겨요.

— 주 선생님은 같이 안 가시게요?

— 곧 뒤따라갈게요. 어서!

수가 뱀눈을 뜨고 물었다.

— 혹시 방금 달아난 사내를 찾아가려는 건 아니죠?

그미가 쏘아붙였다.

— 여길 정리할 시간이 필요해서 그래요. 어서 가요.

팔이 할 일을 혀가 대신하는 것처럼, 수가 능청능청 이야기를 풀었다.

— 자알 알겠습니다. 마침 제국대학 부속병원은 제가 좀 압니다. 친한 의사랑 간호원도 있고. 대장님을 신속하게 가장 좋은 병실로 모시겠습니다. 걱정 마시고 천천히 일 다 보시고 오세요.

히데오가 산에게 맞아 쓰러지는 순간, 이상하게 주홍은 12시에 도쿄로 전화를 걸기로 한 약속을 떠올렸다. 사고 없이 흰머리 공개행사가 끝났다면, 점심을 먹기 전 잠깐 전화기를 들 계획이었다. 그러나 히데오가 혼절한 지금 혼자 빠져나오는 것은 그미답지 않았다. 저답지 않다는 것을 알았지만 그미는 부속실 문을 열고 사환으로부터 전화기를 넘겨받았다. 그때까지도 그미는 자신을 휘감고 도는 불안의 정체를 몰랐다. 흰머리의 수술 부위가 덧나지 않기를, 히데오가 곧 깨어나기를, 산이 무사히 탈출하기를 바랄 뿐이었다. 하지만 전화기의 신호음을 듣자마자 주홍은 자신이 무엇때문에 그토록 불안한지 깨달았다. 어제 흰머리를 도쿄로 보낸다는 이야기를 들은 그 순간부터, 백호의 미래에 대한 걱정이 떠나질 않았다. 진통제를 먹고서야 겨우 잠이 들 정도였다. 일어났으면 하는 일과 일어나지 않았으면 하는 일, 일어난다면 자신이 나서서 막아야 하는 일들이 순식간에 뒤엉켰다.

— 마모루 교수님! 안녕하세요.

그미에게 호랑이 연구를 권한 교수는 제자의 갑작스러운 전화에 걱정스러운 목소리로 물었다.

— 큰 기러기! 사고라도 생겼나?

그는 미츠코 대신 꼭 홍鴻의 뜻을 새겨 '큰 기러기'라고 불렀다. 훨훨 훨훨훨 세상을 돌아다닐 팔자가 그 이름에서부터 비롯되었다면서.

— 아니에요. 여쭤볼 게 하나 있어서요.

— 난 또 무슨 큰일이라도 난 줄 알았네.

— 준비는 마치셨어요?

— 무슨 준비?

— 백호 맞을 준비요.

— 백호……라니?

불길했다.

— 백두산에서 야생 백호를 한 마리 생포했어요. 내일 밤 부산을 거쳐 도쿄로 이송할 계획이라고 하던데요. 도쿄로 간다면 당연히 교수님께 연락하여 의논드리고 또 우리 연구소 맹수용 우리에 넣어둘 것이라고 생각했는데…….

— 금시초문일세. 도쿄로 이송한다고? 희한한 일이군.

— 희한하다고요?

— 조선 호랑이를 연구하는 것이 얼마나 중요한가를 거듭 주장했지만 도통 듣질 않더군. 그들이 탐내는 건 호랑이를 죽인 뒤 그 시체에 발을 딛고 찍은 사진 한 장과 비싼 털가죽이 전부야. 살려서 도쿄까지 데려온 예가 없단 말일세. 백호라…… 야생 백호는 희귀한데! 도쿄로 이송하는 게 사실이라면 자네가 꼭 붙어 함께

오도록 해. 내 도움이 필요하면 언제든 연락하고.

— 알겠습니다. 또 연락드릴게요.

전화를 끊은 뒤, 도쿄 인근 대학 연구소와 동물원에 두루 연락을 취했다. 백호를 받기로 한 곳은 없었다. 그미는 총에 맞은 기러기가 큰 날개를 접은 채 추락하듯 팔걸이의자에 주저앉았다. 사환이 급히 냉수 한 잔을 받쳐 들고 왔다. 차가운 물이 식도를 타고 내려가는 동안, 흰머리의 미래가 결코 일어나서는 안 되는, 그미 자신의 목숨을 걸고서라도 막아야 하는 쪽으로 점점 뚜렷하게 그려지기 시작했다. 총독 부부의 말을 의심한 적은 태어나서 처음이었다. 한번 의심을 품으니, 다시는 속지 않기 위해 누군가를 속일 일들이 해질 무렵 가로등처럼 하나하나 떠올랐다. 그미는 사환을 불러 동전 하나를 쥐여주며 머리를 쓰다듬었다.

— 괜찮으세요?

— 조금 어지럽지만 견딜 만해. 이 방에서 내가 전화 건 일은 너와 나만의 비밀이다. 알겠지?

— 언제까지 비밀을 지켜야 하는데요?

사환이 눈을 동그랗게 떴다.

— 내일 밤까지.

사육사들은 분주했다. 치요코의 명령에 따라 마당을 쓸고 흰머리의 우리에 대형 천을 씌웠다. 병사들은 관람객이 창경원을 모두 빠져나갈 때까지 볼링핀처럼 늘어서서 우리를 지켰다. 치요코는 원장실로 올라간 주홍이 궁금한지 자꾸 고개를 돌리고 발뒤꿈치를 들었다. 그미의 모습은 보이지 않았다. 치요코는 히데오의 총에 맞은 늙은이가 쓰러진 곳에 쭈그리고 앉아 피에 젖은 땅바닥을 수건으로 훔쳤다. 피와 흙이 뒤범벅으로 붉었다. 치요코가 일어나 마사오를 향해 물었다.

— 그 노인도 병원으로 옮겼나요?

마사오는 대답 대신 치요코의 손에 들린 피 묻은 수건을 쳐다보았다.

— 우리도 그 미친 늙은이를 찾고 있습니다. 창경원을 울음바다로 만든 이유를 확인하기 위해서. 그런데 대장님이 습격당해 혼란스러운 틈을 타 사라졌습니다. 다리에 총상까지 입고 대체 언제 어떻게 창경원을 빠져나간 건지, 참! 혹시 못 보셨습니까?

치요코가 뚱한 표정으로 고개를 저었다.

산은 창경원을 벗어나지 않았다. 위험을 감수하고서라도 흰머리 곁에 머물고 싶었던 것이다. 관람객을 오후 4시부터 다시 받기로 정한 탓에 원내는 조용하다 못해 을씨년스러웠다. 산은 느티나무 뒤에 몸을 숨긴 채 엎드려 곡을 하던 이들의 슬픔이 뭉친 자리를 바라보았다. 히데오의 해산명령에도, 권총 앞에서도 그들은 울음을 그치지 않았다. 산은 7년 세월 동안 오로지 흰머리와 자신의 대결에만 집중했다. 둘 사이엔 풀 한 포기 실개천 하나 없었다. 오늘 울음을 터뜨린 이들은 흰머리의 불행을 자신의 불행으로, 흰머리의 답답함을 자신의 답답함으로, 흰머리의 분노를 자신의 분노로, 흰머리의 슬픔을 자신의 슬픔으로 받아들였다. 어떻게 이런 일이 가능할까. 호랑이를 숭배하는 종교집단일까. 아니다. 산도 똑똑히 보지 않았던가. 곡을 시작한 늙은이 뒤로 엎드린 이들은 남녀노소 제각각이었다. 시간이 지날수록 무릎을 꿇고 슬픔의 대열에 합류하는 이가 늘었고, 창경원 전체를 슬픔의 늪에 빠뜨렸다. 히데오도 전염병보다 빠른 전파력에 놀라 권총까지 뽑아 든 것이다. 산이 막지 않았다면? 히데오는 늙은이를 죽였을까. 개마고원을 벗어나면서부터 산은 너무 많은 것들이 그의 삶에 끼어든다고 느꼈다. 흰머리와 산, 단둘만의 시간이 필요했다. 저만치 어깨를 펴고 바삐 걸어 내려오는 그미가 보였다. 산은 엄지발가락에 힘을 실었다.

산과 주홍의 눈이 마주쳤다. 시무룩하던 그미의 두 눈에 놀라움이 차올랐고 그다음엔 잔잔한 미소가 번졌다. 산보다 먼저 그미의 팔을 잡은 이는 치요코였다. 병사들이 철수한 다음에도 우리 뒤에서 기다린 모양이었다. 산은 잠복한 포식자를 발견한 사슴처럼 급히 나무 뒤로 물러났다. 청룡이 슬쩍 나무를 쳐다보고는 온몸을 부르르 떨었다. 두 친구의 말소리까지 들릴 만큼 가까운 거리였다. 그미가 일부러 목소리를 높였다.

— 흰머리는?
— 멧토끼를 두 마리 넣어줬고, 지금은 조용해.
— 어깨는?
— 괜찮아.

— 이마의 상처는?

— 피딱지가 앉았어. 마음 같아서는 소독하고 싶지만, 내일 저녁까지 우리 안으로 들어가지 말라는 원장님의 엄명도 내렸고.

— 강한 녀석이니 끄떡없을 거야.

— 병원에 갈 거지?

— 응. 너도 가려고?

— 가봐야지.

— 너까지 갈 필요는 없는데…….

치요코가 팔짱을 꼈다.

— 원장님이 가서 보고 오란다. 이유야 어떻든 원내에서 벌어진 일이니 뒷말 나오지 않게 조처하란 지시야. 공무라고.

그미가 고개를 슬쩍 돌려 나무들을 곁눈질했다.

— 밤에는 뭐해?

— 뭐하긴. 흰머리 때문에 할 일이 많아. 내일 귀빈들 오실 테니 준비해야지. 밤샘은 기본이고.

— 어차피 밤샐 거면 저녁에 잠깐 시내 구경이나 시켜줘.

— 시내 구경?

— 응. 개마고원에서만 지냈더니 커피랑 맥주도 마시고 싶고 음악도 듣고 싶고 그러네. 요즘은 어디가 좋아?

— 데블Devil이라고 들어봤어?

— 데블? 악마?

— 응. 문인들도 꽤 많이 오고, 파리풍인데 꽤 근사해. 거기 가자

그럼.

그미가 고개를 끄덕이며, 나무 뒤에 숨은 산에게까지 똑똑히 들리도록, 목청을 높여 앵무새처럼 반복했다.

— 데블? 데블! 좀 무섭다 애!

의식이 돌아왔을 때 히데오가 처음 떠올린 단어는 추위였다. 발끝에서부터 머리끝까지 북풍이 훑고 감고 패대기쳤다. 입이 얼어, 덮을 것을 달라는 말도 못 하고, 눈꺼풀에 힘을 줘도 어둠을 지우기 어려웠다. 개마고원 어느 골짜기에 버려졌는가. 영하 30도를 오르내리는 밤에 홀로 꽁꽁 얼어붙었는가. 오른손 끝에 무엇인가가 닿았다. 히데오는 온 신경을 다섯 손가락에 집중한 후 힘껏 뻗어 그것을 쥐었다. 손이다. 살았다. 혼자가 아니다. 아, 그런데 너무 차가웠다. 온기라고는 전혀 없었다. 혹시 내가 죽은 시체의 손을 잡았을까. 그렇다면 이 손의 주인은?

— 깨셨습니까? 대장!

끝이 양 갈래로 갈라지는 빠른 목소리. 낯이 익다.

— 걱정 마십시오. 여긴 병원입니다. 제국대학 부속병원.

병원이란 두 글자를 듣자마자 추위가 한순간에 가셨다. 히데오는 눈을 뜬 후 자신이 쥔 손부터 들어 살폈다. 수의 의수였다.

— 며칠 푹 쉬셔야 한답니다. 피멍도 들었고.

히데오가 도끼눈으로 물었다.

— 창경원은?

— 모두 해산했습죠.

— 그 늙은이는?

— 사라졌습니다.

— 사라져?

몸을 일으키려고 허리에 힘을 실었지만 옆구리로 파고드는 통증 때문에 짧은 숨을 토하며 다시 누웠다.

— 한데 넌 왜 여기 있는 거지?

— 네?

— 네 형 품삯까지 다 쳤으니 두 번 다시 볼일 없을 텐데. 아직도 속여 먹을 일이 남았나?

— 속여 먹다뇨? 아닙니다. 저는 다만 대장님이 걱정되어서. 그래도 한때는 대장님을 모시고 개마고원을 누비던…….

— 잡담이나 지껄이려거든 당장 나가.

수가 허리를 숙이며 목소리를 낮췄다. 그 눈빛이 제법 진지했다.

— 제 말씀만 들었어도 이런 일은 당하지 않았을 겁니다.

— 말씀이라니?

— 그냥 말씀드리긴 좀 그렇고…….

— ……죽고 싶어?

히데오가 손을 내려 허리춤을 더듬었지만 빈 권총집만 잡혔다.

— 권총은 대장님을 급습한 괴한이 챙겨갔습죠. 꼭 드리고 싶은 말씀이 있습니다. 이걸 듣고 나서도 정말 죽이고 싶으시다면……저 창문으로 뛰어내립죠. 약속드립니다.

— 이제 너랑 거래는 안 해. 흰머리도 잡았고.

— 잡지 못한 게, 정말 붙잡고 싶으신 게 하나 남았지 않습니까?

— ……산 말이냐?

— 큰 걸 바라지도 않습니다. 어제 주신 금액 정도면 됩니다.

— 노름판에라도 낀 거야?

— 팔 두 짝 다 잃은 병신을 끼워주는 판이 많질 않네요. 어느 판이든 끼워주기만 한다면야 껴야죠. 주시겠습니까?

히데오는 즉답 대신 얼굴을 찡그렸다. 얻어맞은 관자놀이가 바늘로 찌르듯 아파왔던 것이다.

— ……절반! 그 이상은 안 돼.

수가 무표정하게 히데오를 쳐다보다가 갑자기 썩은 이를 드러내며 소리 내어 웃었다.

— 좋습니다. 일단 개마고원 최고의 포수 산이 경성에 왔단 정보로 절반을 챙깁죠.

— 확실한가?

— 오늘 새벽 제 돈을 빼앗아 갔습니다. 팔 하나만 성했다면 맞붙어 싸웠겠지만. 절 들쳐 업고 이 병원까지 온 걸요.

— 들쳐 업어?

— 모든 판에는 텃세가 있잖습니까? 가볍게 한판 붙었는데, 그 인간이 하필 그때 온 거죠. 의수가 둘 다 망가져서 바꿨답니다. 호랑이뼈로 만든 게 아니라서 아쉽긴 합니다만, 어때요, 새 건데?

수가 의수를 들어 보였다.

— 새벽이면 아직 경성 안에 있겠군.

— 당연하죠. 그 인간이 뭣 때문에 위험한 줄 알면서도 경성으로 들어왔겠습니까? 두 가지 때문이죠. 하나는 주 선생! 또 다른 하나는, 말씀 안 드려도 아시겠죠?

— 흰머리겠군.

— 맞습니다. 주 선생과 흰머리가 경성에 있는 한 그 인간도 이 도시를 떠날 수 없습죠. 어려서부터 함께 자랐기 때문에, 그 인간이 얼마나 고집 세고 집착이 심한지 잘 압니다. 사랑하는 여자와 증오하는 짐승! 이보다 더 그를 끌어당기는 건 없습죠. 진작 이 말씀을 드리고 싶었는데, 대장님이 자꾸 막으시는 바람에…….

— 약속한 금액을 주지. 이제 나가.

히데오는 수의 너스레를 듣기 싫은 표정이었다. 수는 오늘 밤도 큰판에 끼길 원했고, 어제 받은 돈의 절반으로는 판돈이 부족했다.

— 나머지 절반도 주셨으면 합니다. 정보가 하나 더 있거든요.

히데오는 수의 말없는 웃음이 오늘따라 비굴하기보다는 음흉한 쪽에 가깝다는 생각을 했다. 팔 하나가 더 떨어져나간 만큼 악마의 그늘에 더 가깝게 다가선 듯했다.

— 정보라고?

— 대장님도 보통 몸이 날렵한 분이 아니십니다. 웬만한 장정 한 둘쯤은 쉽게 쓰러뜨리시죠. 한데 오늘 창경원 호랑이사 앞에선 속수무책으로 당했습니다. 손에 권총까지 들고 계셨는데도 말입죠.

— 습격을 받는 바람에…….

― 맞습니다. 놈은 어느 방향에서 뛰어올라야 대장님의 시선에 잡히지 않는가를 알 만큼 노련하더군요. 정면이나 측면이 아니라 대장님의 등을 바라보며 달려와선 허리를 비틀어 원을 그리며 권총을 발로 차고 관자놀이를 주먹으로 찍었습니다. 중절모를 깊이 눌러쓴 데다가 주먹을 내지른 후 곧장 돌아서서 달아났기 때문에 얼굴을 보긴 어려웠지만 얼굴 따위는 확인할 필요도 없습죠. 어려서부터 저 역시 그 동작을 수도 없이 반복했거든요.

― 날 습격한 놈이 산이라고?

― 정면에서 멧돼지와 맞섰다간 받혀 죽기 십상입니다. 바람을 안고 냄새를 숨기면서 최대한 가까이 접근한 뒤에 달려나가 몸을 비틀면서 목과 가슴에 창을 꽂아야 합니다. 아버지는 우리 형제가 걸음마를 마친 후부터 그 기술을 가르쳤어요. 개마고원에서 살아남기 위해선 반드시 익혀야 하는 첫 기술입죠. 개마고원도 아닌 경성에서 그 기술을 멋지게 선보일, 게다가 히데오 대장을 향해 겁 없이 덤빌 사내가 그 인간밖에 더 있겠습니까요? 어떻습니까, 절반을 넉넉히 채울 정보가 맞지요?

히데오가 킬킬거리는 수를 노려보았다.

― 하나만 묻자.

― 말씀하십쇼.

― 왜 그런 걸 내게 알려주는 거지? 돈 때문이야?

― 당연히, 돈 때문입죠. 그리고…….

― 그리고?

— 저도 그 인간이 대장님만큼이나 싫습니다. 내 팔 두 짝이 호랑이에게 뜯긴 것도 따지고 보면 다 그 인간 때문이니까요.

— 그래도 친형 아니냐?

— 전 부모도 형제자매도 없는 고아입니다, 팔을 잃던 날부터.

— 내가 산을 어찌할 것 같으냐?

수가 피식 웃었다.

— 솔직히 말씀드려도 됩니까?

— 솔직히!

— 관심 없습니다, 죽이든 살리든. 저 같으면 일단 사로잡고 보겠습니다.

— 사로잡는다?

— 그 인간이 호랑이의 혼을 지녔다는 얘기, 그거 농담 아닙니다. 호랑이가 가장 싫어하는 게 뭔지 아십니까? 바로 생포되는 겁니다. 그 자체가 최고의 모욕이죠. 사로잡히면, 그 인간 모르긴 몰라도 스스로 목숨을 끊으려 들지도 모릅니다.

— 네가 이렇게 사악한 줄 몰랐다.

— 악한가 선한가로 판단할 문제는 아니죠. 아름다운가 추한가로 따지신다면 또 모를까.

— 네가 하는 이 짓이 아름답다는 거냐?

— 사람이 아름답고 추하진 않죠. 다만 그 사람을 아름답게 하는 게 따로 있다는 것 정도는 압니다요. 개마고원의 들꽃처럼, 이곳 경성에서 사람을 가장 아름답게 만드는 건 돈입죠.

— 돈이 꽃보다 아름답다 이 말인가?

— 꽃이야 시들면 그만이지만 돈은 시드는 법이 없습죠. 팔 하나를 더 잃고 나니, 믿고 의지할 건 오로지 돈뿐이더라고요. 돈만 있으면 저 같은 병신도 아름답다 칭송 받으며 살 테니까요. 혹시 그 인간을 사로잡을 방법은 세워두셨습니까? 이번엔 지금까지 주신 돈의 두 배를 원합니다만…….

— 방법이 있다?

— 소독 냄새 풀풀 나는 병실에서 몽동발이 신세인 곰배팔이가 할 일이 무엇이겠습니까? 상상이 전부입죠. 이왕 상상으로 영화를 만드는 거라면 치고받고 죽고 죽이는 총잡이 영화가 최고입죠. 외팔이 신세일 때, 포수 짓도 못 하고, 구경삼아 서너 번 경성 나들이를 했을 때 본 적이 있습니다요. 주연이 누구냐에 따라 상상은 정반대로 흐르더군요. 개마고원의 명포수 산이 주연인가 아니면 해수격멸대 대장 히데오가 주연인가. 그동안 모셨던 상관이니 대장님께 우선권을 드립죠. 주연을 맡으시겠습니까, 좀 비싸긴 하지만?

— 내가 거절하면 산을 주연에 앉힐 거냐?

— 그 인간을 주연에 두는 일은 절대 없습니다. 강 건너 불구경이나 하겠죠. 오늘 판 벌릴 돈은 이미 챙겼으니 그도 나쁘진 않습니다. 저는 걱정입니다. 대장님만 불행해지지 않으실까. 사랑하는 여인도 잃고 또 한 차례 큰 봉변을 당하실 것만 같아서 이 가슴 갈기갈기…….

— 두 배! 주지, 산 그놈만 사로잡을 수 있다면.

수가 의수 둘을 번쩍 들어 올려 만세 부르는 시늉을 했다.

— 역시 대장님이십니다.

— 어서 자세히 설명해봐, 네 그 상상으로 만든 영화란 거.

— 급하기도 하셔라. 먼저 밖에 보초라도 하나 단단히 세우시죠. 여긴 병원입니다. 수시로 의사와 간호사와 환자와 문병객들이 들락날락거리는.

주홍이 병실에 도착하자 문 앞에 선 병사는 잠시 기다려달라고 했다. 면회가 어려울 정도로 심각하냐고 물었더니 깨어나긴 하셨다고 짧게 답했다. 잠시 후 병실에서 나온 이는 수였다.

— 주 선생님! 병문안 오셨군요. 하긴 개마고원에서 대장이랑 그래도 말이 통하는 분이 주 선생이셨죠. 이제 와서 하는 얘기지만 난 두 분이 거기서 연애라도 하시지 않을까 생각했었어요. 눈 덮인 개마고원에서 청춘남녀에게 가장 어울리는 일이 사랑 아니겠습니까?

— 나 잠깐만 봐요.

그미가 차갑게 명령조로 말한 뒤 돌아섰다. 그미는 출입이 드문 복도 끝까지 걸었다. 수가 가까이 따라붙었다.

— 돈가방, 정말 모르십니까?

그미가 돌아서서 수를 쏘아보았다.

— 그건 왜 또 묻죠? 모르는 일이라고 했잖아요.

— 날 속일 생각일랑 마십시오. 형을 만났지 않습니까?

— 형이라고요?

그미는 시치미를 뗐다. 수가 또 넘겨짚는 것인지도 모른다.

— 히데오 대장을 급습한 중절모 사내.

— 몰라요.

— 모른다고요? 화가처럼 잔뜩 멋을 낸 형은 곡을 시작한 늙은이 곁에 줄곧 서 있었어요. 주 선생과는 속삭여도 들릴 만큼 가까운 거리였죠. 형이 왜 어울리지도 않는 옷을 입고 모자를 쓰고 거기까지 갔을까요? 두 가지 때문이에요. 하나는 7년을 쫓은 흰머리가 무사한지 보려고, 또 하나는 주 선생님을 만나려고. 아닌가요?

창경원에 나타난 산의 복장과 동선을 정확히 지적하는 것을 볼 때, 단순히 넘겨짚는 것은 아니었다. 계속 잡아뗄 것인가. 그미는 흥정에 익숙하지 않았고, 수는 돈을 얻는 일이라면 간과 쓸개까지 걸 정도였다. 그미는 수가 산의 하나뿐인 친동생이란 사실에 기대기로 마음을 고쳐먹었다.

— 말했나요?

— 잠깐! 그냥 답하는 건 심심한 일입니다. 주 선생님도 아시겠지만, 곰배팔이는 기회가 생길 때 한몫 챙겨야 하는 법입죠. 무일푼으로 거리에 나앉을 수는 없지 않습니까?

— 친형을 걸고 흥정을 하자는 거예요?

— 아닙니다. 흥정이라뇨? 다만 이 불쌍한 놈에게 작은 배려를 해주십사 하는 것입죠.

— 원하는 게 뭔가요?

— 아직 세어보시지 않은 모양이군요.

— 돈가방은 내게 없어요. 원하는 액수를 말해요. 그 안에 든 금액이 얼마였죠?

— 아시잖습니까?

— 농담 아니에요. 마음 바뀌기 전에 빨리 말해요.

수는 산과 자신의 품삯을 더한 값을 1.5배로 부풀렸다. 그미는 순순히 그 숫자를 받아들였다. 수의 표정에 2배를 부르지 않은 것을 후회하는 빛이 얼핏 스쳤다. 엎질러진 물이었다.

— 배려해주신다니 감사합니다. 그럼 이야기를 이어가볼까요?

— 말했나요?

— 무슨?

— 중절모 사내가 형일 거라는 말, 히데오 대장에게 했어요?

— 아닙니다. 제가 아무리 돈이 급하기로서니 형을 팔진 않습니다. 이래봬도 개마고원의 포수라고요.

— 그럼 병실에서 단둘이 무슨 얘길 나눴어요?

— 마찬가지로…… 작은 배려를 해주십사 부탁드렸습죠. 새벽에 돈가방을 형이 가져가는 바람에 빈털터리 신세입니다. 고맙게도 도와주시겠다더군요.

— 그게 다인가요? 딴 얘기는 없었고요?

— 딴 얘기? 뭘 말씀하시는 겁니까?

그미가 서둘러 이야기를 정리했다.

— 아뇨. 됐어요. 앞으로도 형 얘긴 대장에게 하지 말아줘요.

— 하나만 물어봐도 되겠습니까?

이번에는 수가 끝나가던 이야기를 쥐고 버텼다.

— 좋아요. 궁금한 게 뭐죠?

— 앞으로 어찌하실 생각입니까?

— 어찌하다뇨?

— 형 말입니다. 형과 계속 만나실 건가요?

그미가 주저하지 않고 답했다.

— 당연하죠. 사랑하니까.

산은 주홍과 치요코를 뒤쫓아 제국대학 부속병원까지 왔다. 해수격멸대 소속 병사들이 정문을 지키지 않았다면, 병원으로 들어가서 말을 건넬 기회를 엿보았으리라. 목줄을 한 청룡은 심심한 듯 앞발을 쭉 뻗고 앉았다가 고개를 들고 주변을 살폈다. 줄을 쥐고 있던 병사가 청룡의 시선을 따라 맞은편을 쳐다보았다. 아무도 없었다. 산은 병원 건물을 돌아서 뒷길로 접어들었다. 얼굴이 통통 부은 쌍해가 만두를 한 보따리 들고 그중 하나를 베어 물며 걸어왔다. 싱겁고 양이 적은 병원 밥을 견디지 못 하여 몰래 뒷길에 있는 만두가게를 다녀오는 길이었다. 환자복에 점퍼 하나만 걸친 차림이 우스꽝스러웠다. 산은 쌍해를 지나쳐 한 걸음 더 내디딘 뒤 돌아서서 어깨를 짚었다. 쌍해가 만두를 양볼 가득 넣은 채, 큰 덩치에 어울리지 않는 날렵한 동작으로 손목을 꺾으며 돌아섰다. 산과 눈이 마주치자 손을 풀었다.

— 뭐야? 사람 놀라게.

산이 쌍해의 보따리에서 만두 하나를 집어 물고 앞장을 섰다. 두 사람은 볕이 잘 드는 담벼락에 나란히 기대섰다. 개마고원에서는 봄날에도 이 정도 따스함을 즐기기 어려웠다. 담 넘어 병원 건물이 보였다.

— 몸은 어떠세요?

— 다 나았다. 당장 사냥을 나가도 돼.

쌍해가 팔을 빙빙 돌려댔다. 순간 살짝 미간을 찡그렸지만 산은 못 본 체했다.

— 히데오 대장이 들어왔더라고…… 수가 워낙 떠들며 올라와서 입원 환자들 모두가 내다봤지. 어렸을 때, 수 그 아이는 참 조용했는데. 하루 종일 들꽃밭에서 나비처럼 한들거리기나 하고. 지금은 완전히 딴사람이 되어버렸어. 그 마음 모르는 건 아니지. 두 팔을 다 잃었으니……. 하지만 너무 지껄지껄 시끄러운 건 사실이야. 듣기 싫어. 보기만 해도 불쌍한 꼴인데, 그전에, 그러니까 내 눈으로 보기도 전에 신세타령을 들어야 하니 말이야.

— 제가, 그랬습니다.

그 순간 산이 불쑥 뱉었다.

쌍해가 짐작했다는 듯 고개를 끄덕였다.

— 누가 겁도 없이 히데오에게 덤벼들었나 했다. 좀 참지 그랬어? 히데오 대장이랑 사이가 안 좋은 건 알지만.

— 참기 어려웠습니다.

— 뭘?

— 히데오 대장 때문이 아니라 슬픔 때문이었습니다.

— 슬픔이라니?

— 아저씨! 호랑이 앞에서 울어보신 적 있으십니까?

— 호랑이 앞에서 울다니? 호랑이를 보면 총을 쏘든지 그물을 던지든지 그도 아니면 달아나기라도 해야지. 그 앞에서 울면 다 죽고 말아. 호랑이가 우는 사정 봐주는 것도 아니고.

— 울더라고요. 한두 명도 아니고 200명이 함께. 철창이 가로막고 있었지만, 우리가 없었더라도 그냥 울기만 할 사람들 같았습니다. 진심으로 호랑이를 걱정하는 울음이었습니다. 히데오 대장은 군인이니까 더더욱 그 혼란을 인정하기 싫었을지도 모릅니다. 총에 맞은 늙은이가 불쌍하기도 했지만, 그보다 먼저 호랑이와 대적하지 않겠다는 마음을 품은 이들 속에 섞인 게 어지럽고 답답했습니다. 아시겠습니까, 제 말?

쌍해가 뒷머리를 긁적였다.

— 어렵군. 산군자를 위해 산신각에서 기도를 드리는 건 많이 봤어도 울었다는 소리는 처음이야. 어쨌든 괜한 짓을 했어. 많은 사람들이 보는 앞에서 히데오 대장을 때렸으니, 앞으로 어떻게 할 거야?

— 그게…….

산의 말을 쌍해가 잘랐다.

— 잠깐! 무슨 일을 하든지 나랑 같이 움직인다고 약속부터 해. 내가 곁에 없으니까 오늘 같은 일이 생기지.

히데오가 눈을 감고서 똑바로 누워 있었다. 주홍은 침대 옆 의자에 앉아 기다렸다. 치요코는 복도에서 기다리고 있었다. 히데오의 이마와 귀밑까지 피멍이 들어 있었다. 그미는 더운물에 수건을 적셔 퍼렇게 멍든 부위를 중심으로 닦아냈다. 히데오가 갑자기 눈을 뜨고 그미를 노려보았다.

— ……언제 왔소?

— 쉬어요, 좀 더.

히데오가 이마에 주름을 잡으며 허리를 일으켰다.

— 누워 있어요.

히데오는 들은 척도 않고 제 무릎을 당겨 앉았다. 긴 한숨을 토하는 히데오에게 그미가 냉수 한 잔을 권했다.

— 괜찮아요?

— 여기까지 올 필요는 없었소.

그미가 유리잔을 다시 받았다.

— 걱정했어요.

— 진심이오?

— 그런 질문이 어디 있어요? 거짓으로 걱정하는 경우도 있나요?

— 아니오. 그런 뜻이 아니라……. 오늘 밤만 쉬겠소. 내일 연회의 경비 책임자도 바로 나라오.

— 힘들면 연회 경비는 다른 장교에게 맡겨도 되지 않나요?

― 이왕 시작한 일이나 끝까지 내가 하겠소. 다른 장교가 창경원 경비를 맡길 원하는 거요?

그미가 고개를 저으며 히데오의 손등을 가만히 감쌌다.

― 개마고원을 모르는 장교가 이 일을 맡는 건 싫어요. 부산을 떠나 도쿄에 다다를 때까지도 계속 흰머리를 지켜줄 거죠?

― 물론이오.

히데오가 제 손등에 얹힌 그미의 희고 가녀린 손을 물끄러미 내려다보았다. 개마고원에서는 형식적인 악수도 나눈 적이 없었다. 그미의 마음이 산에게 기운 뒤로는 눈길도 주고받지 않았고 꼭 필요한 말 외엔 대화도 삼갔다. 히데오는 자신을 바라보는 그미의 부드러운 시선에 힘입어 용기를 냈다.

― 부탁이 하나 있소.

그미가 고개를 끄덕였다.

― 내일 연회에 올 때 내가 선물한 목걸이를 하고 와주겠소?

― 미안해요. 치요코랑 내일도 호랑이사 곁에 머물 예정이에요.

― 그 일은 창경원 사육사들에게 맡기시오. 내일 연회에 총독 부부를 비롯한 경성의 고관대작이 모두 참석한다오. 총독님이 친딸처럼 아끼는 주 선생이 작업복 차림으로 우리 앞을 지킬 순 없소. 아름다운 연회복을 입고 총독 부부와 나란히 입장해야 하오. 그때 사파이어 목걸이가 어울리지 않을까 생각하오만…….

― 알겠어요. 쾌유를 비는 의미에서 그 목걸이를 할게요. 한데 어색하지 않을까요?

— 어색하다?

— 시호테알린 산맥과 아무르 강, 개마고원에서 백두산까지 산과 벌판을 선머슴처럼 돌아다녔죠. 갑자기 연회복을 입고 사파이어 목걸이를 하면…….

— 아름다울 거요, 경성 최고의 미인보다도 훨씬…….

히데오가 찬사를 던진 뒤 쑥스러운 듯 말끝을 흐렸다. 그미가 어색한 침묵을 지우려는 듯 그의 손등을 가볍게 두드리며 속삭였다.

— 알겠어요. 그 목걸이를 하고 참석하죠.

산은 쌍해와 만두를 먹고 헤어졌다. 허기를 덜어내니 졸음이 밀려들었다. 산은 걷기 시작했다. 종로4정목까지 곧장 내려온 뒤 동대문 앞에서 멈춰 엄지로 중절모를 젖혔다. 전차를 타려고 승차장에 모여선 이들이 산을 흘끔 쳐다보았다. 찬바람이 거리의 간판들을 흔들었다.

— 비키슈.

등 뒤에서 전차가 오고 있었다. 산은 철로를 벗어나서 잠시 사람들이 타고 내리는 모습을 쳐다보다가 자신도 전차에 올랐다. 기차는 여러 번 타보았지만 경성시가를 두루 도는 전차는 처음이었다. 산은 제일 뒤 창가 자리에 앉았다. 오간수교를 지난 전차는 경성운동장을 지나 황금정 쪽으로 방향을 틀었다. 사람도 건물도 간판도 다가서기가 무섭게 획획 지나쳤다. 입구 쪽에 앉은 사내가 산을 뚫어져라 쳐다보다가 다가왔다.

― 당신…… 맞죠?

산은 대꾸하지 않고 눈으로만 쏘아보았다.

사내는 답답한 듯 다시 물었다.

― 창경원에 있었잖소? 나도 백호 구경 갔었소. 김이라고 부르시오.

― 사람 잘못 봤소.

산은 짧게 대답한 후 외면했다. 그러나 사내는 아예 옆자리를 차지하고 앉아선 얼굴을 하나하나 뜯어보다가 갑자기 중절모를 가리켰다.

― 맞네. 앞쪽이 약간 이지러졌더니…… 걱정 마쇼. 고발할 작정이었으면 말을 붙이지도 않았을 거요. 참 놀라운 솜씨입디다. 어떻게 단 한 방에 혼절까지 시키느냔 말이오. 손도 크고 단단하구려. 그 상처는 어디서 난 거요? 고향이 어디요? 자꾸 묻는다고 의심하지 마시오. 나는 신문기자요.

이목이 점점 산에게 쏠렸다. 몇몇은 수군거리며 창경원, 백호, 히데오 등의 단어를 주고받았다. 피곤함 탓일까. 아무리 경성 땅이 넓기로서니 창경원 가까운 정류소에서 전차를 탄 것이 어리석었다. 밤이 올 때까지, 야행성 짐승처럼 더 꼭꼭 숨어 기다려야 했다.

― 보아하니 경성을 잘 모르는 것 같은데, 어디서 왔소?

기자란 질문이 많은 족속이다. 밀림에서만 지낸 산은 이처럼 집요하게 추궁하는 이를 처음 봤다. 도끼눈으로 위협하고 싶은 기색을 했지만, 김은 못 본 체하며 질문 세례를 이었다.

— 움직임이 호랑이 같았소. 무술은 언제부터 배운 거요? 곡을 시작한 늙은이와는 전부터 아는 사이요?

그 순간 전차가 조선은행 앞에 멈췄다. 산은 사내가 막을 사이도 없이 차창으로 뛰어내려 골목으로 숨어들었다. 사내는 안심하라 했지만, 산은 자신 외에는 그 누구도 믿지 않았다. 개마고원이든 경성이든, 산에겐 똑같은 밀림이었다.

종로통 탑골공원 옆 2층 건물에 자리 잡은 카페 '데블'은 해가 지기 전부터 손님으로 넘쳐났다. 한글이나 일본어 대신 영어 대문자로 'DEVIL'이라고 나무판에 큼지막하게 새긴 간판부터 멋스러웠다. 폴 화이트맨 악단의 흐느적거리는 재즈 선율이 서양 그림과 책, 꽃병들과 어우러져서 이국적인 정취를 자아냈다. 카페를 찾는 이들은 대부분 학생이거나 예술가, 기자들이었다. 더러 취기에 카페로 들어오려는 인부나 장사꾼도 있었지만, 카페에서 고용한 건장한 청년 두셋이 출입문에서 잡인들을 막았다. 네온사인이 내려다보이는 창가에 마주 보고 앉은 주홍과 치요코는 주문을 받으러 온 여급에게 맥주부터 두 병 시켰다. 양장 차림의 조선인 여급은 화장이 짙고 눈웃음이 흔했다. 여급이 술을 가지러 가자 치요코가 일본말로 속삭였다.

— 김옥순이야.

— 김옥순?

— 영화 '장화홍련전'에서 '장화'역을 맡은 배우, 몰라?

― 호랑이들이랑 노느라고 영화본 지 너무 오래됐어. 한데 여배우가 여급을?

― 데블의 여급 중 절반이 영화에 한두 번 출연한 적 있는 배우들일걸. 영화야 짬날 때 틈틈이 찍는 거고 밥벌이는 여급 노릇으로 하는 거지.

― 너 경성 사람 다 됐다. 종로통 카페 여급의 주머니 사정도 알고.

― 신문에서 읽었지 뭐. 팁을 많이 받는 여급은 그 돈으로 집도 사고 차도 사고 그런대.

― 집에 차까지? 설마.

― 아예 그 돈으로 카페를 인수한 여급도 있대. 하여튼 돈 받고 몸 파는 여자들이랑은 달라. 여학교까지 나온 이도 꽤 있고.

― 부럽니?

― 하하. 부럽다 부러워. 나야 새벽부터 늦은 밤까지 원숭이들 시중들고 팁 한 푼 못 받는데, 여급들은 몇 번 미소나 짓고 맥주나 나른 뒤 두둑한 팁까지 챙기니 부럽고말고.

― 그럼 너도 여급 해라? 혼마찌 쪽에는 기모노 입고 손님 받는 본토에서 건너온 여급도 꽤 있다며?

― 됐네요. 난 그냥 원숭이들이랑 놀래. 세상에서 제일 이기적인 동물이 바로 인간, 그중에서도 뭣 좀 안다는 사내들이야. 그 사내들 비위 맞추며 살다간 제명에 못 죽지.

여급이 맥주 두 병을 유리잔과 함께 들고 왔다. 그미와 치요코는 각자의 잔에 술을 따른 뒤 잔을 부딪쳤다. 치요코는 한 모금 마시고 내려놓았지만 그미는 거품까지 모두 비웠다.

― 나야 너랑 노니까 좋지만, 아줌마랑 아저씨는 서운하지 않겠어? 전화드렸을 때 저녁 준비로 바쁜 눈치였어. 널 위해 멋진 상을 차리려고 하셨던가봐.

― 어제 저녁도 배불리 먹었어.

― 저 사람들 왜 자꾸 우릴 쳐다보는 거지? 관심 있는 건가?

치요코는 벌써 맥주 한 잔에 뺨이 발그레했다.

― 그게 아니야.

― 그럼?

― 해수격멸대원들이야, 우리를 따라왔어.

― 정말?

치요코의 목소리가 잦아들었다.

― 응. 창경원에서 데블까지 줄곧.

― 난 전혀 몰랐는데.

― 히데오가 보낸 사람들이야.

― 왜?

― 날 의심하는 거지.

― 널 사랑하는 거 아녔어?

― 사랑도 하고 의심도 하고.

― 무슨 의심? 혹시 새벽에 그 남자랑 만난 거 히데오 대장에게 들켰니?

— 아니. 그보다 더 큰일이 터졌어.

색소폰 선율이 옆자리에 앉은 이들의 대화를 흐릿하게 지웠다. 치요코가 눈을 반짝이며 다음 이야기를 기다렸다.

— 그이야, 히데오를 때려눕힌 사내.

— 뭐? 자, 잠깐! 그러니까 히데오를 기절시킨 중절모가 너랑 같이 있었던 개마고원 포수라고? 이름이……?

— 산.

— 그래, 산! 산, 그 사람이 왜 히데오를 급습한 거야? 너도 알고 있었어?

— 아니, 난 그이가 창경원에 다시 온 줄도 몰랐어.

— 그럼?

— 히데오가 노인에게 권총을 겨눴잖아.

— 그렇다고 총 든 군인한테 호랑이처럼 달려들어? 자기 일도 아닌데? 혹시…… 너 산이라는 사람과 이 카페에서 만나기로 했니?

— 응.

치요코가 그미의 팔뚝을 살짝 꼬집었다.

— 기집애. 왜 진작 말해주지 않았어?

— 넌 거짓말 못 하잖아? 괜히 아줌마께 전화할 때 목소리라도 떨릴까봐.

— 네 연애에 날 이용한 거구나.

치요코가 눈을 흘겼다가 이내 웃음을 터뜨렸다.

— 멋지다, 너. 호랑이만 사랑하는 줄 알았더니 호랑이 같은 남

자랑 진짜 연애를 하는구나. 한데 그치는 어디 있어? 격멸대원들
이 함정을 팠으니 여길 오면 안 되잖아?

카페 안을 살피는 치요코에게 그미가 목소리를 낮췄다.

— 돌아보지 마.

그미가 술잔을 들었고 둘은 다시 잔을 부딪쳤다.

— 그이는 함정 따위에 빠질 사람이 아냐.

— 호오 그래? 그렇게 대단하셔? 저렇게 찰거머리처럼 미행이
붙었는데 사랑하는 그이를 오늘 밤에 만날 수 있을까?

— 만나야 해. 꼭!

그미의 목소리에 굳은 의지가 서렸기 때문에 치요코는 농담을
이어가지 않고, 흘끔 그미가 미행꾼으로 지목한 사내들을 살폈다.

— 홍아! 다 털어놔봐. 무슨 비밀이 산더미니?

— 괜히 널 끌어들여 피해주기 싫어.

— 점점. 정말 화가 나려고 그러네.

치요코가 눈을 흘겼다.

— 알았어. 흰머리 때문이야.

— 흰머리가 왜?

— 도쿄에 연락해봤는데, 흰머리를 받을 예정인 연구소나 동물
원이 없더라고.

— 그게 무슨 소리야. 부산을 거쳐 도쿄로 이송된다고 총독님이
그러셨다며?

— 맞아. 히데오 대장도 그리 말했고.

— 다 연락해본 거야? 빠진 데는 없고?

— 없어.

— 그럼…… 혹시?

그미가 고개를 끄덕였다.

— 설마?

— 다른 추측을 하기 어려워. 호랑이 털가죽으로 만든 옷은 최고급품이니까.

— 전에도 호랑이 가죽옷 몇 벌이 황실에 은밀히 올라갔단 얘긴 들었어. 어찌할 생각이야?

— 흰머리가 죽게 내버려둘 순 없지.

— 해수격멸대랑 맞서 싸우겠다고? 위험해.

— 그러니까 넌 빠져.

— 그 얘기가 아니잖아?

— 어색한 침묵이 흘렀다.

치요코가 목소리를 낮췄다.

— ……계획은 세웠어?

— 그이와 좀 더 의논해봐야 돼.

— 내가 뭘 도울까?

— 우선 흘끔거리지 말고 목젖이 보일 만큼 웃어.

— 웃어?

그미는 맥주를 한 병 더 시켜 치요코와 나눠 마셨다. 두 사람은 자주 손뼉을 치며 웃었고 'Sing Sing Sing' 같은 재즈곡을 따라 흥얼거리기도 했다. 삶의 고민 따위는 전혀 없는 젊은이들처럼.

주홍이 먼저 계단을 내려왔다. 치요코는 술값을 치르느라 잠시 계산대 앞에서 머뭇거렸다. 치요코가 출입구를 막고 서는 바람에 사내들은 서로 눈치만 살필 뿐 자리에서 일어서지 않았다. 그미는 거리로 내려서서 잠시 네온사인을 쳐다보았다. 디 이 브이 아이 엘! 악마. '엔젤'이란 카페를 찾아볼 걸 그랬나. 인력거 하나가 그미 옆에 바짝 붙어 섰다. 그미가 한 걸음 물러서자, 인력거꾼이 밀짚모자를 주먹으로 밀어 올렸다. 손등에 선명한 멧돼지 문신, 쌍해였다. 그미는 인력거에 재빨리 올라탄 후 계단 쪽을 쳐다보았다. 뒤늦게 내려온 치요코와 눈이 마주쳤다. 그미는 손을 한 번 흔든 뒤 인력거에 깊이 몸을 묻었다.

쌍해의 인력거는 종각을 끼고 광교 쪽으로 돌아서 청계천 북쪽 천변을 따라 달렸다. 병원에 입원한 사람답지 않게 쌍해의 발걸음은 보폭이 크고 힘찼다. 개마고원의 비탈길을 오르내리는 것에 비해 잘 정리된 평지를 달리는 것은 즐거운 놀이나 다름없었다. 인력거를 탄 그미 역시 혼자 배시시 웃고 또 웃었다. 미행꾼들을 멋지게 따돌린 데다 곧 산을 만난다는 기쁨에 벌써부터 가슴이 벅차올랐다.

악마의 손아귀는 벗어나기 어렵다. 쌍해와 주홍이 함께 기뻐할 때, 데블에서부터 줄곧 그들을 따르는 또 하나의 인력거가 있었다. 긴박하게 추격하는 대신 시야에서 놓치지 않을 정도로만 거리를 유지한 채 안개처럼 뒤따랐다. 쌍해의 인력거가 불빛이 없는 좁은 골목 입구에 멈춰 서자, 따르던 인력거는 그 옆 골목으로 아예 숨어버렸다. 그미가 쌍해의 부축을 받아 인력거에서 내려 골목으로 사라진 후에도, 옆 골목의 인력거에서 내리는 사람은 없었다.

— 언제까지 기다립니까요?

대답 대신 지폐 한 장이 인력거꾼의 손에 쥐어졌다. 지폐를 건넨 이가 축축한 흙탕길을 디뎠다. 어둠이 짙어 남자인지 여자인지 늙은인지 젊은인지 구별하기 어려웠다. 쪽문을 더듬어 탁탁 탁 탁 탁탁 박자를 살려 두드렸다. 문이 반쯤 열리자, 미행자는 그미와 쌍해를 완전히 잊은 사람처럼 고개를 숙이고 들어섰다. 문이 굳게 닫혔다.

똬리를 튼 뱀처럼 좁고 어두운 골목을 백 보 넘게 들어갔다.

— 잠시만.

쌍해는 무너진 흙담을 넘어 바람이 숭숭 새는 문을 열었다. 주홍은 고개를 돌려 자신이 걸어온 컴컴한 골목길의 아가리를 살폈다. 똑같은 경성이건만, 데블과 재즈, 화신백화점이 있는 종로통과 천변은 너무 달랐다. 흥성흥성한 종로통은 네온사인으로 행인을 유혹할 만큼 번성했지만 천변 골목은 지린내와 질퍽한 흙탕길, 어둠의 연속이었다. 그미는 깊게 숨을 들이마셨다. 가난의 냄새였다.

― 덜컥.

문이 열렸고 쇠도리깨를 오른손에 든 쌍해가 주위를 노려보았다. 그미가 들어서자 등 뒤에서 문을 닫아걸었다. 집 지키는 개처럼, 쌍해는 마루 위에 쇠도리깨를 놓고 앉았다.

― 들어가보세요.

그미가 방문을 열고 급한 마음에 이름부터 불렀다.

― 산!

방문이 닫히고 어둠이 깔린 다음에야, 산이 그미의 등을 끌어안았다.

― 흥! 내 기러기!

그미는 돌아서서 산의 입술과 입술 사이로 뜨거운 혀를 밀어 넣었다. 산은 그미를 안은 채 그미가 뱉는 숨을 모조리 들이켜며 한 걸음 또 한 걸음 나아갔다. 그미가 산의 어깨를 잡아당기며 매달렸다. 산은 허리를 세워 버티며 그미를 안고 좌우로 흔들었다. 그미의 손이 빠르게 산의 양복을 벗기고 와이셔츠 단추를 찾았다. 위 단추를 풀다 말고 풋 그미가 웃음을 터뜨렸다.

― 왜?

산이 고개를 살짝 들어 올리며 물었다.

― 불편했죠?

호랑이에게 애완견의 조끼를 입혀놓은 꼴이다. 개마고원 포수들은 빨리 입고 빨리 벗을 수 있는, 오래 입어도 때가 덜 묻는 옷만 애용한다. 와이셔츠처럼 단추가 줄줄이 달린 옷은 거저 줘도

264

버릴 물건이다. 그미는 산이 대답하기 전에 다시 입술을 포갰고, 두 손으로는 계속 단추를 찾아 위에서 아래로 하나하나 풀었다. 차가운 바닥 위, 산의 코트 위에서 둘은 사랑을 나눴다. 오늘 새벽 창경원 치요코의 방에서 보낸 아득하고 황홀한 순간이 오랜 과거의 흐릿한 기억처럼 느껴졌다. 살결이 새롭고 근육이 새롭고 관절이 새롭고 털이 새롭고 점이 새롭고 체취가 새롭고 끊어질 듯 이어지는 신음 소리가 새로웠다. 모든 사랑은 첫사랑이라고 했던가. 만지고 또 만져도 오르고 또 올라도 새로운 개마고원이 열렸다. 백두산사슴처럼 표범처럼 늑대처럼 멧돼지처럼 새앙토끼처럼 호랑이처럼 둘은 사랑했다. 사시나무처럼 떨고 자작나무처럼 솟고 은행나무처럼 기다렸다. 백두산이 보일 때까지, 눈사태가 날 때까지, 끝없이.

산의 가슴에 이마를 댄 채 주홍은 개마고원에서 피는 꽃 이름들을 알려달라고 했다. 그미의 등을 쓰다듬으며 산이 반문했다.

— 왜 하필 꽃이지?

— 겨울눈도 아름다웠지만, 서왕모도 탄복하고 갔다는 꽃을 못 봐 아쉬워요. 곧 봄이니 함께 가고픈데, 먼저 이름이라도 듣고 상상하려고요. 하나씩 천천히 또박또박, 알았죠?

산은 꽃 이름을 제 입으로 읊은 적이 없었다. 겨울을 제외하면 지천에 널린 것이 꽃이고, 누가 가르쳐주지 않아도 개마고원에서 나고 자란 포수라면 꽃 이름을 백 개 정도는 알았다. 너도 알고 나도 아니 입 밖으로 낼 일 없었다.

— 꽃금매화, 각시투구꽃, 두루미꽃, 황산참꽃, 부채붓꽃, 바위돌꽃, 두메패랭이꽃, 담자리꽃, 분홍바늘꽃, 매발톱꽃.

그미가 고개를 들었다.

— 매발톱꽃이라고요? 무슨 꽃 이름이 그래요?

— 말린 꿀주머니가 매의 오므린 발톱과 비슷해.

— 나, 정했어요.

— 뭘?

— 우리 매발톱꽃 보러 가요. 꽃이 언제 피나요?

— 여름꽃이야. 7월 전후로 피지.

— 좋아요. 그럼 여름! 약속해요.

산은 7년 동안 다른 사람과 미래를 약속한 적이 없었다. 호랑이 사냥꾼에겐 그날그날이 최후였다. 겨울에 여름을 기약하고 여름에 겨울을 바라보는 것은 사치다.

— 원한다면.

산은 사치인 줄 알면서도 승낙했다. 그미를 실망시키고 싶지 않았다.

— 정말이죠? 약속했어요.

— 이제 돌아갈 때가 되지 않았어?

산은 말머리를 돌렸다. 그미가 총독 부부에게 돌아갈 시간이 지났다. 총독 부인이 벌써 치요코에게 전화를 걸었는지도 모른다. 치요코가 적당히 둘러댔겠지만 더 지체하면 의심을 받으리라. 그미가 양손으로 머리를 쓸어 귀 뒤로 넘기며 일어나 앉았다.

— 눈을 보고 말할래요. 불을 켜도 될까요?

산이 등잔불을 밝혀 두 사람 사이에 놓았다. 불꽃이 흔들릴 때마다 산의 눈동자가 어두워졌다가 밝아지고 또 어두워졌다. 그미는 미소 지으며 산의 덥수룩한 수염을 손바닥으로 쓸었다. 산이 그 손을 잡아 쥔 채 말없이 재촉했다.

— 안 좋은 소식이에요.

산은 이미 각오했다는 듯 고개를 끄덕였다.

— 도쿄에 연락해봤는데, 흰머리를 받겠다는 곳이 없었어요.

— 받는 곳이 없다? 그렇다면…….

포수는 기미를 누구보다도 빨리 알아차리는 족속이다. 그미의 설명을 더 듣지 않아도 벌써 흰머리에게 닥친 문제를 내다봤다. 시선을 내린 채 등잔불을 쳐다보았다.

— 흰머리를 살릴 사람은 당신뿐이에요. 돕겠어요.

— 당신은 빠져.

— 아뇨. 내가 돕지 않으면 당신이야말로 목숨이 위태로워요. 여긴 개마고원이 아니라 경성이라고요. 중무장한 군인들이 겹겹이 흰머리를 지킬 거고요. 쌍해 아저씨랑 둘이선 역부족이에요.

— 그러니 더더욱 안 돼.

그미는 원장 부속실에서 전화를 끊은 후부터 내내 정리한 작전을, 산의 반대에도 불구하고 설명하기 시작했다.

— 기차가 출발하면 늦어요. 부산에서 한 차례 더 기회를 얻을 수도 있겠지만, 히데오가 화물칸에서 흰머리를 죽여버릴 수도 있

죠. 흰머리를 이송하기 위한 특별기차니까 역에 서는 일도 없을 거예요. 창경원에서 경성역까지 군용 트럭으로 이동할 예정인데, 그때를 노려야 해요. 그 트럭에 내가 타기로 했어요. 경성역에서 흰머리를 배웅할 예정이고요. 당신과 쌍해 아저씨는 밖에서 나는 안에서 일을 만들면, 어쩌면 쉽게 흰머리를 구할지도 몰라요. 괜히 내 걱정한다고 따돌릴 생각 말아요. 흰머리가 죽기라도 하면 내 마음이 편하겠어요? 약속해줘요. 함께 움직이겠다고.

— 꼭 같이해야겠어?

— 꼭!

다시 침묵이 찾아들었다. 산은 가방을 열고 흰머리만 그리던 스케치북을 꺼내 맨 마지막 장을 폈다. 손수 그린 경성지도였다. 창경원과 경성역 자리에 도드라지게 빗금을 쳤다.

— 이걸 언제……?

흰머리를 죽인 뒤 도쿄로 옮기든, 살려둔 채 옮기든, 산은 흰머리가 경성을 떠나 배를 타고 도쿄로 가는 것 자체를 받아들일 수 없었다. 자신이 개입하기 어려운 전혀 다른 세상인 것이다. 그 먼 곳으로 떠나기 전에 경성에서 방향을 틀어야 한다. 산이 광교를 검지로 짚었다.

— 경성역 근방엔 경찰과 군인이 적지 않으니 이쯤에서 해치울 거야.

— 트럭을 어떻게 막죠?

— 알아서 할게…….

잠시 말을 끊고 그미를 쳐다보았다.

— 다시 한 번 생각해봐. 총격전이 벌어질 거야. 난 당신을 탄환이 날아다니는 거리에 두고 싶지 않아.

— 아직도 내 마법을 모르나보네요. 그깟 총 백 발을 쏴도 날 피해간다고요. 탄환이나 화살 피하는 데는 이력이 났거든요. 내가 누구예요? 큰 기러기에요, 주홍!

그미가 농담으로 분위기를 풀려고 했지만, 산은 굳은 표정을 바꾸지 않았다. 쌍해의 헛기침 소리가 자명종처럼 날아들었다.

총독 부인이 주홍을 따라 침실까지 올라왔다. 골라놓은 드레스 다섯 벌이 침대에 가지런히 놓여 있었다. 머리맡에는 보석함 세 개가 줄을 맞춰 놓여 있었다.

— 이게 다 뭐예요?

총독 부인이 검은 드레스를 들어 그미의 어깨에 대며 답했다.

— 내일 연회에서 네가 입을 옷이란다. 오늘 함께 고르려고 했는데, 네가 워낙 바쁘니, 뭘 좋아할지 몰라 다 가져왔단다. 하나만 고르고 나머진 돌려주면 돼.

— 그냥 아줌마 입던 드레스 중 하나면 돼요.

— 내 옷은 다 유행이 지난 구식이야. 네가 입긴 너무 크고. 너도 이제 드레스 한 벌 정도는 있어야지. 연구용 가운 아니면 대충 걸친 옷차림으로 선머슴처럼 돌아다녔지 않니?

— 전 그게 편해요.

— 내일 연회에는 경성에서 내로라하는 이들이 다 모인단다. 아저씨가 술만 한잔 들어가면 종종 네 자랑을 했어. 게다가 백호를 잡는 데 네가 큰 공을 세웠다는 기사까지 났고, 연회장이 바로 백호 우리 앞이니, 내일 주인공은 바로 너란다. 주인공이면 주인공답게 화장도 하고 드레스도 입고 그래야겠지? 귀걸이랑 목걸이도 하고 말이다.

총독 부인이 보석함을 하나씩 열었다. 귀걸이와 목걸이와 반지가 각각 가득 들어 있었다. 그미와 침대에 나란히 걸터앉은 총독 부인이 진주목걸이를 들어 손바닥에 얹어 보였다.

— 넌 목이 사슴처럼 기니까 이 진주가 어울려. 귀걸이랑 반지도 목걸이에 맞추자꾸나.

— 목걸이는 있어요.

총독 부인은 진주목걸이를 든 채 어리둥절한 표정을 지었다. 보석이라면 실반지 하나 탐내지 않던 그미였다. 그미가 보라색 보석함을 찾아서 내밀었다. 총독 부인은 보석함을 열자마자 탄성부터 질렀다.

— 어마, 예뻐라! 사파이어구나. 빛깔이 너무 곱다. 꽤 비쌀 텐데…….

— 선물받았어요.

— 누구한테?

총독 부인이 다가앉았다.

— 그, 그게…….

변명거리가 떠오르지 않았다. 보석함을 순순히 내민 것부터가 실수였다. 산과 나눈 사랑에 들떠 마음이 가라앉지 않은 탓일까.

— 남자지?

총독 부인이 확실하게 손발을 묶으려 들었다. 그미가 올무에 걸린 여우처럼 고개를 끄덕였다.

— 멋져라. 누가 우리 미츠코에게 딱 어울리는, 이토록 아름다운 사파이어 목걸이를 선물했을까?

— 어울려요, 제게? 너무 화려한데.

아니란다. 아무렇게나 입고 다니니까 그렇지. 이 목걸이에 드레스까지 갖춰 입으면 넌 경성 최고의 미인일 거야.

— 농담 마세요. 저 피곤한데 그만 잘게요. 내일도 일찍 나가봐야 하거든요.

— 일찍 어딜 가려고?

— 어디긴요, 창경원이죠.

— 안 된다. 내일은 나랑 아침에 머리도 하고 화장도 하고 그러자.

— 치요코랑 약속했어요.

— 오늘 낮에 불상사가 있었다며? 내일은 연회만 참석하는 거다. 이건 내 뜻이기도 하지만 아저씨 뜻이기도 해.

머리가 복잡했다. 아침엔 못 간다고 쳐도 연회를 마친 후에는 흰머리 곁에 머물러야 한다. 그래야 이송 트럭에 오를 수 있다.

— 알겠어요. 그럼 내일 아침에 뵈어요.

그미가 엉덩이를 뗐지만 총독 부인은 따라 일어서지 않고 오히려 그미의 팔목을 잡아끌어 앉혔다.

— 은근슬쩍 넘어가려고?

— 뭘요?

— 네게 이 사파이어 목걸이 준 남자 말이다. 누구니?

— 그게 그렇게 궁금하세요?

— 궁금하다마다.

— 짐작하시는 그 사람, 맞아요.

— 히데오 대장?

그미가 고개를 끄덕였다. 총독 부인이 마음만 먹는다면 어차피 알게 될 일이다.

— 역시 그랬구나. 널 보는 눈빛이 예사롭지 않더니……. 잘됐다. 정말 잘됐어.

총독 부인이 눈가에 주름이 잡힐 만큼 환하게 웃었다.

— 아줌마는 히데오 대장이 마음에 드세요?

— 들다마나. 남자답고 꼼꼼하고 또 목걸이를 직접 골라 선물한 걸 보니 섬세하기도 하고. 해수격멸대를 이끌고 흉악한 호랑이를 생포했으니 장래도 밝지. 사귀어보렴. 그보다 더 좋은 신랑감은 없는 것 같구나.

— 전 아직 결혼 생각 없다니까요.

— 세상에서 가장 흔한 거짓말이 처녀가 결혼 생각 없다는 거라던데? 너도 싫은 건 아니잖니?

— 능력 있고 친절한 분이죠. 하지만 싫지 않은 사람이 아니라

272

사랑하는 사람과 결혼하는 거 아닌가요?

— 호감은 사랑의 시작이란다. 당장 결혼하란 것도 아니니, 시간을 갖고 천천히 만나보렴. 어쨌든 내일은 세상에서 가장 아름다운 모습으로 연회에 참석하는 거야. 알겠지?

산은 밤늦게까지 등잔불 아래에서 모신나강을 분해한 뒤 부품을 늘어놓고 마른 천으로 닦아냈다. 쌍해는 쇠도리깨를 머리맡에 두고 코를 골며 잠들었다. 종로통과 태평통에선 마음에 드는 물건이 없어 장곡천길까지 내려가서 어렵게 구한 쇠도리깨였다. 평범한 이는 두 손으로 들어 올리기도 힘든 무게였지만, 쌍해는 한 손으로 번쩍 들고 덩실덩실 춤사위를 자랑할 만큼 팔 힘이 좋았다. 산은 탄환을 들어 불빛에 비추어보았다. 지금까지 그는 이 탄환이 호랑이의 심장에 박히기를 바라며 산을 넘고 강을 건너고 들판을 달렸다. 내일은 호랑이를 지키기 위해 이 탄환을 인간을 향해 쏠지도 모른다. 아버지 웅에 관한 소문이 새삼 떠올랐다. 젊어 한때 압록강 건너로 갔다는 이야기, 홍범도 장군과 함께 말술을 마시며 노래를 불렀다는 이야기, 적장의 이마에 탄환을 명중시켰다는 이야기. 산은 웅에게 그 이야기의 끄트머리를 쥐고 물었던 적이 있다. 웅은 긍정도 부정도 않고, 지금 산이 정비하고 있는 모신나강의 총열과 가늠쇠와 가늠판과 목재부와 장전 손잡이와 안전장치와 탄창 바닥판과 탄창과 방아쇠와 멜빵끈고리와 개머리판을 훑었다.

— 생명을 끊는 일은 쉽게 정해선 안 된다. 사냥 전에는 반드시 혼자 총을 정비하며 스스로에게 묻고 또 물어라. 짐승을 쏠 땐 한 번 묻고 호랑이를 쏠 땐 열 번 묻고 사람을 쏠 땐 백 번 물어야 한다. 이 길밖에 없는지.

산이 스스로에게 백 번 질문하는 동안, 주홍도 깨어 프랑스풍 화장대 앞에 앉아 있었다. 총독 부인이 가져다놓은 화장품에는 손도 대지 않고, 공책을 펼쳐놓은 채 오늘 일을 정리하느라 바빴다. 호랑이를 호기심 어린 눈으로 살피거나 두려워하거나 분노하는 경우는 있지만, 무릎 꿇고 운 경우는 학계에 보고된 적이 없었다. 일지를 덮고 허리를 꼿꼿하게 세운 뒤 거울을 쳐다보았다. 양손으로 머리카락을 귀 뒤로 넘기자 가늘고 긴 목이 드러났다. 총독 부인이 사슴 같다고 칭찬한 목이다. 그미는 눈을 감은 채 왼손으로 오른쪽 목덜미를 따라 어깨까지 쓸어내렸다. 그 위로 용암처럼 흘러내린 산의 입술을 상상했다. 등줄기도 함께 타들어가고 가슴은 더 부풀어 올랐다. 그미는 두 발을 꼬고 앉아서 다시 일지를 폈다. 그리고 첫 문장을 썼다. 산 씨에게! 상투적이다. 그 문장을 긋고 그 아래에 다시 썼다. 그리운 당신에게! 역시 지금 심정을 담기엔 부족하다. 단지 그리운 것이 아니라 온몸으로 달려가고 싶다. 그미는 턱을 들고 한숨을 내쉬었다. 빠짐없이 적어온 그 어떤 일지보다도 지금 쓰려고 하는 단 한 편의 연애편지가 시작하기 더 어려웠다. 사랑에 빠진 작가들이 왜 멋지고 아름다운 문장을 적어놓고도, 자신의 재능을 자책했는지 알 것 같았다. 무엇인가 적지 않고는 이 밤을 도저히 그냥 보낼 수 없을 듯했다. 죽죽 그어버린 두 문장을 쳐다보았다. 화장대 보석함에 놓인 사파이어 목걸이가 눈에 띄었다. 왼손으로 보석함을 닫는 순간, 마음에 쏙 드는 문장이 오른손 끝에서 튀어나왔다.

호랑이의 혼을 지닌 당신에게!

밀림은 본디 정이 없다.
산도 들도 계곡도 나무도 새도 꽃도 호랑이도 정을 주고받는다면
죽고 죽이며 살아갈 수 없는 것이다. 호랑이는 살기 위해 자신의 위엄을
드러낼 뿐이다. 그 짓이 유정하다 무정하다 논하는 것 자체가
인간의 어리석은 시선이다.

덫

어둑새벽, 산은 모신나강과 쇠도리깨를 천장에 감춘 뒤 새벽부터 쌍해와 함께 천변으로 나섰다. 그들은 화신백화점에서 광교까지 반복해서 걸었고, 종각에서 백화점 또 백화점에서 종각을 오갔다. 어제 스케치를 마쳤지만 돌다리 두드리듯 산이 한 번 재고 쌍해가 또 한 번 재서 서로 맞춰보았다. 두 사람은 광교에 나란히 서서 화신백화점 쪽을 응시했다. 적어도 네다섯 대의 군용 트럭이 종로통을 달리다가 좌회전하여 광교로 다가올 것이다. 창경원 출발시각이 자정이기 때문에 차도는 물론 인도까지 한산할 것이다. 그러나 이상 징후라도 포착되면 인도 좌우에 경찰 병력을 배치할지도 몰랐다. 종각에서 광교까지는 매우 가까웠다. 그사이 혼란을 일으키고 흰머리를 실은 트럭을 빼앗아 무사히 빠져나가야 한다. 두 사람은 같은 결론에 도달했다.

— 구할 수 있겠습니까?

— 웅 형님 따라 딱 한 번 만난 사람이 있어.

— 포수 출신입니까?

— 아니, 도쿄에서 왔다더라고. 술장사를 제법 크게 했지. 가게 이름이 윈드, 그래 윈드였어.

— 아버지가 왜 그런 자와?

— 자세한 건 몰라. 눈치를 보아하니 그자가 웅 형님한테 큰 신세를 진 모양이던데. 만나고 나올 때도 꼭 한번 다시 들려달라며 얼마나 깍듯하던지.

— 아버지가 그 사람을 왜 만났습니까?

— 넌 잘 모르겠지만, 록麓이라고, 관광 안내도 하고 나랑 동갑인 녀석이 있었어. 그 녀석이 길라잡이를 해서 호랑이 사냥을 나섰다가 도쿄 사람 둘이 크게 다쳤지. 호랑이를 벌할 수 없으니 록이 모든 잘못을 뒤집어쓰고 경성으로 이송되었고. 꼼짝없이 감옥에서 죽게 생겼는데, 웅 형님이 경성 가자 그러시더라. 그리고 윈드 사장을 만나고 한 달 만에 록은 무죄로 풀려났어. 록은 버릇없는 녀석이라 웅 형님께 고맙다는 인사도 없이 그 길로 의주를 거쳐 두만강을 넘었는데, 그 뒤론 감감무소식이야. 윈드 사장과 헤어져 개마고원으로 돌아오던 길에 웅 형님이 그러시더라. 혹시 자기 없을 때 큰 문제가 생기면 윈드로 찾아가라고. 출출한데 어디 가서 한술 뜨고 갈까?

산은 쌍해와 함께 피맛골로 접어들었다. 팔을 잡아끄는 소년을 따라 들어간 식당에서 국밥 두 그릇을 시켰다. 쌍해가 갑자기 몸을 떨었다.

— 경성도 꽤 춥군. 이럴 땐 말이야…….

말을 끊고 산의 표정을 살폈다.

— 괜찮겠습니까? 아직 상처가 다 아물지 않았는데.

— 멀쩡해.

붓기가 빠지지 않은 윗입술이 웃을 때마다 더 튀어나와 보였다.

— 막걸리도 한 사발씩 주쇼.

국밥이 나오기도 전에 쌍해는 막걸리 한 사발을 거뜬히 비웠다. 경성에 오자마자 히데오에게 두들겨 맞아 병원에 입원했던 터라 금주 아닌 금주에 묶인 것이다. 산은 제 몫으로 놓인 사발까지 쌍해 앞으로 밀었다. 쌍해가 사발을 들려다 말고 물었다.

— 넌?

— 괜찮아요. 이것까지만 드세요.

쌍해가 사발을 반도 넘게 들이켤 즈음 팔 하나가 불쑥 튀어나와 사발을 쳐 떨어뜨렸다. 얼굴과 바지에 막걸리를 쏟은 쌍해가 벌떡 일어섰다. 차디찬 의수가 쌍해의 코끝까지 다가와서 멈췄다. 수였다.

— 네, 네가 어떻게 여길…….

수는 등받이 없는 사각 나무의자를 하나 더 가져와서 앉았다. 쌍해가 주문을 보탰다.

— 막걸리 한 사발 더 주쇼. 빈대떡도 두껍게 한 접시 내고!

─ 어릴 때부터 숨바꼭질은 내가 잘 했잖습니까?

─ 뒤를 밟은 거냐?

산의 눈길이 대침처럼 날카로웠다.

─ 동창이 밝았으니 배를 채우는 건 인지상정! 맛은 피맛골이 제일이라 하여 왔는데, 미행은 또 무슨 소리!

수가 제법 가락을 넣어 받아쳤다. 막걸리가 나오자 의수를 모아 내밀었다.

─ 올려줘봐.

산이 사발을 의수 위에 얹었다. 수는 배가 고팠던지 벌컥벌컥 소리 내며 깨끗이 비웠다. 쌍해가 빈대떡을 한 점 입에 문 채 추궁했다.

─ 또 판을 벌였던 게야?

─ 남이야! 경성 긴긴 겨울밤, 뭐라도 해야지요. 북관 계집들은 돈 주면 팔 없는 병신도 마다 않고 받아주더만 경성 계집들은 돈을 아무리 안겨도 괴물 보듯 달아만 납디다. 홍도 깨지고 내가 할 일이 뭐겠어요? 돈이라도 벌어야지.

─ 그래서 벌었냐?

수가 가래 끓듯 웃었다.

─ 땄으면 피맛골에 왔겠습니까? 조선 호텔이든 어디든 으리으리한 방 잡고 시켜 먹었겠죠.

─ 눈 감으면 코 베어 간다는 곳이 바로 경성이야.

─ 두 팔을 잃었는데 코 하나 사라지는 게 대숩니까.

산은 시선을 내리깐 채 침묵했다. 수는 찹쌀탁주 한 사발을 더 시켜 들이켠 뒤 기어이 산에게 화살을 날렸다.

— 이게 다 형 때문이야. 형이 오고 나선 될 일도 안 되었다고. 형만 없었으면 두 팔 모두 멀쩡했을 거고, 개마고원에서 한 사람 몫 톡톡히 하며 행복, 그래 행복하게 살았을 거라고. 형이 대체 나한테 해준 게 뭐야? 7년 만에 나타나선 이 팔 하나만 더 가져갔지. 그래놓고 내 팔과 바꾼 품삯까지 빼돌려?

수가 분을 못 참고 일어서며 탁자를 걷어찼다. 쌍해가 수를 등 뒤에서 안으며 만류했다.

— 빼돌리긴! 아니다. 산이 그럴 사람이냐? 일단 앉아. 앉아서 차분히 얘기해. 사람들 보는 눈도 있는데, 앉아 앉으래두.

식당에는 아침을 해결하러 온 손님 아홉 명이 탁자 셋에 겁먹은 표정으로 둘러앉아 있었다. 수가 어깨를 흔들어 쌍해를 떼어놓고는 손님들을 노려보았다.

— 뭘 봐, 이 새끼들아!

손님들이 수저를 놓고 슬금슬금 자리를 떴다. 쌍해는 따지려 드는 주인남자와 한창 요리에 바쁜 여자 둘까지 데리고 가게를 나갔다. 식당에는 산과 수, 형제만 남았다.

— 마지막 기회야 형!

— 역까지 데려다주마. 먼저 개마고원으로 돌아가.

수의 퀭한 눈에 핏발이 섰다.

— 개소리! 나 혼자 돌아가라고? 또 7년 싸돌아다니다가 그 돈

다 써버리고 나타나면? 곰배팔이 난 뭘 먹고 살아? 빨리 줘. 나만 잘 살려고 이러는 게 아냐. 나도 다 생각이 있다고. 한 번만 믿어 봐. 형 나 몰라? 착한 동생 수!

— 어젠 무슨 돈으로 노름판에 낀 거냐?

산의 역공에 수의 눈꼬리가 가늘게 떨렸다. 수는 젓가락과 숟가락을 밀어 떨어뜨린 다음 빈대떡 한 점을 의수로 집어 입으로 가져가다가 그마저 놓쳤다.

— 제길! 잘 봐. 이게 나야. 난 평생 수저도 못 놀리며 살아야 한다고.

— 히데오가 줬어?

산은 어제 창경원에서 히데오 곁에 선 수를 발견하곤 황급히 고개를 돌렸다. 낯선 경성에서 그에게 노름 판돈을 대줄 이는 히데오뿐이다.

— 형은 두 팔 멀쩡한데 왜 나만 당해야 해? 왜 나만 병신 소리 들어야 하고 왜 나만 개마고원에 버려져야 해?

— 내 이야기를 했니?

산의 굵은 목소리가 수의 가슴을 쳤다.

— 아버지가 죽었으니 형이 아버지 역할까지 해야 하는 거 아니야? 근데 형은 없었어. 내가 추울 때 내가 굶주릴 때 내가 슬플 때 내가 외로울 때 내가 두려울 때 형은 없었다고.

— 경성에 들어왔단 이야기를 했어?

바람을 가르고 날아든 돌팔매 같은 물음이다.

— 그래놓고 이제 와서 형이 나한테 이러면 안 되지. 그건 내 돈이야. 형 몫까지 달라고도 안 할게. 형 몫은 형이 가져. 난 내 몫을 챙겨야겠어. 이 팔 하나 버린 값!

— 했냐고?

— 그래 했다!

갑자기 침묵이 서슬 퍼런 도끼처럼 찾아들었다. 7년을 떠도는 동안 산은 늘 수가 마음에 걸렸다. 수를 보듬고 다스리고 야단치며 그 곁에 머물지 못한 것이. 가끔 남쪽 하늘 별들을 우러르며 수가 잘 버티며 이겨내기를 바랄 뿐이었다.

— 대장은 그래도 형처럼 위선을 떨진 않아. 하룻저녁 놀 정도 판돈을 쥐여주시더라고.

— 그 돈도 노름으로 날렸고?

— 몇 푼이나 된다고. 형이 돈가방만 주면 오늘 밤에라도 당장 열 배로 따올게.

— 없어. 있어도 판돈으론 못 내놓는다.

— 히히히! 역시 형다워. 그렇지! 형이 내 진심 어린 충고를 들을 사람이 아니지. 평생 이 순간을 후회하게 될걸? 히히히 히히히 히히!

수가 침을 흘리며 별똥별의 긴 꼬리처럼 창백한 웃음을 잇다가 갑자기 뚝 끊고 물었다.

— 어제 창경원을 나와선 뭘 했어?

산은 즉답 대신 탁자 위에 놓인 수의 오른쪽 의수를 내려다보았다. 몸에 붙어 있긴 해도 수는 아직 그 팔을 잘 쓰지 못했다.

— 형! 정말 마지막으로 충고하겠는데, 주 선생 포기해. 히데오 대장이 주 선생 마음에 둔 거 형도 알지? 개마고원은 형 텃밭이니 둘이 노는 걸 보고도 넘겼지만 여긴 경성이야. 형이 주 선생 곁에 나란히 서 있는 것만 봐도, 대장은 형한테 총을 쏘고 싶을걸. 백호를 탈출시키려다가 발각되자 기차에서 뛰어내린 흉악범! 그게 바로 형이니까.

— 당장 떠나. 경성역까지 바래다주마.

산이 일어나서 수의 어깨에 손을 얹었다. 수가 의수를 과장되게 휘둘린 뒤 쏘아붙였다.

— 형이 돈을 못 주겠다니 히데오 대장한테 가야지. 이래뵈도 난 아직 해수격멸대원이라고. 오늘 밤만 잘 넘기면, 또 한몫 두둑하게 주실 거야.

— 빠져!

— 응?

— 그 팔로 뭘 하겠단 거야? 흰머리는 잡혔고 네가 할 일은 없어.

— 할 일이 있는지 없는지는 두고 봐야지. 형이나 몸조심 해. 언제 히데오 대장의 윈체스터가 형의 관자놀이를 겨눌지 모르니까. 그만 갈게. 국밥이나 맛있게 드셔. 개마고원에서 만날 수 있으면 만나고. 히히히!

창경원 경비는 어제보다 더 삼엄했다. 고급차들이 동대문에서부터 줄을 지어 늘어섰고 정복을 입은 경찰들이 골목마다 배치되었다. 어제 눈물 소동이 신문에 실린 뒤 오늘 연회 자체가 취소될지도 모른다는 소문이 돌았다. 그러나 아침부터 연회용 테이블이 들어가고 재즈 악단과 연회 음식들이 줄줄이 도착하자 때 이른 봄맞이 연회는 기정사실화되었다. 기자들 출입을 막지는 않았지만 사진 촬영 장소와 횟수까지 엄격히 통제됐다. 호랑이사는 어제처럼 천으로 덮였고, 사자사 앞 간이무대엔 재즈 연주에 필요한 악기들이 놓였다. 200여 명이 눈물을 흘렸던 자리에는 흰 식탁보가 깔린 둥근 테이블이 줄을 지어 놓였다. 총독 부부와 주홍이 탄 관용차가 따로 안내를 받으며 창경원 정문에 닿았다. 대기하고 있던 히데오가 거수경례를 했다.

— 잠깐만 세워요.

총독 부인이 말했다. 차가 서자, 총독 부인은 앞자리에 앉은 그미의 숄을 두른 어깨를 짚었다.

— 내리렴.

그미가 놀란 눈으로 돌아보았다.

— 아직 시간이 좀 남았으니 넌 히데오 대장이랑 천천히 와. 마침 하늘도 쨍쨍 맑고 바람도 없으니 산책하기 딱 좋은 날씨지. 창경원도 옛날엔 궁이었으니 그 맛이 남다를 거다.

이미 귀띔을 받았는지 총독도 빙긋 웃기만 했다. 총독 부인이 손을 들자 히데오가 앞문을 열었다. 히데오에게도 먼저 언질을 준 듯했다. 히데오가 오른손을 내밀었다. 그미는 허리를 옆으로 틀어

286

히데오의 손에 제 손을 얹고 두 발을 동시에 땅에 내려놓았다. 보라색 드레스와 흰 숄, 굽 높은 구두가 그미를 우아하고 매력 넘치는 여인으로 만들었다. 히데오의 시선이 그미의 목에 걸린 사파이어 목걸이에 닿았다. 총독 부부의 자동차를 먼저 보내고 두 사람은 나란히 연회장까지 걸었다. 차에서 내리자마자 손은 놓았지만, 그미는 팔꿈치가 스칠 만큼 히데오 쪽으로 가까이 붙었다. 걸을 때마다 그미의 손목과 귀밑에서 풍겨 나온 상큼한 향내가 그의 코를 간질였다.

— 몸은 어때요?

히데오는 붓기가 빠지지 않은 입술과 뺨을 어루만지며 답했다.

— 다 나았소. 지난밤 별일 없었소?

— 치요코랑 데블에 갔었어요. 아시나요, 데블? 탑골공원 근처에 있는 카페죠.

— 이야기는 들었소. 즐거웠소?

— 그럼요. 재즈 선율에 맞춰 맥주잔을 부딪치며 치요코랑 수다를 떨었어요. 개마고원에선 꿈도 꿀 수 없는 호사죠.

— 밤공기가 아직 찬데 종로통이 춥진 않았소?

— 춥긴요. 개마고원 능선을 쓸어내리던 눈바람에 비하면 훈풍이죠. 공기가 너무 맑고 좋아 잠시 인력거에서 내려 걷기까지 했답니다.

— 밤거린 위험할 텐데…….

— 경성은 도쿄보다도 안전해요.

— 어디쯤 내렸소?

히데오는 턱을 돌려 관심 없는 듯 슬쩍 물었다.

— 여기저기. 어차피 집에 가봤자 아저씨 아줌마만 계시니, 좀 돌아다니고 싶었어요. 경성의 밤도 구경하고요. 청계천도 가고 황금정도 가고 혼마찌까지.

— 인력거값 꽤나 나왔겠소.

— 눈 덮인 골짜기와 바위투성이 봉우리를 오르내린 데 비하자면 편히 앉아 돌아다녔으니 그 정도 값은 치러야죠. 대장도 경성 밤거리를 한번 거닐어보세요. 동행해드릴까요?

— 진심이오?

— 그럼요. 구경하기 좋은 자리를 다 봐뒀으니, 시간 내서 한 바퀴 돌아요. 자동차로 휘이 지나치지 말고 차라리 걷는 편이 낫겠어요. 어때요?

— 자대 배치받기 전에 꼭 주 선생과 밤나들이 가고 싶소.

— 벌써요?

— 백호 수송만 마치면 전우들 곁으로 돌아가오. 후방에서 너무 많은 시간을 보냈소. 최전방으로 가도록 도와달라고 총독님께 부탁드렸다오.

— 그랬군요. 그럼 좀 무리를 해서라도 어제 그냥 함께할 걸 그랬어요. 데블에서 맥주도 마시고.

— 편지 쓰면 답장해주겠소?

— 물론이에요. 편지는 도쿄로 보내주세요.

— 도쿄?

히데오의 표정이 복잡해졌다. 그미가 그 표정을 못 본 체하며, 당연한 걸 왜 묻느냐는 듯 생글생글 웃어 보였다.

— 흰머리를 돌봐야죠. 야생 조선 백호는 처음이니 연구할 게 무궁무진하답니다. 그럼 조금 이따가 또 봐요.

그미가 히데오의 손등을 살짝 스치며, 먼저 도착해서 기다리고 있던 총독 부부를 향해 걸어갔다. 히데오는 저도 모르게 한 걸음 물러서서 제 손등을 내려다보았다. 벌써 무대에서는 악단이 스윙 재즈를 연주하고 있었다. 히데오가 다시 고개를 들어 오늘의 주인 공이자 경성 최고의 미녀로 변신한 그미를 그윽하게 바라보았다. 긴 목, 곧고 가는 허리, 붉은 기운이 도는 볼과 넓은 이마, 깊고 아득한 눈동자! 히데오가 짧게 한숨을 토했다. 저 여자를 놓치고 싶지 않다. 그때 히데오의 눈에 호랑이사 옆에서 청룡의 머리를 쓰다듬는 사내가 들어왔다. 서로 눈이 마주쳤다. 수였다.

— 감사합니다. 역시 대장뿐입니다.

돈을 받아 바지춤에 챙겨 넣으며, 수는 넙죽넙죽 허리를 숙였다. 히데오는 수의 멱살을 당겨 코를 실룩이며 냄새를 맡았다.

— 술 마셨나?

— 오해 마십시오. 산 형 만나러 갔는데 마침 해장술을 하고 있지 뭡니까? 딱 한 사발 마셨습니다.

— 산을 만났다고? 주 선생을 미행하라 했는데, 산을 만나?

— 마음을 떠보려면 만나야지 별수 있습니까요?

— 마음을 떠봤다?

— 무슨 꿍꿍인지 새벽부터 청계천을 나와 화신백화점 근처를 발정난 개처럼 돌아다니더라고요. 우리 예상대로 걸려들 것 같습니다. 하기야 바보가 아닌 이상 기차가 출발하면 일이 틀어진다는 걸 자기도 알겠죠. 화물칸을 이중삼중 막을 거란 추측도 하겠고.

— 차라리 지금 그놈 은신처를 덮치는 게 어떻겠어? 밤까지 끌 필요가 있을까?

— 안 됩니다. 그러다가 실패하면 영영 그 인간 그림자도 구경 못할 겁니다. 제 발로 함정까지 걸어 들어오게 놔두십시오. 그 인간은 자기가 놓은 덫에 우리가 걸려든 거라 여기겠지만, 히히히히, 사실은 정반대죠. 신나지 않습니까?

히데오의 눈가가 실룩거렸다. 수의 잔꾀를 따라가고는 있지만, 사사롭게는 하늘 아래 둘도 없는 형이 아닌가. 비열하고도 비열한 종자다. 그 마음을 읽었던지, 수가 웃음을 뚝 그쳤다.

— 한 가지, 대장님께서 상당히 흥미로워 하실 일이 생겼습니다.

— 뭔가? 빨리 말해.

수가 대답 대신 의수를 겹쳐 모아 내밀었다. 히데오가 칼눈을 뜬 채 지폐 석 장을 꺼내 그 위에 얹었다. 돈버러지! 수가 지폐를 코에 갖다 댔다.

— 아 이 고운 냄새!

수가 돈을 허리춤에 챙겨 넣은 뒤 주위를 살피며 목소리를 낮췄다. 수의 시선이 사파이어 목걸이를 한 그미에게 머물렀다.

— 주 선생을 봤습니다. 데블을 나와서 인력거를 타더군요.

— 그거야? 알아. 경성 밤거리를 여기저기 구경했다더군. 황금정도 가고 혼마찌까지…….

— 아닙니다. 주 선생은 청계천 북로로 직행했어요. 그리고 좁은 골목 사이로 사라졌고요.

— 청계천 북로?

— 다음 날 새벽 그 골목으로 누가 나온 줄 아십니까? 산, 바로 그 인간이 쌍해와 함께 나오더군요. 어제 인력거를 끈 이도 쌍해였고요. 주 선생은 경성 밤거리를 구경한 게 아니라 그 인간과 밀회를 즐겼던 겁니다.

히데오의 두 눈에 불꽃이 튀었다. 수의 뒷덜미를 잡아당겼다.

— 그걸 왜 지금 말해? 어젯밤 당장 달려왔어야지!

— 미행만 하라 명하지 않았습니까요?

— 병신!

히데오의 주먹이 수의 명치를 올려쳤다. 수가 무릎을 꿇고 쓰러지자, 히데오가 오른발로 옆구리를 다시 걷어찼다. 재즈가 멈추지 않았다면 열 번이고 스무 번이고 걷어찼을 것이다. 히데오는 군복을 고쳐 입고 손등으로 이마의 땀을 훔친 뒤 연회장으로 급히 갔다. 식이 시작되기 직전이었다. 수는 혼자 땅에 이마를 박고 웃다가 피가 섞인 침을 뱉었다.

— 히히히, 히히히히! 카아악 퉤. 확실히 구려! 주홍 얘기만 꺼

내면 정신을 못 차리는군.

그러고는 무릎을 세우고 일어선 뒤 우리를 둘러싼 천을 의수로 툭툭 치며 혼잣말을 뇌까렸다.

— 한판 제대로 붙겠군. 어정쩡하게 체포만 하는 건 재미없어. 나도 피를 봤으니 오늘 밤 누군가도 피를 흘려야 이치에 맞지. 안 그래, 흰머리? 너도 그렇게 생각하지? 카악!

윈드를 찾기란 어렵지 않았다. 남대문통을 따라 내려간 다음 경성역으로 꺾지 않고 혼마찌 초입으로 들어서서 100미터 남짓 걸으니 가타가나로 쓴 'ウインド'라는 간판이 보였다. 영업을 시작하기 전이라 청소가 한창이었다. 산과 쌍해가 들어서자 비와 걸레를 든 종업원들이 몰려와서 막아섰다. 쌍해는 그중에서 조선인 종업원을 골라냈다.

— 우린 개마고원에서 왔어. 주인에게 전해.

맥주 두 병을 비우며 기다렸다. 잠자리 안경, 멜빵바지에 흰 와이셔츠를 입고 감색 조끼를 걸친 뚱보가 절뚝절뚝 들어왔다. 쉰 살 이쪽저쪽으로 보였다. 산을 보자마자 손부터 잡고 흔들며 유창한 조선말로 인사했다.

— 이사무입니다. 웅 형님의 아드님이시군요.

시선이 쌍해에게로 향했다.

— 아, 그때 웅 형님과 같이 오셨죠? 반갑습니다. 웅 형님은 편안하신지요?

— 돌아가셨소. 7년 아니 이제 8년째로 접어드는군요.

쌍해가 짧게 답했다. 이사무의 얼굴에서 웃음이 사라졌다.

— 그랬군요. 그래서 도통 연락이 없었군요.

— 아버지를 어찌 아십니까?

이사무는 즉답 대신 조끼 왼쪽 주머니에서 파이프를 꺼내 손바닥에 탈탈 턴 뒤 오른쪽 주머니에서 봉지를 꺼내 탁자 위에 폈다. 담배를 파이프에 집어넣고는 다시 엄지로 꾹꾹 눌렀다. 기모노를 입은 여급이 와서 라이터를 켰다. 이사무가 담배에 불을 붙인 뒤 볼이 쏙 들어갈 만큼 깊이 빨아 당겼다가 내뿜었다.

— 적으로 만났습니다. 사방이 온통 나무인 여름 한낮! 정찰을 나갔는데, 분대원 일곱은 모두 죽고 나만 잡혔습니다. 여기 이 무릎에 총까지 한 방 맞고. 정찰을 나서기 전에 중대장으로부터 명령을 받았습니다. 포로 따윈 필요 없다. 모조리 사살한다. 그건 적도 마찬가지였을 겁니다. 피 흘리며 신음하는 내 이마에 총구가 닿았을 때, 나는 이대로 끝이구나 여겼습니다. 살려달란 말도 나오지 않더군요. 눈을 감고 있는데 아래턱이 덜덜덜 떨렸습니다. 그때 누군가가 총구를 탁 쳐냈습니다. 그리고 허벅지를 단단히 끈으로 묶어 지혈한 뒤 나를 들쳐 업었습니다. 업히자마자 정신이 번쩍 들었습니다. 산 채로 고문하여 정보를 다 빼낸 뒤 칼로 난도질을 하여 죽인다는 중대장의 이야기가 떠올랐던 겁니다. 죽여! 죽여! 허리를 젖히며 소리를 질러댔죠. 날 내려놓더니 입에 재갈을 물리고 손을 등 뒤로 묶은 뒤 다시 업었습니다. 나중에야 그가 웅 형님

이었다는 걸 알았습니다.

　— 그 후로 어떻게 됐습니까?

　— 몇 대 맞긴 했지만 고문을 당하지는 않았습니다. 부대 배치를 받은 지 보름밖에 안 된 신병이었으니까요. 한 달 넘게 포로로 지냈습니다. 빛 한 줄기 들지 않는 지하 참호에 갇혀 있었죠. 나 외에도 포로가 셋 더 있었고요. 문제는 이 망할 무릎이었습니다. 치료를 제대로 못 해 상처 부위가 썩어 들어가서 피고름이 흘렀습니다. 어느 밤 웅 형님이 조용히 불러냈습니다. 밤에 혼자 데려가는 건 대부분 처형을 집행하기 위해서라는 중대장의 말이 떠올랐습니다. 그러나 웅 형님은 그 밤 벌겋게 불에 익힌 단도로 무릎을 찢고 탄환을 찾아 뽑은 다음 썩은 부위를 도려냈습니다. 반월이란 동료 병사가 웅 형님을 돕더군요. 마취 없이 진행되는 통에 세 번이나 기절했지만 형님은 냉정했죠. 절단하지 않고 그래도 지금까지 이렇게 버티는 건 다 형님 덕입니다.

　산과 쌍해의 시선이 이사무의 무릎으로 향했다. 개마고원 포수들은 칼 솜씨 또한 뛰어나다. 사냥한 짐승의 가죽을 벗기고 뼈와 살을 발라내어 즉석으로 요리하는 경우도 잦았다. 피를 뽑고 생살을 씹을 때도 맛있는 부위만 따로 도려내어 허리에 차고 다녔다. 연기를 다섯 모금이나 연이어 뿜은 뒤 이사무가 이야기를 이었다.

　— 전쟁이란 늘 그렇습니다. 갑자기 당하고 갑자기 구원의 빛을 만나지요. 새벽이었는데, 처음엔 이명이라 여겼습니다. 조선말이 아니라 우리말이 들렸으니까요. 그러나 그건 환청이 아니었습

니다. 적진을 급습한 아군들이 지하 참호가 있는 줄도 모르고 오줌을 내갈기며 히히덕거리는 소리였죠. 그 후로 또 긴 시간이 흘렀습니다. 전쟁이 끝난 후 저는 경성에 술집을 냈고, 혹시나 하는 심정으로 개마고원을 찾았습니다. 이 다리로는 토끼 한 마리 쫓기 힘들었지만, 생명의 은인을 꼭 한번 만나고 싶었습니다. 그때 우리를 무던히도 괴롭혔던 이들은 개마고원 포수로만 결성된 부대였으니까요. 운이 좋았던지 형님을 뵈었습니다. 형님은 날 모른다고 문전박대했지만, 은혜를 갚고 싶다고, 경성에 오면 꼭 윈드를 찾아오시라 말씀드렸습니다. 그리고 딱 한 번 더 뵌 것이 전부군요. 죽기 전에 서너 번은 더 만나길 기대했지만, 인생이란 기대대로 되는 법이 아니니까요. 그런데 이렇게 아드님을 만나다니, 어떤 일이라도 도와드리겠습니다. 다리 하나를 내놓으라 해도 기꺼이!

산이 이사무의 선한 눈을 들여다보며 말했다.

— 다리는 필요 없습니다. 대신…….

말을 끊고 목소리를 낮췄다. 이사무가 기다리지 못하고 말꼬리를 잡아챘다.

— 대신?

산이 짧게 답했다.

— 폭약이 필요합니다. 이유는 묻지 마십시오.

총으로 짐승을 잡기란 쉬운 일이 아니다. 예측은 늘 조금씩 엇나가고 짐승은 그 틈을 필사적으로 파고든다. 섣불리 방아쇠를 당겼다간 사냥꾼의 위치만 알려주는 꼴이 된다. 실패에 지치거나 낙담한 이들 중 폭약을 쓰는 이도 등장했다. 길목을 노려 군데군데 폭약을 묻고 짐승을 몰아 잡는 식이다. 산은 우연에 기대 수확을 거두는 이 짓을 경멸했다. 사냥이란 무엇인가. 쫓는 자와 쫓기는 자가 짧은 순간 삶과 죽음의 갈림길에서 조우하는 것이다. 그 조우를 폭약의 위력으로 대체하는 것은 비겁하다. 그러나 산은 딱 한 번 예외를 두기로 하고, 오후 내내 이사무가 구한 폭약의 무게를 재고 크기를 맞춰 나누고 심지를 달았다.

심지를 달며, 산은 피맛골에서 만난 수를 생각했다. 꽃을 좋아하던 여린 산골 소년의 모습은 단 한 군데도 남아 있지 않았다. 돈만 밝히는 대도시 노름꾼보다도 더 비열해졌다. 산은 수의 타락을 수의 탓도 경성이란 도시 탓도 아닌 오롯이 자신의 잘못으로 받아들였다. 산은 단 한 번도 의심한 적이 없었다. 형제가 개마고원을 질주하기에 어울리는 같은 크기와 빛깔과 리듬을 지닌 심장을 지녔음을. 모이고 쌓였다가 흩어지는 구름, 능선과 봉우리와 골을 따라 방향도 빠르기도 변하는 바람, 윽박지르듯 몰려서 피고 또 달아나듯 지는 들꽃들. 심한 변화의 부침 속에서도 형제가 하루하루를 즐길 수 있었던 것은 한결같은 심장 때문이었다. 수와 함께 개마고원으로 돌아가서 함께 지내면 다시 그를 되돌릴 수 있지 않을까. 잠시 돈 냄새에 취했다 해도 심장마저 족제비나 두더지의 그것으로 바뀌진 않았으리라. 산은 심지를 엄지로 꾹꾹 누르며 말끝을 흐렸다.

— 이제부터라도…….

흰머리를 공개하기 전, 히데오는 단상에 서서 해수격멸대 활동을 약식으로 보고했다. 눈을 크게 뜨고 단어 하나하나에 힘을 실었다. 암호랑이, 장진강에서 사살, 수호랑이, 백두산에서 생포! 그 공은 모두 해수격멸대로 돌려졌고, 딱딱한 경과보고인데도 박수가 다섯 차례나 터져 나왔다. 보고를 마치고 간이무대에서 내려오는 히데오의 팔목을 총독이 다시 쥐고 올라갔다. 총독 비서가 비단에 감긴 좁고 긴 상자를 품에 안아 들고 총독 뒤에 섰다.

— 이제 우리는 식인 호랑이에 대한 공포로부터 완전히 벗어났습니다. 해수격멸대 특히 격멸대장 히데오 소좌의 공이 큽니다. 천황 폐하를 대신하여, 총독인 저는 대장의 공을 기려 패도 한 벌을 선물하고자 합니다.

열렬한 박수 속에서 히데오는 총독이 건넨 선물을 받고 이마 위까지 들어 보였다. 주홍도 박수를 쳤지만 표정은 어딘지 딱딱하다 못해 슬퍼 보였다. 이번에도 산과 쌍해를 비롯한 개마고원 포수들에 대한 언급은 없었다. 히데오가 총독 부부를 흰머리 우리로 안내했다. 흰 장갑을 받아 낀 총독 부부는 치요코가 내민 줄을 양손으로 붙들었다.

— 너도 이리 오렴!

총독 부인이 고개를 돌려 그미를 찾았다.

— 두 분이서 하세요. 전 나중에…….

— 나중이 어디 있니? 이리 와. 이왕이면 히데오 대장과 함께 줄을 당기도록 해라. 그래도 되지?

— 그럼요. 여분의 장갑까지 준비해뒀습니다.

치요코가 시원스럽게 대답했다.

— 그래, 그렇게 해라.

총독까지 동의했다. 결국 그미는 장갑을 받아 히데오 옆에 섰다. 그미가 눈으로 치요코에게 흰머리의 상황을 물었다. 치요코가 웃으며 고개만 끄덕였다. 천을 걷어내자마자 철창을 향해 달려들지는 않을 것이라는 무언의 대답이었다.

— 먼저 잡으시오.

히데오가 그미 쪽으로 몸을 돌린 채 섰다. 그미가 장갑을 끼려다 말고 그의 손등에 앉은 피딱지를 발견했다.

— 그 손…… 다쳤어요?

— 조금 긁혔소. 괜찮소.

히데오가 급히 장갑을 끼려 했다. 우리 뒤편에서 수의 명치를 올려칠 때 의수를 스치면서 생채기가 난 것이다.

— 어디 봐요.

그미가 히데오의 손목을 쥐고 들어올렸다.

— 노, 놓으시오.

히데오가 말을 더듬었다. 그미는 주위의 시선 따윈 관심 밖인 듯 더욱 꼼꼼하게 살폈다.

— 다행이군요. 상처가 깊지 않아요. 그래도 소독약은 바르세요. 아셨죠?

— 알았소. 그리하겠소.

히데오는 시선을 맞추지 않고 차갑게 대답했다. 장갑을 낀 두 사람이 줄을 엇갈려 쥐자 마침내 재즈 악단의 북소리가 울려 퍼졌다. 느릿하게 시작됐던 북소리가 점점 크고 빨라졌다. 총독이 고개를 돌려 그미와 눈을 맞췄다. 네 사람은 동시에 줄을 잡아당겼다. 천이 어제보다 더 빠르게 흘러내렸고 경쾌한 재즈 선율과 함께 탄성이 터져 나왔다. 출연을 기다리는 가수처럼, 백호가 우리 안에서 초대 손님들을 노려보며 늠름하게 섰다.

— 흐으엉!

입을 크게 벌리며 포효하자 사람들은 저도 모르게 뒷걸음질 쳤다. 흰머리는 철창 가까이 뛰어드는 대신 코를 찡그리며 제자리에서 계속 고개를 흔들어댔다. 줄을 챙기려고 다가선 치요코에게 그미가 물었다.

— 야밤에 훈련이라도 시켰어?

치요코가 대답 대신 빙긋 웃어 보였다.

흰머리가 어제처럼 날뛰지 않은 탓인지, 연회장은 들뜬 분위기 속에서도 평온하고 차분했다. 칵테일 잔을 든 귀빈들이 삼삼오오 모여 우리 안을 가리키거나 더 가까이 다가가서 살피며 환담했다. 히데오는 경호에 만전을 기하기 위해 창경원을 둘러보느라 바빴다. 오늘도 왔을까? 걸음을 내디딜 때마다 산의 얼굴이 떠올랐고 산의 품에 안긴 주홍의 길고 흰 등이 그려졌다. 저도 모르게 주먹이 쥐어졌다. 어젯밤 데블을 나와서 총독 사저에 이르기까지의 경로를 당장이라도 따져 묻고 싶었다. 그러나 지금 그미는 총독 부부와 함께 있다. 게다가 어제처럼 불상사가 일어나지 않게 막는 일이 급하다. 눈치챘을까? 히데오는 손의 상처를 걱정하는 그미를 차갑게 대했다. 그미와 시선이 마주치는 순간, 겨우 누르며 숨겨온 질투심이 폭발할 것 같았다. 어제는 산과 밀회를 즐기고 오늘은 사파이어 목걸이를 걸고 나타난다? 알 수 없는 것이 여자의 마음이라지만, 낮과 밤이 어찌 이렇듯 다르단 말인가? 히데오는 인적이 드문 나무 아래로 가 몰래 한숨을 내쉬었다. 그미를 빼앗길 순 없었다. 수가 귀띔한 일이 사실이라 해도, 사실이라면 더더욱 산을 체포하여 그미의 발길이 닿지 않는 먼 곳으로 보내버리리라. 산을 경성에 두고 자대 배치를 받아 떠나는 것은 최악의 시나리오다. 지금은 수를 붙여 미행과 감시라도 하지만, 불길한 예감이 현실이 되면 전쟁터에서 발만 동동 구를 뿐이다. 오늘 밤 끝을 내야 한다. 산이 스스로 모습을 드러내도록 만들어야 한다. 역시, 수가 제안한 그 방법밖에 없는가. 악마 같은.

— 관자놀이가 아직 욱신거리나요?

연회장으로 다시 들어서는 히데오 앞을 기자 완장을 찬 사내가 막아섰다. 히데오는 무표정하게 노려보았지만 기자는 미소로 답했다.

— 김이라고 합니다. 어제 대장의 활약을 바로 이 자리에서 지켜봤습니다.

— 활약이라고 했소?

명백한 비웃음. 히데오의 얼굴이 벌겋게 달아올랐다. 분노를 폭발시킬 대상을 찾고 있던 그였다.

— 그만둬요.

어느새 주홍이 둘 사이로 끼어들었다. 그미는 흘끔 기자를 쳐다본 뒤 히데오에게 고개를 돌려 눈을 끔벅거렸다. 기자에게 손찌검이라도 했다가는 엄청난 후폭풍을 맞을 것이다. 기자는 정보를 얻어내기 위해 일부러 그를 자극하는지도 몰랐다.

— 대장을 한 방에 쓰러뜨린 괴한을…… 찾았습니까?

— 아직이오.

히데오가 짧게 답했다. 그미도 두 걸음 물러섰다.

— 경성에 있습니까?

— 조사 중이오.

— 혹시 창경원에 오늘도 들어온 거 아닙니까?

— 연회 중엔 취재에 응하지 않겠소.

— 시민에게 백호를 다시 공개할 계획은 잡혔습니까?

기자는 오늘 자정 흰머리를 부산으로 이송한다는 사실을 모르고 있었다. 그 일이 미리 새어나가면, 어제 눈물을 쏟았던 이들이 몰려와 창경원 정문을 막고 통곡할지도 모른다.

— 취재에 응하지 않겠다고 분명히 밝혔소. 난 이곳의 경호 책임자요.

— 히데오 소좌가 경호 책임자란 걸 모르는 기자는 없습니다. 또한 어젯밤 호되게 당하고도 아직 괴한의 이름 석 자도 파악하지 못했다는 것도 알고요.

히데오는 기자를 무시하고 자리를 옮기려 했다. 기자가 돌아서는 그의 어깨를 잡았다. 히데오는 그 팔목을 쥔 채 비틀며 힘을 실었다. 기자가 어금니를 물고 버텼다.

— ……괴한을, 만났습니다.

히데오가 급히 손을 놓았다. 허리를 숙여 큰 기침을 연이어 쏟는 기자의 어깨를 잡아 일으켰다.

— 어디서?

— 전차 안…… 그 복장 그대로 차에 올랐더군요.

— 확실하오?

— 중절모로 얼굴을 가렸지만 금방 알아보았습니다.

히데오가 기자 곁으로 가서 나란히 선 뒤 어깨동무를 하듯 팔을 둘렀다.

— 잘 들으시오. 놈은 꼭 내가 잡을 거요.

— 어디 있는 줄도 모르면서…….

— 잡고 나면 김 기자, 당신을 찾아가리다. 오늘 못 나눈 얘기는 그때 합시다. 자, 이만 물러나시오, 연회 분위기 깨지 말고. 또 한 번 날 깔아뭉개려 들면 그땐 가만있지 않겠소.

— 무섭군요. 신문기자를 패기라도 하시려고요?

그는 순순히 물러나지 않았다. 말 몇 마디에 꼬리를 내린다면 기자도 아니다. 히데오가 기자의 목을 당긴 후 싸늘한 미소와 함께 반말로 경고했다.

— 호랑이와 단둘이 맞서본 적 있어? 철창 없이 단둘이. 당연히 없겠지. 그 찰나를 보내고도 목숨을 보전한 사람은 뭐든 해. 세상의 법이나 윤리 따윈 쓰레기통에 처박아버려. 기자란 직업 내세우지 말고 남자 대 남자로 꼭 한번 만나지. 그땐 호랑이와 맞서는 게 뭔지 더 자세히 알려주겠어. 어때, 싫진 않겠지?

주홍은 아예 히데오의 팔짱을 꼈다. 사진기자들의 플래시에도 조심하지 않았다. 오히려 히데오가 게걸음으로 슬쩍슬쩍 피했다. 총독 부인이 두 사람을 향해 손을 흔들어주었다. 그미도 화답하듯 손을 흔들며 곧장 다가갔다.

— 짓궂게 굴지 마라.

총독이 입가에 웃음을 머금은 채 한마디 했다.

— 아저씨도 연회장에서 아줌마랑 팔짱을 끼는 바람에 혼인하셨다면서요?

총독의 시선이 부인에게로 향했다.

— 괜한 소릴 했구려.

— 없는 말 한 건 아니지 않나요? 내가 오죽하면 먼저 팔짱을 꼈을까. 하여튼 남자들이란 결정적인 순간에 주춤한다니까. 히데

오 대장! 어때요, 사파이어가 잘 어울리나요?

히데오의 시선이 그미의 목덜미에 머물렀다.

— 아름답습니다.

— 나도 보석 선물을 많이 받아봤지만, 보석이란 착용하는 사람과 어울려야 해요. 이 목걸이는 미츠코를 위해 만들어진 것 같아. 정말 예뻐요. 히데오 대장은 호랑이 잡는 용맹한 군인이라고만 여겼는데, 여인을 위해 딱 맞는 보석을 고르는 섬세함도 지녔군요. 그렇지 않니?

— 맞아요. 아줌마!

그미가 선선히 답한 뒤 기자들을 위해 한층 더 히데오의 팔뚝에 붙어 섰다. 사진기 플래시가 연이어 터졌다. 내일 신문의 머리기사는 '백호 잡은 두 주역, 사랑이 싹트다' 정도로 잡힐 것이 분명했다.

— 아저씨! 연회 끝나고 대장이랑 경성 구경 좀 할게요.

— 어제도 늦게 들어왔다며?

총독이 즉답을 미루자 그미는 부인에게 도움을 청하는 눈길을 보냈다. 부인이 질문의 화살을 히데오에게 돌렸다.

— 확실하게 지켜줄 수 있지요?

— 걱정 마십시오.

히데오가 당당히 답했다. 총독은 칵테일 잔을 끝까지 비웠고, 총독 부인은 그미와 히데오 사이에 끼어 사진을 한 장 더 찍었다. 기쁨으로 가득 찬 창경원의 늦겨울 오후였다.

— 히데오 대장이랑 데이트하는 거 아니었니?

치요코가 때가 덜 타는 여벌의 회색 사육사복을 옷장에서 꺼내 그미에게 내밀며 물었다.

— 그치랑 나 아무 사이도 아냐.

— 그럼 왜 그랬니, 팔짱도 끼고 사파이어 목걸이도 하고.

주홍은 드레스를 벗고 그 위에 사파이어 목걸이와 귀걸이를 내려놓았다.

— 나중에 잠깐 시내 구경을 가긴 해야겠지. 그땐 사람들 눈도 있으니 다시 이 드레스를 입어야겠지만, 한두 시간이라도 편히 있고 싶어. 흰머리도 살펴야겠고.

— 흰머리는 걱정 마.

그미가 바지를 끌어올리며 목소리를 높였다.

— 걱정 말라니. 전혀 야성을 드러내지 않잖아? 약이라도 먹였어?

— 큰일 날 소리! 어젯밤 약물을 쓰자는 얘기가 나온 건 사실이지만 내가 나서서 막았어. 흰머리처럼 정상 범위를 넘어서는 거대한 백호라면 투여량을 결정하기도 어렵고, 괜히 건드려 죽기라도 하면 우리가 그 잘못을 다 뒤집어쓰게 되니까.

— 그럼, 아무 처분도 안 했는데, 흰머리가 스스로 자제했단 말이야?

— 모르지, 무슨 꿍꿍이인지. 자고로 호랑이 마음은 호랑이만 안다고 하잖아? 하여튼 내가 우리 곁에서 내내 지켰어. 흰머리는

창경원에 실려올 때 그대로야. 날 못 믿어?

　— 믿지.

치요코가 그미 앞에 서서 작업복 단추를 위에서 하나하나 채워주었다.

　— 그럼 왜 그래?

　— 왜 그런다니?

　— 오늘 밤 계획, 내게도 숨길 작정이야?

두 사람의 시선이 마주쳤다.

　— 네가 먼저 말해주리라 믿었어. 어제 데블에서 네가 타고 간 인력거! 미리 널 기다린 거지? 창경원에 돌아갔더니, 총독 부인께서 전화 주셨더라. 둘러대긴 했지만, 넌 인력거를 타고 가서 당연히 그 남자를 만났겠지? 오늘 히데오 대장에게 일부러 친근하게 군 것도 세인들의 시선을 다른 곳으로 유도하기 위해서일 테고? 무슨 일인지 알아야겠어.

　— 치요코! 난 네가 다치는 걸 원치 않아. 때론 모르는 게 나을 때도 있어.

　— 나도 네가 다치는 건 싫어. 섭섭해 정말.

치요코가 토라져 반쯤 돌아섰다. 그미가 치요코의 손목을 잡고 돌려세웠다.

　— 알겠어. 다 말해줄게. 대신 일을 마칠 때까진 누구에게도 발설하지 않고, 또 창경원을 벗어나지도 않겠다고 약속해줘.

주홍은 동행하겠다는 치요코를 두고 혼자 맹수 우리까지 왔다. 인적은 끊겼고 겨울바람만이 깊은 어둠을 훑으며 철창을 오갔다. 그미는 팔을 뻗어 고드름처럼 차디찬 철창을 쥐고 잠시 어둠을 응시했다. 거기, 개마고원의 지배자 흰머리가 웅크린 채 그미의 움직임을 살피고 있을 것이다. 야생동물에게, 특히 평원을 질주하며 사냥을 즐기는 포식자에게 동물원은 최악이다. 자신을 최악으로 빠뜨린 인간들—산, 히데오 그리고 주홍—을 흰머리가 잊을 리 없다. 그런데도 살기가 느껴지지 않는다. 흰머리, 과연 너는 저 안에 있는 것인가. 사육사를 위한 전등을 켜자 우리 안이 밝아졌다. 창경원에서의 마지막 식사를 토끼 두 마리로 마친 흰머리는 쭉 뻗은 앞발에 턱을 괸 채 그미를 쳐다보았다. 심심함을 넘어 무심함이 눈동자에 가득했다. 지친 것일까. 개마고원을 마음껏 질주하던 시절이 그리운가. 언제나 힘이 넘치는 흰머리였건만, 오늘따라 외롭고 쓸쓸한 기운이 큰 몸을 휘감고 있었다. 그미는 흰머리의 눈을 쳐다보며 철창을 양손으로 잡고 쪼그려 앉았다. 그미의 두 눈에도 눈물이 그렁그렁했다.

― 구해줄게. 걱정 마. 꼭 구해줄게.

군용 트럭 석 대가 도착한 시각은 저녁 8시였다. 치요코와 사육사들은 긴 철봉을 들고 흰머리를 운반용 우리 쪽으로 몰았다. 청진에서 경성까지 흰머리를 싣고 왔던 바로 그 우리였다. 흰머리는 앞발로 철봉을 툭툭 쳤고 송곳니를 드러내며 으르렁거렸다. 치요

코와 사육사들의 얼굴에서 땀이 뚝뚝 떨어졌다. 벌써 20분이 지나
갔다. 히데오가 허리춤에 찬 권총을 매만지며 개입할 기회를 엿보
았다. 이렇게 10분만 더 지나면 사육사들을 철수시키고 병사들이
겹겹이 무거운 쇠그물을 던질 것이다. 흰머리는 몸부림을 칠 것이
고 그 와중에 여기저기 상처를 입으리라.

— 흰머리!

그미가 손나발을 만들어 외쳤다. 봉을 물어뜯던 흰머리가 고개
를 들고 그미를 노려보았다.

— 어서 들어가. 제발! 더 다치지 말고.

갑자기 흰머리가 머리를 앞뒤로 두 번 흔들더니 우리로 천천히
걸어 들어가기 시작했다. 치요코가 재빨리 문을 닫아걸었고, 히데
오가 허리춤에 올렸던 손을 내려놓았다. 그미가 뒤돌아서서 히데
오 곁으로 다가갔다.

— 잠시만 기다려주세요. 옷 바꿔 입고 나올게요.

— 그럴 필요 없소.

히데오가 작은 우리에 갇힌 흰머리를 노려보며 답했다.

— 흰머리를 트럭에 옮겨 싣는 일이라면 치요코와 사육사들에
게 맡겨도…….

— 잠시 걷겠소?

히데오가 그미의 대답도 듣지 않고 먼저 앞장섰다. 그 뒤를 그
미가 따랐다. 명전전 쪽으로 50보도 걷기 전에 그림자가 옅어지면
서 어둠이 두 사람을 덮었다. 청룡이 네댓 발자국쯤 뒤에서 엉덩

이를 땅바닥에 붙이고 그들을 쳐다보았다.

— 밤나들이는 가지 맙시다.

— 하지만…….

— 총독 부인께는 따로 전화를 드리겠소. 오늘은 흰머리를 옮기는 일에만 집중하고 싶소. 주 선생도 나와 같은 마음이라 생각하오만…….

— 그래도 두 시간 남짓 시간이 비니, 원하시면 같이 가요.

— 나를, 더 이상 나를 바보 취급하지 마시오!

히데오의 목소리가 조금 격해졌다. 그미는 즉시 반발하지 못한 채 히데오의 눈을 들여다보았다. 침묵의 나뭇잎이 하나 둘 셋 넷 떨어졌다. 히데오가 감정을 눌러 지운 뒤 다시 담담하게 말했다.

— 내가 원할 때가 아니라 주 선생이 원할 때 갑시다.

두 눈에서 이글대는 분노만은 감추기 어려웠는지, 히데오가 고개를 들어 밤하늘을 우러렀다. 그미도 그를 따라 별들을 쳐다보았다.

— 하나만 약속해주시오. 오늘까지 주 선생이 누굴 만났고 누굴 마음에 두었는지는 불문에 부치겠소. 낮에 내게 지나친 친절을 베푼 까닭도 묻지 않겠소. 다만 이 일을 마무리 지은 뒤에는 내게도 기회를 주시오.

— 대장…….

그미가 말을 잇지 못했다.

— 약속해주겠소?

히데오가 천천히 몸을 돌렸다. 별빛마저 덮어버린 어둠이 그미를 완전히 감쌌다.

— ……알겠어요.

그미가 시선을 떨군 채 겨우 답했다.

— 됐소. 그럼 12시에 만납시다. 정시에 출발할 테니, 11시 45분까지는 승차하시오. 경성역에 하차한 뒤에도 기차가 출발할 때까지 흰머리와 단둘이 있도록 조처하리다. 자, 먼저 갈 테니 천천히 오시오.

히데오가 성큼 앞서 걸었다. 그미는 뒤따라 걷지 않고 고개를 들어 하늘을 쳐다보았다. 별똥별 하나가 긴 꼬리를 끌며 인왕산 자락으로 떨어지고 있었다.

밤 10시부터 사복 차림 병사들이 2인 1조로 창경원에서 경성역까지 순찰을 돌았다. 구역을 맡아서 지키고 선 것은 아니었지만, 오가는 행인을 일일이 검문하고, 술에 취해 쓰러진 이들을 깨워 귀가시켰으며, 하는 일 없이 거리로 나온 이들을 거리 밖으로 내몰았다. 이유를 따져 묻는 몇몇 용감한 시민들에겐 송곳눈으로 답을 대신했다. 청계천을 배회하는 개들만 멀리서 짖고 또 짖어댔다.

산과 쌍해는 광교 밑에 멧박쥐처럼 붙어 웅크렸다. 돌다리 밑에 배를 대고 버티는 일은 얼음 절벽을 맨손으로 오르는 것만큼이나 힘들었다. 틈을 찾고 그 틈에 열 손가락을 걸어 힘을 싣고 두 발을 뻗어 몸무게를 지탱했다. 개마고원 포수들은 매달리기의 달인이었다. 나무든 바위든 날다람쥐처럼 기어올라 숨었다. 보호색은 없었지만 지형지물을 이용하여 다양한 자세를 취했다. 때론 긴 나뭇가지가 되고 때론 튀어나온 선바위의 머릿돌 구실도 했다. 사냥감의 눈을 속이면서 그 움직임을 파악하기 위해선 더 조용히 더 오래 매달리는 것이 필요했다. 부지런한 병사 하나가 11시 30분쯤 광교 아래로 내려와서 손전등을 비추었다. 그러나 이미 다리와 한몸이 된 산과 쌍해를 발견하진 못했다. 저 음습한 곳에 사람이 붙어 있으리라곤 상상하기 어려웠으리라. 돌다리에 부딪치는 청계천의 물소리가 오늘따라 크고 경쾌했다. 겨울 가뭄 때는 개천 바닥까지 드러나곤 했지만 올해는 눈이 많이 내려 유량이 넉넉했다. 쌍해가 인적이 없는 것을 확인한 후 입을 열었다.

— 부탁이 있다. 이 꼴로 다리 밑에 매달려 나눌 얘긴 아니지만…… 행여 재수가 없으면, 이 얘기 못 한 걸 후회할까봐 그래.

산이 쌍해와 눈을 맞췄다.

— 먼저 하나만 묻자.

— 말씀하세요.

— 흰머리를 죽이겠다는 마음…… 그러니까 일단 구한 후에 다시 승부를 하겠다는 생각엔 변함이 없는 게냐?

— 새삼스럽게 그 얘긴 왜 꺼내시는 겁니까?

— 창경원에 모여든 이들이 흰머리를 보며 통곡을 했다지? 개마고원의 포수들도 왕대는 건드리지 않는다. 특히 백호 왕대는 영

물 중의 영물로 모셔왔지. 그치들도 호랑이가 얼마나 무서운 맹수인지 잘 알고 있어. 하지만 한편으론 호랑이가 자신들의 바람 중 한 자락을 쥐고 있다고도 여기지.

— 바람 중 한 자락이라고요?

— 평범하게는 이룰 수 없는 바람.

바람 소리에 쌍해는 몸을 웅크린 채 잠깐 침묵에 젖었다가 이야기를 이었다.

— 솔직히 말하마. 난 네가 흰머리와 승부를 겨루지 않았으면 좋겠다. 네가 흰머리를 죽이는 것도, 흰머리가 널 죽이는 것도 원하지 않아.

— 아저씨! 이제 와서…….

— 널 지키고 싶었다. 혹시 실수라도 할까봐, 네가 크게 다치기라도 할까봐 줄곧 따라다녔다.

— 흰머리가 아버지와 수에게 한 짓을 잘 아시는 아저씨께서 왜 이런 말씀을 하시는 겁니까?

쌍해의 두 눈에 눈물이 글썽거렸다.

— 네게서 이 질문을 받는 상상을 7년이나 했다. 그냥 묻어두고 가자고 마음 접은 적도 많았지. 그런데 결국 이런 날이 오는구나. 그래, 좋다. 흰머리를 죽일 사람도 너고 살릴 사람도 오직 너뿐이니까.

— 알아듣게 설명해주세요.

— 형님이 늘 말씀하셨을 게다. 승부에서 패해 죽는 건 억울한

일이 아니지만, 제집과 가족을 잃는 것은…….

　　— 세상 끝까지 가서라도 되갚아야 한다 하셨지요.

　　— ……호랑이 굴을 발견한 건 나였다. 처음부터 흰머리를 쫓은 건 아니었어. 포수들을 습격한 놈은 따로 있었지. 그 언덕을 넘어가는데 새끼 호랑이 울음이 들렸다. 형님은 오십 보쯤 뒤떨어져 올라오고 있었지. 난 곧장 호랑이 굴로 들어갔다. 너무 어두워 비틀대는 사이, 갑자기 한 놈이 내 종아리를 깨물었어. 엉겁결에 놈의 옆구리를 걷어찼지. 놈은 저만치 나가떨어진 뒤에도 계속 일어나서 달려들었어. 나는 쇠도리깨로 놈의 얼굴을 후려갈겼지. 눈두덩을 정통으로 맞은 놈은 쫙 뻗어 일어나지도 못하더군. 그 순간 딴 놈이 바위에서 날아내리며 내 어깨를 물었어. 목덜미를 노렸겠지만 닿지 않은 게지. 난 두 팔로 놈의 뒷목을 잡고 어둠을 향해 집어던졌어. 그리고 아까처럼 쇠도리깨로 놈의 가슴과 배를 후려쳤어. 새끼들이라고 해도, 어둠 속에서 뿜어대는 놈들의 살기는 정말 등등했어. 난 순식간에 두려움에 사로잡혀 이성을 잃었다. 그때 총성이 들렸지. 웅 형님이었다. 밖으로 나오는 사이 다시 총성이 울렸어. 백호 한 마리가 펄쩍펄쩍 뛰며 바위 뒤로 숨었다가 나타나고 또 숨기를 반복하더군. 난 형님 곁으로 가려고 했어. 그런데 형님은 날 보자마자 총구를 돌리더군. 먼저 자리를 피하란 뜻이었다. 그때 형님 곁으로 갔어야 했어. 둘이서 모신나강을 겨눴더라면 결과가 달라졌을지도 모르지. 하지만…… 난 두려웠다. 그래서 언덕을 내려갔지. 언덕을 반쯤 내려갔을까 뒤이어 총성이 울렸어. 세

번째 총성이었지. 그때부터 난 정신없이 어둠이 깔린 들판을 내달리기 시작했어. 그러다가 늑대 떼를 만났고. 늑대 떼에 쫓겨 이리저리 숨고 달리고 숨고 달리다가 또 널 만났고. 산! 다 나 때문이다. 이 모든 악연이 다 나 때문이다. 차라리 날 때리고 욕하고 내게 침 뱉어라. 그리고 더 이상 이 악연의 꼬리를 이어가지 마라.

— 거짓말입니다! 못 믿겠어요. 아저씨 때문에 아버지가 돌아가신 거라고요? 이제 와서……. 제 마음을 돌리게 하려고 꾸며내신 거죠? 그렇죠?

산의 목소리가 칼날처럼 날카로웠다. 7년 동안 변함없던 싸움의 판이 한순간에 흔들리기 시작한 것이다.

— ……미안하다. 그저 이 말밖에는 할 말이 없구나.

쌍해의 목소리가 어둠 속으로 무겁게 가라앉았다. 그리고 긴 침묵이 이어졌다. 산은 말문을 닫고 숨소리조차 지웠다. 쌍해의 눈빛에 후회와 죄스러움과 안타까움이 차올랐다. 영영 대화가 사라질 것만 같던 순간, 산이 나즈막이 입을 열었다.

— 늑대들에게 둘러싸였을 때…… 흰머리는 고민했겠군요. 암호랑이를 죽인 늑대들과 새끼들을 죽인 인간 중 누구를 먼저 공격할지.

— 그랬겠지.

— 그때 흰머리가 늑대 대신 제게 먼저 달려들 수도 있었습니다. 그랬다면 전 그 순간 목숨을 잃었을 테고요.

— 돌아가신 웅 형님이 도운 게다. 난 네가 백두산에서 악연을

끝내주기를 원했다. 지금이라도 늦지 않았어. 이쯤에서 정리해.

— 승부는 어땠나요?

— 승부?

— 흰머리와 아버지의 승부 말이에요.

— 웅 형님의 최후를 보진 못했지만…… 둘은 서로의 위치를 충분히 가늠하고 있었어.

산은 그림자처럼 침묵했다. 쌍해의 해묵은 고백을 통해 두 가지 사실이 드러났다. 하나는 웅과 흰머리의 대결이 정정당당했으리라는 것, 다른 하나는 보금자리를 침범한 것은 흰머리보다 쌍해가 먼저였다는 것. 흰머리는 쇠도리깨에 맞아 죽은 새끼들을 보고 복수를 위해 뒤를 밟았던 것이다. 흰머리는 산이 동굴 입구에서 발견하여 업고 온 웅의 시신을 따라왔으리라. 머리가 무겁고 정수리가 송곳으로 찌르는 것처럼 아파왔다. 7년이다. 적지 않은 세월 동안 오로지 흰머리를 죽이기 위해 보낸 시간들. 7년 악연을 어떻게 끊을 것인가. 산은 웅의 부재가 새삼 아쉬웠다. 지금 내 곁에 계신다면 어떤 충고를 하시겠습니까. 이미 죽어버린 아버지여!

7년 전, 웅이 죽고 수의 팔 하나가 뜯겨나가던 바로 그때 쌍해로부터 이 고백을 들었다면, 산은 추격을 접었을까. 그땐 무슨 소릴 들었더라도 들끓는 복수심 때문에 모신나강을 움켜쥐고 먼 길을 나섰을 것이다. 말로 설명하고 말로 이해하고 말로 받아들이고 말로 포기하기에는 불행의 무게가 너무 컸다. 불행을 안긴 존재를 내버려두고 새로운 인생을 준비할 순 없었다. 비겁이라고 느꼈다. 산이 복수의 세월을 보낸 것은 쌍해의 고백을 듣지 못했기 때문이 아니다. 오히려 지금 이 순간의 고백이 산의 마음을 흔들었다. 산은 자신에게 밀려드는 새로운 가능성들이 때론 싫고 때론 짜증 나고 때론 한심했고 때론 불편하고 때론 치욕스러웠다. 흰머리를 구하는 것이 마지막 승부를 위한 과정이 아니라 궁극적인 목적이 된다? 과연 흰머리를 보고도 적개심을 품지 않을 수 있을까. 산 자신도 의심스러웠다. 무엇인가를 오래 미워하면, 증오 또한 습관이 된다. 7년 동안 하루에도 수십 번씩 흰머리를 상상으로 죽이고 죽이고 또 죽였기 때문에 놈을 보면 머리보다 손과 발이 먼저 움직일 것 같았다. 주홍의 깊게 팬 보조개가 산의 눈앞에 아지랑이처럼 어른거렸다.

15분. 병사들은 15분 간격으로 광교를 찾았다. 11시 45분에 순찰을 돌고 나면, 자정 무렵 마지막 조가 올 것이고, 12시 15분엔 트럭이 이 다리를 지나갈 것이다. 텅 빈 거리에선 작은 움직임 하나도 눈에 잘 띈다. 그러니 12시 5분에서 10분 사이, 즉 5분 안에 설치를 마쳐야 한다. 산은 다리 밑바닥을 기어서 가장자리로 나갔다. 이사무에게 빌린 손목시계를 보니 11시 43분이었다. 손을 뻗어 바람의 방향과 세기를 살폈다. 북에서 남으로 고추바람이 몰아쳤다. 인기척을 느낀 산이 급히 팔을 움츠렸다. 병사들이 광교 위에 멈춰 선 것이다. 그들의 이야기가 물소리에 섞여 튀었다.

— 으웃, 춥다!

— 담배 한 대 당길까?

— 큰일 날 소리! 대장한테 걸리면 영창 가.

— 대장은 창경원에 있잖아? 아직 출발도 안 했을걸?

— 그럼 딱 한 대만.

물소리가 더욱 시끄러워졌다.

— 봤어, 어제?

— 뭘?

— 대장이 일격에 당하는 거. 발로 차고 주먹을 내지른 뒤에도 한참 지나서야 땅에 내리더라고.

— 소문은 들었어?

— 무슨 소문?

— 백호를 잡은 사람이 따로 있다는.

— 대장이 아니고?

— 대장은 백두산 근처에 가지도 않았대. 삼지연인가 온천물 콸콸 나오는 곳에서 목욕이나 즐겼다더군.

— 그럼 백호는 누가 잡은 거야?

— 소문에 의하면 개마고원 포수 둘이서 해치웠다더군. 사냥개 한 마리 데리고.

— 그럼 왜 대장이 다 자기가 한 일이라고 자랑하고 다녀?

— 대장이니까. 백두산이나 개마고원에서 벌어진 일을 경성에

서 알긴 어려우니까.

　— 하긴! 한데 그 둘은 지금 어디 있어?

　— 누구?

　— 호랑이 잡은 포수들 말이야.

갑자기 목소리가 작아졌다.

　— 너만 알고 있어. 그치들 지금 경성에 있대.

　— 정말?

　— 자정에 백호를 경성역으로 옮기는 이유가 뭐겠어?

　— 낮엔 종로통이 번잡하니까.

　— 그게 아니지. 그치들 몰래 백호를 빼돌리려는 거야.

　— 정말? 또 흰소리 지껄이는 거 아냐, 지난번처럼?

　— 지난번 언제?

　— 창경원에 밤마다 귀신 나온단 얘기 말이야. 그래서 사람들이 괜히 슬퍼지고, 백호를 향해 운 것도 그 때문이라고.

　— 흰소리 아닌데, 궁궐이 들어서기 전에 꽤 많은 이들이 거기 묻혔대. 하여튼 백호를 잡은 이는 따로 있어. 이번에도 내 이야기가 소설이면 난 네 아들이다. 진짜!

　주홍은 트럭으로 곧장 가려다가 문을 열고 빈 우리로 들어섰다. 사육사복을 벗고 드레스 위에 목걸이와 귀걸이까지 다시 걸쳤다. 높은 뒷굽으로 땅을 쿡쿡 찍었다. 달리거나 뛰어오르는 데는 불편하겠지만, 히데오의 의심을 사지 않으려면 흰머리를 배웅하고 곧장 총독 관저로 돌아가는 모양새를 갖춰야 했다. 따라 들어오려는 청룡의 턱밑을 긁으면서 속삭였다.

— 기다려!

트럭의 헤드라이트 불빛이 비스듬히 어둠을 몰아냈다. 그미는 흰머리가 머물렀던 자리를 손바닥으로 일일이 더듬었다. 흰 털이 금방 한 줌 가득이었다.

— 어떤 겁 없는 원숭이가 맹수 우리를 어슬렁거리나 했어.

그미는 치요코에게 돌아서서 흰 털을 건넸다.

— 선물이야.

— 자신 있어, 정말?

치요코가 가볍게 포옹한 채 물었다. 그미는 대답 대신 입으로만 웃어 보였다.

— 힘들면 언제든 그만둬. 넌 할 만큼 했어. 알겠지?

— 동물원이 답답하면 언제 한번 밀림으로 와.

— 둘이서 호랑이를 쫓자고?

— 그것도 좋고.

— 남자는 어때? 호랑이처럼 멋진?

— 그것도 좋고.

— 조심해.

치요코가 그미를 꼭 안아주었다. 이럴 땐 치요코가 잔소리 많은 친언니 같았다.

운전병 셋은 이미 승차해서 대기 중이었다. 총을 들고 트럭 앞에서 대기 중인 병사는 열 명이었다. 히데오는 보이지 않았다. 주홍이 나타나자 병사들은 부동자세를 취한 채 정면을 응시했다. 첫째 트럭과 가운데 트럭을 지나쳐 세 번째 트럭을 살폈다. 천막에 가려진 트럭 뒷자리는 생각보다 깊고 어두웠다. 이 트럭에 각각 다섯 명의 병사들이 마주 보고 앉는 것이다. 히데오가 지닌 윈체스터까지 합치면, 당장 사격이 가능한 총만 열한 자루다. 모신나강 한 자루뿐인 산이 감당하기엔 너무 많다. 흰머리의 우리를 실어놓은 가운데 트럭 뒤로 돌아갔다. 청룡이 귀를 쫑긋 세운 채 으르렁거렸다. 그미가 청룡의 어깨를 토닥거린 뒤 다가갔다. 흰머리의 엉덩이가 보였다. 우리는 트럭 짐칸을 채울 만큼 컸다. 컹! 기어이 청룡이 짖자 흰머리가 천천히 몸을 돌렸다. 그미는 철창에 닿을 만큼 얼굴을 디밀었다. 흰머리도 피딱지가 앉은 이마를 흔들며 다가왔다. 둘 사이의 거리는 10센티미터도 채 떨어지지 않았다. 흰머리의 더운 숨이 그미의 속눈썹을 흔들었다. 청룡이 그미의 발 앞으로 오더니 등을 비비며 밀어냈다. 그미는 물러서지 않고 말을 건넸다.

― 넌 그냥 가만히 있으면 돼.

흰머리의 긴 혀가 철창 사이로 뻗어 나와 그미의 목덜미를 쓸었다. 혀끝으로 목걸이를 감아 당기는 바람에 그미의 뺨이 철창에 부딪쳤고 목걸이 줄이 끊어졌다. 청룡이 힘껏 허벅지를 밀었고 그 바람에 그미는 뒤뚱거리며 고개를 숙였다.

— 꽝!

철창에 흰머리의 송곳니가 박힌 것은 바로 그 순간이었다. 그미의 뺨이 그대로 철창 가까이 붙어 있었다면 송곳니에 찍혀 살점이 떨어져나갔으리라. 웅크려 앉은 그미의 온몸이 떨렸다. 흰머리의 걸쭉한 침이 정수리로 떨어져 내렸다. 그미는 고개를 들거나 손을 머리에 갖다 대지도 못한 채, 턱을 가슴에 대고 웅크린 채 엉덩이를 끌며 뒷걸음질 쳤다. 눈에선 눈물이 쉼 없이 흘러내렸고, 턱이 덜덜 떨렸고, 어금니가 탁탁 소리를 내며 부딪쳤다.

— 주 선생! 괜찮소?

히데오가 달려와서 그미의 어깨를 짚었다. 천천히 허리만 돌린 그미의 손에 사파이어가 들려 있었다. 그미가 울음을 참으며 겨우 말했다.

— 어떡해…… 목걸이가…… 끊어졌어요. 미안해요.

히데오는 주홍을 박물표본실로 데리고 가 나무의자에 앉혔다. 떨고 있는 그미를 위해 차 한 잔을 가져오게 했다. 그미는 찻잔을 양손으로 감싼 채 깊은 숨을 내쉬었다. 흰머리의 송곳니가 목덜미에 찍힌 듯 서늘했다. 세상에서 가장 날렵하고 무서운 맹수였다. 히데오가 두 걸음쯤 앞에 서서 말했다.

— 주 선생이 아무리 마음을 줘도, 저놈은 주 선생을 한낱 먹이로밖에 여기지 않소.

— 나도 알아요. 맹수와 인간이 무엇인가를 주고받는 건 불가능

하죠. 흰머리는 본능에 따라 움직일 뿐이에요. 설령 인간을 죽인다고 해도, 인간이 인간을 죽이는 것과는 많은 점에서 달라요.

— 여전히 녀석을 개마고원으로 돌려보내고 싶다는 거요?

— 동물원보단 그쪽이 훨씬 낫죠. 잠시만 혼자 있고 싶어요.

— 3분 드리겠소. 이동시간이 정해져 있어 그 이상은 어렵소. 진정하고 나오시오. 밖에서 기다리리다.

히데오가 나간 후 그미는 양손으로 얼굴을 감쌌다. 히데오 앞에서는 담담하게 말하며 두려운 빛을 감추었지만, 흰머리가 달려들던 모습이 자꾸 눈에 어른거렸다. 몇 번이나 닦아냈지만 여전히 정수리에 흰머리의 끈적끈적한 침이 묻어 있는 것 같았다. 철창을 문 흰머리의 송곳니도 눈앞에서 그네처럼 왔다 갔다 했다. 사슴의 허리를 부러뜨리고 멧돼지의 두꺼운 가죽을 찢고 정맥을 뚫어 단번에 목숨을 앗는 흉기. 산! 곁에 산이 없다는 사실이 못내 서운했다. 그의 가슴에 얼굴을 묻고 한바탕 눈물이라도 쏟고 싶었다. 산의 모신나강에 새겨진 '밀림무정' 네 글자가 함께 떠올랐다. 밀림은 본디 정이 없다. 산도 들도 계곡도 나무도 새도 꽃도 호랑이도 정을 주고받는다면 죽고 죽이며 살아갈 수 없는 것이다. 굶주리고 다친, 게다가 환경이 달라져 불안한 호랑이가 사람을 향해 달려드는 것은 당연한 일이다. 녀석은 살기 위해 자신의 위엄을 드러낸 것뿐이다. 그 짓이 유정하다 무정하다 논하는 것 자체가 어리석은 인간의 시선이다. 흰머리가 어떤 태도를 보이든지, 그미는 녀석을 밀림으로 그 무정한 곳으로 돌려보내기 위해 최선을 다할 것이다.

그미는 양손바닥으로 얼굴을 감싼 채 위로 밀어 올렸다. 그런 다음 막 세수를 끝낸 것처럼 탁탁 얼굴을 두 번 때리고선 자리에서 일어섰다.

트럭 문을 열자 청룡이 먼저 뛰어올랐다.

— 덜컥.

운전병이 반대쪽 문을 열고 내렸다. 그미의 시선이 자연스럽게 운전석 쪽으로 향했다. 히데오가 날렵하게 트럭에 올라탔다. 오늘 히데오는 다섯 명의 병사와 함께 세 번째 트럭에 승차할 예정이었다.

— 왜 여기로…….

그미가 놀란 마음을 가라앉히려는 듯 주먹을 꼭 쥐었다.

— 호랑이 때문에 놀란 듯하니…… 주 선생 곁에 나라도 있어야 하지 않겠소?

직접 운전하겠다는 뜻이다. 신참 운전병을 곤경에 빠뜨리겠다는 첫 계획이 틀어진 것이다. 그미는 일부러 환하게 웃어 보였다.

— 난 괜찮아요. 밤 운전은 거의 하질 않잖아요? 아직 갈비뼈 부상도 다 나은 건 아니고.

— 창경원에서 경성역이야 금방이라오. 게다가 지금은 차나 사람도 거의 다니지 않으니 걱정 마시오.

어색한 침묵과 함께 눈길이 마주쳤다. 청룡의 머리가 그 사이로 솟아올랐다. 더 이상 하차를 권하는 것도 이상한 일이다. 그미는 양손으로 청룡의 옆구리를 긁어주었다. 청룡이 정면을 응시했다. 히데오가 기어를 잡으려고 손을 뻗다가 그미에게 말했다.

— 그 개를 창 쪽으로 앉혀 주겠소? 운전하는 데 방해가 되오.

— 얌전하게 앉아만 있을 거예요. 훈련이 잘 되었으니까요.

— 주 선생과 나 사이에 녀석을 두고 싶지는 않소.

그미가 엉덩이를 툭 치자, 청룡은 그미의 무릎 위를 지나 창 쪽으로 옮겨 앉았다. 히데오가 시동을 걸었다. 첫 번째 트럭이 먼저 서서히 움직였다. 그미는 슬쩍 히데오의 윈체스터를 쳐다보았다.

— 관저까지 바래다주지는 못하오. 차를 따로 대기시켜둘 테니, 기차가 출발한 뒤엔 그걸 타도록 하오.

— 알겠어요.

— 목걸이는 너무 상심 마시오. 다행히 사파이어에는 흠집이 없으니 목걸이 줄이야 내일이라도 다시 사서 끼우면 되오. 혹시 목덜미에 생채기라도…….

귀밑에 붉은 선이 도드라졌다. 그미가 손으로 목덜미를 어루만졌다.

— 괜찮아요.

— 다시 한 번 충고하리다. 호랑이를 아끼는 주 선생의 마음, 잘 아오. 하지만 놈은 맹수요. 맹수 앞에서 방심은 곧 죽음이라오. 그만하길 정말 다행이오.

나란히 창경원 정문을 벗어난 트럭들이 도로를 달리기 시작했다.

자정! 마지막 순찰조가 지나간 후 산은 광교 5미터 앞쪽에 폭약 다발을 횡으로 길게 늘어뜨렸다. 쌍해는 도로에 기름을 흩뿌렸다. 소나기가 한차례 두드리고 지나간 뒤처럼 도로가 군데군데 축축해졌고, 기름 냄새가 곧 닥칠 불길을 예견하듯 산과 쌍해의 콧속으로 밀려들었다. 준비를 마친 두 사람은 다시 다리 아래로 내려갔다. 다리 반대편에 웅크린 쌍해는 대못을 열 개나 박은 쇠도리깨를 손바닥으로 계집 엉덩이 더듬듯 어루만졌고, 산은 뱀꼬리처럼 다리 밑으로 늘어져 있는 기름 바른 심지를 쳐다보았다. 쌍해의 발밑에 그물이 두 다발이나 놓여 있었다. 머뭇거림은 죽음이다. 숨 한 번 쉬지 않고 계획대로 일을 마쳐야 한다. 사냥 준비가 끝난 것이다.

　경성은 또 하나의 밀림이었고, 산과 쌍해는 야간 사냥에 나선 맹수였다. 그들은, 사슴이나 노루가 자주 오가는 길목을 노리는 포식자처럼, 흰머리를 탈취하기 위해 매복에 들어갔다. 시간을 끌수록, 경성이란 밀림에 익숙하지 않은 산에게 불리했다. 돌발 상황 없이 단 한 번의 도약으로 모든 일을 끝내야 했다, 흰머리처럼.

　바람의 방향이 바뀌었다. 북풍이 옅어지더니 바람이 멎었고 남동풍이 어두운 도시 골목골목을 때리며 나아왔다. 숨어 있던 모든 것들이 바람에 맞아 쭈뼛쭈뼛 본색을 드러냈다. 흔들리는 간판, 구르는 신문지, 휘청대는 전선줄, 찢긴 채 뒹구는 구두 한 짝까지.

— 헤이, 쥐새끼들!

수가 다리에서 가장 가까운 천변 골목에서 의수를 흔들며 나타났다. 거기에 숨어 산과 쌍해가 사냥을 준비하는 과정을 지켜본 듯했다.

— 저리 가.

쌍해가 천변으로 나가 막아섰지만, 수는 그의 어깨를 밀치며 광교에 이르렀다. 긴 도로에 그만 홀로 선 것이다.

— 둘이서만 재미 보려고? 호오! 이것들이 다 뭔가? 폭약에 기름이라. 전투 태세를 완전히 갖췄어. 놀랍군. 모신나강 하나만으로 흰머리를 잡겠다고 공언한 형이 폭약 다발을 줄줄이 깔다니. 사람도 역시 변하는 건가?

산이 대답 대신 손을 저어 물러서라는 신호를 보냈다. 수는 오히려 웃으며 다리를 가로질러왔다. 산이 급히 올라가서 수의 허리를 잡아 다리 아래로 끌어내렸다.

— 이거 놔. 왜 이래?

— 원하는 게 뭐야?

수가 킬킬킬 코웃음을 쳤다.

— 알잖아?

— 돈은 못 줘.

수의 목소리가 높아졌다.

— 혹시 그 돈으로 저것들을 산 거야? 내 돈으로 폭약과 기름을?

수의 의수가 산의 어깨를 후려쳤다. 산은 피하지 않고 순순히 맞은 뒤 싸늘하게 노려보았다.

— 물러나 있어.

— 지금 나 병신이라고 무시하는 거야? 얼마 남았어? 남은 돈만
주면 저 골목에 돌멩이처럼 박혀 있지. 형이 경성 바닥을 모조리
불로 싸질러도 상관 않겠다고. 한데 정말 대담하군. 설마설마했어.
시내 한복판인 광교에서 군용 트럭을 급습할 줄이야. 어서 내놔.
어서!

— 없다고 분명히 말했을 텐데. 얌전히 다리 밑으로 기어들어
가. 이 일 마치고 나서 얘기해.

수가 코웃음을 쳤다.

— 웃기지 마 형! 나 같은 병신에겐 오늘이 전부야. 내일을 기약
하는 건 사치지. 하루살이 인생이라고. 지금 당장 내놔. 없어?

— 없어. 있어도 못 줘.

— ……좋아. 지금부터 벌어지는 일은 모두 형 책임이야.

수가 의수를 다리 난간에 걸치고 올라서려는 순간, 화신백화점
쪽에서 트럭 소리가 들려왔다. 종로통을 달리다가 막 커브를 돈
것이다. 불빛이, 탈출한 포로를 찾는 수용소의 서치라이트처럼, 다
리까지 거침없이 뻗어왔다. 지금까지 바람이 지배하던 텅 빈 거리
를 순식간에 그 빛이 점령했다. 조금이라도 움직이는 물체가 있으
면 바로 탄환 세례가 쏟아질 것이다. 산은 급히 수의 뒷목을 낚아
챈 뒤 주먹으로 배를 올려치곤 다리 밑으로 밀어 넣었다. 그리고
동시에 라이터를 켜 폭약과 연결된 기름 묻은 끈에 불꽃을 갖다

댔다. 끈이 차르르 소리와 함께 타들어가기 시작했다. 산과 쌍해는 다리 가장자리로 올라섰다. 쌍해의 등에는 쇠도리깨가, 산의 등에는 모신나강이 각각 몸의 일부처럼 붙어 있었다. 쌍해가 발 앞에 놓인 그물을 움켜쥐고 멧돼지처럼 달려나갈 자세를 취했다.

첫 트럭이 종각을 끼고 광교 쪽으로 돌았다. 뒤따르던 트럭에 탄 주홍은 몸이 기우리라 예측하고 청룡을 감싼 팔에 힘을 실었다. 그때 히데오가 브레이크를 밟으며 속도를 줄였다.

— 왜 그래요?

그미가 놀란 눈으로 고개를 돌렸다. 히데오는 말없이 차를 세웠다. 그사이 뒤따르던 세 번째 트럭이 앞질러 좌회전했다.

— 기차 시간 늦잖아요? 어서 출발해요.

핸들을 잡으려는 그미의 손을 히데오가 떼어냈다. 그미가 어깨로 밀자, 히데오는 오른팔로 어깨를 감싼 채 명령조로 말했다.

— 가만있으시오.

청룡이 엉덩이를 들고 으르렁거렸다. 윈체스터로 내려가는 히데오의 팔목을 그미가 붙들었다.

— 알겠어요.

히데오가 그미와 눈을 맞춘 후 짧게 말했다.

— 내리게 하시오.

— 청룡을 몰라요? 함께 개마고원을 누빈 사냥개예요.

— 잘 알지. 산과 주 선생 명령만 듣는 충견. 당장 내리게 하시

오. 아니면 저놈을 쏘겠소.

— 아, 알았어요.

그미가 문을 열었다. 청룡이 고개를 돌려 제 이마로 그미의 목덜미를 비볐다. 그미만 두고 가지 않겠다는 표시였다. 그미가 청룡의 입술에 제 입술을 댄 뒤 문밖으로 머리를 돌려세웠다.

— 가! 빨리!

트럭에서 뛰어내린 청룡은 멀리 가지 않고 헤드라이트를 맞으며 빙글빙글 돌았다. 히데오가 청룡을 노려보며 한마디 했다.

— 탐나는 놈이오.

— 풍산개니까요.

— 풍산개라고 전부 청룡 같진 않소. 저놈은 아까부터 내 목덜미를 노렸소. 주 선생의 명령만 떨어지면 당장 내 목을 물고 목뼈를 부러뜨리려 들었을 거요. 그렇지 않소?

— 내가 명령을 내린다고요?

히데오는 반문에 답하지 않고 그미의 눈을 파낼 듯 쏘아보았다.
— 그런 생각 안 해보았소? 어려운 퍼즐을 푸는 사람보다 그 퍼즐을 어렵게 만드는 사람이 더 머리가 좋다는.

— 퍼즐이라뇨?

— 우린 항상 그런 것 같소. 주 선생이 퍼즐을 풀든지 내가 퍼즐을 풀든지. 오늘 밤 퍼즐은 내가 푸는 거요 아니면 주 선생 몫이오?

— 우린 흰머리를 경성역까지 이송하던 길 아닌가요?

그미는 알쏭달쏭한 히데오의 물음에 말려들지 않기 위해 지금,

여기의 상황으로 돌아왔다. 히데오가 모든 걸 알고 있으니 어서 털어놓으라는 듯, 차가운 웃음을 지으며 핸들을 양손으로 쥔 채 정면을 주시했다.

폭음과 함께 첫 트럭이 광교 앞에서 멈췄다. 남풍을 타고 불바람이 도로를 거슬러 올라갔다. 끼이이익 소리가 날 만큼 급브레이크를 밟은 다음 트럭이 90도 회전하며 첫 트럭의 후미를 들이받았다. 폭약들이 불꽃놀이처럼 연이어 터지면서 검은 연기가 뭉쳐 흔들렸다. 연기를 뚫고 쌍해와 산이 튀어나갔다. 트럭에서 병사들이 비명을 지르며 허둥지둥 내렸다. 쌍해는 쇠도리깨로 첫 트럭의 앞바퀴를 내리찍은 뒤, 어깨에 걸친 그물을 휘돌려 병사들에게 던졌다. 다섯 병사가 한꺼번에 그물에 감겨 쓰러졌다. 산은 둘째 트럭 뒤로 총을 겨눴다. 트럭이 최소한 석 대 이상이리라 짐작했었다. 가운데에 흰머리를 실은 트럭을 두고 앞뒤로 한두 대씩 경호 차량이 붙을 것이라고. 그런데 겨우 두 대뿐이다. 이상하다 이건!

— 탕!

총성이 울렸다. 둘째 트럭에도 병사들이 타고 있었던 것이다. 흰머리는 어디에도 없었다. 산은 검지로 제 가슴을 찍은 뒤 항아리를 안듯 둥글게 돌려 쌍해에게 신호를 보냈다. 병사들의 시선을 유인하겠다는 뜻이다. 트럭에서 내린 병사들이 총성을 듣고 일제히 산을 향해 방아쇠를 당겼다. 도로가 온통 불바다인데다가 트럭의 천막에까지 불이 옮겨붙으면서 검은 연기가 치솟았기 때문에,

병사들은 달아날 엄두를 내지 못한 채 트럭에 붙어 서서 총성만 듣고 사격을 이어갔다. 산은 타오르는 도로 위를 왕복하며 허공에 총을 쐈다. 그가 지나간 자리를 따라 병사들이 응사한 탄환이 한여름 소나기 빗방울처럼 튀었다.

산이 병사들과 교전을 벌이는 동안, 쌍해는 그물을 어깨에 걸고 도로 반대편을 따라 살금살금 걸음을 뗐다. 총성으로 어미 멧돼지를 유인한 뒤 그물로 새끼 멧돼지들을 잡는 것은 개마고원 포수들이 즐겨 쓰는 사냥법이다. 다섯 병사가 트럭 뒤에 붙어 총을 쏘고 있었다. 쌍해는 쇠도리깨를 등 쪽으로 돌려 붙이고 그물을 쥐었다. 머리 위로 두어 번 휘돌린 뒤 그물을 뿌리려는 것이다. 그 순간 차디찬 손이 쌍해의 등에 붙은 쇠도리깨를 잡아당겼다. 몸이 기운 쌍해가 돌아서며 주먹을 내질렀다. 상대는 허리를 숙이며 한 걸음 다가와선 끌어안듯 쌍해의 가슴에 이마를 댔다. 고개를 들며 킬킬거렸다.

― 불장난이 심해. 아저씨!

― 수야!

산에게 얻어맞고 다리 밑으로 처박혔던 수가 기어 나온 것이다.

― 그만둬. 이미 들켰어.

― 뭐?

― 내가 돈 달라고 할 때 줬으면 헛고생 안 하지. 흰머리는 이쪽으로 오지도 않을걸. 이유를 알아? 내가 다 말했거든. 히데오 대장

한테, 형이랑 아저씨의 꿍꿍이를.

— 비켜!

쌍해는 수를 밀치고 나섰다. 지금 그물을 뿌리지 않으면 산이 위험하다. 수가 뒤에서 그물 속으로 의수를 찔러 넣었다. 쌍해가 돌리려고 해도 의수에 걸려 움직이질 않았다.

— 그 손 빼. 얼른!

— 항복해. 다 끝났어. 다 끝났다고.

쌍해가 돌아서서 수의 허리를 감고 조였다. 수의 발뒤꿈치가 모두 들렸다. 쌍해는 힘이라면 개마고원에서 첫손 꼽히는 장사 중의 장사였다. 수는 턱을 젖힌 채 외쳤다.

— 아, 허리, 허…….

— 탕!

총성이 들렸다. 쌍해에게 끌려가지 않으려고 버티던 수의 몸이 갑자기 앞으로 쏠렸다. 수의 머리가 쌍해의 어깨에 닿았고 의수 둘이 축 늘어졌다. 붉은 피가 수의 귀밑에서 콸콸콸 흘러내렸다. 쌍해는 급히 수를 부축하여 바닥에 뉘였다. 뒷목을 뚫고 들어온 탄환이 왼쪽 귀밑을 찢고 나간 것이다.

— 수야! 정신 차려. 정신 놓으면 안 돼. 날 봐. 내 얼굴 봐!

쌍해가 수의 뺨을 때렸다. 도로를 따라 흐른 피가 활활 타오르는 불꽃에 닿았다. 산은 화염 속에서 잔뜩 웅크린 쌍해의 등을 발견하곤 타오르는 불 위를 곧장 가로질러 왔다. 그물을 던지고 쇠도리깨를 휘돌릴 상황에서 주저앉았다는 것은 아주 나쁜 돌발 상황이 발생했다는 뜻이다. 인기척을 느낀 쌍해가 고개를 돌렸다. 두 눈에서 굵은 눈물이 줄줄 흘렀다. 쌍해의 품에 수가 안겨 부들부들 떨었다. 산이 무릎을 꿇고 쌍해 대신 수를 끌어안았다. 천을 찢어 목을 두른 뒤, 손바닥으로 귀밑을 압박했다.

— 눈 떠…… 눈! 형이야. 형이 왔어. 가야지. 개마고원으로 같이 가야지. 거기 가면 너랑 꼭 붙어살려고 했는데, 떨어지지 않고 딱 붙어서……. 여긴 아냐, 여긴 아니라고.

산이 몸을 흔들자, 반도 넘게 감겼던 수의 눈꺼풀이 다시 올라왔다. 실핏줄이 터져 흰자위까지 온통 붉었다. 수의 입술이 떨리며 열렸다.

— ……형!

— 말하지 마. 그냥 있어.

수가 산의 팔꿈치를 쥐고 당기려 했지만 힘이 실리지 않았다.

— 형…… 미안해. 나, 돈 많이 벌어…… 우리 집 되찾으려고…….

— 알아. 조금만 참아. 병원으로 옮길게.

수의 귀밑을 누르는 산의 손이 온통 붉게 물들었다. 수의 눈꺼풀이 다시 내려왔다. 목소리가 더 작고 가늘어졌다.

— 형이…… 돌아와서…… 기뻤어.

산은 수의 귀밑을 압박하느라 말할 틈도 없었다. 수의 손이 천천히 산의 어깨 너머에서 이글이글 타오르는 불덩어리로 향했다.

— 형! 저것…… 꽃.

그리고 눈꺼풀이 닫히면서 수의 고개가 뒤로 꺾였다. 산은 부서져라 힘껏 수를 끌어안았다. 속 깊은 울음이 뒤엉킨 두 몸에서 동시에 뿜어 나와 타오르는 거리를 흔들었다.

— 죽일 놈들!

쌍해가 그물 대신 쇠도리깨를 들고 불바다 위를 내달렸다. 총성이 연달아 들렸지만 쌍해는 멈추지 않았다. 쇠도리깨를 휘두르며 병사들 속으로 뛰어들어 허벅지와 허리와 등과 목을 닥치는 대로 후려쳤다. 쌍해의 기세에 겁을 먹은 병사들은 개머리판 한 번 휘두르지 못한 채 바닥에 쓰러져 둘은 기절하고 셋은 신음 소리만 겨우 뱉었다. 탄환이 몸에 맞고도 튕겨나갈 것처럼, 쌍해는 병사들의 총구를 보고도 피하지 않고 곧장 내달렸다. 자식을 잃고 머리 끝까지 화가 난 멧돼지처럼.

폭음과 함께 치솟는 불꽃과 검은 연기를, 히데오는 짐작한 듯 말 한마디 없이 노려보았다. 마음이 급한 쪽은 오히려 주흥이었다. 침묵을 견디지 못하고 있는 말 없는 말 주워섬겼다.

— 어서 가요. 큰 사고가 났나봐요. 병사들이 다쳤을 거예요.

히데오가 즉답을 않고 차문을 연 뒤 손을 흔들었다. 트럭 다섯 대가 어두운 도로를 질주해 히데오의 트럭을 지나 곧바로 좌회전했다. 트럭 짐칸에는 무장한 병사들이 마주 본 채 빼곡히 앉아 있었다. 각 트럭 당 최소한 스무 명씩은 탄 듯했다. 백 명! 무장한 병사 백 명이 산을 향해 달려가고 있는 것이다. 그미는 히데오를 밀어내고 운전석을 차지할 것처럼 달려들었다.

— 저 트럭들은, 병사들은 뭐예요? 어서 가요. 가야 해요. 당장!

히데오가 그미의 팔목을 쥐고 허리 뒤로 꺾으려 했다. 그미가 엉겁결에 머리를 디밀어 히데오의 다친 갈비뼈를 받았다. 히데오가 반사적으로 팔을 뻗어 그미의 뺨을 때렸다. 가까이 와서 눈도 마주치지 못하던 그였다. 그미는 뺨을 감싸 쥔 채 멍한 표정을 지었다. 히데오가 제 손을 쳐다보며 차갑게 말했다.

— 그러니까 가만있어. 당신을 다치게 하고 싶진 않아.

그미가 목소리를 높였다.

— 왜 이래요? 왜 이러는 거냐고요?

히데오의 목소리가 더 단단하게 얼어붙었다.

— 너희들 수작, 진작부터 알고 있었어.

— 알고 있었다고? 그, 그럼 왜……?

— 궁금하지? 확실히 보여주려고 널 데려온 거야. 경성 한복판에서 이딴 짓을 한 범법자의 최후가 어찌 되는지. 잘 봐.

— 미쳤어. 당신 미친 거야. 질투심에 눈이 먼 거라고.

그미가 팔을 휘저으며 반항했다. 히데오가 팔목을 풀어주면서 그미를 노려보았다.

— 미친 건 너희지. 호랑이 한 마리 살리겠다고 경성 한복판에서 폭탄을 터뜨리는 짓은 미치지 않고는 못 해.

그미는 몸을 돌려 문고리를 잡고 열려 했다. 히데오가 팔을 뻗어 그미의 어깨를 움켜쥐었다.

— 놔! 이것 놔!

— 이미 늦었어. 달려가봤자 놈의 목숨은 끊겼을 테니까. 벌써 총독님으로부터 사살명령이 내려졌어.

그미가 고개를 돌렸다. 두 눈에 눈물이 그렁그렁했다.

— 아저씨가? 다 알고 계셨다고?

— 범죄자를 잡는 게 최우선이지. 내겐 또 다른 임무가 하나 더 내려왔어. 개마고원에서와 똑같은 임무지. 널 보호하는 거. 넌 이 트럭에서 내릴 수 없어. 상황이 다 끝날 때까지 넌 나랑 여기 있는 거야. 알겠어?

컹커어어어! 청룡의 울음소리가 먼저 들렸고 뒤이어 질주하는 트럭의 굉음과 쌍해의 고함이 닿았다. 산은 수의 시신을 양팔로 안아 든 채 화신백화점 쪽을 쳐다보았다. 청룡이 짖으며 달려왔고 그 뒤를 트럭들이 쫓았다. 산은 쌍해에게 수의 시신을 건네준 뒤, 모신나강을 겨눈 채 횡으로 돌아선 트럭의 운전석으로 다가갔다. 운전병은 핸들에 이마를 박은 채 기절해 있었다. 산은 창문을 개머리판으로 깬 뒤 문을 열고 올라앉았고 쌍해도 수와 함께 트럭 짐칸으로 쓰러지듯 탔다. 산은 트럭을 후진시켰다가 광교 쪽으로 돌렸다. 멀리 청룡이 달려오는 것이 보였다.

— 주홍!

산이 낮게 읊조렸다. 청룡이 달려온다는 것은 근처 도로에 그미가 있다는 뜻이다. 트럭이 두 대만 온 것은 어쩌면 히데오가 산의 계획을 눈치채고 대처한 것인지도 모른다. 그미가 히데오에게 잡혔으리라. 구해야 한다. 산은 액셀러레이터를 밟았고, 트럭은 불타는 도로 위를 달리기 시작했다. 두 대의 트럭 사이로 부딪칠 테면 부딪쳐보라는 듯 곧장 나아갔다. 정면충돌할 상황이었다. 산은 속도를 더 높였다. 마지막 일격을 가하려는 호랑이처럼. 청룡이 먼저 인도로 방향을 틀어 피했고, 트럭들도 각각 핸들을 꺾어 좌우 도로변으로 붙었다. 산의 트럭은 대나무를 자르듯 도로 중앙을 갈랐다. 트럭에 탄 병사들이 총을 쐈지만 이미 늦었다.

― 멍청한 놈들!

산의 트럭이 포위망을 뚫자 히데오는 트럭을 출발시켰다. 광교로 꺾지 않고 광화문통과 태평로로 갈라지는 네거리를 향해 곧장 달렸다. 으허헝! 짐칸에서 흰머리가 울었다. 갑자기 그미가 히데오를 향해 엎어지듯 달려들었다. 양팔로 그의 머리를 감싼 채 핸들에 올라앉아 버텼다. 시야를 잃어버린 히데오의 트럭이 비틀댔다. 다급한 히데오가 주먹을 내질렀다. 퍽 소리와 함께 그미가 배를 움켜잡고 조수석 아래로 떨어져 헛구역질을 했다. 히데오의 입술에서 피가 흘렀다. 그미의 손톱에 찢긴 것이다. 손바닥으로 피를 닦는 순간, 들고양이처럼 다시 그미가 달려들었다. 히데오는 팔을 뻗어 그미의 목을 틀어쥐었다. 그미가 양손을 버둥대며 할퀴려 들었지만, 히데오의 어깨에도 닿지 않았다. 히데오가 손에 힘을 더 싣자 그미의 두 눈이 충혈되고 양볼이 벌겋게 달아올랐다. 히데오가 정면 도로와 그미를 번갈아 쳐다보며 목 쥔 손을 흔들어댔다.

— 날 죽이고 호랑이를 빼돌리려고? 내가 얼마나 널 위했는데, 고작 이거야!

그미는 히데오의 손목을 양손으로 잡고 떼어내려 안간힘을 썼지만 역부족이었다. 벌어진 입술 사이로 침이 흘러 히데오의 손등에 묻었다.

— 꼭 이래야 했어? 이딴 식으로 난장판을 만들면 난? 내 생각은 안 해봤어? 너희 때문에 인생을 망치는 나 말이야!

— 으으!

성대를 눌린 그미가 사람의 말이 아닌 듯한 소리를 내뱉었다. 히데오의 목청이 높아질수록 손아귀에 담긴 분노의 힘도 거세졌다.

— 쿵!

그 순간 히데오의 트럭이 굉음과 함께 흔들렸다. 어느새 따라온 산의 트럭이 뒤를 받은 것이다. 히데오가 그미를 조수석 아래로 팽개친 후 양손으로 핸들을 고쳐 잡고 백미러를 살폈다.

— 좋아! 한판 붙어보자 이거지?

산은 속도를 더 높였다. 히데오의 트럭이 비틀거리며 도로변의 간판과 간이의자들을 들이받았다. 그때마다 짐칸의 우리가 출렁거렸다. 두 대의 트럭은 거의 나란히 달리고 있었다. 산이 고개를 돌려 그미를 찾았다. 히데오가 든 권총만 번뜩였다. 산이 급히 브레이크를 밟자, 옆에서 날아온 탄환이 유리창을 깨고 산의 코끝을 스친 채 맞은편 유리창을 뚫고 사라졌다. 총구멍을 통해 황소바람이 밀려들었다. 산은 트럭을 히데오의 트럭 옆에 바짝 붙인 채 속도를 높였다. 트럭의 옆면이 갈리는 듯한 파열음이 터져 나왔다. 왼손으로 핸들을 잡고 오른손으로 권총을 든 히데오가 다시 방아쇠를 당기려고 했다. 조수석 밑에 웅크려 있던 그미가 히데오의 팔뚝을 물어뜯었다. 총성과 함께 밤하늘로 탄환이 발사되었다. 화가 난 히데오가 권총 손잡이로 그미의 턱을 돌려친 뒤 다시 총구를 겨눴다. 광화문 네거리로 접어들기 직전이었다. 산은 그미를 구하기 위해 핸들을 오른쪽으로 꺾으면서 액셀러레이터를 밟았다. 트럭 두 대가 접착제로 붙인 것처럼 동시에 오른편으로 기울었다. 그 순간 짐칸에서 굉음이 연달아 터져 나왔다. 흰머리가 트럭이 기우는 방향으로 몸을 날려 우리를 흔든 것이다. 산의 트럭이 360도로 두 바퀴 도는 동안, 히데오의 트럭은 왼쪽 앞바퀴와 뒷바퀴가 들리면서 모로 쓰러진 뒤 10미터도 넘게 밀려나갔다. 짐칸의 우리도 통째로 트럭에서 튕겨나가 건물 벽을 들이받았다.

트럭에서 뛰어내린 산이 도로를 가로질러 히데오와 주홍의 트럭으로 갔다. 운전석 문을 잡고 나무를 오르듯 트럭 위로 뛰어올랐다.

— 주홍!

어둠 속에서 여자의 신음 소리가 들려왔다. 히데오 밑에 깔려 있던 그미가 겨우 말했다.

― 여, 여기…….

운전석 문을 여는데, 저만치 트럭 짐칸에서 내려서는 쌍해가 보였다. 산이 주먹을 휘두르자 쌍해가 뛰어왔다.

― 다친 데는 없어?

― 괜찮은 것…… 같아요.

― 히데오는?

― 기절한 것 같아요.

― 알겠어. 꼼짝 말고 있어.

산이 열린 문을 통해 내려섰다.

― 자, 내 팔을 잡아.

― 아니, 대장부터 구해줘요.

― 시간이 없어.

― 대장부터 먼저!

산이 축 늘어진 히데오를 먼저 일으켜 어깨에 멨다. 쌍해가 문 안으로 상체를 쑥 디밀어 산을 도왔다. 그다음엔 그미의 허리를 잡고 일으켰다. 찢긴 드레스 사이로 맨살이 드러났다. 붉은 피가 흘러내리고 있었다.

― 다쳤잖아?

― 괜찮아요.

걱정 말라는 듯, 그미가 제 볼을 산의 볼에 갖다 댔다. 따듯했다. 산과 쌍해는 그미를 끌어올려 트럭 밖으로 빼냈다. 그미를 내려놓자마자, 산은 모신나강을 들고 도로 위에 널브러진 히데오를 향해 다가갔다. 노리쇠를 후퇴전진시켜 심장에 겨눴다. 히데오가 아니었다면 수는 죽지 않았을 것이다. 수를 해수격멸대에 꾀어 넣은 것도 히데오였고, 산의 뒤를 밟도록 한 것도 히데오였고, 광교에서 산의 계획을 방해하게 한 것도 결국 히데오였다. 다 너 때문이야. 너 때문에 내 동생이 죽었어.

— 안 돼요.

그미가 소리쳤다. 벌겋게 부풀어 오른 목덜미에 손자국이 선명했다.

— 죽이지 마요. 제발!

멀리서 트럭이 오는 소리가 들렸다. 광교로 내려갔던 트럭들이 뒤쫓아 올라오는 것이다. 길어 봤자 1분 안에 백 명의 병사들이 광화문 네거리에 닿을 것이다. 그미를 쳐다보는 산의 젖은 눈이 떨렸다.

— 수가…… 내 동생이…….

그미가 놀란 눈으로 쌍해를 올려다보았다. 쌍해가 천천히 고개를 저었다. 다시 그미의 시선이 산에게로 향했다.

— 그래도 안 돼요. 그 사람 죽이면 평생 살인범으로 쫓겨야 해요. 두고 가요.

그때 히데오의 두 손이 산의 발목을 움켜쥐었다. 깨어난 것이다. 히데오는 미간을 찡그리며 고개를 흔든 뒤 자신을 겨냥하고 있는 모신나강의 총구를 노려보았다.

— 당겨! 병신 동생의 복수를 하겠다고? 비겁한 자식! 당길 테

면 당겨봐. 형 구실을 하겠다고? 웃기지 마. 네 동생이 필요한 걸 준 건 바로 나라고. 넌 뭘 했어. 지난 7년 동안 동생을 위해 한 게 뭐야?

산의 총구가 히데오의 심장에서 이마로 향했다. 히데오는 용서를 구하지 않고 계속 비난을 퍼부었다.

— 개마고원 산골에서 하던 짓이 경성에서 통할 것 같아? 쏴 얼른. 왜 그렇게 주저하지? 쏴. 쏘라고.

— ……죽인다.

산의 검지가 방아쇠를 당기려는 순간, 으허헝! 포효와 함께 흰머리가 모로 쓰러진 트럭 위로 올라섰다. 우리가 벽에 부딪치면서 창살까지 휜 것이다. 산이 트럭으로 총구를 돌린 뒤 방아쇠를 당겼다. 트럭에서 뛰어내린 흰머리가 총독부 건물을 향해 광화문통을 껑충껑충 뛰기 시작했다. 산이 다시 노리쇠를 후퇴전진시켜 조준했을 땐 이미 중학천 쪽 골목으로 방향을 꺾어 숨어버린 뒤였다.

— 빨리!

쌍해가 등 뒤에서 소리쳤다. 산은 급히 히데오를 때려 기절시킨 뒤, 그미의 손을 잡고 트럭을 향해 달렸다. 쌍해가 짐칸에 올라탈 때쯤, 종로통을 달려온 청룡이 쌍해의 품으로 날아들었다. 산은 트럭을 돌려 태평통을 따라 경성역을 향해 내달렸다. 병사를 실은 트럭들은 광화문 네거리에서 멈춘 듯 총성이 점점 멀어졌다.

— 어디로 가죠?

그미가 물었다.

— 꽉 잡아.

산이 액셀러레이터를 밟으면서 남대문과 정면으로 충돌할 것처럼 속도를 높였다.

이제 죽는 일만 남았는가.
나무 사이로 건너 뛰며 다시 스스로에게 물었다.
어떻게 죽는 일만 남았는가.

거기, 흰머리가 있었다

산이 먼저 묵묵히 언 땅을 팠다. 산의 부탁을 받은 주홍은 수의 팔에 붙은 의수 두 짝을 떼어냈다. 청룡이 긴 혀로 차가운 의수를 핥았다.

호랑이 울음소리가 사대문 안에 울린 것은 실로 오랜만이었다. 한양이 경성으로 이름을 바꾼 뒤, 그러니까 나라를 잃은 뒤로는 처음이라고 했다. 몇 발의 총성이 함께 울렸고, 새벽 공기를 즐기던 사람들은 해가 높이 떠오를 때까지 이불을 덮어 쓴 채 귀를 기울였다. 그러고는 늦은 아침을 먹은 뒤, 돌다리 두드리듯 기웃거리며 낯익은 골목으로 나와 지난밤 안부를 주고받았다. 엄마는 우는 아기의 입을 막았고 늙은이는 말세를 걱정했으며 젊은이는 호랑이에 관한 소문을 퍼날랐다. 신문이나 라디오에서 새 소식이 흘러나오기 전이었지만, 경성 시민들은 모두 저 호랑이가 바로 창경원에서 공개된 백호라고 확신했다. 백호의 탈출! 이보다 더 두렵고 가슴 설레는 이야기는 없었다.

흰머리를 총독부 건물 옥상에서 보았다는 이도 있었고, 화신백화점 앞에서 긴 하품을 토하더란 이도 있었고, 남대문 굳게 닫힌 문을 머리로 밀고 통과하더란 이도 있었고, 청계천 남로와 북로를 오가며 뛰어다니다가 끝내는 빨래터에서 천川으로 뛰어들어 첨벙첨벙 물을 차며 놀더란 이도 있었고, 까페 '데블'의 입간판에 맥주 두 병이 넘는 분량의 오줌을 내갈기더라고 말하는 이도 있었다. 흰머리가 가지 못할 곳은 없었다. 경성 전체에 흰머리의 흔적이 묻어났다. 어제까지 보지 못했던 짐승 발자국이며 벽에 뿌려진 흙탕물이며 깨진 장독이며 부러진 나뭇가지들은 자연스레 흰머리와 이어졌다. 시민들이 가장 오래 은밀히 즐겁게 주고받은 이야기는 총독부에서 맡아 키우던, 총독이 아끼는 종마 한 마리가 엉덩이 한 짝을 뜯긴 채 죽었다는 것이었다. 먹잇감을 죽인 뒤 부드러운 엉덩잇살부터 먹는 것이 호랑이의 오랜 습성이었다. 굶주린 백호가 종마의 엉덩이를 한 짝만 먹은 것은 그 고기가 더럽게 질긴 탓이라며 낄낄낄 웃어댔다. 창경원은 일찌감치 임시휴장臨時休場이란 팻말을 정문에 내걸었다.

또 다른 소문이 호랑이를 따라다녔다. 병사들이 새벽녘까지 광교 근처와 광화문 네거리를 물로 말끔히 씻어냈음에도 불구하고 그을음과 피비린내가 사라지지 않았던 것이다. 포효와 총성이 있기 전에 또 하나의 굉음을 터뜨린 것은 트럭이었다. 질주하고 부딪치고 불타오르던 트럭. 늦은 밤에 종종 물소 떼처럼 줄지어 지나간 적은 있지만, 그때는 엔진 소리조차 낮춘 채 조용히 경성을 빠져나가거나 들어왔다. 그런데 지난밤에는 종로통과 광화문통 전체를 배경 삼아 영화를 찍듯 거침없이 소리를 높였다. 급브레이크 때문에 끌린 바퀴 자국들, 넘어지고 부서진 간판들, 움푹 패인 벽들. 시민들은 도로를 곁눈질하는 사이사이 속삭였다. 대체 어젯밤 무슨 일이 벌어진 겁니까? 트럭이랑 호랑이랑 혈투라도 벌였나요?

의사는 입원을 권했지만 히데오는 깨어나자마자 곧바로 제국대학 부속병원을 뛰쳐나왔다. 걸음을 뗄 때마다 현기증이 일고 모신나강의 개머리판으로 맞은 코가 계속 욱신거렸다. 코뼈에 금이 갔을지도 모른다고 했다. 그러나 코가 부러졌다 해도 못 다한 승부를 두고 쉴 수는 없었다. 곧장 총독부로 가서 상황보고부터 했다. 어제 연회장에서는 주홍의 짝이 되었으면 하는 바람을 숨기지 않은 총독이었지만, 오늘은 바위처럼 단단하고 얼음처럼 차가웠다. 총독이 아끼던 종마가 흰머리의 먹잇감이 되었다는 사실은 부속실에 와서야 들었다. 주홍이 시호테알린 밀림으로 떠난 뒤 친자식처럼 아끼던 말이라고 했다. 히데오의 보고가 끝날 때까지 총독은 시선을 내리깐 채 의자에 앉아서 듣기만 했다. 보고가 끝난 후에도 시선을 올리지 않았다.

― 그 아이를 조수석에 태웠다는데, 맞나?

예상치 못한 질문부터 날아들었다. 경성의 모든 정보가 총독부로 들어간다는 풍문은 거짓이 아니었다.

― 네.

총독이 책상을 손으로 짚으며 천천히 일어섰다. 부동자세로 서 있는 히데오 주위를 반쯤 돌다가 등 뒤에서 멈췄다.

― 밤나들이를 마친 뒤, 백호를 수송하기 전에 관저로 바래다줄 예정 아니었나?

― 주 선생이 배웅을 자처했습니다.

― 그 아이가 원한다고 들어줬단 말인가? 히데오 소좌! 자네는 공과 사도 구별하지 못하나? 내가 백호를 어찌 수송하라고 했지?

― 극비로 하라 하셨습니다.

― 극비로 행하는 군사작전에 민간인을 참여시켜도 되나?

총독은 히데오에게 쏟았던 사사로운 호감을 그 질문과 함께 지웠다. 히데오 역시 군인의 자세로 답했다.

― 시정하겠습니다.

거기까지 몰아세운 총독이 목소리를 조금 낮췄다.

― 그 아이는 어디 있나?

― ……모르겠습니다.

말꼬리가 힘없이 쳐졌다.

― 몰라? 자네 임무가 뭔가?

― 해수 특히 호랑이를 격멸하는 것입니다. 백호를 부산으로 이

송하여 사살한 뒤 그 가죽을…….

총독이 말을 잘랐다.

— 또?

콧속이 부어올라 숨쉬기가 힘들었다.

— 주 선생을 보호하는 것입니다.

겨우 답한 후 얕은 기침을 연이어 뱉었다. 기침이 잦아들기를
기다렸다가 총독이 명령했다.

— 그 아이를 내 앞에 데려와. 다른 사람 눈에 띄지 않게 조용
히! 알아들어? 여긴 경성이야. 경성 한복판에서 호랑이가 날뛴다
는 게 말이나 되는 소리야? 병력은 얼마든지 지원해주겠다. 대신
자네 목을 걸어.

산이 쌍해에게 삽을 넘기고 물러나와 담배부터 물었다. 주홍은
그 옆에 앉아 쌍해가 파올린 흙들을 저만치 밀어냈다. 수의 시신
쪽으로는 눈동자도 돌리지 않았다. 묵묵히, 감정을 드러내지 않고,
삽질을 하고 흙을 옮겼다. 거구인 쌍해도 얼어붙은 땅을 어른 한
사람 묻힐 만큼 파내기가 쉽지 않은지 콧김을 뿜으며 계속 씩씩거
렸다. 그러면서 중얼중얼 안타까움을 주워섬겼다.

— 추울 텐데…… 하필 이 엄동嚴冬에…… 염도 제대로 못 하
고…… 꽃상여도…… 아!

그미가 참았던 눈물을 주르륵 쏟았다. 날이 새면 흰머리를 쫓아
야 하기 때문에 그들은 수의 시신을 수습하여 예를 갖출 여력이

없었다. 흔적 없이 매장하고 사라지는 것이 최선임을 쌍해도 산도 그미도 공감했다. 피치 못할 상황이 오히려 슬픔을 더 곡진하게 만들었다. 젊은 나이에, 두 팔을 모두 잃고, 결혼도 못 한 채, 온몸에 총탄을 맞고, 그 피조차 제대로 훔치지 못하고, 낯선 땅에 묻히는 것이다. 산은 흐느끼는 그미를 묵묵히 처다보다가 발로 담배를 비벼 끈 뒤 의수 두 개를 들고 솔숲으로 들어갔다. 그미와 쌍해가 보이지 않는 곳까지 가서, 왼쪽 의수를 힘껏 멀리 던졌다. 그미는 의수까지 함께 묻자고 했지만, 산은 무뚝뚝하게 거절했다. 이건 날 때부터 수에게 속한 것이 아니야! 그리고 다시 오른쪽 의수를, 왼쪽 의수가 날아간 방향과 정반대인 미루나무를 향해 던졌다. 푸드덕 꿩 한 마리가 놀라서 날아올랐다. 산이 재빨리 모신나강을 들고 겨누었다. 그리고 천천히 총을 내려놓고 털썩 무릎을 꿇었다. 이마를 땅에 대고 숨죽여 흐느끼기 시작했다. 눈물과 콧물이 범벅되어 얼어붙은 흙을 녹였다. 지난 7년 동안 산이 생각한 것은 단두 가지였다. 흰머리를 죽이는 것, 그리고 개마고원으로 돌아와 수와 함께 사는 것. 산은 이제 절반을 잃었다. 절반의 실패가 완전한 패배처럼 크고 무겁고 아팠다. 소리 죽인 울먹임 중에서 겨우 인간의 말이 되어 나온 단어는 딱 하나였다. ……수……!

숲에서 돌아온 산이 쌍해로부터 삽을 넘겨받고 구덩이를 파는 동안, 주흥은 온몸을 떨며 섰다가 결국 찬 바닥에 웅크려 앉았다. 폭탄이 터지고 총성이 난무하는 전투는 그미와 같은 생물학자에겐 어울리지 않았다. 군인과 포수의 세계로 잘못 들어온 것이다. 콜록콜록. 가슴속에서 기침이 끓어올랐다. 지독한 감기몸살이 시작된 것이다. 산과 쌍해가 수의 시신을 구덩이에 넣고 흙을 메워 봉분을 만들었다. 그미가 무릎을 꿇고 앉아서 거친 흙들을 손바닥으로 토닥거렸다. 산이 그 옆에 나란히 앉았다. 눈물은 지웠지만 핏발 선 흰자위와 퉁퉁 부어오른 눈가엔 여전히 슬픔이 매달려 위태로웠다.

— 내가 매듭지을 테니, 당신은 돌아가.

— 싫어요.

— 처음부터 당신에게 말하는 게 아니었어.

— 내게 방법이 있어요. 내 말대로 하겠다고 약속해줘요. 흰머리를 추격해서 경성을 누비는 건 정말 바보짓이에요. 간밤엔 어둠이 도왔지만 지금은 아니에요. 히데오 대장이 흰머리가 탈출한 책임을 당신에게 뒤집어씌웠을 거예요. 흰머리를 쏘듯 당신을 향해 발포할 거라고요.

— 당신 방법을 따르는 게 아니었어.

— 무슨 말이에요, 그게?

— 흰머리에게도, 나에게도, 쌍해 아저씨에게도, 경성은 어울리지 않았어. 처음부터 이 도시로 온 것이 잘못이야.

— 꼭 나 때문에 수 씨가 죽은 것처럼 들리는군요. 그런가요?

— 이젠 내 식대로 해.

— 당신 방식? 그게 뭐죠? 혼자서 또 홀쩍 사라지는 거?

원망과 억울함과 슬픔이 뒤섞인 채 그미의 목소리가 한 톤 높이 올라갔다. 산이 대답 대신 일어섰고 그미도 따라서 엉덩이를 뗐다.

산은 주홍의 손목을 끌어당기며 솔숲으로 들어섰다. 그미는 산의 고집에 마음이 상한 듯 눈길을 맞추지 않고 다시 속기침을 했다. 산이 외투를 벗어 그미의 어깨에 두르려 했지만, 그미가 미간을 찡그리며 뒷걸음질 쳤다.

— 오늘 궂은일이 많았어. 몸을 따듯하게 하고 쉬어야 해.

— 이깟 기침 아무것도 아니에요.

— 날 봐.

산이 손을 쥐려 하자 그미가 팔을 등 뒤로 감췄다.

— 날 보라고.

뺨을 만지려 하자 반걸음 물러났다.

— 이 일은 내가 마무리 짓겠어.

그미가 얼어붙은 땅을 발코로 톡톡 찼다.

— 처음부터 그랬죠. 입버릇처럼 흰머리를 쏴 죽이겠다고. 경성이든 개마고원이든, 이제 수술도 마치고 풀려나서 돌아다니니, 사냥만 하면 되겠군요.

산이 말꼬리를 잡아챘다.

— 경성은 너무 복잡해. 개마고원보다도 훨씬 빽빽하고 어지러워. 길을 다녀도 위험하고 길 아닌 곳은 더더욱 위험해. 있는 길만 어지럽게 따르면 흰머리는 결코 못 찾아. 단순하게, 개마고원에서

처럼 단순하게 판단해야지. 놈은 벌써 그렇게 경성을 누비기 시작했어. 그런 놈을 맡을 이는 나뿐이야.

그미는 거의 울음을 터뜨리기 직전이었다.

— 제발! 당신이 나서지 않아도 흰머리를 노리는 총구는…….

산이 손을 뻗어 그미의 팔목을 쥐었다. 그미가 팔을 흔들어 빼내려 했지만 산의 완력에 한 걸음 반이나 끌려왔다. 입김이 콧잔등에 닿을 만큼 가까웠다. 그미는 산의 검은 이마를 노려보았다.

— 쌍해 아저씨가 왜 나를 따라서 경성까지 온 줄 알아? 내가 흰머리에게 당할까봐 곁을 지킨 거라더군. 지금 나도 같은 심정이야.

그미의 표정이 복잡해졌다. 산이 말한, 같은 심정의 의미를 되새기는 것이다.

— 그 말은…… 뭔가요? 흰머리를 곁에서 지키겠다는 건가요?

산은 또 경성 이야기로 옮겼다.

— 경성은 말이야, 잘 모르겠지만 비겁하게 꾸며진 밀림 같아. 뭐가 참이고 뭐가 거짓인지, 사람도 집도 길도 다 헷갈려.

그미가 두 손으로 산의 얼굴을 끌어당기며 눈을 맞추었다.

— 맞죠? 흰머리를 지키려는 거?

산이 그미의 눈을 들여다보며 계속 딴소리를 해댔다.

— 난 연기 같은 거 못 해. 말을 빙빙 돌리는 성미도 아니고. 히데오든 총독이든 눈앞에서 헛소리를 지껄이면 총구부터 들이밀지도 몰라. 그게 나야.

그미가 산을 끌어안았다.

— 고마워요. 흰머리를 지키겠다고 결심해줘서. 혼자 움직이지 않고 날 믿어줘서. 흰머리를 구하고 당신이 무사히 개마고원으로 돌아갈 수 있다면 난 정말 무슨 짓이라도 다 할 거예요. 내가 해요. 호랑이를 잡으려고 해도 호랑이 굴로 들어가야 하지만 호랑이를 살리려고 해도 호랑이 굴로 들어가야 해요. 사랑해요. 난 당신이 내 마음을 꼭 알아주리라 믿었어요.

다가오는 그미의 입술을 산은 기꺼이 받아 품었다. 그리고 속삭였다.

— 개마고원의 봄꽃 구경 아직도 가고 싶어?

그미가 다시 고개를 들었다.

— 당신과 꼭 닮은 꽃이 있지. 눈과 얼음이 녹자마자 붉은 풀잎이 돋아나고 연이어 희고 작은 꽃이 펴. 봄을 맞이한다 하여 그 이름도 봄맞이꽃이야. 그 꽃을 함께 보러 가자.

— 약속……해요?

— 그래, 약속!

그미의 눈에서 눈물이 주르륵 흘렀다. 슬픔과 야속함으로 맺혔던 눈물이 기쁨으로 흘러내렸다. 산이 엄지로 그미의 눈물을 훔친 뒤 가방에서 스케치북과 연필을 꺼내 내밀었다. 산이 유일하게 지니고 다니며 하루에도 열두 번씩 꺼내 살피던 물건이었다.

— 맡아둬.

그미가 스케치북을 받아 첫 장을 폈다. 스케치를 보기엔 너무 어두웠지만, 그미는 경성발 함흥행 열차에서 처음 이 그림들을 접했을 때처럼, 눈을 동그랗게 뜨고 종이를 쳐다보았다. 어깨를 두르고 있던 산의 오른손이 재빨리 그미의 뒷목 혈을 짚은 것은 바로 그 순간이었다. 그미는 놀란 표정으로 산을 돌아보았을 뿐, 비명도 없이 얌전한 아기처럼 품 안으로 쓰러졌다. 산이 뒤돌아서서 그미를 들쳐 업었다. 별똥별 하나가 긴 꼬리를 끌고 갈라진 나무줄기를 이으며 낙산 쪽으로 떨어졌다.

쌍해가 앞장을 서고 주홍을 업은 산이 뒤따랐다. 쌍해가 허연 입김을 허공에 뿜으며 혀를 차댔다.
— 꼭 이래야겠어?
산은 즉답하지 않았다.
— 주 선생이 깨면 얼마나 화를 내겠어? 흰머리를 뒤쫓으려면 셋이 함께 다닐 수 없다, 자초지종을 설명하는 줄 알았는데…….
산은 즉답하지 않았고, 에움길에서 쌍해를 앞질렀다. 쇠도리깨를 어깨에 멘 채 잠시 멈춰 선 쌍해가 아랫배를 내밀며 탁한 숨을 뱉은 뒤 다시 잰걸음으로 따라붙으며 혼잣말을 했다.
— 하기야, 의논한다고 달라질 건 없지. 없고말고.

소문으로만 떠돌던 흰머리가 사람들에게 모습을 드러낸 것은 경성부청 옥상에서였다. 전차로 자전거로 혹은 걸어서 출근길을 서두르던 사람들은 폭포처럼 쏟아지는 포효에 놀라 걸음을 멈췄다. 경성부청 돔 위에 버티고 선 흰머리는 턱을 치켜든 채 남산 위

푸른 하늘을 쳐다보며 큰 울음을 토했다. 저렇듯 큰 짐승이 어떻게 돔까지 올라갔을까. 이틀 전 창경원에 못 간 사람들은, 두려움을 누른 채 호랑이를 구경하느라 바빴다. 군용 트럭 두 대가 도착한 것은 포효가 들리고 10분이 채 지나기 전이었다. 얼굴에 피멍이 든 히데오가 가장 먼저 조수석에서 뛰어내렸다. 해수격멸대였다. 경찰까지 합세하여 구경꾼들을 흩어놓으려 했지만, 시민들은 꿀이 듬뿍 차오른 꽃을 본 벌 떼처럼 흩어졌다가 모이고 또 흩어졌다가 모여들었다.

어두운 계단을 오르면서 히데오는 신음하듯 웃었다. 부풀어 오른 코와 이마의 피멍 때문에 웃어도 슬픈 표정이었다. 퇴로가 없어. 개마고원을 호령하는 천하의 흰머리라고 해도 어리석은 들짐승일 뿐! 횡대로 서서 탄환세례를 쏟아 부을 작정이었다. 마지막에 사진기를 든 병사까지 따르도록 했다. 어제의 참담한 실수를 만회하기 위해서는 완벽하고 눈부신 공적이 필요했다. 이 한 번의 승부, 이 한 장의 사진으로 다시 총독의 신임을 얻고 주홍 앞에서도 당당해지리라. 숨이 가빴지만 걸음을 늦추지 않았다. 모든 것은 흰머리를 잡고 난 뒤로 미뤘다. 아, 그때 산의 얼굴이 스쳤다. 자신의 모든 것을 흰머리를 잡고 난 뒤로 미루었던 사내, 산! 그에겐 7년이 필요했지만 히데오에겐 하루면 족했다. 그것이 개마고원과 경성의 차이였고, 홀로 호랑이를 쫓는 자와 조직을 가진 자의 차이였고, 산과 히데오의 차이였다.

흰머리가 옥상으로 올라선 히데오를 향해 고개를 돌렸다. 뒤따르던 병사들이 그 눈의 광채에 걸음을 멈췄다. 개마고원의 왕대, 흰머리는 싸늘하게 웃고 있었다. 기다렸다는 듯이, 눈을 가느다랗게 뜨고 입꼬리를 올리고 콧잔등을 찡그리며 호랑이 특유의 웃음을 날렸다. 달려들지 않고, 돔에 서서 노려보는 것만으로도 흰머리는 어떤 짐승과도 다른 위용을 뽐냈다. 히데오의 윈체스터를 보고서도 흥분하거나 놀라거나 겁먹지 않고 담대했다. 두려운 쪽은 오히려 해수격멸대 병사들이었다.

— 뭣들 하는 거야? 어서 횡대로 서지 못해!

히데오가 병사들에게 역정을 냈다. 사진기를 든 병사를 마지막으로 스무 명의 병사들이 흰머리와 마주 섰다. 병사들과 흰머리 사이엔 바위도 나무도 계곡물도 눈보라도 새벽안개도 없었다. 흰머리의 심장을 향해 쏟아질 총탄을 막을 것은 존재하지 않았다. 이것이 개마고원과 경성의 차이였다. 숨을 곳이 없다는 것. 밀림의 으뜸 포식자인 호랑이도 경성에선 밤이 걷히자마자 길을 잃고 자신에게 가장 불리한 곳으로 몰린다는 것. 포효를 듣고도 물러서지 않는 병사들이 있다는 것. 인간에게 절대적으로 유리한 공간이 바로 도시라는 것. 승리를 확신한 히데오가 천천히 총을 어깨 위 하늘로 들어올렸다. 수직으로 내려 조준한 뒤 발사명령을 내릴 작정이었다. 흘끔 바로 옆자리에 선 사진기 든 병사를 곁눈질했다. 병사의 손이 유난히 떨렸다. 저렇게 떨면 초점이 흐려져서 사진이 잘 나오지 않는다. 잘못 데려왔군! 그 짧은 후회의 순간, 흰머리가 돔에서 뛰어내려 전력으로 달려오기 시작했다. 병사들이 개머리판을 어깨에 고정시키고 방아쇠를 당기기 전에 하나 둘 셋 넷 겨우 네 번 도약으로 대열 앞에 다다른 것이다. 병사들이 엉덩방아를 찧거나 머리를 감싸고 주저앉거나 서서 눈을 감은 채 오줌을 지리는 사이, 흰머리는 그들을 훌쩍 뛰어넘어 한 마리 송골매처럼 경성부청 밖으로 날아올랐다. 히데오가 방아쇠를 당기기도 전에 흰머리의 모습은 사라졌다. 히데오는 흰머리가 도약한 지점까지 급히 달려가서 난간을 붙잡고 아래를 내려다보았다.

제길!

전차였다. 흰머리가 전차 위에 가볍게 내려앉았다가, 히데오가 총을 겨누자 거기서도 가볍게 뛰어내려, 전차를 방패막이 삼아 달렸다. 사정거리를 벗어날 때까지, 히데오는 흰머리를 향해 단 한 발도 쏘지 못했다. 주먹으로 난간을 치며 마음을 다져먹었다. 해수격멸대 단독으로 저 호랑이를 꼭 잡겠다. 잡을 수 있고 잡아야만 했다.

경성부청을 나오는 히데오를 열 살쯤 먹은 소년이 막아섰다. 한겨울인데도 낡고 여기저기에 구멍이 뚫린 더러운 바지를 입고 있었다. 마사오가 달려와서 소년을 끌어내려 했다. 소년은 말없이 주먹을 치켜들었다. 히데오가 마사오보다 먼저 소년에게 다가가서, 주먹 속에 쥐고 있던 흰 천으로 싼 물건을 받았다. 히데오가 조심조심 천을 폈다. 사파이어였다. 그미에게 처음으로 건넨 선물! 히데오가 묻기 전에 소년이 먼저 빙글 돌아서며 건너편 골목을, 사파이어를 쥐었던 오른손으로 가리켰다. 골목 앞에 개 한 마리가 서 있다가 안으로 사라졌다. 청룡이었다.

히데오는 대로를 가로질렀다. 마사오가 뒤따르려 했지만, 경계를 철저히 서라는 명령을 내린 뒤 혼자 청룡이 사라진 골목으로 뛰어들었다. 골목이 오른쪽으로 급하게 휘는 지점에서 기다리던 청룡이 히데오를 보자마자 담벼락 사이로 사라졌다. 히데오는 윈체스터를 들고 헉헉대며 다시 내달렸다. 청룡은 미로처럼 얽힌 골목을 뛰다가 멈추고 또 뛰다가 멈춰 히데오를 돌아보았다. 사파이어는 수십 통의 연애편지보다도 더 강력했다. 히데오는 청룡이 자신을 유인하는 줄 알면서도 계속 딸려 들어갔다. 주홍이 히데오 자신을 찾고 있는 것이다. 가야 한다. 가서 그미를 데려와야 한다. 그미를 조수석에 앉힌 것도, 산이 창경원에서 경성역에 이르는 도로 어딘가에서 매복해 있는 것을 알면서도 트럭을 몰고 간 것도, 그미를 얻기 위해서였다. 기차에서 뛰어내린 뒤 미꾸라지처럼 경성 여기저기를 숨어 다니는 산을 붙잡고 그미의 마음을 돌려세우는 것 그것이 히데오의 목표였다. 그러나 히데오는 지난밤 둘 다 잃었다. 흰머리는 탈출했고, 눈앞에서 산을 놓쳤으며, 서운함과 질투심을 억누르지 못한 채 그미를 다그쳤다. 수, 그 녀석의 말을 믿는 게 아니었어. 후회도 했다. 새벽까지 수 역시 모습을 보이지 않았다. 이 참담한 패배의 책임을 지기 싫어 청계천 어딘가에 숨어

술이나 빨고 있으리라 여겼다. 그런데 사파이어가 반짝였다. 구원의 광휘였다. 놓칠 수 없었다. 가서 그미를 만나 지난밤에 관해 이야기하고 싶었다. 미리 문장을 준비한 것은 아니지만, 마음을 돌이키기에 늦어버렸을 수도 있지만, 부끄럽고 화가 나는 일이긴 하지만, 그렇지만 그래서 더욱! 청룡의 꼬리를 쫓아 담벼락을 짚고 돌아서는데 쇠도리깨가 히데오의 등을 후려쳤다. 비명도 지르지 못한 채 쓰러진 히데오의 팔을 꺾어 묶고 입에 재갈까지 물리고 윈체스터까지 챙겨 든 뒤에야, 쌍해가 격한 분노를 토했다.

— 살인자! 네놈 땜에 수가…… 수가…… 착한 수가…….

빛 한 줌 들지 않는 깜깜한 방이었다. 히데오는 끌려 들어오자마자 방 한가운데 놓인 의자에 덩그러니 앉혀졌다. 곧이어 낯익은 저음이 귀를 파고들었다.

— 몇 마디만 하고 가겠소. 조용히 듣겠다면 재갈을 풀어주겠소.

산이었다. 히데오가 침을 줄줄 흘리며 겨우 신음을 뱉었다. 거친 손이 뻗어 나와 재갈을 풀었다. 묘지에 든 것처럼 어둡고 싸늘했다. 히데오가 사파이어를 손바닥 안에서 돌려 쥐며 물었다.

— 주 선생은?

— 무사하오.

— 이런 짓을 하고도 살아남길 바라는가? 네놈들은 경성 번화가에서 감히 대일본군 병사들을 급습하고 트럭을 불태웠어. 당장 총살형을 당하고도 남을 끔찍한 중죄다.

— 설명 따윈 마시오. 지금부터 이야기는 내가 하겠소. 당신은 짧게 답만 하시오.

히데오는 산의 경고를 무시한 채 이야기를 이었다.

— 그냥 총살을 시키진 않겠다. 네놈이 저지른 잘못이 무엇인지 낱낱이 깨우치도록 참혹한 고통을 안겨주마. 그래, 수처럼, 두 손 두 발을 모두 자르고…….

어둠을 뚫고 주먹이 날아들어 오른뺨을 후려갈겼다. 히데오가 의자와 함께 쓰러져 나뒹굴었다. 멧돼지 엄니만큼 강력한 쌍해의 주먹이었다.

— 아저씨!

산이 불러 세우지 않았다면, 죽음을 부르는 연타가 쏟아졌으리라.

— 저 새끼가 수를, 그 착한 아이를 홀려 죽인 놈이 바로 저 새 끼라고…….

겨우 몸을 일으킨 히데오가 주먹이 날아온 쪽을 향해 물었다.

— 수가 죽었다고?

— 의자에 앉으시오.

히데오가 묶인 손등으로 뺨을 어르며 모래언덕을 기어오르는 거북처럼 의자에 몸을 얹었다.

— 다시 헛소리를 지껄이면 그땐 아저씨 주먹보다 내 모신나강 이 먼저 나갈 거요.

— 방아쇠라도 당기겠다는 건가?

짧은 침묵이 어둠을 휘돌았다. 정적을 깬 쪽은 산이었다.

— 주 선생은 어젯밤 일과 상관없소.

— 거짓말! 수에게서 너희들 계획을 다…….

히데오가 강하게 반발하다가 말끝을 흐렸다. 어둠 속에서 살기가 뿜어 나왔다. 광교에서 트럭을 탈취하려던 대담한 놈이다. 방아쇠를 당길지도 모른다. 산이 미리 준비한 설명을 읊었다.

— 그 일은 나랑 쌍해 형님 둘이서만 꾸몄소. 주 선생은 백호를 아끼는 마음에서 트럭에 동승했소. 사건이 터진 후 주 선생은 우리들에게 납치되었으며, 히데오 대장, 바로 당신이 밤을 새워 추격한 끝에 주 선생을 구출해냈지.

— 그 시나리오는 주 선생 뜻인가?

— …….

답이 없었다. 그미는 스스로 이 탈취극에 가담했고 그들을 따라 달아났었다.

— 내가 왜 네놈들 부탁을 들어줘야 하지?

— 흰머리가 아직 경성에 머물러 있다 들었소.

— 흥정을 하자는 건가? 주 선생을 풀어줄 테니, 다시 해수격멸대에 넣어달라?

히데오의 목소리에 힘이 실렸다. 타협의 여지가 있다면 절망하긴 아직 이르다. 그러나 산은 단숨에 그 추측을 짓밟아버렸다.

— 아니오.

— 아니라고?

— 흰머리를 경성에서 몰아내는 일은 우리가 맡겠소. 해수격멸

대는 백두산 호랑이와 맞서지 못하오.

— 끝까지 조롱이로군.

— 조롱이 아니라 사실이오. 당신도 이 사실을 냉정하게 받아들이시오. 그래야 병사들이 억울하게 죽고 다치는 사고를 막을 수 있소. 주 선생이 공범으로 몰리지 않도록 조처해주시오. 부탁은 그 것뿐이오.

— 싫다면?

— 싫어하지 않으리라 믿소.

산의 목소리에서 알 수 없는 자신감이 묻어났다.

— 주 선생을 향한 내 마음을 이용하려는 것인가?

— 아니오. 당신이 공과 사를 엄격히 구별하는 장교란 걸 잘 아오. 주 선생은 우리랑 움직일 수도 없고 움직여서도 안 되오. 나는 주 선생이 어젯밤 일로 감옥에 갇히는 것을 바라지 않소. 개마고원에서부터 줄곧 주 선생의 됨됨이를 파악한 당신이라면, 주 선생을 보호해줄 수 있겠다고 믿은 거요.

— 정말 그것뿐인가?

— 그렇소.

— 다음에 널 만나면 사살명령을 내리고 가장 먼저 내가 방아쇠를 당길 거다.

— 당신은 당신 뜻대로, 우리는 우리 뜻대로.

— 하나만 더. 지금 주 선생을 내게 넘기면 넌 영영 주 선생과 만날 수 없다.

— ……알고 있소.

— 주 선생을 사랑하지 않나?

히데오는 처음부터 던지고 싶었던 질문을 기어이 뱉고야 말았다. 잠시 침묵이 흐른 뒤 산이 답했다.

— 밀림은 정이 없소.

뒤이어 쌍해의 걸걸한 목소리가 산의 애틋한 마음을 덮었다.

— 호랑이를 한 마리부터 백 마리까지 소리 내어 세시오. 그전에 의자에서 일어나면 곧바로 목숨이 달아날 게요. 내 장도는 그믐밤 날아가는 부엉이의 눈도 맞히지. 자 시작하시오.

히데오가 헤아린 호랑이는 모두 백호였다. 아흔아홉 마리를 쓰러뜨리고 마지막 한 마리를 도약시키는 것과 함께 의자에서 엉덩이를 뗐다. 등과 팔꿈치로 사방 벽을 밀다가 문을 발견했다. 발로 걸어차니 열린 문으로 빛이 쏟아졌다. 방에는 산도 쌍해도 없었다. 방한복으로 꽁꽁 싸서 묶어놓은 짐 꾸러미만 구석에 덩그러니 놓여 있었다. 히데오는 서둘러 다가가 이와 손으로 꾸러미를 돌돌 말아 쥔 끈을 풀었다. 열린 틈으로 여인의 향내가 올라왔다. 실신한 주홍이었다.

총독부를 출발하기 직전, 총독은 히데오의 전화를 받았다. 총독을 태운 관용차가 광화문통을 힘차게 내달렸다. 네거리에 이르자 부서진 벽과 가로수들이 눈에 띄었다. 어젯밤, 백호가 탈출한 바로 그 자리였다. 총독은 쓴침을 혀끝에 올렸다가 삼켰다. 차가 태평통으로 접어들었다.

— 부민관에 잠깐 세워.

총독은 고개를 돌려 거리에 삼삼오오 모여 있는 사람들을 쳐다보았다. 위험하니 건물 밖으로 나오지 말라는 경고를 무시한 채 숙덕숙덕 때로는 신나게 때로는 심각하게 백호에 관한 이야기를 주고받는 듯했다. 이상한 일이었다. 호랑이가 경성에 출몰했는데도 사람들은 들뜬 분위기였다. 두려움에 휩싸이지도 성급하게 시골행을 감행하지도 않고, 오히려 신출귀몰한 의적이 출현한 것처럼 호랑이의 일거수일투족을 이야깃거리로 삼았다. 차가 부민관 앞에 멈췄다.

— 자넨 여기 있게.

— 하지만 호랑이가…….

— 있으래두.

총독은 비서를 두고 홀로 부민관 소강당으로 들어섰다. 공연을 쉬고 있는 강당은 춥고 어두웠다. 총독은 객석을 지나 텅 빈 무대까지 천천히 걸어갔다. 무대 뒤편에서 또각또각 구두 소리가 들려왔다. 두 사람은 무대 중앙에서 마주 보며 섰다.

— 다친 곳은?

— 괜찮아요, 저는.

— 정말 처음부터 미츠코 네가 계획한 거냐? 아니면 그들에게 납치라도…….

총독의 목소리에 노여움이 서렸다. 그미를 친딸처럼 아낀 그였다.

— 흰머리가 그냥 죽게 내버려둘 순 없었어요. 왜 제게 의논하지 않으셨어요?

— 이럴까봐 그랬다. 네가 물불 안 가리고 덤빌까봐. 지금이라도 돌아왔으니, 됐다. 관저로 가서 기다려. 백호는 곧 사살될 거다.

— 아뇨. 흰머리는 쉽게 잡힐 호랑이가 아니에요. 영물이란 소리, 처음엔 안 믿었지만 정말 그 호랑이는 특별해요.

— 그래봤자 들짐승일 뿐이다.

— 어찌 잡으실 건데요? 경성 시민들이 오가는 거리에서 총이라도 쏘실 건가요? 시민들이 다치기라도 하면 그땐 정말 큰일이죠. 흰머리는 영리해요. 밤사이 남대문통과 태평통, 종로통과 광화문통을 돌아다니며 벌써 길을 다 익혔을 거라고요. 개마고원에서도 그랬어요. 추격하는 포수들을 교란시키려고 길을 지우고 흔적을 여러 개로 흘고 사람들의 두려움을 이용하더군요. 직접 보고 겪은 일이니, 아저씨 제발 절 믿어주세요.

총독이 그미의 어깨 너머 어둠을 쳐다보았다.

— 거기 있는가?

— 네.

히데오가 무대에 오르는 배우처럼 걸어 나왔다.

— 이 아이를 관저까지 바래다주고 반도호텔로 오게.

— 아저씨!

그미가 총독의 손을 잡았다. 총독은 그미의 뺨을 손바닥으로 어루만지며 말했다.

— 널 믿는다. 호랑이를 위하고 싶었던 거겠지. 하지만 더 이상 개입하면 너만 다친다. 이 일은 나와 히데오에게 맡기고 넌 쉬어라. 자세한 얘기는 호랑이를 잡은 이후에 하자꾸나.

— 아저씨!

그미의 이야기를 듣지도 않고 총독이 뒤돌아섰다. 히데오가 다가서서 그미의 팔꿈치를 당겼다.

— 갑시다. 주 선생.

총독이 반도호텔 커피숍으로 들어서자 모닝커피를 즐기던 손님들이 서둘러 자리를 피했다. 총독은 베토벤의 '월광 소나타'를 청한 후, 깍지를 낀 채 눈을 감고 탁자 위의 커피가 식는 것도 잊고서 선율에 취했다. 음악과 영화, 미술에 조예가 깊은 총독이었다. 주홍을 관저까지 태워다주고 돌아온 히데오는 헛기침으로 인기척을 냈다. 총독은 손가락으로 앞좌석을 가리킬 뿐 눈도 뜨지 않았다. 악장이 끝날 때까지 히데오는 허리를 꼿꼿하게 세우고 앉은 채 총독을 쳐다보았다. 히데오의 귓가에는 피아노 선율 대신 관저로 향하는 차 안에서 그미가 했던 말만 윙윙거렸다.

— 내가 모를 줄 알아요? 흰머리 잡는다는 핑계로 산, 그 사람을 사살할 작정이죠? 야만인들, 비겁자!

이상한 일이었지만, 히데오는 그 말에 반박하지 않았다. 해수격멸대의 목표는 경성에 출몰한 백호를 잡는 것이다. 그러나 그 와중에 산과 쌍해를 발견한다면, 병사들은 기꺼이 개마고원 포수 둘을 정조준하여 죽일 것이다. 묘지와도 같은 방에서, 히데오 자신도 산과 쌍해를 사살하겠다고 공언하지 않았던가. 한데 비겁하다는 말은 또 뭔가. 평생 거짓말을 모르고 살아온 히데오다. 비겁은 그가 가장 경멸하는 단어다. 히데오는 다시 생각을 가다듬었다. 지금 해수격멸대의 목표는 백호를 잡는 것이다. 그 목표를 이루기 위해 가장 좋은 방법은 뭘까.

— 제안을 하고 싶다고?

어느새 월광 소나타가 끝나고, 총독이 깍지 낀 손을 풀고 식은 커피를 한 모금 마셨다. 히데오가 총독의 시선을 피하지 않고 답했다.

— 정정당당하게 겨뤄보고 싶습니다.

— 정정당당?

— 보고드렸다시피, 백두산에서 백호를 잡은 이는 산이라는 개마고원 포수입니다. 부끄럽게도 저와 해수격멸대는 삼지연에 머물렀습니다.

— 새삼스럽게 그 이야기는 왜 꺼내지?

— 호랑이를 잡으려면 호랑이 굴에 들어가야 한다는 속언이 있습니다. 그런데 아무나 호랑이 굴에 들어간다고 호랑이를 잡는 건 아닙니다.

— 산, 그자만이 백호를 잡을 수 있다 그 소린가?

— 아닙니다. 개마고원에서는 결과적으로 산이 백호를 생포했지만, 이번에는 해수격멸대가 꼭 백호를 잡아서 명예회복을 할 겁니다.

총독은 커피를 내려놓고 다시 깍지를 낀 채 눈썹만 까닥 들어 올렸다. 히데오에게 이야기를 이어보라는 표시였다.

— 전투를 구상하는 장교는 최선 외에 차선과 차차선을 고려하고 또 준비하는 법입니다. 지금 경성에서 호랑이를 추격할 능력을 지닌, 그러니까 호랑이 굴로 뛰어들 용기와 열정과 기술을 지닌 이들은 둘뿐입니다. 최선은 해수격멸대가 백호를 사살하는 것이지만 차선책도 염두에 두시라는 말씀을 드리는 겁니다.

— 범죄자들에게 면죄부라도 주라는 건가? 그들은 폭도일세, 경성의 밤을 유린한. 그 보고를 받았을 때 내 심정이 어떠했을 것 같나? 도둑들이 내 집 안방을 침범해 놀아나는데, 난 그들을 물리치지도 위협하지도 못했어.

— 그들은 반드시 극형에 처해야만 합니다. 다만 그 벌의 집행을 백호 사살 이후로 유예해주십시오. 공식적으로 말씀하실 필요도 없습니다. 이 자리에서 허락하시면, 해수격멸대 차원에서 산과 쌍해를 관리하겠습니다.

— 관리한다? 도주한 자들을 어찌 관리하겠단 거지?

— 해수격멸대와 그들은 추격하는 대상이 같습니다. 어떤 식으로든 한 번은 맞부딪칠 겁니다. 그때 그들을 체포할 것인지 잠시 방임할 것인지, 그 결정을 제게 맡겨주십시오.

— 그게 자네가 말한 정정당당한 승부인가?

— 그렇습니다.

— 그 승부란 게 개마고원에서와는 다른 방식으로 진행되겠군. 지금 자네는 호랑이를 잡아 죽이려고 하고, 산은 호랑이가 잡히지 않고 멀리 달아나기를 원하지 않는가?

— 백호를 먼저 찾아야 하는 건 마찬가지입니다.

— 솔직히 털어놓게. 미츠코의 부탁을 받았나? 산의 목숨을 구해달라는?

총독은 히데오의 제안에서 사사로운 욕심을 읽어내려 했다.

— 아닙니다. 이건 어디까지나 저 혼자 생각입니다.

— 왜 그렇게 산과의 승부에 집착하는지 이유를 묻고 싶은데?

히데오는 잠시 커피 잔으로 시선을 내렸다가 다시 총독과 눈을 맞추며 답했다.

— 총독님과 같은 이유입니다.

— 같은 이유?

— 사람이든 짐승이든, 나라 법을 어기고 제국의 도시를 유린하는 것은 방치할 수 없습니다.

밤이 찾아들었다. 산과 쌍해는 청룡과 함께 경성부청 옥상에 서 있었다. 한 번 다녀간 곳에는 다시 나타나지 않는다고 믿는 탓인지, 아니면 창경원 쪽에서 호랑이 울음이 들린다는 제보를 받고 출동한 탓인지, 초병 둘만 겨우 비상 출구를 지키며 서 있었다. 그들을 급습하여 기절시키고 계단을 통해 옥상까지 오르는 동안 산과 쌍해를 막아서는 이는 없었다. 흰머리는 돔에서 뛰어내려 횡으로 벌려 선 병사들을 향해 질주한 후 크게 도약해 다시 두 걸음을 더 내딛고 4층 건물 밖으로 날았다. 보폭과 도약거리를 볼 때 흰머리는 눈사태의 충격으로부터 완전히 회복한 게 틀림없었다. 총독이 아끼는 종마의 엉덩잇살까지 먹어 허기를 면한 상태였다. 난간에 서서 도로를 내려다보았다. 때마침 전차가 남대문 태평통으로 올라오고 있었다. 산은 고개를 돌려 돔을 쳐다보았다. 그리고 병사들을 돔과 난간 사이에 한 줄로 세우는 상상을 했다. 흰머리는 경성부청 아래 구경꾼들이 운집한 것을 돔에서 확인한 뒤 잠시 기다리며 숨을 골랐다가, 전차 소리를 듣고 먹이를 쫓듯 질주하여 뛰어내렸다. 병사들을 공격하지도 않았고 건물 아래 구경꾼들에게 달려들지도 않았다. 산은 돔까지 되돌아가서 흰머리처럼 내달렸다. 그리고 난간 앞에서 급히 멈춰 섰다. 어쩌면?

— 엄청나군. 여기서 뛰어내렸어?

쌍해가 쇠도리깨를 어깨에 걸친 채 탄복했다.

— 왕대니까요.

산은 흰머리가 더 높고 먼 곳에서도 뛰어내리는 것을 목격한 적이 있었다. 폭포에서 바위에서 또 낭떠러지에서. 그러나 그때는 분명한 목적이 있었다. 먹잇감을 급습하기 위해 혹은 산의 모신나강을 피하기 위해.

— 이상하지 않습니까, 아저씨?

372

산이 아래를 내려다보며 물었다.

— 뭐가 말인가?

— 흰머리가 돔까지 올라가서 포효한 거 말입니다.

— 그야…….

쌍해는 말문이 막혔다. 흰머리를 추격하느라 바빴지, 녀석이 왜 경성부청 옥상까지 올라갔는지는 따진 적이 없었다.

— 그딴 게 뭐 그리 중요해?

산은 오히려 더 차분해졌다.

— 숨어 먹잇감을 쫓는 것이 호랑이의 습성입니다. 편히 쉬고 싶을 때도 눈에 띄지 않는 숲이나 바위에 숨지요. 한데 흰머리는 사람들이 가장 많이 돌아다니는 시각에 경성부청 돔에서 울음을 터뜨렸습니다. 그리고 또 한 가지 이상한 사실은 해수격멸대가 오기까지 기다렸단 겁니다. 병사들이 총을 들고 나타나리란 것을, 그 총의 위력을 잘 아는 흰머리가 병사들이 헉헉대며 옥상으로 올라올 때까지 왜 꼼짝도 하지 않고 기다렸을까요?

— 내려갈 길을 잃었던 게지.

쌍해가 말허리를 자르며 받아쳤다.

— 사람들 눈에 띄지 않고 올라가기가 어렵지요. 밤이든 새벽 어스름이든 내려가는 일이야…….

산이 말꼬리를 흐리며 건물 아래로 시선을 돌렸다. 올라왔던 길 대신 도약하여 뛰어내리면 그만이다. 산은 고개를 들어 별들이 총총 달린 밤하늘을 올려다보았다. 어쩌면 정말 그런 것일지도?

산은 경성부청을 중심으로 광화문통과 종로통, 남대문통과 황금정을 돌아다니며 흰머리의 흔적을 찾았다. 경찰이나 해수격멸대원을 만나면 좀도둑처럼 숨었다가 다시 추격을 이었다. 청룡은 어렵지 않게 배설물과 털과 발자국을 찾아냈다. 산은 왼무릎을 꿇은 채 배설물을 손끝으로 부수거나 냄새를 맡거나 털을 바람에 날려보았다. 쌍해가 쇠도리깨로 턱을 괴며 물었다.

　　― 벌써 늦지 않았을까? 호랑이란 개마고원에나 어울리는 포식자지 경성과 같은 대도시에선 불편한 것 천지일 테니까. 사슴도 노루도 멧돼지도 없으니, 내가 흰머리라면 당장 이 도시를 떠나겠어. 총을 든 병사들이 자기를 추격하는 걸 안다면 더더욱 그렇지. 안 그래?

　　산은 답이 없었다. 쌍해가 서둘러 산의 앞을 막아섰다.

　　― 궁금해 죽겠군. 대답해. 흰머리가 경성 어딘가에 숨어 있다고 생각하나 아니면 벌써 빠져나가 개마고원을 향해 질주를 시작했다고 보나?

　　산이 답했다.

　　― 흰머리가 돔에 올라갔다가 뛰어내려 달아났단 소식을 듣는 순간, 느꼈습니다.

　　― 뭘 느꼈단 거야? 흰머리가 경성부청 옥상에 올라간 거랑 놈이 경성을 떠도는 거랑 무슨 연관이 있어?

　　― 흰머리는 날 원하는 겁니다.

― 널 원해? 내가 원하는 건 산, 너다! 이 말을 하려고 돔까지 올라갔다고?

쌍해는 허탈한 웃음까지 흘렸지만 산의 표정은 흔들리지 않았다.

― 내게 알리려고 했던 겁니다. 떠나지 않고 기다릴 테니 오라고. 7년 동안 끝내지 못한 승부를 마치자고.

산이 왼손을 높이 들자 청룡이 재빨리 돌아선 다음, 총독부를 향해 쩌렁쩌렁 긴 울음을 토했다. 전투의 시작을 알리는 나발 소리처럼.

― 커어어어엉!

산은 총독부를 끼고 돈 다음 인왕산을 바라보며 사직동까지 뛰었다. 헉헉대며 뒤따르는 쌍해의 어깨 위로 눈송이가 내려앉았다. 유난히 눈도 많고 바람도 심한 겨울이었다. 이즈음이면 꽃망울을 틔우기 시작하던 매화도 올해는 보기 힘들다. 청룡이 북서쪽으로 방향을 틀어 누하동을 지나 누상동으로 접어들었다. 두 동네를 합쳐 누각골이라고도 불렸다. 산은 바위언덕에서 잠시 걸음을 멈췄다. 나무에 걸어둔 바가지로 샘물을 떠 입술만 축이곤 새로 한 바가지 담아 쌍해에게 건넸다.

― 시원합니다.

쌍해는 끝까지 비웠다.

― 왜 여기서 멈춘 거야?

산이 천천히 약수터 주변을 살피다가 바위벽을 손바닥으로 쓸더니 코를 대고 냄새를 맡았다.

— 한 시간쯤 되었습니다. 목이 탔던 모양입니다.

— 흰머리도 저 물을?

쌍해의 시선이 바위에 새긴 글씨에 머물렀다. 백호정白虎亭!

사직단에 이르자 눈발이 굵어졌다. 경성 시내를 벗어나서 바위 자락에 닿으니 발걸음이 한결 가벼워졌다. 평평하게 깎고 다듬은 도로에서는 무릎과 허리와 어깨가 따로 놀았다. 구비 돌고 가파르게 휘는 길로 접어들어서야 비로소 강하고 약하게 짧고 길게 흐름을 탔다. 이 흐름은 산뿐만 아니라 흰머리에게도 반가우리라. 흰머리가 나무에 머리를 비비고 마른풀에 벌렁 드러누웠다가 바위 위로 소리 없이 오르는 모습이 그려졌다. 개마고원처럼 광대하진 않지만 인왕산도 호랑이가 나고들 만큼 충분히 깊고 험했다. 산은 흰머리가 이곳을 택한 까닭을 온몸으로 느꼈다.

산은 사냥에 집중하면 먹지도 씻지도 자지도 않았다. 자학은 오감을 벼리는 방책이었다. 속이 빌수록, 눈이 퀭할수록, 머리와 얼굴과 손발에 땟자국이 가득할수록 산은 더 잘 달리고 더 잘 숨고 더 잘 느꼈다. 사냥이란 눈에 보이는 먹잇감을 찾는 것이 아니다. 먹잇감의 숨소리와 와그작와그작 하는 발소리를, 이미 사라진 자리에서 마치 그 짐승인 것처럼 되새김질하는 것이다. 잠시 내가 인간이란 사실을 잊는 것이다. 산은 오직 세 가지만 생각했다. 산 자신과 흰머리 그리고 모신나강!

　사대문을 이어 만든 산성을 넘었다. 성벽 위에 숫눈들이 무더기
무더기 쌓였다. 경성이 한양이었던 시절에는 여기서부터 성 밖 그
러니까 엄밀히 따지면 한양이 아니었다. 산은 그루터기에 앉아 숨
을 골랐다.
　― 왜 이리 쉬엄쉬엄 해? 어디 아파?
　쌍해의 지적은 날카로웠다. 산은 한달음에 내달릴 거리를 벌써
두 차례나 쉬었다. 문제는 흐름이었다. 흰머리의 예상을 깨고 싶
었다. 혼자라면 반 박자 더 빨리 움직이겠지만 쌍해를 달고는 전
력질주하기 어렵다. 차라리 한 박자나 한 박자 반 넘게 시간을 끄
는 쪽이 낫다. 7년이나 쫓겼으니, 흰머리도 산의 놀라운 속보를 안
다. 이 정도 거리면 이 시간 안에 나타나리라. 흰머리가 잔뜩 도사
릴 때 산은 무릎을 접고 엉덩이를 내린 채 쉬었다. 흰머리는 예민
하고, 예민한 만큼 의심이 많고, 의심이 많은 만큼 걱정도 크다. 달
아나지 않고 승부를 겨룰 작정을 했다면, 흰머리는 이 작은 차이
를 섬세하게 느끼고 깊게 의심하고 크게 걱정하리라. 산은 흰머리
의 예측을 깨며 엇박자로 녀석의 턱밑까지 다가갈 작정이었다. 그
리고 해수격멸대가 도착하기 전에 멀리 내쫓을 작정이었다. 호랑
이 잡는 포수에서 호랑이 구하는 포수로 바뀐 자신의 처지가 낯설
었지만, 흰머리가 개마고원 밀림으로 돌아갈 때까진 오직 그 일에
만 집중하기로 마음을 고쳐먹었다.

앞서 걷던 청룡이 바닥에 닿을 만큼 턱을 내렸다가 쭉 끌어올리더니 멈춰 섰다. 송곳니를 번뜩이며 적의를 드러냈지만 으르렁거리지는 않았다. 산이 한쪽 무릎을 꿇었고 쌍해도 자세를 낮췄다. 산은 손을 뻗어 인왕산 쪽으로 붙으라는 신호를 보낸 뒤, 무릎을 펴고 앞장서서 달렸다. 독립문이 모습을 드러내자, 산이 걸음을 멈추고 엎드려 오른눈으로 조준점을 찾았다. 호랑이가 석조문을 한 번에 건너자 산의 총구도 뒤따르며 횡으로 한 일一 자를 그었다. 흰머리의 크고 단단한 머리가 대리석 밖으로 천천히 나왔다. 산은 방아쇠에 손가락을 건 채 부채꼴을 그리며 주위를 살폈다. 느티나무 옆에서 총신이 번뜩였다. 히데오였다. 히데오의 총구는 정확하게 흰머리의 머리를 노렸다. 호랑이는 뇌가 작고 두개골이 단단하기 때문에 노련한 포수들은 머리를 조준하지 않는 법이다. 그러나 지금은 겨우 머리만 문밖으로 내민 상황이었기에 확률이 떨어진다 해도 그 부분을 겨눠 방아쇠를 당겨야 했다. 산은 히데오의 윈체스터를 쳐다보다가 방향을 틀어 흰머리 쪽을 응시했다. 하나 둘셋! 숫자를 세며 호흡을 가라앉혔다. 이런 일을 예상하고는 있었지만 이제부터는 직접 겪게 되는 것이다. 순간적으로 산은 히데오가 서 있는 자리가 자신이 서 있을 자리라는 착각에 휩싸였다. 그러나 히데오가 방아쇠를 당기기 전, 탕! 결국 먼저 총을 쐈다. 흰머리에게 위험을 알리기 위한 경고 사격이었다. 대리석 앞에 흙이 튀자 흰머리는 무악재 쪽으로 달아나기 시작했다. 독립문이 거대한 방해물 역할을 했다. 흰머리가 껑충 인왕산 자락으로 방향을 돌려 뛰어들었다. 가파른 바위들이 사람들의 출입을 막았다.

밤은 호랑이의 편이다. 해가 지려면 두 시간도 더 남았지만 벌써 주변이 어둑어둑했다. 먹구름이 인왕산 전체를 뒤덮은 탓이다. 대낮에도 발 디딜 곳을 찾아 천천히 나아가야 할 판인데, 어둠까지 깃들면 흰머리는 훨훨 나는 참매와 같고 산은 눈 뜬 장님 신세였다.

— 혼자 가겠습니다.

쌍해가 산을 막아섰다.

— 여긴 사지死地야. 가파른 바위산에서는 호랑이를 쫓는 법이 아니란 걸 잘 알잖아. 놈은 이 바위에서 저 바위로 껑충껑충 뛰어다니며 기회를 노릴 거야. 백이면 백 포수가 당해. 한양 인왕산에 호랑이가 많았다는 풍문을 진작부터 들었는데, 그 이유를 이제 알겠어. 여긴 사지야. 게다가 눈까지 내려 얼어붙는다면 흰머리를 만나기 전에 실족하고 말걸.

— 알고 있습니다. 아저씨.

— 아는 사람이 혼자 올라가겠다고 고집을 부려? 기다리자고. 정말 놈이 자네를 부르기 위해 경성부청 옥상까지 올라갔다면 스스로 내려올 거야.

— 아저씨가 그러셨죠? 함정에 빠졌다고 꼭 다 죽는 건 아니라고. 흰머리가 판 함정이라면 더더욱 피하고 싶지 않습니다.

― 정말 가고 싶다면 같이 가.

― 혼자 가겠습니다.

― 놈은 자네 마음 같은 거 몰라. 자네 말이 옳다면, 자넬 죽일 생각뿐일 거라고. 놈이 정면에서 달려들 때도 위협 사격만 할 텐가?

― 시간을 아껴야 합니다. 지체하면 히데오가 병사들을 동원하여 인왕산을 에워쌀 겁니다. 그때는 흰머리를 구하려 해도 어렵습니다.

쌍해가 고집을 꺾지 않는 산에게 화를 퍼부었다.

― 제발 그만둬. 행운이 또 오리라 믿어?

산이 답했다.

― 행운 따위는 바라지도 않습니다.

산은 곧장 인왕산 정상을 향해 바위를 오르기 시작했다. 청룡이 흰머리의 냄새를 맡고 머리를 낮추어도 산은 걸음을 돌리지 않았다. 바위들이 솟은 지형에서는, 포수가 호랑이보다 낮은 곳에 머무는 것은 금물이다. 총구를 들어 조준하기도 전 호랑이의 앞발에 당하고 만다. 승패 따윈 관심도 없다는 듯, 산은 어둠을 차고 딛고 넘었다.

성벽은 군데군데 부서졌다. 팔을 뻗어 잡으면 뛰어넘을 곳도 있었고, 새롭게 벽을 덧대 얹은 곳도 있었고, 완전히 내려앉아 아예 길이 된 곳도 있었다. 그 길 가까이에서 손바닥으로 흙을 더듬어 냄새를 맡았다. 호랑이의 군침을 돌게 하는 노루 배설물과 털이 군데군데 발견되었다. 성벽을 오른손으로 짚어가며 한 시간 만에 정상에 도착했다. 산은 처음으로 어깨에서 모신나강의 개머리판을 떼고 허리를 폈다. 흰머리는 없었고 눈갈기만 산의 뺨을 반성하라 반성하라 질책하듯 때렸다.

성벽을 왼편에 끼고 내리막길을 탔다. 어둠은 걸음걸음 짙어져 네댓 걸음 앞서 걷는 청룡의 쫑긋한 두 귀마저 흐릿했다. 돌부리들이 자꾸 엄지발가락에 채였다. 알 굵은 눈바람이 등을 후려쳤고, 그때마다 산은 깜짝깜짝 놀란 아이처럼 돌아서서 총구를 겨눴다. 그리고 다시 총구를 되돌리며 자신의 귀에만 들리도록 읊조렸다. 나타나라. 어서 나타나라.

산의 총구가 호랑이처럼 생긴 바위 위로 향했다. 저물녘 눈 내려 세상이 고요할 무렵이면, 풀숲에 숨어 쉬던 호랑이도 가끔 가장 높은 바위에 우뚝 서서, 홀로 겨울바람 맞으며 스스로를 뽐냈다. 산 아래 티끌처럼 모여 사는 사람들은 그 모습을 우러러보며, 호랑이야말로 좋은 날이든 궂은 날이든 산을 지키는 신령이라고 칭송했다.

거기, 흰머리가 있었다. 경성 시내를 바라보며 늠름하게 서서, 범바위에 붙은 또 하나의 바위처럼 꿈쩍도 하지 않았다. 흰머리의 발아래로 경성의 초저녁이 아득했다. 성긴 별처럼 드문드문 불빛이 반짝였다. 종로통과 황금정, 혼마찌의 상점들. 경성부청과 총독부, 총독 관저의 방들. 휘감겨 튀는 눈바람 탓에 그마저도 먼지 낀 유리창처럼 부옇게 비쳤다. 전기가 들어오기 전에는 노을만 붉어도 미리 어둠에 잠기던 도시였지만, 지금은 도시의 윤곽과 중요 지점의 불빛은 꺼지지 않았다. 흰머리는 왜 하필 범바위에 서서 경성을 굽어보고 있을까. 저 근대 도시가 호랑이를 괴롭히고 더럽힌다고 여긴 탓일까. 경성이 개발되고 인구가 늘어나면서 독립문 주변에도 꽤 많은 집들이 들어섰다. 무악재를 낮밤 없이 넘는 장사꾼들도 늘었다. 안산과 인왕산을 누비며 살아온 호랑이에겐 악재였다. 거기, 흰머리가 있었다. 경성을 보위하는 우백호의 기운이여! 인왕산에서 태어나 인왕산에서 살다가 인왕산에서 죽은 수많은 호랑이처럼 흰머리는 범바위에서 홀로 도도하게 경성을 내려다보고 있었다. 산은 위협 사격을 하려다가 총구를 내려놓았다. 지금 방아쇠를 당기면, 히데오에게 흰머리의 위치를 알려주는 꼴이 된다. 더 가까이 다가가서 총이 아닌 다른 방식으로 흰머리를 쫓기로 했다. 거리를 좁히며 반보씩 다가서는데, 차르릉차릉, 등 뒤에서 방울 소리가 났다. 흰머리는 바위 너머로 사라졌다. 산은 돌아서서 방울 소리가 난 곳으로 달렸다. 열 걸음쯤 뒤에서 늙은이 하나가 대나무 지팡이를 흔들었다. 손잡이에 잡귀를 쫓는 방울 셋이 매달려 있었다. 지팡이를 쥐고도 똑바로 서지 못한 채 몸이 자꾸 오른쪽으로 기울었다. 산은 왼손을 뻗어 늙은이의 팔을 쥐고 당겼다. 산의 손에서 모신나강을 본 늙은이가 지팡이를 휘두르며 도끼눈을 쏘아댔다.

— 감히······ 신령님을······ 고이헌지고!

흰머리가 범바위에서 경성시를 일람하던 바로 그때, 총독 관저 정문에 자동차가 멈춰 섰다. 차에서 내린 이는 치요코였다. 감색 바지에 남색 터틀넥을 입고 회색 점퍼를 걸쳤다. 원숭이사에서 배설물을 치우다가 전화를 받고 곧장 달려온 것이다. 총독 부인은 현관까지 와서 웃는 얼굴로 치요코를 맞이했다.

— 올라가보렴. 자기 방에서 꼼짝도 않는구나. 점심 저녁 모두 안 먹었고, 말을 건네도 눈물만 글썽이고! 휴우, 너랑 있으면 마음이 편해질 것 같다 해서 부른 거다. 편히 놀다가 자고 가렴.

— 알겠습니다.

치요코는 생글거리며 인사한 뒤 계단으로 올라갔다. 주홍이 방문을 먼저 열고 치요코의 팔을 잡아끌었다.

— 괜찮은 거니?

그미가 침대에 펴놓은 산의 스케치북을 덮으며 말했다.

— 눈물이라도 질질 짤 줄 알았어?

치요코가 그미와 나란히 침대에 걸터앉았다.

— 그럼 왜 밥은 안 먹니? 걱정하시게.

— 밥이 넘어갈 리 없지.

— 눈물은? 거짓 눈물을 짜낸 거였어?

— 널 만나려고 그랬지. 아저씨는 아예 관저로 오시지도 않고 아줌마는 귀머거리 벙어리에 눈 뜬 봉사 흉내만 내서. 아저씨가 종종 전화를 하셔서 상황을 알려주시는 것 같은데, 모르쇠로 일관하시니까. 답답해서 미칠 지경이야.

— 가슴이 터질 만큼?

— 놀리는 거니?

치요코가 대답 대신 양볼에 바람을 한껏 넣어 보였다.

— 그이에 관해 아는 게 있구나.

— 역시 눈치 하나는 대단해.

— 뭐니? 빨리 알려줘. 좋은 소식이야? 나쁜 소식이라고 해도 일단 말해.

— 좋은 소식은 뭐고 나쁜 소식은 뭘까?

— 자꾸 이럴 거야?

그미가 치요코의 팔목을 잡고 꼬집었다.

— 아얏! 알았어. 말할게. 이 손부터 놔.

손을 놓고 바짝 더 다가앉았다.

— 좋은 소식인지 나쁜 소식인지는 모르겠지만…… 창경원에 대기 중이던 해수격멸대원들까지 전부 출동했어.

— 출동? 어디로?

— 무악재라고 들었어.

산은 늙은이의 지팡이를 산성 반대쪽으로 던졌다. 바위에 부딪처 굴러떨어지는 소리가 차르릉 차르! 점점 멀어졌다. 늙은이는 산이 건드리기도 전에 주저앉았다. 돌아서는 산의 팔뚝을 늙은이가 잡았다.

— 자네로군.

산이 고개를 돌렸다.

— 다시 만나리라 짐작은 했네만, 신령님께 불경한 짓을 할 줄이야.

갈라지는 목소리에 얼굴 하나가 겹쳤다. 창경원 넓은 뜰에 무릎을 꿇고 앉은, 온통 눈물범벅인 채 곡을 하던 늙은이. 허벅지 총상 때문에 걸음이 불편했던 것이다.

— 불경한 짓을 하려던 게 아닙니다.

— 신령님을 추격한 게 아니란 말인가?

— 추격한 건 맞지만…….

늙은이가 산의 설명을 듣지 않고 꾸짖었다.

— 하나뿐인 목숨 귀히 여기게. 당장 내려가. 예서 더 지체하다간 자네 목숨마저 위태롭지. 여긴 신령님의 산일세.

산은 늙은이를 두고 범바위를 향해 뛰어 올라갔다. 늙은이의 충고가 등을 때렸다.

— 마음 바뀌면 국사당^{國師堂}으로 와.

개마고원에도 호랑이를 산신으로 모시고 지성을 드리는 무당들이 많았다. 나무에도 바위에도 계곡에도 절벽에도 호랑이에 관한 이야기가 흘러넘쳤다. 절마다 산신각에는 산신령과 함께 호랑이 그림이 걸렸고, 한겨울 호랑이가 자주 다니는 길목에는 따로 먹거리를 두었다. 호랑이가 사라진 뒤로도 그들의 믿음은 흔들리지 않았다. 자국마다 냄새마다 불빛마다 호랑이의 귀환을 바라는 열망이 엉켰다. 인왕산도 예외가 아니었다. 범바위 아래는 물론이고, 한 사람이 엎드릴 자리만 있어도 향로와 음식을 곁들인 제단이 차려졌다. 제단으로 오른 산이 뒤집힌 향로를 집어 들었다. 흰머리가 바위를 내려오다가 걷어차기라도 한 걸까. 청룡이 비스듬히 누운 소나무 사이로 껑충 뛰어들었다. 산은 향로를 제단에 올려두곤 모신나강을 어깨에 멘 채 무릎을 높이 세워 돌과 돌 사이를 뛰어넘었다. 소나무 가지가 흔들리며 산의 눈을 찔러댔다. 산이 개머리판으로 재빨리 가지를 쳐올려 부러뜨렸다. 늙은이와 같은 이들이 끼지 않기를 바랄 뿐이었다.

— 샤워만 마치고 곧 내려올 거래요.

치요코가 식탁에 앉으면서 앞치마를 두른 총독 부인의 등을 흘끔 살폈다. 주흥의 입맛을 돋우기 위해 모리소바를 만드는 중이었다.

— 역시 너밖에 없구나. 고집불통 아가씨 맘을 어떻게 바꿨지?

— 밥 잘 챙겨 먹고 기력을 회복해야 남자를 만나든 호랑이를 만나든 할 거 아니냐고 했죠.

총독 부인이 허리를 돌렸다.

— ……옳은 충고를 했어. 굶으면 저만 손해지.

— 맞아요.

총독 부인이 미간을 찡그리며 심각하게 물었다.

— 알고 있었니?

— 뭘 말인가요?

일단 되물으며 시간을 벌었다. 지금은 시간을 버는 것이 특히 중요했다.

— 히데오 대장이 아니라 산이라는 개마고원 포수랑 사귀었다며? 그를 돕기 위해 히데오랑 데이트한다고 거짓말을 한 거고.

— ……호랑이의 혼을 지닌 사내를 만났다고 했어요.

— 폭약을 터뜨리고 트럭을 탈취한 흉악범이야. 난 그 애가 행복하길 바라. 얼마나 재주 많고 착한 아인데…….

— 정말 뛰어난 친구예요. 용감했고요. 신입생 시절 이야기 하나 해드릴까요. 실험용 쥐가 종이박스에 가득 담겨 왔던 적이 있었어요. 박스를 열고 쥐들을 유리통에 옮겨야 했어요. 서른 마리도 넘었는데. 여학생들은 물론이고 남학생들도 주저주저했죠. 그때 미츠코가 나섰어요. 박스 안에 득시글거리는 쥐들을 보고서도 농담까지 곁들여가며 그것들을 전부 옮겼어요. 그때 전 결심했어요. 무슨 일이 있어도 저 아이와 친구 해야겠다고요. 4년 내내 최고 성적은 항상 미츠코 차지였어요. 저를 비롯한 모든 동급생들은 미츠코가 학교에 계속 남아서 뛰어난 교수가 되리라 믿어 의심치 않았죠. 홀쩍 시호테알린으로 떠나버릴 줄은 몰랐어요.

— 나도 놀랐지. 다 큰 애가 호랑이를 만나러 그 춥고 험한 땅으로 가겠다니. 하지만 고집을 꺾긴 어려웠어.

— 맞아요. 옳다고 확신하면 물불 가리지 않고 밀어붙이죠. 호랑이의 혼을 지닌 남자를 만나고 싶다는 바람도 학창시절부터 가졌어요.

총독 부인이 말머리를 잘랐다.

— 왜 이리 안 내려오는 거야? 추울 텐데……. 창을 꼭꼭 닫아도 외풍이 적지 않은데, 또 울고 있는 거 아냐? 올라가서…….

치요코가 먼저 일어섰다.

— 아, 머리까지 감는다고 했으니 시간이 좀 걸리나봐요. 거의 다 했겠죠. 제가 가볼게요.

— 그래. 빨리 데려와. 나물도 다 무쳤고 국도 끓기 시작했으니까.

— 알겠어요. 금방 올게요.

치요코가 급히 계단을 올랐고, 2층에 다다르자 천천히 욕실 쪽으로 걸음을 뗐다. 1층 부엌이 동편에 자리 잡은 반면, 2층 욕실은 정반대 쪽인 서편 끝이었다. 치요코는 손나발을 만들어 소리쳤다.

— 이제 그만 나와. 저녁 다 되었어.

그리고 깊게 심호흡을 한 다음 천천히 욕실 문을 열었다. 문은 잠겨 있지 않았고 욕실에는 아무도 없었다. 욕조 위 열린 창으로 찬바람과 함께 눈이 날아들었다. 체구가 작은 여자가 겨우 빠져나갈 정도의 작은 창이었다. 치요코는 그 창으로 머리를 내밀어 아래를 살폈다. 옷을 묶어 길게 늘어뜨린 줄이 바람에 흔들렸다. 치요코는 급히 줄을 거둬 올린 뒤 창을 닫았다. 그리고 그 줄을 애인인 양 가슴에 품고 속삭였다.

— 조심해. 다치지 말고.

야행성동물을 밤에 쫓을 땐 순간순간 과감한 결단이 필요하다. 눈비 내리고 바람 심하고 구름 많은 밤에는 제풀에 겁을 먹고 비탈을 구르거나 쓰러지거나 부딪쳐 다친다. 흰머리는 껑충껑충 미끄러운 바위와 바위 사이를 건너뛰었다. 넌 이렇게 할 수 없지? 조롱하듯. 보통 사람이라면 오들오들 떨며 바위에 붙어서 발을 뻗어 내려갈 자리지만 산은 바위를 밀며 허공에서 허공으로 몸을 날렸다. 손과 발을 최대한 넓게 벌려 바위에 착착 감기듯 붙었다가 미련 없이 떨어지고 또 붙기를 반복했다. 성곽을 따르는 완만한 길을 버리고 수직으로 낙하하는 돌멩이를 닮았다. 경쾌하게 박자를 타며 내려가던 산이 갑자기 멈췄다. 코를 바위에 댔다. 뒤따라 내려온 청룡도 그 바위를 향해 달려들 기세였다. 흰머리의 냄새였다.

— 여기 있어.

산은 청룡의 뒷머리를 쓰다듬었다. 노련한 사냥개도 따라 오르지 못할 만큼 가파른 바위였다. 손가락 끝을 호미처럼 꺾어 횡으로 흔들며 바위 틈을 찾았다. 눈에 젖고 바람에 언 싸늘한 기운이 이내 손끝에서 어깨를 지나 가슴에 닿았다. 모신나강을 등에 두르고 두 손과 두 발을 바위에 붙인 채 오르기 시작했다. 잔뜩 긴장한 채 바위를 노려보았다. 눈송이들이 이마에 붙고 눈꺼풀에 부서지고 뺨에 녹고 수염에 걸렸다. 산은 생각했다. 두 손 두 발 모두 바위를 붙들고 있는 지금 흰머리가 달려들면 어찌할 것인가. 모신나강을 돌려 쏘기엔 여유가 없었다. 입을 벌려 더운 숨을 내쉬자 눈송이 서너 개가 혀 위에 얹혔다. 바위 위에 바위 하나가 모자처럼 얹혔다. 그 바위까지 오르려면 몸을 거의 뉘다시피 해야 한다. 벌써 여길 떠난 건 아닐까. 의심하는 순간 기척이 났다. 발로 돌을 긁는 소리와 함께 흰머리가 울었다.

— 으허허헝!

산은 다시 홈을 찾아 팔을 뻗었다. 직각을 훌쩍 넘긴 경사면에선 죽음의 기운을 떨치기 위해 작은 근육에까지 힘을 실었다. 손이든 발이든 하나라도 떨어지면 그 무게가 나머지 손과 발에 얹혀 추락을 피하기 어렵다. 게다가 흰머리가 바위 위에서 도사리고 있지 않은가. 문득 쌍해가 던진 물음이 떠올랐다. 놈과 정면으로 맞서더라도 위협 사격만 할 텐가? 제 몸 가누기도 어려운 상황에서 흰머리가 달려든다면, 급소를 맞히지 않으면 내 목숨이 위태롭다면, 총구는 어디로 향할 것인가. 산은 원숭이처럼 거미처럼 바위에 붙어 계속 나아갔다. 한 뼘 한 뼘이 천리보다 더 멀었다. 모서리를 두 손으로 쥐고 밀며 머리만 내밀어 바위 위를 살폈다. 흰머리의 안광眼光 대신 눈보라만 산의 머리카락을 훑었다. 흰머리는 없었다. 산은 껑충 뛰어올라 바위를 손바닥으로 빠르게 훑었다. 밖으로 밀었다가 안으로 당기던 손이 멈췄다. 발톱으로 긁어낸 탓인지, 돌가루들이 손가락 사이로 묻어났다.

— 으헝!

다시 건너편 바위에서 울음이 들렸다. 모신나강을 겨눴지만 흰머리는 보이지 않았다. 산은 쉴 틈도 없이 다시 바위에 붙어 내려가기 시작했다.

비스듬한 소나무 가지 사이로 나란히 솟은 바위 두 개가 눈에 띄었다. 산은 모신나강을 어깨에 붙인 채 천천히 사방을 경계하며, 탑돌이를 하듯 바위를 돌았다. 모자바위에서 바라봤을 때는 두 바위가 따로 떨어진 듯했으나, 손으로 만질 만큼 가까이 붙으니 그들은 한 뿌리에서 뻗은 두 줄기 나무를 닮아 있었다. 산 아래 어둠이 눈에 들어오는 순간 향냄새가 코끝에 닿았다. 거기 한 사내가 무릎을 꿇고 앉아서 기도를 드리고 있었다. 창경원과 산성에서 마주쳤던 늙은이였다. 눈이 계속 머리와 어깨와 두 무릎 위에 내려앉았지만 늙은이는 고요했다. 흰머리의 울음소리를 분명히 들었을 텐데도 두려움 따윈 깃들지 않았다. 산은 늙은이 뒤에 서서 어둠을 겨눴다. 곡괭이로 긁어낸 것처럼 세로로 깊게 팬 홈들이 많았다. 총구를 움직이며 바위의 높이와 크기를 머릿속에 담았다. 산은 직감했다, 흰머리가 택한 승부처가 바로 이곳임을. 도약을 즐기는 호랑이에게 가장 어울리는 바위였다. 오른쪽 둥근 바위를 겨눈 뒤 왼쪽으로 총구를 한 일 자 긋듯 돌렸다. 그때 휙 소리와 함께 방금 지나간 바위 위로 거대한 어둠이 올라섰다. 흰머리! 산은 다시 총구를 돌렸다. 흰머리는 왼쪽 바위로 껑충 뛰었다가, 산의 총구가 따라오기도 전에, 왼쪽 바위를 차내며 몸을 직각으로 돌려 산을 향해 날아들었다. 흰머리의 앞발이 산의 턱을 후려갈기려는 순간, 늙은이가 빙글 돌아서 산을 감쌌다. 흰머리의 앞발이 산 대신 늙은이의 등을 내리찍으며 눌렀고 산은 엉덩방아를 찧으면서 10미터쯤 비탈을 구르다가 돌부리에 머리를 부딪쳤다. 이마를 타고 피가 흘렀다. 피를 닦는 것보다 오른손을 먼저 쳐다보았다. 총이 없었다. 고개를 겨우 들어 주위를 살폈다. 모신나강은 그보다 2미터쯤 아래 떨어져 있었다. 총을 발견한 것은 산뿐만이 아니었다. 흰머리 역시 산과 모신나강의 위치를 확인한 뒤, 늙은이를 팽개치고 도약했다. 포수가 총을 쥐고 있지 않을 때보다 더 쉬운 공격의 순간은 없다. 모신나강을 쥘 틈이 없었다. 끝인가. 가슴과 목덜미를 흰머리에게 물어뜯긴 채 죽음의 문지방을 넘게 되는가.

— 컹!

허공으로 날아오른 흰머리가 산을 덮치기 전에 청룡이 먼저 놈의 옆구리를 물었다. 호랑이의 몸이 기우뚱하며 한 걸음 정도 밀렸고, 산의 가슴을 내리찍을 앞발이 아슬아슬하게 그 옆 돌바닥을 짚었다. 흰머리는 제자리를 빙글빙글 맴돌았고, 원심력에 의해 청룡의 뒷다리가 어깨를 치며 가까이 흔들리자 덥석 물고 당겼다. 청룡은 떨어지지 않으려고 더 힘껏 옆구리를 물고 버텼다. 흰머리는 곧장 뛰어올랐다가 청룡 쪽으로 몸을 뉘어 비볐다. 육중한 몸에 깔린 청룡이 커어억! 숨넘어가는 소리를 냈다. 그 순간 흰머리가 장검을 뽑듯 머리를 사선으로 치켜들었고 청룡의 몸 전체가 딸려 나왔다. 청룡의 입에선 붉은 피가 뚝뚝 떨어졌다.

— 청……룡!

산은 모신나강을 쥐고 흰머리의 심장을 쏘아 청룡을 구하고 싶었다. 그러나 온몸에 힘이 빠지면서 자꾸 시야가 흐려졌다. 손을 뻗을 기운도 없었다. 흰머리가 이번에는 고개를 한껏 젖혔다가 숙이며 청룡을 돌바닥에 패대기쳤다. 그리고 단번에 목을 물었다. 우드득. 목뼈 부서지는 소리가 들렸다. 청룡을 죽인 흰머리가 천천히 고개를 돌렸다. 이제 정말 끝장을 낼 시간이 아니냐고 묻는 것처럼 클클클 콧소리를 냈다. 흰머리가 승리를 만끽하려는 듯 천천히 걸음을 뗐다. 한 걸음 한 걸음 다가설 때마다 시야가 흐려졌다. 어둠과 죽음은 한패였다. 흰머리의 숨소리와 호랑이 특유의 냄새가 산의 이마와 귓불에 닿는 순간, 총성이 울렸다. 그리고 산은 정신을 잃었다.

냄새가 먼저 찾아들었다. 죽은 이의 시신 앞에 피워 올리는 향. 나는 정녕 죽었을까. 펄럭임이 귓불을 만지작거렸다. 저승길 안내하는 만장들이 바람에 흐느끼는구나. 나는 어떻게 죽었는가. 흰머리의 송곳니가 목덜미에 박혔는가. 심장을 물어 뜯겼는가. 눈에 힘을 준다. 하나 둘 셋. 눈꺼풀을 밀어 올린다. 떨리는 것은 눈꺼풀이 아니라 삶을 접고 죽음으로 넘어가려는 내 마음이다. 아지랑이처럼 일렁이며, 다가온다. 저 희뿌연 얼굴은 흰머리다. 맞바람이 불어도, 꽹과리 소리 요란해도, 이윽고 총성까지 울려도, 흰머리는 물러나지도 멈추지도 않고 다가온다. 나는 달아나고 싶은데 발이 없고 무릎이 없고 엉덩이도 없다. 그림들이 둥둥 떠돈다. 무신도^巫神圖! 백두산 아래 굿당에서 저런 빛깔 저런 크기 저런 기운을 내뿜는 무신도를 본 적이 있다. 왕도 있고 여인도 있고 귀신도 있고 장수도 있고 스님도 있다. 그렇다면 나는 아직 저승에 닿지 않았는가. 여기는, 굿당인가.

— 정신이 들어요?

낯익은 목소리가 웅웅웅웅 땡벌 소리처럼 울렸다. 산은 눈을 질끈 감았다. 시각을 없애더라도 산에겐 아직 네 개의 감각이 더 남았다. 지금 예민하게 벼려야 하는 것은 청각이다. 소리를 듣고 그동안 맺은 인연 중 얼굴 하나를 끄집어내야 한다.

— 나 알아보겠어요?

그 순간 어둠의 늪에서 주홍의 얼굴이 갈매기처럼 빛 아래로 날아들었다. 꿈인가 환청인가. 총독 관저에 갇혀 있을 그미가 내 이름을 부를 리 없다. 산은 귀로 모았던 힘을 눈두덩으로 다시 옮겼다. 눈꺼풀이 다시 흔들리며 치켜 올라가자 눈앞에 검은 눈동자가 일렁였다. 흐릿한 가운데 다섯 개의 코가 불쑥불쑥 나타났다가, 곧 네 개 세 개 두 개 하나로 제자리를 잡았다. 정말 그미였다. 눈물이 뚝 그의 붕대를 감은 이마로 떨어졌다.

— 정말 다행이에요.

— 여, 여긴……?

— 말하지 말아요. 국사당이에요. 선바위 아래 쓰러진 당신을

쌍해 아저씨가 업고 왔어요.

— 쌍해……! 그 총소리는?

— 히데오 대장이 쐈어요. 인왕산을 에워싼 후 포위망을 좁히며 올라왔대요.

— 포위망? 그…… 산을 에워싼…… 청…….

입안이 썼다. 많은 단어가 머릿속에서 튀어나와 밀고 당기고 부수고 올라섰지만 혀끝까지 실리지 않은 채 뒤섞였다. 그미가 허리를 숙여 제 뺨을 산의 뺨에 댄 채 속삭였다.

— 한숨 자요. 피를 많이 흘렸어요.

산이 팔을 뻗어 그미의 어깨를 잡고 밀어냈다.

— 내 총은?

그미의 눈동자가 향로 쪽으로 향했다. 향로 아래에 모신나강이 놓여 있었다.

— 청룡은?

그미가 손등으로 제 눈물을 닦으며 답했다.

— 쌍해 아저씨가 묻으러 갔어요. 국사당 주위는 돌뿐이라서, 무악재까지 가서 작은 봉분이라도 하나 만들어주고 오겠다고……. 국사당지기 노인은 갈비뼈가 심하게 부러졌지만 다행히 목숨은 건졌어요. 자 이제 쉬어요. 뇌진탕 후유증도 의심되니까 절대 안정이 필요해요.

산은 몸을 일으켜 앉았다. 조금 어지러웠지만 손으로 바닥을 짚고 일어서려 했다. 그미가 팔을 잡아끌었다.

— 안 돼요.

산이 엉덩이를 다시 바닥에 붙인 뒤 그미의 눈을 들여다보았다. 촛불 아래 젖은 눈빛이 고왔다.

— 관저에서…… 어떻게?

— 나만 없으면 물불 안 가리고 덤벼들어 이렇게 다치는데 어떻게 편히 관저에서 자요. 또 한 번 날 떼놓으려고 하면 그땐 가만두지 않겠어요.

그미가 코를 실룩이며 웃었지만, 산은 따라 웃지 않았다.

— 오지 말았어야 했어.

— 반갑지 않아요?

— 위험해, 여기는.

— 이젠 정말 당신이랑 떨어지지 않을 거예요.

총성이 울렸다. 그리고 뒤이어 드르르륵 기관총 긁는 소리까지 났다. 그미가 움찔 어깨를 떨자, 산이 가만히 안아주었다. 그미는 산의 가슴에 이마를 댄 채 심장 박동을 느꼈다.

— 멀리 쫓아 보내려 했어. 해수격멸대가 찾지 못할 곳으로.

— 알아요. 쌍해 아저씨한테 다 들었어요. 고마워요.

— 좀 더 신중해야 했어.

— 최선을 다했잖아요. 괜찮아요.

산이 잠시 그미와 눈을 맞춘 후 다시 말했다.

— 정말 미안해.

그리고 산은 그미의 오른팔목에 올가미를 두른 뒤 왼팔목까지 당겨 매듭으로 묶었다. 그미를 안은 채, 무신도 아래 늘어뜨린 줄을 몰래 뽑아 들었던 것이다.

— 지, 지금 뭐하는 거예요? 풀어요, 어서!

— 사랑해! 당신은 살아야 해.

산이 그미의 뒷목을 쥐고 당겨 입을 맞췄다. 입술이 눌려 소리가 나오지 않았다. 산은 깊게 더 깊게 그미의 숨소리까지 삼키며 파고들었다. 그미의 살짝 열린 입술 사이로 산의 뜨거운 입김이 쏟아져들었다. 그미는 산의 절박함을 받아들였다. 살아야 한다고? 방금 건넨 산의 말이 불길했다. 그미가 더욱 뜨겁게 산의 입술을 탐했다. 작별을 알리는 산의 입맞춤을, 결코 헤어지지 않겠다는 다짐의 입맞춤으로 덮어버리고 싶었다. 그 열기가 너무 뜨거웠을까. 산이 허리를 빼며 입술을 떼곤 그미와 눈을 맞췄다. 그미는 설득하고 싶었다. 같이 있자고. 함께 흰머리를 추격하자고. 그러나 산은 그미가 말을 뱉기도 전에 모신나강을 챙겨 들고 그미를 끌어안은 뒤 속삭였다.

— 꼭 돌아올게.

횃불이 파도처럼 인왕산을 감쌌다. 성곽을 따라 길게 늘어선 불빛이 가만가만 움직일 때, 무악재까지 둥글게 감싼 횃불들은 크게 출렁이며 밀려들고 술렁이며 물러났다. 횃불로 떨어지는 눈송이는 유난히 컸다. 외곽을 에워싼 불꽃 외에도 군데군데 밤하늘의 별처럼 불빛들이 뭉쳐 반짝였다. 히데오가 움직이는 불빛의 선두를 이끌었다. 마흔 명의 병사들이 네 개 조로 나뉘어 인왕산을 훑었다.

— 윽!

비명과 함께 병사 하나가 횃불과 함께 바위에서 굴렀다. 총구가 일제히 바위 아래로 향했다. 히데오가 방아쇠에 검지를 붙인 채 호명했다.

— 누구야?

— ……이, 일등병 타츠오입니다. 미끄러졌습니다.

히데오가 총구를 걷어 허공으로 올린 뒤 바위 아래로 내려섰다. 그리고 다짜고짜 타츠오의 엉덩이부터 걷어찼다.

— 바보 같은 놈!

쓰러진 타츠오가 오뚝이처럼 일어나 부동자세로 섰다. 횃불을 든 대원들이 둥글게 모여 섰다.

— 대, 대장님!

타츠오가 겁먹은 얼굴로 15도 상방을 쳐다보았다. 총을 쥔 손이 덜덜덜 떨렸다.

— 왜 그래?

— 제가 미끄러진 건 맞는데, 소리를 들었습니다.

— 소리라고?

— 으르렁거렸습니다. 횃불을 비췄더니…….

— 비췄더니?

— 백호였습니다.

― 틀림없나?

― 네. 너무 놀라서 미끄러진 겁니다.

히데오가 개머리판으로 타츠오의 가슴을 내리쳤다. 타츠오가 윽! 소리와 함께 허리를 숙이며 주저앉았다가 벌떡 일어섰다.

― 타츠오!

― 네.

― 내가 왜 때린다고 생각하나?

― 그, 그건…….

― 백호를 발견하면 어떻게 하라고 명령했지?

― 사살하라 하셨습니다.

― 방아쇠를 당겼나?

― 아닙니다.

다시 히데오의 개머리판이 타츠오의 가슴을 내리쳤다. 히데오가 가장 가까운 병사의 횃불을 빼앗아 들고 경고했다.

― 잘 들어. 호랑이를 보고도 방아쇠를 당기지 않는 놈은 즉결 처분이다. 겁을 먹고 물러나거나 나뒹굴면 적진을 코앞에 두고 탈영한 병사로 간주하겠단 뜻이다.

즉결처분이란 장교가 임의로 병사들의 생명까지 좌우할 권한을 갖는다는 뜻이다. 히데오는 유령처럼 찾아드는 불길한 예감을 지우고 싶었다. 역사는 반복된다지만, 백사봉의 살육이 재현되는 것만은 막아야 했다.

히데오의 단호한 명령 때문인지 간간이 총성이 터져 나왔다. 병사들은 모두 호랑이를 보았지만 털끝 하나 건드리지 못했다. 흰머리는 병사들의 목숨을 앗기 위해 달려들지 않고 단지 어둠 속에 숨어 으르렁거렸다. 횃불이 미치지 않는 곳에 웅크리고 있다가 불쑥 나타나서 병사들의 무릎이나 엉덩이나 옆구리를 장난처럼 툭툭 밀었다. 그 사소한 접촉만으로도 병사들은 균형을 잃고 쓰러졌다. 용감한 몇몇 병사는 쓰러진 후 총구를 재빨리 겨눴지만 흰머리는 어둠 속으로 껑충 사라지고 없었다.

병사 열 명 중 일곱 명이 다리를 삐거나 팔이 부러져 변두리로 물러났다. 그를 따르는 병사는 타츠오를 포함해 겨우 셋이었다. 불꽃이 줄어드는 만큼 병사들의 두려움은 쑥쑥 자랐다.

— 대, 대장!

타츠오의 목소리를 듣자마자 히데오가 돌아섰다. 횃불을 든 타츠오가 이를 닥닥닥닥 부딪히며 서 있었다. 히데오가 눈으로 물었다. 왜?

— 아키라와 미노루가 없습니다.

횃불을 든 타츠오가 중심에 서고 그 전방을 히데오가 후방은 두 병사가 맡아서 움직였던 것이다.

— ……들렸습니다, 또!

타츠오는 고개를 돌리지도 못했다.

— 당한 겁니다 둘 다! 바로 제 등 뒤에 있습니다.

히데오가 총구를 겨누며 살폈다. 깊은 어둠뿐 흰머리는 없었다.

― 투둑!

그때 나무를 걸어차는 듯한 소리가 들렸다. 타츠오는 왼손에 들었던 횃불을 내려놓고 오른손에 든 엽총을 들어 어둠을 향해 쐈다. 히데오도 함께 방아쇠를 당겼다. 노리쇠를 후퇴전진시켜 다시 쏘고 쏘고 또 쏘기를 반복했다.

― 그만!

히데오가 타츠오의 어깨를 뒤에서 잡았다.

― 횃불을 집어.

히데오에겐 아직 한 발의 여유가 있었다. 사격이 멎자 거대한 침묵이 갑자기 두 사람의 어깨를 짓눌렀다.

― 대, 대장님!

― 야, 이 새끼야! 뒤통수에 총알을 박아줄까?

타츠오가 울먹이며 횃불을 집어 들었다. 두 사람은 사격을 퍼부은 소나무 사이로 접근했다. 검은 물체가 나무 아래 쓰러져 있었다. 히데오가 정조준한 채 다가서다가 멈췄다.

― 횃불 똑바로 대!

등 뒤로 숨었던 타츠오가 게걸음으로 하나 둘 세 걸음 겨우 비켜 나왔다. 읍! 타츠오가 갑자기 털썩 주저앉으며 구토하기 시작했다. 집중 사격을 받고 쓰러진 것은 흰머리가 아니라 후방을 맡았던 일등병 아키라와 미노루였다. 아키라는 관자놀이를 맞았고 미노루는 목을 관통당해 절명했다.

― 타츠오!

히데오가 불러도 타츠오는 일어서서 부동자세를 취하지 않았다.

— 타츠오! 횃불을 가까이 대봐.

떨어진 횃불을 들지도 않았다. 대신 타츠오는 꺼억꺼어억 숨넘어가는 소리를 내며 이마를 바위에 쿵쿵 찧기 시작했다. 피부가 찢어지고 피가 튀었지만 타츠오는 멈추지 않았다. 히데오가 두 팔을 꺾어 묶고 목을 등 뒤에서 감아올릴 때까지.

— 투둑!

다시 기척이 들렸다. 이번에는 히데오도 똑똑히 들었다. 타츠오가 머리를 바닥에 대고 엎드렸다. 차라리 그 편이 나았다. 히데오는 총구를 소리가 난 쪽으로, 아키라와 미노루로부터 직각으로 꺾인 바위 쪽으로 돌렸다. 그리고 한 걸음 한 걸음 다가섰다. 마지막한 발! 탄환이 남아 있다고 해도 흰머리라면 다시 장전할 여유를 주지 않으리라. 허공으로 날아오르는 것을 향해 방아쇠를 당겼다. 그것은 흰머리가 아니라 어른 주먹만 한 돌멩이였다. 돌멩이가 떨어진 쪽으로 고개를 돌리던 히데오가 동작을 멈췄다. 바로 등 뒤에서 싸늘한 살기를 느낀 것이다.

— 후퇴시켜. 다 죽기 싫으면.

산의 목소리였다. 히데오가 허리를 돌리려는 순간 산의 모신나강 총구가 히데오의 등에 닿았다.

— 미쳤구나. 국사당에 얌전히 누워 있을 일이지. 네가 지금 누구에게 총구를 겨누고 있는지 알아? 당장 내려놔.

— 흰머리는 어둠의 제왕이야. 밤에 바위산에서 호랑이를 잡겠

다고 설치는 건 섶을 지고 불로 뛰어드는 것과 같아.

— 놈을 포위했어.

— 아니지. 흰머리가 잠시 너희들과 놀아준 거야. 더 하면 정말
떼죽음을 당하게 돼. 백사봉의 밤, 잊지 않았겠지?

— 닥쳐. 그건 실수였어. 이번엔 꼭 놈을 잡을 거야.

돌아서려는 히데오의 목덜미에 산의 총구가 닿았다.

— 꼼짝 마. 허락 없이 움직이면 발목부터 부러뜨려주지.

— ……

10분쯤 지났을까. 어깨에 눈이 소복하게 쌓인 뒤에야 히데오는
용기를 내어 고개를 돌렸다. 총구를 겨눴던 산은 이미 사라지고
없었다. 어둠을 뚫은 바람만이 히데오의 두 눈을 시리게 했다.

— 아저씨는 알죠?

쌍해가 청룡을 무악재에 묻고 다시 백호기白虎旗 펄럭이는 국사
당으로 돌아왔을 때, 주홍은 사지가 묶인 채 버둥대고 있었다. 재
갈을 풀어주자마자 그미는 앞뒤 자르고 묻기부터 했다.

— 알다뇨? 몰랐습니다. 그 녀석이 주 선생을 꽁꽁 묶을 줄은 정
말 몰랐습니다. 믿어주세요.

그미는 입김이 닿을 만큼 가까이 다가앉았다. 쌍해가 시선을 내
리깔며 고개를 돌리는 순간 그미는 단언했다.

— 이제 아저씨뿐이에요.

쌍해가 고개를 들어 그미의 눈물이 그렁그렁한 눈을 훔쳐보고

다시 시선을 내렸다.

— 흰머리와 그이를 찾아낼 사람, 아저씨뿐이라고요.

— 평생 개마고원에서 짐승만 쫓으며 살아오긴 했습니다만⋯⋯
호랑이는 쉽지 않습니다.

그미가 쌍해의 빠져나가려는 구멍을 미리 막고 반복했다.

— 그이에게 데려다줘요. 아저씨뿐이에요. 아저씨만 믿을게요.

흰머리의 핏자국은 범바위 쪽 성곽으로 나 있었다. 이미 성을
넘어왔으니 더 멀리 서진하리라는 예상을 깨고 오히려 걸음을 돌
린 것이다. 산은 바위를 손바닥으로 짚어 냄새를 맡고 혀로 핥으
며 움직였다. 처음 핏자국을 발견하기까지가 힘들었지, 눈 쌓인 바
위 위에서 눅진눅진한 핏자국을 찾고 나서부턴 가속도가 붙었다.
청룡에게 물린 옆구리에서 떨어진 피였다. 횃불의 움직임이 한눈
에 내려다보이는 바위로만 건너뛰었다. 먹잇감을 쫓는다기보다
어리석은 인간세상을 멀리서 탓하기라도 하듯 어둠에서 어둠으로
길을 잡았다. 깨진 산성 사이로 빠져나간 흰머리는 성곽을 따라
인왕산 정상으로 향하며 코끼리바위와 치마바위를 지났다. 횃불
로 막아놓은 포위망의 넓이를 가늠하고 그 바깥에 이르자 매바위
부근에서 다시 산성을 넘어 기차바위를 끼고 돌았다. 그곳은 횃불
의 어른거림이 전혀 없는 어둠 그 자체였다. 열 포졸이 도둑 하나
못 잡는 꼴이었다.

마포나루에 닿자 서쪽 하늘이 서서히 밝아왔다. 발아래는 여전히 어두웠지만, 부지런한 일꾼들은 여명을 뚫고 바삐 배와 창고를 오가며 짐들을 날랐다. 흰머리는 나루를 크게 돌며 사람들의 시선을 피한 뒤에 다시 한강을 따라 달렸다. 숫눈 위에 발자국이 선명했다. 핏자국이 계속 이어지는 것을 보니 상처가 쉽게 지혈되지 않는 듯했다. 산은 바람을 등진 채 경성으로부터 멀어졌다. 뛸 때마다 왼쪽 머리가 바늘로 찌르듯 아프고 귀가 멍했다. 수면을 차오르는 물새 소리에도 미간을 찡그렸다. 흰머리가 배를 깔고 잠시 앉았던 둔덕에서 산도 담배를 서너 모금 빨았다.

발자국으로 추측하자면, 흰머리는 한강에 발을 넣어본 듯했다. 압록강과 두만강을 넘나들며 암호랑이들과 사랑을 하고 먹이를 쫓던 그였다. 그러나 이번에는 도강渡江의 기회를 스스로 접었다. 차디찬 강물에 몸을 적시자마자 옆구리 상처가 아파왔던 탓일까. 산은 모신나강을 들고 흰머리가 헤엄쳐 나아갔음직한, 나아갔다가 돌아왔음직한 자리를 겨눴다. 잉어 한 마리가 꼬리지느러미를 힘차게 차며 수면 위로 튀어 올랐다.

흰머리가 달리기를 멈추고 쉬는 횟수가 점점 늘었다. 인왕산에서 마포나루까지는 단숨에 내달았지만 그 뒤로는 언덕 하나만 넘어도 멈춰 서서 숨을 골랐다. 그런 자리에는 더 많은 핏방울이 떨어져 눈과 뭉쳐들었다. 이대로 개마고원까지 갈 수는 없었다. 핏덩이를 노려보는 산의 오른쪽 눈썹이 치켜 올라갔다. 혹시? 충분히 달아날 여력이 있는데도, 내가 따라붙을 여지를 남기기 위해 늑장을 부리는 건가. 경성 거리를 돌아다닌 것도, 인왕산에 머문 것도 산과의 승부를 위해서라면? 산의 입귀에 싸늘한 미소가 맺혔다. 나를 죽인 다음 개마고원으로 가겠다는 거냐? 정녕 그게 너의 바람이냐?

산의 행보가 행주산성에서부터 눈에 띄게 복잡해졌다. 지금까지는 강을 따라 줄곧 걸었다. 그런데 산성을 지나고부터는 오백 보 정도 갔다가 반달 모양을 그리며 제자리로 돌아왔고, 열 십 자를 그으며 사방으로 들락날락거린 후 다시 강 쪽으로 바짝 붙어 왔던 길을 되돌아 걷기도 했다. 날은 완전히 밝았고 얼핏얼핏 내리던 눈도 그쳤다. 밝음이 싫어서였을까. 흰머리는 강을 따라 직진하지 않고 비스듬히 돌거나 왔던 길을 되밟았다. 나고 든 곳이 뒤섞여 사방이 전부 나아간 곳이고 사방이 전부 돌아온 곳으로 바뀌었다. 산은 강 쪽으로 내려갔다가 돌아온 것을 마지막으로 솔숲에 몸을 숨긴 채 모신나강을 정비했다. 허리에 차고 다니던 탄환주머니를 꺼냈다. 다섯 발의 탄환이 아침 햇살에 빛났다. 탄두 직경은 7.62밀리미터, 탄피 길이는 54밀리미터였다. 산은 다섯 발의 탄환을 도토리처럼 가지런히 땅에 놓고 한 발 한 발 꼼꼼히 닦았다. 모든 탄환은 다르다. 같은 규격으로 만들었다고 해도 무게와 크기와 모양에서 미세하게 차이가 났다. 산은 마침내 탄환 다섯 발을 내부 탄창에 모두 넣었다. 모든 준비가 끝난 것이다. 이제 흰머리를 행주산성에서 몰아내는 일만 남았다. 가장 멀리 달아나도록, 흰머리의 동선을 만들 것이다. 산이 지닌 유일한 무기는 모신나강이었다. 흰머리를 맞히지 않으면서도 충분히 두려울 만큼 가까운 자리에 탄환을 꽂아야 했다. 호랑이의 급소를 명중시키는 것도 어렵지만, 살짝살짝 비켜 맞히는 것 역시 고도의 집중력을 필요로 했다. 잠깐 방심하여 탄환을 흰머리의 다리나 옆구리에 맞히기라도 하면, 흰머리는 결코 이 포위망을 뚫을 수 없다. 산은 단숨에 내달려 토성을 뛰어넘었다.

주홍은 무릎을 꿇고 양손바닥을 눈밭에 댄 채 가쁜 숨을 몰아쉬었다. 칠백 보 남짓 될까. 멀리 행주산성이 보였다. 앞서 달리던 쌍해가 쇠도리깨를 양손으로 들어 올리며 되돌아서서 외쳤다.

— 주 선생님!

그미가 손바닥을 턴 뒤 허리를 펴고 팔을 뻗어 손목을 휘휘 저었다. 괜찮으니 계속 가자는 뜻이다. 쌍해는 가던 길을 되돌아와 그미를 부축해서 일으켰다.

— 먼저 가라 했잖아요.

— 다 왔습니다.

— 다 왔다고요?

— 흰머리가 행주산성 주변을 어지럽게 돌기 시작했습니다.

— 어지럽게!

— 제아무리 호랑이라도 대부분 총을 든 포수에게 쫓기면 계속 달아나기 마련입니다. 하지만 간혹 도망가지 않고 포수와 맞서겠다고 덤비는 경우도 있죠. 그땐 자신이 어디서 와서 어디로 향하는지를 지우려 듭니다. 바위나 시내를 통해 지우는 것이 어려울 땐 차라리 발자국을 많이 만들기도 하죠. 지금처럼. 흰머리는 여기서 산과 맞서려는 겁니다. 산도 아마 근처에 있을 겁니다.

— 어디 있나요? 근처라고 두루뭉수리 꼽지 말고, 그이가 간 곳을 짚어봐요. 산성을 지나서인가요? 아니면 산성 안인가요?

— 그건 아직…… 워낙 발자국이 복잡해서…… 잠시만 시간을 주십시오. 흰머리의 발자국을 따르다보면…….

— 얼마나요?

그미는 마음이 급했다. 흰머리와 산이 지금 당장 어디선가 최후의 일전을 벌이고 있을 듯했다.

— 잠시만. 정말 잠시만 저기 느티나무 아래 쉬고 계십시오.

— 나도 따라갈게요.

— 아닙니다. 혼자 살피는 편이 더 빠릅니다. 여기까지 계속 내달렸으니 쉬셔야 합니다. 흰머리가 간 곳을 찾으면 바로 와서 알려드립지요.

그미가 느티나무에 등을 기대고 섰다. 쌍해는 눈밭에 찍힌 발자국을 쇠도리깨로 꾹꾹 누르면서 구비를 돌아 사라졌다.

평화로웠다. 인왕산에서는 호랑이를 찾는 횃불들이 밤을 새워

어지러웠지만, 산성에는 도깨비불 하나 어른거리지 않았다. 산성지기들은 아침을 넉넉히 먹고 익숙한 걸음걸이로 산성을 돌아보았다. 백두산에서 잡아온 백호가 숨어들었으리라고는 누구도 예상하지 못한, 산사山寺처럼 고즈넉한 행주산성의 아침.

산은 나무와 나무, 건물과 건물, 사람과 사람 사이를 번개처럼 내달렸다. 흰머리가 훑고 지나간 흔적이 나무 밑동에, 객관 대청마루에 남았다. 서두르지 않고, 도약이나 질주로 힘을 빼지 않고, 흰머리는 사각으로만 살짝살짝 뛰어 산성 전체를 둘러본 것이다. 산은 그 흔적들을 하나하나 확인하며 흰머리의 모습을 상상했다. 왼쪽 앞발과 뒷발의 보폭과 깊이를 세심하게 살폈다. 청룡에게 뜯긴 왼옆구리가 얼마나 흰머리에게 부담이 되는지 파악할 필요가 있었다. 흰머리의 왼발들은 더 크고 뚜렷했으며 떨리거나 되짚은 흔적이 전혀 없었다. 2미터가 넘는 바위를 껑충 뛰어오를 만큼 오히려 몸 상태가 나아진 듯했다.

― 웬 놈이냐?

바위를 올려다보느라 잠깐 바위 옆길을 살피지 않은 것이 실수였다. 산은 천천히 고개를 돌렸다. 산성지기가 장창으로 심장을 겨눈 채 서 있었다. 산은 허리를 돌리며 모신나강의 개머리판으로 산성지기의 턱을 치려고 오른발 엄지에 힘을 실었다. 산이 몸을 돌리기도 전에 산성지기가 털썩 주저앉았다. 산이 고개를 들어 바위 위를 겨눴다.

주홍은 느티나무 밖으로 뛰어나왔다. 행주산성으로 통하는 길이란 길마다 군용 트럭이 몰려들었고, 무장한 병사들이 뛰어내려 횡대로 늘어섰다. 놀라서 뛰어오는 그미를 히데오가 막아섰다.

— 들어가게 해줘요.

히데오가 그미를 쳐다보며 차갑게 비웃었다.

— 덕분에 흰머리와 흉악범을 동시에 잡게 되었소. 이 은혜는 잊지 않겠소.

그미는 눈치 빠르게 그 은혜의 앞뒤를 추측했다.

— 날…… 미행했군요.

— 괜히 주 선생 당신을 국사당에 넣어둔 줄 아시오? 인왕산에서 흰머리를 사살하지 못하면 그다음 방책을 마련하기 위함이었소. 내 예감이 맞았소. 난 산이 당신과 함께 탈출을 시도하리라 예상했지만, 결국 마찬가지군.

— 그 사람을 죽일 작정인가요?

— 내가 원하는 건 백호의 머리요. 허나 산이 방해한다면 그도 역시 살아남기 어려울 거요.

— 같이 가요. 제발!

그미가 털썩 무릎을 꿇었다. 히데오가 슬쩍 곁눈질만 한 채 물었다.

— 같이 가면? 흰머리를 살리려고 덤빌 게 아니오? 산을 도우려고 날뛸 게 아니오? 덤비지도 날뛰지도 않는다면 갈 이유가 없는 거고…… 그래도 가야겠소? 두 눈으로 최후를 확인이라도 하겠다

이거요?

— 가야 해요, 난!

— 당신은 백호와 산 걱정만 하는군. 인왕산에서 내 병사들이 또 얼마나 죽고 다쳤는지 아시오? 그게 다 산과 백호가 저지른 끔찍한 범행이오. 이제 막다른 골목까지 왔소. 어차피 난 책임을 지고 불명예제대를 하게 될 거요. 허나 옷을 벗기 전에 저 백호만은 꼭 내 손으로 죽이겠소. 해수격멸대를 조롱하고 방해한 산 역시 벌을 받게 만들겠소.

— 그 사람은 잘못 없어요. 내가 부탁했어요, 흰머리를 지켜달라고. 날 체포해요. 그 사람 건드리지 마요. 무슨 일이든 할게요.

그미가 눈물을 쏟으며 어깨를 들썩였다. 히데오는 그미를 위로하지 않고, 왼쪽 입귀만 올렸다가 내린 뒤 질문을 이었다.

— 그와 영원히 헤어질 수 있소? 그리고 나와 결혼이라도 하겠소?

그미가 턱을 들고 히데오와 눈을 맞추었다. 흐트러진 머리카락이 자꾸 앞으로 쏠려 뺨은 물론 눈과 코까지 덮었다. 치욕적인 물음이었다.

— 알았어요.

— 알았다니?

그미가 손바닥으로 눈물을 닦으며 말했다.

— 히데오! 당신 소원을 들어줄게요. 그러니 어서 들여보내줘요. 어서!

그미가 히데오의 바짓단을 붙잡고 흔들기까지 했다.

— 하하핫.

갑자기 히데오가 웃음을 터뜨렸다. 손을 들자 병사 두 명이 달려와서 좌우에서 그미의 팔을 잡고 일으켜 세웠다. 그미는 그 팔을 떨쳐내려고 몸부림쳤지만, 병사들은 그미의 팔을 뒤로 모아 꺾어 제압했다. 그 바람에 그미의 호주머니에서 함이 떨어져 깨어졌다. 제주도를 떠난 후 줄곧 몸에 지니고 다니던 함이었다. 한라산의 화산석과 제주도의 화산석이, 이별하는 연인처럼, 각각 흩어져 굴러갔다. 히데오가 무릎을 접어 그미와 눈높이를 맞춘 뒤 말했다.

— 사랑하지도 않는 남자와 결혼할 만큼 산을 사랑한다는 말이로군. 그럼 더더욱 들여보낼 수 없소. 산성 아래에서 가슴 졸이며 기다리시오. 당신이 아끼는 백호의 심장에 탄환이 박히는 총성을 듣는 건 허락하겠소. 그리고 그때까지도 고분고분 말을 잘 들으면, 백호든 산이든 시신의 얼굴 정도는 보여주지.

산은 산성이 훤히 내려다보이는 정상 부근까지 내달렸다. 산성의 남쪽은 한강이 도도했고, 동쪽의 창능천 역시 헤엄쳐 건넌다고 해도 절벽이 이어져 오르기 어려웠다. 결국 북쪽과 서쪽으로만 산성 진입이 가능한데, 토성은 이 두 방향을 막아서며 뱀의 꼬리처럼 길게 출렁출렁 이어졌다. 트럭들은 토성 바로 아래 진탕으로 진입했고, 병사들은 서쪽과 북쪽을 두 겹으로 로마병정처럼 에워쌌다. 병사들 사이의 거리는 2미터도 채 떨어지지 않았다. 탈출은 불가능했다.

— 탕!

총성이 울렸다. 산성 정상에서 휘이익 내닫는 들짐승의 발자국
소리가 바빴다. 떠나온 경성은 강을 따라 아득했고 토성 아래는
번쩍이는 무기들로 빽빽했다. 여기가 세상의 끝이었다.

— 탕!

이번에 총을 쏜 이는 산이었다. 흰머리가 능선을 타고 나오려다
가 멈칫 섰다. 달아나지 않고 탄환이 날아온 쪽으로 고개를 돌렸
다. 다시 탄환이 흰머리의 오른발 옆 나무에 박혔다. 흰머리는 오
히려 두 걸음 나서서, 탄환이 날아온 바위 쪽을 노려보았다. 모신
나강을 든 산이 흰머리를 조준하며 바위 앞으로 나섰다. 흰머리는
기다렸다는 듯이 다시 한 걸음 다가섰다.

— 가!

산이 외쳤다. 흰머리가 걸음을 멈췄다.

— 지금 달아나지 않으면 넌 죽어. 날 죽이고 싶어? 죽이고 싶겠
지. 하지만 지금은 아니야. 네가 원하면 개마고원에서 겨루자. 여
긴 아니야. 어서 가.

탄환이 흰머리의 왼발 앞으로 튀었다. 흰머리는 오른쪽으로 껑충
뛴 뒤 산을 향해 조금씩 속도를 높였다. 산이 다시 위협 사격을 했
지만, 이번에는 왼쪽으로 뛰며 내달렸다. 산이 아무리 피하려 해도,

흰머리는 오늘 이곳에서 승부를 볼 작정인 것이다. 산은 장전 손잡이를 당겨 흰머리를 조준했다. 산의 눈에서도 눈물이 차올랐다.

— 바보같이…….

말끝을 흐리며 방아쇠에 검지를 걸었다. 그 순간 쾅 굉음과 함께 산과 흰머리 사이에 폭탄이 떨어져 흙먼지를 일으켰다. 산은 엉덩방아를 찧으며 쓰러졌다가 모신나강을 들고 흰머리가 달려오던 방향을 겨눴다. 깊게 팬 웅덩이 너머 흰머리는 보이지 않았다. 동쪽 능선으로 긴 꼬리가 흔들리다가 사라졌다.

토성을 넘어선 히데오는 곧장 비탈을 뛰어 올라갔다. 무릎을 꿇고 윈체스터의 개머리판을 어깨에 댔다. 소나무 사이로 내달리는 산의 머리가 나타났다가 사라졌다. 방아쇠를 당기지 못한 히데오는 병사들을 불러 세웠다.

— 잘 들어. 횡대로 서서 능선을 포위하며 훑는다. 움직이는 건 다 사살해도 좋다.

흰머리가 사라진 동쪽 능선으로 뛰어나오자마자 산의 왼발 앞에서 탄환이 튀었다. 산은 갈지자로 방향을 틀며 뛰었다. 탄환은 산이 지나친 나무줄기를, 바위를, 눈덩이를 때렸다. 헉헉! 힘껏 달려도 총성은 멀어지지 않았다. 이렇게 질주하다가 멈추면 곧 죽음일 듯싶었다. 여기가 세상의 끝이었다.

히데오는 사격에 집중하는 병사들 뒤에서 윈체스터를 내린 채 능선을 살폈다. 빠르게 달리고 뒹구는 솜씨는 표범이나 늑대보다 재빨랐지만 흰머리의 움직임은 아니었다. 흰머리는 놀랍도록 거대하게 나타나고 놀랍도록 순식간에 숨었다. 총성에 따라 나타났다가 숨고 또 나타나는 짓은 하지 않는다. 산! 한 글자를 히데오는 혓바닥에 올려놓았다가 어금니로 돌려 씹었다. 결국 여기서 끝을 내야 하는가. 너는 목숨이 다할 때까지 포위망을 뚫고 흰머리를 살려내려 할 것이다. 폭력 없이 대화로, 너와 나의 간극을 메우기엔 이미 늦었다. 오직 힘과 힘의 대결뿐이고 타협은 없다. 너를 죽이지 않고는 흰머리에게 최후의 일격을 가하는 것이 불가능함을, 누구보다도 잘 알고 있다. 움직임이 멎었다. 히데오는 산이 마지막으로 사라진 소나무를 응시하며 명령을 내렸다.

— 전진!

병사들이 허리를 반쯤 숙인 채 열을 맞춰 종종종종 걸어 나갔다. 이번에는 히데오가 앞장을 섰다. 산! 나타나라. 맞상대가 필요하다면 내가 널 쏘겠다. 병사들이 두려움에 질려 아무렇게나 갈긴 총에 맞지 말고 내 총에 맞아 단 한 방에 편히 잠들라. 허공으로 획 무엇인가가 날아와선 비탈을 굴렀다. 병사들이 일제히 그 물체를 향해 방아쇠를 당겼다. 꽁꽁 언 나무뿌리였다. 병사들이 다시 장전하는 동안, 산이 소나무에서 튀어나와 달리기 시작했다. 히데오의 총구가 빠르게 산을 따라갔다. 병사들은 소리를 듣자마자 방아쇠를 당겼지만, 히데오는 한 호흡 쉬며 기다렸다. 조준점에 산의 왼가슴이 잡히는 순간, 등 뒤에서 갑자기 거대한 기합 소리가 들렸다. 허리를 비틀며 나뒹군 히데오의 머리 위로 쇠도리깨가 원을 그리며 돌았다. 쌍해가 산을 구하기 위해 달려든 것이다. 장전을 끝마치지 못한 병사들의 머리와 어깨와 등을 쌍해의 쇠도리깨가 후려쳤다. 기세에 눌린 병사들은 놀라서 뒷걸음질 치다가 제풀에 쓰러지고 엎어졌다. 열 명이 넘는 병사가 순식간에 피를 흘리며 썩은 고목처럼 누워 신음 소리를 냈다.

— 더러운 돼지 새끼!

춤추던 쇠도리깨가 멈췄다. 쌍해는 한바탕 휩쓸고 지나친 곳으로 천천히 돌아섰다. 히데오의 윈체스터가 쌍해의 머리를 조준했다. 쌍해는 그 총구를 지게 작대기 보듯 무심하게 응시했다. 그리고 히데오의 등 뒤로 뻗어 오른 소나무를 쳐다보았다. 소나무와 소나무 사이에 산이 서 있었다. 쌍해는 천천히 쇠도리깨를 들어 올렸다.

— 그것 놔. 쏘겠어. 놓지 못해?

히데오가 외쳤다. 그러나 쌍해는 쇠도리깨를 머리 위로 들어 깃발처럼 휘저었다. 산에게 어서 피하라고 마지막 부탁을 하는 중이었다.

— 탕!

총성과 함께 쌍해가 웅크렸다. 히데오가 쌍해의 오른어깨를 향해 탄환을 발사한 것이다. 피를 철철 흘리면서도, 쌍해는 다시 쇠도리깨를 들고 돌렸다. 산은 그제야 돌아섰고 쌍해의 시야에서 사라졌다. 쌍해는 입술을 벌려 누런 이를 드러낸 채 히데오를 향해 가래침을 뱉었다.

— 우우, 간지럽군. 네놈 탄환은 좁쌀로 만든 모양이지?

그리고 성난 멧돼지처럼 내달렸다.

— 탕!

히데오의 탄환이 쌍해의 심장을 뚫었다.

질주하던 산이 멈춰 섰다. 거구인 쌍해가 쓰러져 둔탁하게 비탈을 구르는 소리가 들린 것이다. 돌이키기엔 이미 늦었다. 심장이 요동치고 머리끝까지 횃불이 타올랐다. 아저씨! 병사들의 바쁜 군홧발 소리가 더욱 가까이 들렸다. 산은 다시 달렸다. 7년 전부터 시작된 불행이 쌍해에게까지 미친 것이다. 웅이 죽고, 수가 두 팔을 차례차례 잃은 뒤 결국 경성 대로에서 죽고, 이제 쌍해마저 죽은 것이다. 산이 아긴 이들마다 천수를 누리지 못하고 삶을 접었다. 쌍해는 호탕하고 의리 있고 힘이 장사인, 개마고원처럼 넓은 마음을 지닌 포수였다. 7년 만에 돌아온 산에게 그 세월의 격차를 느끼지 않도록 배려하고 도운 이가 바로 쌍해였다. 산은 쌍해가 행주산성에 나타나지 않기를 바랐다. 이 싸움이 죽음에 이르는 싸움이라면, 쌍해는 기꺼이 산과 함께 죽으려 들 것이기 때문이었다. 산은 더 이상 그가 아끼는 사람이 죽는 모습을 보고 싶지 않았다. 그런데 쌍해 덕분에 목숨을 구하고도, 쌍해가 죽어가는 소리를 듣고도, 산은 해수격멸대의 사정권에서 벗어나기 위해 달리기만 했다.

산은 달리며 생각했다. 궁지다. 이중삼중 포위되었으니 활로가 없다. 이제 죽는 일만 남았는가. 나무 사이로 건너뛰며 다시 스스로에게 물었다. 어떻게 죽는 일만 남았는가. 주홍의 검은 눈동자가 절망을 흔들며 떠올랐다. 꼭 살아야 해요, 흰머리도 당신도!

쌍해가 히데오와 실랑이를 벌이는 동안, 흰머리는 절벽 가까운 산비탈에 붙어 다시 창능천 쪽으로 방향을 바꿨다. 산은 왔던 길을 되돌려 경성을 멀리 내려다보며 달렸다. 병사들은 벌써 토성을 훌쩍 넘어 산 정상까지 포위망을 좁혔다. 절벽 가까이 내려선 산의 시야에서 흰머리가 사라졌다. 퇴로를 차단하며 넓게 좌우를 살피면서 달렸는데도 놓친 것이다. 혹시? 의심하며 절벽 아래를 곁눈질했다. 창능천과 한강이 만나 휘도는 강물은 깊고 아득했다. 제아무리 개마고원의 왕대라고 해도 뛰어들기엔 높고 깊었다. 조심조심 절벽으로 나아갔다. 강바람이 절벽을 타고 솟아 산의 뺨을 때렸다. 눈에 티끌이라도 들어갔던 갈까. 산이 눈을 질끈 감았다가 뜨는 순간, 참매 한 마리가 바람결을 따라 모신나강의 총구를 치며 창공으로 날아올랐다. 산은 모신나강을 당겨 들고 한 걸음 물러서서 균형을 잡으려 했다. 그때 무시무시한 살기가 산의 귀밑을 파고들었다. 흰머리였다.

흰머리는 도약하기 딱 좋은 바위에 서 있었다. 방아쇠를 당길 기회가 있을까. 총구를 돌리는 순간 흰머리가 날아내릴 것이다. 기회가 주어진대도 산은 과연 방아쇠를 당길 것인가. 흰머리 역시 섣불리 선제공격을 감행하지 못한 채 으르렁거리기만 했다. 누가 이기고 누가 질 것인가 누가 죽고 누가 살 것인가를 판별하기 애매한 순간이 흘러갔다. 모든 감각, 모든 신경, 모든 근육이 예민하게 곤두섰다. 흰머리의 눈동자에는 산이, 산의 눈동자에는 흰머리가 담겼다. 7년 동안 산은 이 순간만을 기다렸다. 목숨을 걸고 단둘만이 서로를 인정하고 느끼며 겨루는 시간! 겉보기에는 그 오랜 바람이 이루어진 듯했지만, 속은 전혀 달랐다. 7년 동안은 달아나는 흰머리를 산이 추격하는 나날의 반복이었다. 지난밤 경성에서 흰머리가 탈출한 후부터는, 아니 어쩌면 개마고원에서 백두산에 이르는 그 긴 여정에서부터는 입장이 바뀌었다. 여전히 산이 흰머리를 따르는 모양새를 취했지만, 흰머리가 산과 대적하기 위해 최적의 장소로 산을 이끌었다. 짧은 순간이지만, 산의 머릿속에 문득 이런 생각이 스쳤다. 웅, 수, 쌍해. 7년 동안 산에게 닥친 불행이 흰머리에게도 몰아친 것은 아닐까. 흰머리 역시 산과 얽혀들며, 새끼들을 잃고 암호랑이를 잃었다. 흰머리가 멀리 달아나지 않고 산과의 마지막 대결을 결심한 것도, 둘 중 한 사람이 죽어야 이 질긴 악연이 끝난다고 확신한 탓이 아닐까. 흰머리는 모신나강의 총구가 재빨리 돌기만을 기다리며 가장 높고 빠르고 치명적인 도약을 위해 뒷다리에 힘을 잔뜩 싣고 있으리라. 그러나 산의 총구는 끝내 돌지 않았다. 오히려 산은 천천히 팔꿈치를 펴 모신나강을 허벅지까지 내렸다. 산은 무방비 상태로 몸을 틀어 흰머리와 마주 섰다. 흰머리는 단숨에 날아들지 않고 산을 노려보며 으르르릉 속 끓는 소리를 냈다. 산의 양쪽 입귀가 올라갔다.

— 속임수 따윈 없어. 어서!

오히려 흰머리가 뒷발을 뺐다. 산의 돌변한 태도가 낯선 듯했 다. 조준도 않는 산을 단숨에 제압하는 일은 단 한 번도 상상하지 않았으리라. 이번엔 산이 흰머리를 향해 한 걸음 다가섰다.

— 괜찮아. 맘대로 해. 날 죽여. 죽이고 싶잖아?

흰머리가 머리를 흔들며 크게 포효했다. 산은 턱을 들어 흰머리 의 머리 위 하늘을 우러렀다. 참매가 창공을 빙빙 돌았다. 흰머리 가 산을 죽이면 가까이 내려앉아 살점이라도 얻으려고 대기하는 것이다. 흰머리가 여전히 산을 노려보면서, 머리를 사선으로 숙였 다. 도약하기 직전에 마지막으로 힘을 모으는 것이다. 주홍의 얼굴 이, 창공에서 흰머리로 향하는 산의 눈길 어디쯤, 긴 꼬리를 데리 고 떨어지는 별똥별처럼 어른거렸다. 산의 얼굴에서 미소가 사라 진 것은 바로 그 순간이었다.

흰머리가 올라선 바위에서 15도쯤 비껴 앉은 바위 위로 머리 하 나가 올라왔다. 히데오였다. 윈체스터가 흰머리의 심장을 노렸다. 흰머리는 산과의 승부에만 골몰한 탓인지 뒤에서 접근하는 히데 오를 알아채지 못했다. 산은 왼눈으로 흰머리를 노려보면서 오른 눈으로 히데오의 총구를 살폈다. 정조준이 가능한 자리로 한 걸음씩 이동했다. 총성이 울리면, 히데오가 쏜 탄환이 흰머리의 심장에 박힐 것이다. 그것은 쌍해도 주홍도 그리고 무엇보다도 산 자신이 원하는 결말이 아니었다. 산은 허벅지까지 내렸던 모신나강을 개머리판의 '밀림무정' 네 글자가 하늘로 향하도록 틀어쥐곤 검은 눈동자를 돌려 히데오를 노려봤다. 뒷발과 어깨를 동시에 밀며 날아오른 흰머리가 산의 시선을 따라 히데오 쪽으로 고개를 돌렸다. 그 순간 산이 히데오를 향해 어깨를 틀며 방아쇠를 당겼다. 총성과 함께 윈체스터가 둔탁한 소리를 내며 히데오의 손에서 떨어졌다. 도약한 흰머리의 앞발이 산의 뺨을 할퀴었다. 산은 허리를 젖힌 채 모신나강을 버리고 양팔을 뻗어 포옹하듯 흰머리의 가슴에 들러붙었다. 가장 높고 빠르게 도약한 흰머리는 갑자기 매달린 산 때문에 균형을 잃고, 그의 무게 때문에 절벽 끝에 멈출 기회도 얻지 못한 채, 산과 함께 절벽으로 떨어졌다.

— 총! 총 가져와.

히데오가 외쳤다. 병사 하나가 달려와서 총을 내밀었다. 총신을 쥔 오른손 검지에서 피가 뚝뚝 떨어져 하얀 눈밭을 물들였다. 산의 탄환이 흰머리 대신 히데오의 방아쇠를 맞히는 바람에 검지 두 마디가 잘린 것이다. 히데오는 피가 흘러내리는 것도 잊고 절벽 끝으로 달려가서 절벽 아래를 조준했다. 산도 흰머리도 보이지 않았다. 시퍼런 강물만이 개마고원에서 경성에서 인왕산 자락에서 행주산성에서 벌어진 일 따위는 관심도 없다는 듯 조용조용 흘렀

다. 매화 꽃잎 하나가 그 위로 떨어져 하얗게 맴돌았다. 바야흐로
진지초록에 임박한 봄, 얼어붙은 흙이 녹아 풀리는 따지기였다.

에필로그

2010년 11월 8일 어둑새벽, 도쿄발 평양행 비행기가 순항공항에 도착했다. 도쿄를 출발할 때는 밤안개가 자욱했는데, 조선민주주의인민공화국의 가을하늘은 푸르고 높고 맑았다. 비즈니스 클래스에 홀로 앉은 노신사가 짐칸에서 털 코트를 꺼내 입은 뒤 검은 가방 하나만 들고 가장 먼저 비행기에서 내렸다. 일흔의 노구인데도 지팡이 따위는 들지 않았다. 등은 곧고 걸음은 힘찼다. 목덜미와 귀밑의 검버섯만 아니라면 환갑 이쪽저쪽이라고 해도 믿을 정도였다. 대기 중이던 청색 양복 차림의 사내가 반갑게 목례했다.

— 어서 오십시오. 주 회장님! 공화국 첫 방문을 환영합니다. 비행 중에 불편하신 점은 없으셨는지요? 가방은 이리 주시지요.

노신사는 가방을 건네지 않고 답했다.

— 편안했소.

— 뵙게 되어 영광입니다. 일본 최고의 아이티 그룹을 이끄시는 주해朱海 회장님은 우리 민족의 자랑입니다. 일찍이…….

— 고맙소.

주해는 공치사가 싫은 듯 말허리를 잘랐다. 사내가 눈치 빠르게 이야기를 돌렸다.

— 목*입니다. 방문 전체 일정을 관리하며 회장님을 수행하는 업무를 맡았습니다. 지금부터 모든 일은 저와 의논하시면 됩니다.

— 오늘 안에 갈 수 있겠소?

주해의 질문은 간명했다. 왕죽王竹이란 별명이 괜히 붙은 게 아니었다.

— 물론입니다. 날이 저물기 전까지 원하신 곳에 도착할 수 있도록 만반의 준비를 갖춰…….

— 그럼 갑시다.

검은 세단에 오른 주해는 별도의 입국심사 없이 공항을 빠져나갔다. 원산을 지나 함흥에 도착한 뒤 다시 김책으로 북상하여 개마고원으로 접어들 때까지, 주해는 시선을 창밖에 고정시킨 채 침묵했다. 책을 읽지도 않았고 눈을 감고 깜박 잠을 청하지도 않았다. 허리를 꼿꼿하게 세운 채 긴 여행을 전투하듯 버텼다. 차가 개마고원으로 접어들자 풍광이 바뀌었다. 때 이른 첫눈으로 산과 계곡은 물론 도로까지 온통 하얀 빛깔을 띠었던 것이다. 눈 덮인 개마고원을 쳐다보는 주해의 주름진 눈에 호기심이 가득했다. 알래스카는 물론이고 남극과 북극까지 폭설로 유명한 지역을 거듭 여행한 그였지만, 이곳의 겨울 풍광은 남달랐다. 휴식을 위해 차를 세워도 화장실만 다녀와선 제자리를 지켰다. 화장실에 갈 때도 꼭 가방을 들고 갔다. 목은 그 가방에 무엇이 들었는지 궁금했지만, 주해의 꼬장꼬장한 말투와 날카로운 눈빛에 눌려 질문을 던지지 못했다. 자동차가 고갯길로 접어들자, 아스팔트가 고르지 못해 울퉁불퉁 튀었다. 앞좌석에 앉은 목이 당황한 표정을 지으며 귀가 훤히 보이도록 짧게 머리를 쳐올린 운전사를 나무랐다.

— 살살 모시오. 오늘 우리가 모시는 주 회장님이 누구신데 이렇게 함부로 엉덩이를 들썩이게 만드는 게요? 주 회장님은 개마고원의 천혜 환경을 보존하기 위해, 민족 사랑의 한결같은 마음으로 벌써 30년째 거금을 기부하셨고…….

주해는 이데올로기나 사회체제에 상관없이 조선 호랑이를 보호하는 일이라면 지원을 아끼지 않았다. 지난달에는 대한민국 서울에서 열린 '한국범보전기금'이라는 민간단체의 행사장을 직접 방문해 주목을 받았다.

— 만탑산萬塔山, 얼마나 남았소?

주해가 목의 말을 끊고 운전수에게 물었다.

— 이 구비만 지나면 금방입니다. 길어야 3~4분입니다.

— 걸어간다면?

— 20분 남짓입니다.

주해가 목에게 시선을 돌렸다.

— 20분 정도 걸을 여유가 있소?

목이 손목시계를 확인한 후 미소 지었다.

— 네. 시간은 충분합니다. 다만 어제까지 닷새 동안 계속 눈이 퍼부은 데다가 밤에 기온까지 영하로 뚝 떨어져서 눈길이 단단하게 얼었습니다. 혹시 넘어져 다치시기라도 하면…….

— 목 선생에게 책임을 묻진 않으리다. 세워주구려.

목이 고개를 끄덕이자 운전사는 길가로 차를 세웠다. 목이 주해와 함께 내려 나란히 걸었고, 차는 20미터쯤 거리를 유지한 채 움직이는 듯 마는 듯 뒤따랐다.

— 혼자 걷고 싶구려. 목적지에 이르면 알려주시오.

주해는 목의 방해를 받고 싶지 않았든지, 먼저 말을 건넸다.

— 알겠습니다. 그럼 조심하십시오. 언제든지 찾으시고요.

목은 걸음을 멈추고 섰다가 주해와의 거리가 10미터쯤 떨어지자 다시 걷기 시작했다. 홀로 걷는 주해는 걸음을 늦추지도 속도를 내지도 않고 완만한 구비를 넘어갔다. 까마귀 서너 마리가 한꺼번에 자작나무 숲에서 날아올랐지만, 고개만 들어 새들의 꽁무니만 살필 뿐 멈춰 서지도 않았다. 익숙하고 침착했다. 오히려 목이 놀란 눈으로 양복 안주머니까지 손을 올렸다가, 까마귀라니! 겸연쩍게 혼자 실없이 웃으며 내렸다. 위급한 용무가 아니고는 그곳에서 초소형 권총을 꺼내 드는 일은 없어야 한다. 맞은편에서 허리가 꾸부정한 늙은이 하나가 구비를 넘어왔다. 늙은이는 말쑥한 양복 차림의 주해와 그 뒤를 따르는 목, 세단을 보곤 겁먹은 얼굴로 멈춰 섰다. 2차선 도로를 건너 늙은이에게 다가간 이는 주해였다.

— 안녕하시오. 이 근방에 사십니까?

— 네.

늙은이가 기어 들어가는 목소리로 답했다. 어깨에 멘 녹슨 괭이가 무거워 보였다. 목이 다가서려 했지만, 주해가 먼저 고개를 돌렸기 때문에, 목은 5미터 남짓 거리를 두고 멈춰 서서 귀를 쫑긋 세울 수밖에 없었다.

— 한 가지만 물어도 되겠소?

— 네.

역시 단답.

— 호랑이가 아직도 나옵니까?

늙은이는 즉답을 못 한 채 목의 표정만 곁눈질했다.

— 왜 날 쳐다보는 거요? 나오면 나온다 안 나오면 안 나온다 답하시오.

목이 발을 빼자 늙은이가 답했다.

— 어렸을 땐 더러 울음소릴 들었습죠.

— 혹시 호랑이를 직접 목격한 주민은 없습니까?

— 글쎄요. 호랑이가 나타났으면 온 동네에 소문이 퍼졌겠습죠. 호랑이 발자국이다 아니다 다툰 적은 있지만 호랑이를 직접 본 이는 없습니다. 조선 표범이라면 본 적이 있습죠. 그 이야기를 해드릴까요?

— 아니오. 큰 도움이 되었소이다. 약소하오만.

주해가 지갑을 열고 지폐를 한 장 내밀었다. 늙은이는 넙죽 지폐를 받곤 종종종종 사라졌다. 산길 입구가 멀리 보이자 목이 앞질러 뛰어가서 기다렸다. 대빗자루를 든 아낙 둘이 목 뒤에 나란히 섰다. 도착하는 주해에게 목이 신바람을 내며 설명했다.

— 눈을 미리 치워두었습니다.

— 괜한 짓을 했소.

주해는 사업가로서 뿐만이 아니라 만능 스포츠맨으로서도 이름이 높았다. 특히 그가 두각을 보인 종목은 사격이었다. 대학시절 프로 전향을 심각하게 고민했을 만큼 재능과 승부욕이 탁월했다. 일흔을 넘긴 나이지만 요즈음도 일주일에 두 번씩 꼭꼭 야외 사격장에서 클레이 사격을 즐겼다.

— 일주일 전이라고 했소?

중턱쯤 올랐을 때 주해가 불쑥 물었다.

— 그, 그렇습니다.

목은 턱까지 차오른 숨을 몰아쉰 뒤 답했다. 운동으로 단련된 몸이었지만 주해의 온몸에 힘을 뺀 무심無心의 등산법을 당해내지는 못했다. 주해는 목의 가쁜 숨소리를 듣고도 발걸음을 늦추지 않았다.

— '문수암'이라는 암자가 세워진 건 백 년이 넘었고?

— 고려 때 세웠다 왜란 즈음 세웠다 말들이 많습니다만, 120년 전에 이 암자까지 오른 기록을 찾아냈습니다.

— 한데 왜 일주일 전에야 발견한 게요?

— 30년 동안 아무도 암자에 기거하지 않은 탓입니다. 그전에는 늙은 불제자가 홀로 살았다는군요. 산 아래 마을 사람들에게 물어보니, 그이는 귀머거리처럼 벙어리처럼 사람들을 피하며 말도 섞지 않았답니다. 맹수들, 삵이나 표범이겠습니다만, 그 녀석들이 빈 암자에 머물렀다가 마을로 내려오는 일이 잦은 바람에, 마을 사람들이 암자를 부수려고 올라갔다가 대들보 위에서 발견했다는군요. 비단으로 겹겹이 싸서 올려둔 탓에 흠결은 전혀 없었다고 합니다.

연락이 왔을 때, 주해는 모처럼 서울 나들이를 즐기는 중이었다. 지인들이 경주나 제주를 권했지만 그는 혼자 창경궁을 둘러보기를 원했다. 창경원시절 호랑이사가 있던 자리에 한참을 머물다가 나오는 길에 그 전화를 받았다. 개마고원 작은 암자에서 백호를 그린 산신도를 발견했다는 것이다.

— 이쪽입니다.

목이 주해를 앞질러 선바위 둘을 양손바닥으로 짚고 이마를 맞댄 뒤 머리를 숙인 채 그 사이로 들어갔다. 귀틀집 하나가 전부였다. 절벽 아래로 산자락이 한눈에 내려다보였다. 목이 눈짓을 보내자, 암자를 지키던 사내 둘이 목례를 하고 선바위 뒤로 사라졌다. 목은 먼저 귀틀집 문을 연 뒤 기다렸다. 주해가 문으로 들어서기 전에, 목이 말했다.

— 암자가 북향이라 곧 해가 질 겁니다. 초를 밝혀두긴 했습니다. 전기를 여기까지 끌어오긴 힘드니까요. 제가 손전등이라도 비

줘드릴까요?

— 아니오. 되었소.

주해가 들어섰다. 목이 따라 들어와선 손을 등 뒤로 돌려 문을 닫았다. 사람 하나 겨우 누울 작은 방이었다. 앉은뱅이 탁자만 놓아도 방이 꽉 찰 듯했다. 주해를 맞이하기 위해 여러 번 방을 닦았을 텐데도 벌레 먹은 흔적이 검은 지도처럼 벽 군데군데에 번져 있었다. 창문 하나 없는 방은 그대로 동굴이었다. 일렁이는 두 자루 초를 끈다면, 정면 족자에 그려진 산신도의 윤곽도 살피기 어려우리라. 주해는 꼼짝 않고 서서 산신도를 바라보았다. 가까이 다가서지도 손바닥으로 그림을 만지지도 않고, 방으로 들어서자마자 바위처럼 굳어버린 것이다. 겹겹이 늘어선 산과 늙은 소나무를 배경으로, 붉은 옷을 입은 젊은 여신이 그루터기에 걸터앉아서 오른팔로 호랑이의 등을 쓰다듬고 있었다. 신선을 향해 고개를 돌린 백호의 몸통은 눈보다 희고 고왔다. 두 귀는 삼각산처럼 뾰족했고 두 눈은 둥근 눈동자를 세 겹으로 그리고도 남을 만큼 크고 또렷했다. 백호의 꼬리는 그루터기를 감싼 뒤 여신의 왼발에 간지럼을 태우듯이 닿아 있었다. 여신은 백호에게, 백호는 여신에게만 집중했다.

— 산신도에 여신을 그리는 경우는 퍽 드뭅니다. 학자들은 서왕모가 아닐까 추측했습니다만…….

주해가 코트 안주머니에서 가죽 지갑을 열어 사진 한 장을 꺼냈다. 아기를 안은 여인을 찍은, 하얀 실금이 자글자글한 낡은 흑백

사진이었다. 목이 어깨 너머로 그 사진을 들여다보다가 저도 모르게 감탄했다.

— 아, 정말 닮았군요. 미인이세요…… 누구신지?

주해의 시선이 흑백사진에서 산신도를 향해 올라갔다. 사진 속 여인과 산신도의 여신은 쌍둥이처럼 닮았다. 달걀 모양 얼굴에 짙은 눈썹, 크고 또릿또릿한 눈에는 총기가 가득했다. 목의 얼굴이 벌겋게 달아올랐다. 먼저 주 회장에게 질문하지 말라는 명령을 어긴 것이다.

— 내 어머니라오.

— 아, 주홍 여사시군요.

주해의 성공 신화는 일본은 물론 전 세계에 널리 알려졌다. 호랑이 연구가인 미혼모의 외아들로 태어나서 일본 최고의 아이티 회사를 세운 입지전적 인물이었다. 주해는 어머니 이야기를 매우 아꼈다. 12년 전 그미가 심장병으로 사망했을 때도 시호테알린 산맥으로 홀로 가서 화장한 시신을 숲에 뿌리고 돌아왔다. 그 숲의 별칭은 백호림白虎林이었다.

— 잠깐만 혼자 있고 싶소.

— 알겠습니다. 문밖에서 대기하겠습니다. 밤에 또 한차례 눈이 내린다고 합니다. 혹시 오늘 밤 이 암자에서 묵으실 계획이라면…….

— 아니오. 예정대로 내일 새벽 순항공항에서 베이징행 비행기에 탑승하겠소.

— 알겠습니다. 원하신다면 산신도를 가져가셔도 좋습니다. 공화국이 주 회장님께 드리는 선물이라고 생각하십시오.

목이 목례를 한 뒤 문을 열고 나갔다. 암자는 어느새 짙은 어둠의 바다에 덮였다. 드넓은 개마고원을 덮고도 남을 어둠이었다. 낮 동안 굶주렸던 맹수들이 밤눈을 번뜩이며 온몸의 근육을 움직이기 시작하는 어둠이었다.

주해는 무릎을 꿇고 그 앞에 가방을 놓고 연 뒤 손을 집어넣었다. 조심조심 아기 어르듯 안에 든 검은 스케치북을 꺼냈다. 주해는 스케치북 첫 장을 넘겼다. 앞발을 들고 도약하는 호랑이였다. 외풍에 촛불이 흔들렸다. 다양한 각도의 다양한 자세의 호랑이가 흰 종이 위에 가득했다. 세밀하게 코털 하나하나까지 그린 그림도 있었고 굵은 선 몇 개로 움직임을 포착한 그림도 있었다. 홀로 달리는 그림도 있었고 백두산사슴의 목뼈를 물거나 멧돼지의 등짝에 올라탄 그림도 있었다. 스케치북을 넘기는 주해의 손놀림이 빨라졌다. 쉰 장 넘게 호랑이만 계속되다가 마침내 여인을 담은 스케치가 나왔다. 그루터기에 앉은 여인의 오른쪽에 바위 같기도 하고 들짐승 같기도 한 둥근 형체가 대여섯 가닥의 선으로만 잡혀 있었다. 여인의 코는 오똑했지만 눈과 입은 아직 여백으로 남아 있었다.

주해가 무릎을 세우고 일어서서 산신도를 향해 한 걸음 나아갔다. 촛불을 얹은 단에 흑백사진과 스케치북을 나란히 놓았다. 그리고 검지로 흑백사진 속 주홍의 머리카락을 만진 뒤 다시 스케치북

속 그녀의 머리카락을 더듬었다. 굵은 눈물 한 방울이 여백으로
남은 그녀의 눈 위에 떨어졌다. 주해는 눈물을 참으며 고개를 들
었다. 그미가 종종 끓여주던, 물을 부으면 만개하는 꽃차를 마시고
싶었다.

주해는 산신도를 가져가기 위해 족자를 떼어 둥글게 말다가 손
을 멈칫했다. 종이를 말아붙인 가름대 부분이 유난히 불룩했던 것
이다. 주해가 만년필을 꺼내 날카로운 끝으로 종이를 갈라 뜯어냈
다. 얇은 화선지 한 장이 반으로 고이 접힌 채 들어 있었다. 주해는
조심조심 그러나 재빨리 손을 놀려 그 종이를 꺼내 폈다. 흘려쓴
글씨체가 한눈에 들어왔다.

홍.

다 끝났소.

산신도를 완성하기 전까진 당신을 찾지 않으리라 마음먹었는데, 60년 세월
이 하루같구료. 어리석다 탓하는 고운 얼굴이 눈에 선하오. 하루에도 몇 번
씩 이곳 소식을 알리고 싶었지만, 당신이라면 호랑이를 찾던 때처럼 당장
달려올까 싶어 보고픈 마음을 감추고 또 감추었소.

늦은 참회가 무슨 소용이 있을까마는 이렇게라도 할 수밖에 없구료. 흰머
리를 증오하며 뒤쫓는 동안 너무 많은 죄를 지었으니까. 쌍해 아저씨도 수
도 해수격멸대의 젊은 병사들도 나 때문에 목숨을 잃었으니까. 그때는 싸
워 이기는 것만이 전부인 줄 알았소. 집착을 버렸다면 그들도 지금쯤 살아
있겠지. 모든 고통의 근원은 흰머리가 아니라 바로 나였소. 복수는 한낱 핑

계였을 뿐.

홍.

당신을 만나지 않았다면 나는 어리석은 승부에 평생을 바쳤을 거요. 흰머리와 나의 악연을 기억하는 자들 중 왜 끝까지 승부를 겨루지 않았냐며 비웃는 자도 있을 테지. 나 역시 절벽에서 떨어지는 그 순간까지 내 진심을 알지 못했소. 당신을 향한 마음에 의지해 흰머리와의 승부를 잠시 미룬다고 스스로를 속였지. 그러나 개마고원을 떠나 경성에 들어선 순간부터 내 결심은 바뀔 수밖에 없었던 거요. 그곳에서는 나도 흰머리만큼이나 낯설고 위험한 그 무엇이었으니까. 그만큼 경성이라는 대도시는 우리에게 두려운 그 무엇이었으니까. 그때부터 이미 나는 흰머리와 같은 운명이었던 거요. 당신은 아마 그 사실을 제일 먼저 눈치챘겠지. 경성에서 흰머리가 죽는다면 포수인 나도 죽고, 경성에서 흰머리가 산다면 포수인 나도 산다고. 흰머리와 내가 자유롭게 쉬고 달리고 날아오를 곳은 오직 밀림뿐이라고.

그 7년 동안 흰머리를 죽인 다음 날 아침을 상상하곤 했다오. 언제나 텅 비어 있었지. 일생의 과업을 끝낸 뒤의 허허로움만이 떠돌았을 뿐. ……그래도 당신과의 작은 약속을 지키게 되어 기쁘오.

……고맙고 미안하오. 정이 없는 사내라고 너무 탓하진 마오. 멀리 떨어져 있어도 우린 결국 밀림에서 흰머리와 더불어 하나였던 거요.

홍, 그립소. 그리고 사랑하오.

70년 전, 주해를 잉태한 이야기들이 여신과 호랑이의 주고받는 시선 속에서 뭉게뭉게 피어올랐다.

— 으허헝!

영원한 포효가 개마고원을 흔들었다. 새로운 연의 시작이었다.

밀림은 자유고 도심은 공포다. 호랑이에게는 그렇다.

도심은 자유고 밀림은 공포다. 인간에게는 그렇다.

누군가의 자유와 누군가의 공포가 부딪쳐, 삶과 죽음의 무정無情
을 몸뚱이로 증거하는 소설을 쓰며, 그 겨울에서 이 겨울로 건너
왔다.

적의 크기로 나의 부족함을 고스란히 가늠하는 이야기! 가장 거
대한 적, 내 전부를 거는 대결이 아니라면 무엇이 나를 고양시킬
까. 이 대결을 자랑스러워하지 않는다면 어디서 어둠을 닮은 빛을
쐴까. 단어를 갈고 문장을 벼리고 문단을 박았다. 냉혹한 바람에
몸서리쳤다. 봄은 없었다. 백에 아흔아홉이 가족이라는 핑계, 나이
라는 변명, 세상살이 별거 없다는 위안 따위의 자포자기로 행복을
쌓을 때, 한계 밖으로 홀로 질주한 단독자의 표정. 그 내밀함을 소

설이라는 밀림으로 감싸고자 했다.

  과잉만이 진실이고 탕진만이 용기다. 균형 감각에 아름다움을, 배려에 어른스러움을, 따듯함에 덕성을 부여하지 말라. 적다운 적과의 한판 대결은 한 호흡 뱉기도 바쁘고 한 걸음 딛기도 벅차다. 새로운 일상을 시작하자, 거칠게 옹졸하게 이기적으로.
  군더더기 다 떨어낸 단순함을 존중하는 이여!
  연습은 없다. 오늘 지금 여기에 모든 시간과 돈과 재주를 쏟아붓고 또 쏟아붓자. 끝까지 끝의 끝까지.

  생의 진리는 변함이 없다. 정녕 바라는 바는 갈 데까지 다 간 후에야 코끝에 닿는 법.

  이 겨울에도 나는 여전히 밀림으로 나선다. 사랑하기 위해 덤벼드는 호랑이처럼, 죽이기 위해 덤벼드는 호랑이처럼.
  독자여!
  덤벼들라 덤벼들라 덤벼들라.

2010년 11월
김탁환

감사의 글

  장편소설은 소설가 한 사람만의 노력으로 완성되지 않습니다.
많은 분들의 선의가 없었다면 『밀림무정』을 끝마치기 어려웠을
겁니다.

  한국범보전기금(http://www.koreatiger.org) 회장이신 서울대 수의
학과 이항 교수님의 후의에 감사드립니다. 교수님 덕분에 역사와
생태를 함께 다룰 용기를 얻었고, 개마고원 동물들의 삶을 더 정
확하게 묘사할 수 있었습니다. 호랑이를 마취시키고 수술하는 방
법에 관하여 자료와 의견을 주신 김영준 수의사님과 천명선 박사
님께도 감사드립니다.
  러시아 라조 자연보호구(Lazovsky State Nature Reserve)의 알렉산
더 박사님과 인나 박사님 부부께도 감사드립니다. 따듯하고 유쾌
한 두 분 덕분에 야생 호랑이가 사는 밀림을 직접 답사하고, 러시

아 생태학자들의 전문적인 고견을 들을 기회를 얻었습니다. 특히 밀림을 친절하게 안내해주신 빅토르 선생님께 감사드립니다. 선생님의 노련한 경험 덕분에 호랑이의 발자국과 배설물, 세력표시의 다양한 흔적들을 확인할 수 있었습니다. 밀림과 바닷가에서 선생님이 사로잡은 네 마리 뱀이 내내 그리울 겁니다. 함께 라조로 갔던 야생동물유전자원은행의 이무영 박사님과 김영건 선생님, 본격적인 호랑이 연구에 돌입한 현지연 선생님께도 감사드립니다. 선생님들의 연구로 현재 러시아 연해주 지역의 아무르 호랑이들이 바로 '한국범'이란 사실이 더욱 확실해지리라 믿습니다.

집필과정 내내 싫다 소리 한마디 않고 의논하며 놀아준 이원태 감독에게 감사드립니다. 문화계간지『1/n』을 함께 창간하고 편집장으로 왕성하게 활동 중인 김한민 선생님과 매혹적인 독서가 정혜윤 PD와 이선아 PD는 처음부터 이 이야기의 적극적인 지지자였고, 행동생태학자 김산하 선생님 역시 지속적인 관심과 도움을 주셨습니다. 감사드립니다.

『밀림무정』은 다산북스와의 첫 작업입니다. '초발심'으로 돌아가서 다시 시작하는 이의 아름다움을 강조한 김선식 대표님과의 정담, 홀연히 찾아들었던 동방박사들과의 만남과 토론은 이 소설을 더욱 힘차게 밀어붙이도록 만들었습니다. 감사드립니다.

작가의 길을 가겠다며 글 외의 모든 것을 내려놓을 때, 묵묵히 한결같은 지지를 보내준 아내 민수경과 예영, 문영 두 딸에게 이 소설이 작은 자랑거리가 되었으면 합니다.

끝으로, 소설을 준비하며 뒤늦게 만난 수많은 생태학자들의 헌신을 기억하고 싶습니다. 특히 시호테알린 산맥과 라조 지역에서 본격적인 야생 호랑이 연구를 시작했고, 호랑이를 지키려다가 밀렵꾼의 총에 맞아 돌아가신 카플라노프 선생님의 글을 인용하며 감사의 글을 맺습니다.

"시호테알린 보호지역의 야생 호랑이는 자연이 탄생시킨 최고의 경이로움 중 하나이다. 나는 그 자유로운 생명체를 보호하는 것이 다음 세대를 위한 우리의 신성한 의무라고 확신한다."

− 백석, 호랑이 그리고 장편 작가의 삶

2010년 11월『밀림무정』을 출간한 후 독자들로부터 두 가지 질문을 자주 받았습니다. 하나는 제목을 왜 '밀림무정密林無情'이라고 지었느냐는 것이고, 또 하나는 작품 서두에 백석의 시를 인용한 이유가 무엇이냐는 것입니다. 그때는 독자들이 자유롭게 상상하고 추측하기를 바라는 마음에 즉답을 피했습니다. 5년이 지나 개정판을 내게 되었고 독자들 질문이 지금까지 이어지고 있으니 오래 미뤄둔 답을 하는 것으로 개정판 '작가의 말'을 대신할까 합니다. 먼저『밀림무정』첫머리에 인용한 백석의 시를 소리 내어 읽어 봅니다.

산골로 가는 것은 세상한테 지는 것이 아니다.
세상 같은 건 더러워 버리는 것이다.
− 백석, 「나와 나타샤와 흰 당나귀」 중에서

2009년 여름 KAIST를 마지막으로 10여 년의 교수 생활을 접고 전업 작가의 길로 들어선 후 처음 발표한 장편이 바로 『밀림무정』입니다. 파주에 집필실을 마련한 뒤 가장 먼저 책상에 써서 붙인 시가 바로 「나와 나타샤와 흰 당나귀」의 저 두 행이었습니다. 장편소설 창작에만 매진하겠다는 열망과 제가 쓰고 있던 장편소설의 핵심을 가장 잘 담은 문장이었습니다.

　　1980년대 후반으로 기억합니다. 해금된 백석의 시를 처음 접하고 무척 아끼게 되었습니다. 시의 탁월함도 놀라웠지만, 군데군데 등장하는 평안북도 사투리와 그곳 음식들은 제가 친가 어른들을 통해 접한 것들이었습니다. 제 할아버지는 평안북도 벽동에서 태어나셨고, 제 아버지의 고향은 김소월의 「진달래꽃」에 등장하는 영변입니다. 둘 다 평안북도의 마을들이죠. 할아버지는 한국전쟁 직전에 가족을 이끌고 월남하셨던 겁니다. 평안도 정주에서 태어난 백석의 어투와 풍속을 독자들은 물론이고 연구자들까지 낯설어했지만, 저는 오히려 그 단어와 음식과 정서들이 친근했고, 그래서 더더욱 백석의 시를 좋아했습니다. 평안도 사투리의 어조와 음식 맛을 혀끝에 올리곤 했던 겁니다.

　　1996년 소설가로 등단할 즈음엔, 평안도를 중심으로 활약했던 두 인물에 대한 소설을 쓰려는 계획을 잡아보기도 했습니다. 한 사람은 의주를 중심으로 청나라와의 전투에서 큰 공을 세운 임경업 장군입니다. 대하소설 『압록강』(열음사, 전7권, 2000~2001)을 통해 그 바람은 이뤘습니다. 남은 한 사람이 바로 시인 백석입니다.

2005년 봄부터 백석에 관한 논문과 자료들을 찾아 읽기 시작했습니다. 자야가 쓴 『내 사랑 백석』(문학동네, 2008)을 탐독한 직후엔 본격적으로 그에 관한 장편을 쓸 생각을 굳혔습니다. 백석의 생애를 공부하다가 흥미로운 글을 두 편 읽게 되었습니다.

1939년 백석과 자야의 연애는 끝을 맺습니다. 사랑하는 마음은 여전하지만, 백석에게 부담을 줄까 걱정한 자야가 그의 곁을 떠난 겁니다. 실의에 빠진 백석은 다니던 조선일보를 그만두고 그 겨울 두 달 남짓 평안도를 떠돌다가 1940년 1월 즈음 압록강을 건너 만주로 갑니다. 그리고 1945년 해방될 때까지 돌아오지 않고 만주에 머무르지요.

5년이 넘는 동안 시인 백석은 만주에서 어떻게 살았고 누구를 만났으며 어떤 글을 썼을까요. 『조광朝光』이란 잡지를 보면 백석이 만주에서 번역한 글 두 편이 실려 있습니다. 『식인호』(1942년 2월호)와 『밀림유정』(1942년 12월호)입니다. 두 작품 모두 니콜라이 아플로노비치 바이코프의 소설이지요. 러시아 작가 바이코프(1872~1958)는 만주 밀림에 사는 동물들의 삶을 글로 옮긴 작가로 유명합니다. 한국 독자에게는 아무르 호랑이의 일생을 그린 『위대한 왕』의 저자로 친숙하지요. 물론 저는 『조광』에서 백석과 함께 나란히 적힌 그의 이름을 확인하기 전에, 이미 동물문학의 걸작으로 손꼽히는 『위대한 왕』을 읽었고 바이코프가 누군지 알고 있었습니다.

이 대목에서 한 가지 질문을 던질 만합니다. 왜 시인 백석은 만주에서, 호랑이가 등장하는 바이코프의 동물소설을 번역했던 걸까요. 여기서부터 제 상상력이 나래를 펴기 시작했습니다.

사랑을 잃고 만주를 떠돌던 시인이 여기 있습니다. 그는 호랑이가 가끔 출몰하는 밀림 작은 마을에 머물며, 식인 호랑이가 등장하는 바이코프의 소설을 번역합니다. 소설에 등장하는 나무와 풀과 짐승들이 방문을 열고 나가기만 하면 있었기에 번역하는 재미가 제법 쏠쏠합니다. 늦가을 무렵 마을 사람들이 하나둘 실종됩니다. 호랑이에게 잡아먹혔다는 소문이 돕니다. 시인은 식인 호랑이를 사냥하겠다는 마을 사내들을 따라 밀림으로 들어갑니다. 발자국도 발견하고 울음소리도 들리지만, 호랑이는 모습을 드러내지 않습니다. 사냥에 실패하고 마을로 돌아오면, 시인은 잠을 줄여가며 식인 호랑이가 등장하는 소설의 번역에 매달립니다. 마을 사내들은 호랑이가 멀리 가버렸다고 판단하고 더 이상 추격을 하지 않습니다. 폭설까지 내려 사냥이 더욱 어려워집니다. 번역이 끝나갈 무렵, 시인은 산책 삼아 마을을 한 바퀴 돕니다. 그때 숲에서 이상한 기운이 느껴집니다. 시인은 그 기운에 이끌려 밀림으로 걸음을 옮깁니다. 그리고 소설 안팎으로 호랑이를 쫓던 시인은 드디어 호랑이와 맞닥뜨리지요. 바로 이런 줄거리가 떠오른 겁니다.

우리나라는 옛날부터 호랑이에 관한 이야기가 많았습니다. 근대 이후 총을 사용한 호랑이 사냥이 시작되면서 명포수와 호랑이의 대결을 담은 이야기들이 전설처럼 떠돌기도 했지요. 학창 시절여러 신문에서 그런 야사들을 읽고 흥분했던 기억이 납니다. 자료

444

를 모으다보니 지금도 여전히 호랑이 사냥에 관한 일화들이 이어지고 있었습니다. 호랑이와 포수의 대결을 정면으로 다룬 작품으로는 홍성원 선생님이 1969년 『창작과 비평』에 발표한 중편 『폭군』(1969)이 있습니다. 그 후로는 한국 호랑이를 다룬 소설이 드물었지요.

저는 이왕이면 백두산을 중심으로 만주와 한반도를 오가며 군림한 호랑이와 포수의 대결을 쓰고 싶었습니다. 처음엔 시인 백석을 만주에서 호랑이 사냥에 나선 포수로 삼을까 고민하기도 했습니다. 자신이 번역 중인 식인 호랑이를 직접 사냥하는 이야기가 매력적이었던 겁니다. 그러나 명포수에 관한 이야기들을 모으고 호랑이 사냥에 관한 논저를 접하면서 시인 백석을 포수로 삼겠다는 처음 생각을 접었습니다. 백석이 만주에서 사냥술을 배웠다는 설정을 만들더라도, 호랑이 사냥은 단 한 방에 호랑이를 죽이든가 아니면 자신이 죽는 사격 실력과 담력을 지닌 포수가 맡을 일이었으니까요. 그래서 개마고원을 주름잡는 명포수를 '산'이란 이름을 붙여 따로 설정하고 그 조수로 시인 백석을 둬봤습니다. 그러나 이 설정도 얼마 지나지 않아 포기했지요. 포수와 호랑이가 대결하는 영화 30도까지 내려가는 겨울 개마고원에서 백석이 포수를 도와할 수 있는 역할이 너무 적었던 것입니다. 사냥일지라도 꼬박꼬박 쓰도록 하고, 그것으로 소설을 끌어가볼까도 생각했습니다만, 영하 30도에선 글을 쓰는 것보다 생존을 위해 고투하는 것이 더 중요했습니다. 결국 백석을 대신하여 호랑이를 전공한 여자 생물학자 '주홍'을 넣어, 포수와 거친 사랑도 나누고 때론 경험에 근거한 생래적 움직임과 지식에 기반한 논리적 전개를 대비시켰습니다.

초고를 써나가는 와중에 등장인물의 역할이 바뀌거나 소설에서 아예 빠지는 경우가 드물지는 않습니다. 그러나 자연과 인간이 대결하는 이 고전적인 상상의 시작을 함께한 시인 백석을 빼려고 하니 무척 아쉬웠습니다. 등장인물에선 사라지더라도 시인 백석과 만주를 배경으로 나눈 특별한 만남을 이 작품에 남겨두고 싶었지요.

먼저 시어들과 음식 그리고 정서를 소설 곳곳에 녹이려 했습니다. 밀림의 풍광은 물론이고 등장인물들이 먹고 마시고 잠드는 장면이나 북방의 정서 속에 백석이 담긴 겁니다. 「나와 나타샤와 흰 당나귀」에서 뽑은 시구는 속세에 눈 돌리지 않고 자연과 더불어 살아가는 포수 산에게 딱 어울렸습니다. 퇴고를 마칠 때까지, 책상에 붙여둔 이 문장을 읽는 것으로 새벽 집필을 시작했습니다. 이 두 문장을 작품 첫머리에 놓는 것은 저로선 당연한 귀결이었습니다.

둘째, 조선의 마지막 호랑이 흰머리와 조선의 마지막 명포수 산의 대결을 그린 장편소설의 제목을 백석이 만주에서 번역한 작품 『밀림유정』에서 따오기로 한 겁니다. 바이코프의 동물소설을 번역한 백석이 손길에 제 손에 닿기를 바랐는지도 모르겠습니다. 처음에는 '밀림유정'을 제목으로 두고 초고를 써나갔는데, 원고가 절반을 넘어가면서부터 '밀림유정' 대신 '밀림무정'이 이 이야기에 더 어울린다는 생각이 들어 고쳤습니다. 애끓는 정이 있더라도, 없는 것처럼, 쫓고 만나 대결하는 것이 호랑이요 포수라는 확신은 지금도 달라진 부분이 없습니다. 이제 왜 이 장편의 제목이 '밀림무정'이고 백석의 시를 권두에 두었는가를 아셨을 겁니다.

*

초고를 마치고 2010년 여름 서울대 수의학과 이항 교수님을 뵈었습니다. 자료를 찾고 책과 논문을 보며 최선을 다해 쓰긴 했지만 과연 호랑이를 전문적으로 연구한 학자의 눈엔 제 소설이 어찌 보일까 궁금하기도 했고 걱정도 되었지요. 이항 교수님은 소설 감수는 물론이고 이 작품을 발전시키는 데 꼭 필요한 두 가지를 도와주셨습니다.

먼저 이항 교수님은 야마모토 다다사부로의 『정호기』라는 일제시대 호랑이 사냥기 일어판을 주셨습니다. 이 책에는 일본인들이 조선에 와서 호랑이 사냥을 한 까닭과 그 과정이 소상히 기록되어 있습니다. 특히 1917년 호랑이를 사냥한 포수들과 그들이 사용한 무기 그리고 사냥된 호랑이 사진이 풍부하게 실렸습니다. 『밀림무정』에서 일제시대 호랑이 사냥을 자세히 묘사할 수 있었던 것은 이 책을 통해 고증하고 상상을 보탠 덕분입니다. 2014년 『정호기』 (에이도스) 한국어판이 출간되었을 때 제가 추천사를 쓴 것도 그때의 인연이 이어진 겁니다. 일제시대 일본인들에 의해 자행된 호랑이 사냥의 참상을 알고 싶은 독자들은 『정호기』를 꼭 읽어보셨으면 합니다. 제가 쓴 추천사는 다음과 같습니다.

일본은 어떻게 한반도의 호랑이를 사냥했는가. 1917년 11월 사업가 야마모토 다다사부로가 조직한 정호군征虎軍의 행적이 사진과 글로 되살아온다. 사냥을 자랑하는 그때 그들과 이 책을 읽는 지금 우리 사이엔 다양한 느낌과 깨달음이 교차한다. 그들이 당당할수록 우리는 안타깝고, 그들이 사냥에 성공할 때 우리는 피눈물을 쏟는다. 그러므로 『정호기』는 되새김질해야만 하는 책이다. 사냥꾼의 기록에서 한 번, 총에 맞아 죽어간 호랑이의 식은 심장에서 다시 한 번!

그리고 이항 교수님은 야생 아무르 호랑이들이 살고 있는 러시아 라조 자연보호 지역으로 갈 수 있도록 주선해주셨습니다. 러시아에서 호랑이를 연구하는 학자들과 나눈 교수님의 친분 덕분에 저는 라조 지역으로 갔고, 거기서 호랑이의 발자국을 따라 밀림을 돌아다니는 경험을 했습니다. 디지털 장치의 도움 없이, 오로지 전통 방식으로 발자국과 배설물 그리고 먹이 흔적만으로 호랑이의 상태를 살피는 러시아 연구자들의 모습에서 『밀림무정』 포수들의 일거수일투족을 그릴 수 있었습니다.

2010년 11월 『밀림무정』 출간 후, 저는 (사)한국범보전기금의 홍보대사가 되었습니다. '한국범'에는 호랑이와 표범이 포함됩니다. 홍보대사가 되고 나선 한국 호랑이의 일생을 어린이들에게 들려주기 위해 역사생태 장편동화 '한국 호랑이 왕대의 모험' 시리즈(살림어린이) 집필에 착수했습니다. 『조선의 마지막 호랑이 왕대』, 『왕대 휴전선을 넘다』, 『백두산 으뜸 호랑이 왕대』를 2011년부터 2014년까지 출간하였고, 모두 한국범보전기금 추천도서가 되었습니다.

*

소설가는 작품 속 등장인물을 사랑할 수밖에 없다고 합니다만, 『밀림무정』을 쓰면서 호랑이의 삶이 장편 작가의 삶과 비슷하다는 생각이 들곤 했습니다. 첫째, 호랑이는 단독자입니다. 사자와는 달리 짝짓기를 할 때를 제외하곤 호랑이는 늘 혼자입니다. 소설가도 역시 혼자 씁니다. 둘째, 호랑이는 돌아다닙니다. 호랑이가 멈추면 죽은 것이라는 속언도 있지요. 소설가도 마찬가지로 평생 떠돕니다. 새로운 소재를 찾아 늘 다른 시간과 다른 공간을 돌아다니지요. 셋째, 호랑이는 집요한 추격자입니다. 먹잇감을 따라 발소리를 죽이고 몇 날 며칠을 굶으면서 뒤쫓지요. 소설가도 사건이나 인물을 더 잘 알기 위해 자료를 뒤지고 인터뷰를 하고 흔적을 찾아 탐정처럼 쫓습니다. 넷째, 호랑이는 탁월한 사냥꾼입니다. 도약하여 단 한 방에 먹잇감의 목뼈를 부러뜨리지요. 소설가도 꿈꿉니다. 단 한 줄의 문장, 단 하나의 이야기로 독자들을 사로잡게 되기를! 호랑이로부터 배운 네 가지 공통점을 바탕으로 저는 전업 작가의 삶을 지금까지 이어오고 있습니다. 『밀림무정』은 이 삶의 버팀목이 된 소중한 작품입니다.

『밀림무정』 두 권을 썼지만 호랑이에 관한 이야기는 아직 끝난 것이 아닙니다. 한국범보전기금의 회원들이 들려준 이야기와 제가 따로 모은 이야기만 해도 호랑이와 표범에 관한 장편을 여럿 쓸 수 있습니다. 『밀림무정』이 근대로 접어들면서 맹수의 개체 수가 급감한 원인과 풍광을 찾아 조망한 작품이라면, 고대로부터 근대 직전까지 범과 인간을 다룬 소설을 쓰는 것이 구체적인 과제가 제 앞에 놓인 겁니다. 『밀림무정』 개정판 출간을 계기로 호담虎談들을 더욱 모으고 정돈하여 새로운 범 이야기를 쓸 마음을 다져봅니다.

대전과 파주에서 작업하던 나날을 오랜만에 떠올립니다. 독자들을 영하 30도에 이르는 겨울 개마고원에 가두고 싶었고, 그 개마고원에서 홀로 백두산 호랑이와 만나는 순간을 느끼게 하고 싶었습니다. 이 밤 다시 그 문장들을 만지노라니, 골짜기가 바뀔 때마다 새로운 풍광과 기운이 찾아들어 어제와 오늘을 구별하고 오늘과 다른 내일을 꿈꾸게 만드는 이야기를 또 쓰라고 『밀림무정』이 제게 명령하는 듯합니다. 단단히 준비해서 다시 설산雪山을, 이야기에 굶주린 호랑이처럼 오르겠습니다. 어흥!

2015년 11월
김탁환

밀림무정 2

초판 1쇄 인쇄 2010년 10월 30일
초판 8쇄 발행 2010년 11월 30일
개정판 1쇄 발행 2015년 11월 16일

지은이 김탁환
펴낸이 김선식

경영총괄 김은영
마케팅총괄 최창규
책임편집 윤세미 **디자인** 문성미 **마케팅** 이상혁
콘텐츠개발2팀장 김현정 **콘텐츠개발2팀** 임지은, 백상웅, 문성미, 윤세미
마케팅본부 이주화, 정명찬, 이상혁, 최혜령, 박현미, 김선욱, 이소연
경영관리팀 송현주, 권송이, 윤이경, 임해랑

펴낸곳 다산북스 **출판등록** 2005년 12월 23일 제313-2005-00277호
주소 경기도 파주시 회동길 37-14 3, 4층
전화 02-702-1724(기획편집) 02-6217-1726(마케팅) 02-704-1724(경영관리)
팩스 02-703-2219 **이메일** dasanbooks@dasanbooks.com
홈페이지 www.dasanbooks.com **블로그** blog.naver.com/dasan_books
종이 한솔피엔에스 **출력·인쇄** 갑우문화사 **후가공** 이지앤비

ISBN 979-11-306-0646-0 04810
         979-11-306-0644-6 (SET)

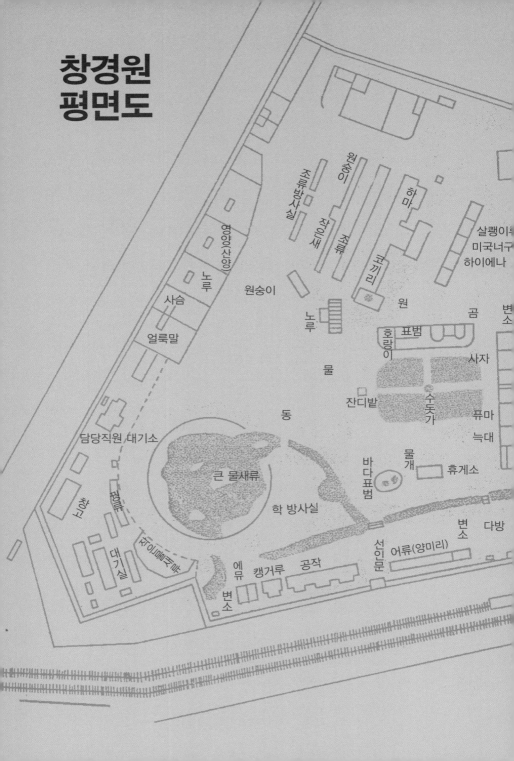

창경원
평면도

조류방사실

원숭이

하마

작은새

조류

코끼리

살쾡이류
미국너구리
하이에나

원

곰

변소

영양(산양)

노루

사슴

얼룩말

원숭이

노루

표범

호랑이

사자

물

퓨마

늦대

동

담당직원 대기소

잔디밭

수돗가

큰 물새류

바다표범

물개

휴게소

창고

펭귄류

학 방사실

변소

다방

대기실

변소

에뮤

캥거루

공작

선인문

어류(양미리)

변소

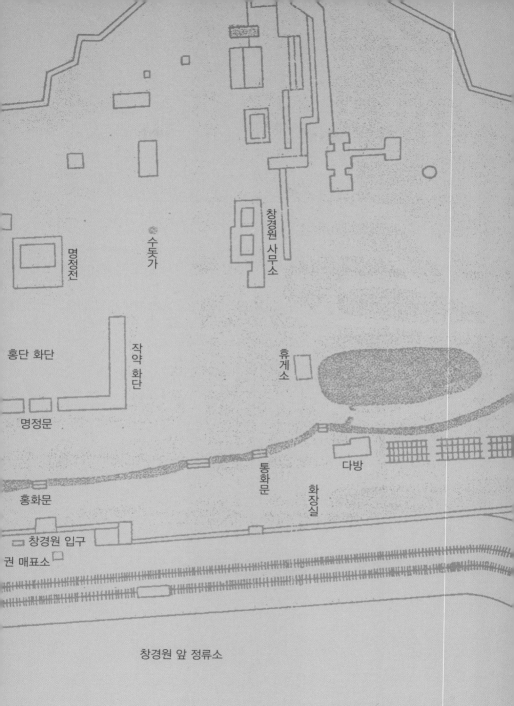

명정전

수돗가

창경원 사무소

홍단 화단

작약 화단

휴게소

명정문

다방

통화문

홍화문

화장실

창경원 입구

권 매표소

창경원 앞 정류소

※ 소설 내용에 맞춰 세부 지도를 간략하게
정리했음을 알려드립니다.